도화선桃花扇 **2**

The Peach Blossom Fan

지은이 공상임孔尚任(1648~1718)은 산동山東 곡부曲阜 대호촌大湖村 사람으로, 자가 빙지聘之・계중季重, 호가 동당東塘・안당岸堂이며, 스스로는 운정산인雲亭山人으로 불렸다. 공자孔子의 64세손으로 젊은 시절 고향의 석문산石門山에 은거하며 학문에 전념하던 그는 강희康熙 23년(1684) 강남 시찰을 마치고 귀경하던 길에 곡부에 들른 강희제의 눈에 들어 파격적으로 국자감 박사國子監博士에 기용된 이래 호부 주사戶部主事・원외랑員外郎 등의 벼슬을 두루 거쳤다. 강희 29년(1690) 치수사업을 마치고 귀경하여 국자감 박사로 복귀한 그는 10여 년 동안 세 번이나 원고를 고치면서 심혈을 기울인 끝에 강희 38년(1699)〈도화선桃花扇〉을 완성하였다. 이 작품은 완성되자마자 당시의 문화계에 큰 반향을 불러일으켜, 그로 하여금 극작가로서 큰 명성을 얻어〈장생전長生殿〉을 지은 강남의 홍승洪昇과 더불어 "남홍북공南洪北孔"으로 불리게 해주었다. 그에게는 이 밖에도 그가 지은 전기傳奇〈소홀뢰小忽雷〉, 시문집『호해집湖海集』,『안당문집岸堂文集』,『장류집長留集』,『회심록會心錄』,『인서록人瑞錄』등이 있다.

옮긴이 송용준宋龍準은 1952년에 태어나 1971년 서울대학교 문리과대학 중어중문학과에 입학하였고, 졸업 후 서울대학교 대학원에서 중국 고전시가를 전공하여 석사학위와 박사학위를 받았다. 공군사관학교 중국어 교관, 영남대학교 문과대학 중어중문학과 교수를 역임하였고, 미국 스탠퍼드대학과 중국사회과학원 등에서 연구하였으며, 현재 서울대학교 인문대학 중어중문학과 교수로 있으면서 중국고전시가를 강의하고 있다.『송시사宋詩史』(공저),『송시선宋詩選』(공편),『중국시율학中國詩律學』,『소순흠시역주蘇舜欽詩譯注』,『구북시화역해甌北詩話譯解』,『고계시선高啓詩選』,『진관사연구秦觀詞研究』,『당송사사唐宋詞史』(공역),『유영사선柳永詞選』,『진관사선秦觀詞選』,『중국어 어법 발전사』(공역),『현대 중국어문법의 제문제』등의 저역서와「당시 형성과정연구」,「송시 형성과정연구」,「북송사론 연구」,「이색李穡시의 송시 수용과 그 극복」등 다수의 논문이 있다.

옮긴이 문성재文盛哉는 1965년에 태어나 1984년 고려대 중문과 입학 후 경극京劇에 관심을 가지게 된 것을 계기로 1989년부터 서울대 대학원에서 중국희곡을 전공하기 시작하였다. 1994년 국비로 남경대학南京大學에 유학하여『심경 극작 연구沈璟劇作之硏究』로 박사학위를 받았으며, 귀국 후 당・송・원・명대 조기백화早期白話(근대한어)로 연구분야를 확대하여 2002년에 서울대 대학원에서「원간잡극 삼십종 동결구조 연구」로 박사학위를 받았다. 현재는 서울대에 출강하면서 번역 및 연구에 주력하고 있다. 저역서로는『중국 고전희곡 10선』(공역), 프랑크푸르트 국제도서전 한국의 책 100『고우영 일지매』(중역) 등이 있으며, 논문으로는「원곡의 언어예술」,「중국의 종교극 목련희」,「근대한어의 家/價 연구」,「명대 희곡의 출판과 유통」,「안중근 열사를 제재로 한 중국연극」,「원대 잡극 속의 몽골어」,「근대 중국어의 s'o'(也)似 비교구문 연구」등이 있다. 이 밖에도『경본통속소설』,『진시황은 오랑캐였다』(국역) 및『한국의 전통연희』(중역) 등의 역서가 있다.

도화선桃花扇 2

1판 1쇄 인쇄 2009년 10월 20일
1판 1쇄 발행 2009년 10월 25일

역주자 / 송용준・문성재
펴낸이 / 박성모
펴낸곳 / 소명출판
등록 / 제13-522호
주소 / 137-878 서울시 서초구 서초동 1621-18 (란빌딩 1층)
대표전화 / (02) 585-7840
팩시밀리 / (02) 585-7848
somyong@korea.com / www.somyong.co.kr

ⓒ 2009, 한국학술진흥재단

값 30,000원

ISBN 978-89-5626-435-6 93820
ISBN 978-89-5626-433-2 (전2권)

도화선 2

공상임 지음 ｜ 송용준 · 문성재 옮김

桃花扇

소명출판

1. 본서는 왕지씨[王季思]·쑤환중[蘇寰中]·양떠핑[楊德平]이 공동으로 주석 작업에 참여한 〈도화선〉(1959, 인민문학 출판사)을 저본으로 삼았으며, 삽화는 난훙실(暖紅室)에서 펴낸 〈도화선(桃花扇)〉(상·하권, 서울대학교 도서관 소장)의 것을 사용하였다. 본서의 원본은 무대상연을 염두에 둔 까닭에 상·하 양권이라는 관례적인 구성방식을 따르고 있다. 본서는 기본적으로 독서를 목적으로 기획된 책이라는 점을 고려하여 원래의 틀을 깨고 대목별로 재구성하였다.

2. 본서의 번역은 기본적으로 직역을 원칙으로 하였다. 직역은 다소 번다한 감이 없지는 않지만 나중에 원의를 더듬어 볼 수 있는 반면, 의역은 역자의 주관적인 해석에 치우쳐 원작자가 추구하거나 표현하고자 하는 메시지를 간과할 우려가 있다. 때문에 독자가 본문을 읽을 때 별 무리 없이 이해할 수 있는 부분에 대해서는 가급적 직역을 하여 원작의 맛을 살렸다. 다만, 이해가 어렵다거나 생소한 표현이 있을 경우에는 원의를 왜곡하지 않는 한도 내에서 우리말에 가깝게 번역하고자 노력하였다.

3. 본서는 독자들의 이해를 돕기 위해 서두에 해제를 배치하였다. 해제는 명청대 전기의 역사를 소개하는 부분과 전기의 체제를 소개하는 부분, 그리고 원작자 공상임의 일생과 왕조 교체기인 당시의 사회 상황을 소개하는 부분 등 크게 세 부분으로 나누어서 배치하였다. 해제를 읽지 않아도 작품 감상에는 별 무리가 없겠지만, 극 중에서 전개되는 전후의 맥락과 상황들을 보다 입체적으로 이해하는 데에는 해제가 어느 정도 도움이 될 것이다.

4. 본서에 등장하는 인명·지명 등의 고유명사, 인용 원문은 우리말 표기와 함께 한자를 부기하되, 거듭해서 언급될 때에는 한자를 생략하였다. 다만, 해당 고유명사·전고들 간의 간격이 크거나 특별히 역자가 필요성을 느꼈을 경우에는 이미 다룬 항목이라 할지라도 다시 한자를 기입하였다.

5. 본서에서는 보다 완전한 번역을 위해 국민문고간행회(國民文庫刊行會)판 〈도화선〉(1924, 일역본, 국민문고간행회)과 천메이린[陳美林]의 각색을 거친 The peach blossom fan(1999, 영역본, 신세계 출판사)을 참고하는 한편, 독자들의 이해에 도움이 되는 각주들을 갖추기 위해 기존의 주석본들도 아울러 참고하였다. 다만, 명대의 인명·지명·관명·풍속이나 문맥 이해에 필요한 경우에는 다른 문사철 서적들을 참고하여 역자들이 새로 각주를 마련하였다.

6. 희곡은 언제나 무대상연을 염두에 두고 창작된다. 때문에 동작과 동작, 대사와 대사 사이에는 항상 일정한 시간적인 휴지나 공간적인 이동이 존재하기 마련이지만 이것을 극본에서 모두 표시하지는 않는다. 본서에서는 일부 장면에서 문장부호 "(…)"를 사용하여 전후의 대사나 동작 사이에 일정한 시공적인 휴지(interval)가 존재한다는 점을 환기시킴으로써 독자가 극중 상황을 이해하는 데에 문제가 없도록 하였다.

7. 본문에서 글씨 크기가 작고 들여 쓴 것은 노래 가사 부분이며, 각 대목의 마지막 네 구절은 퇴장 시이다.

8. 본서에서 사용한 문장부호는 대략 다음과 같다.

> 『 』 - 단행본 서명
> 「 」 - 단행본 내의 편명, 글 제목
> " " - 인용문이나 대화 부분
> ' ' - 역자의 임의적인 강조 부분
> (…) - 전후 대화·동작 사이의 휴지
> 〈 〉 - 노래·희곡·그림·연극의 제목

공상임孔尚任이 지은 〈도화선桃花扇〉은 이 수많은 인간세계의 덕목과 가치들, 그리고 그것을 추구하던 명·청 왕조 교체기의 인간 군상에 대한 이야기이다. 그리고 각자가 자신의 자리에서 자신의 신념을 지키지 못할 때 결과적으로 어떤 일이 발생하는지 보여주는 이야기라고 할 수 있다. 공자孔子도 말한 바 있듯이, 임금은 임금답고 신하는 신하다우며, 부모는 부모답고 자식은 자식답게, 각자가 자신의 자리에서 자신의 본분을 다할 때 모두가 발전을 이룰 수 있는 법이다. 그런데, 어떻게 보면 너무나도 당연해 보이는 이 사회적 불문율이 무시된 채, 임금이 임금답지 못하고 신하가 신하답지 못하며 부모가 부모답지 못하고 자식이 자식답지 못한 가치의 혼란이 야기된다면, 자신은 말할 것도 없고 궁극적으로 자신이 몸담은 공동체 사회조차 파멸에 이를 수밖에 없다.

공상임이 〈도화선〉을 통해 독자/관중에게 들려주고 싶었던 것도 바로 이러한 메시지였다. 작자가 전면에 내세운 이향군李香君과 후방역侯

方城의 애틋한 사랑도 사랑이지만, 이보다 더한 의의를 가지는 것은 무엇보다도 당시 인간 세상에 대한 성찰인 것이다. 나라의 안위나 백성들의 고통은 안중에도 없이 오로지 자신들의 부귀와 영화를 누리는 데에만 급급한 권력자들, 구태의연한 이념에 매몰되어 오로지 배타적인 코드 찾기에만 집착하는 지식인들, 적을 눈 앞에 두고서도 오로지 자리싸움에만 혈안이 되어 있는 장수들……. 관용이나 타협의 정신이라고는 조금도 찾아볼 수 없는 이들 집단의 첨예한 갈등과 대립은 궁극적으로는 어느 누구 할 것 없이 나라를 무너뜨리고 왕조를 멸망시켰을 뿐 아니라 자신들이 몸담고 있던 사회 기반까지 와해시킴으로써 결국 모두가 공멸하는 참담한 교훈을 남겼다. 이 모두가 각자의 자리와 본분을 지키지 않은 대가이니, 이러한 일들이 어디 명나라에만 해당되는 이야기이겠는가? 우리 주위를 한번 돌아보더라도 이 같은 사례들은 부지기수不知其數일 것이다. 공상임이 〈도화선〉 속에 거듭 개입하여 역사적 사건과 등장인물에 대한 평가를 시도한 것과는 별도로, 여기에 등장하는 인물 군상과 그들 사이에서 벌어지는 수많은 사건들은 그 자체만으로도 오늘날의 우리들에게 고스란히 '타산지석他山之石'이 되고 있다. 그리고 바로 이 같은 이유 때문에 이 작품이 수백 년이 지난 오늘날까지도 동서를 막론하고 수많은 사람들로부터 명작으로 인정받고 있는 것이다.

　명작이란 그 가치나 영향이 시공을 초월해 영속되기 마련이다. 〈도화선〉이 세계적으로 명작으로 인정받는 이유는 이처럼 수백 년 전 창작 당시의 독자들에게 교훈을 가져다 준 것과 똑같이 오늘날의 독자들에게도 커다란 교훈을 가져다주기 때문이며, 또한 중국의 독자들에게 감동을 주는 것과 똑같이 우리나라 독자들에게도 잔잔한 감동을 안겨다 주기 때문이다.

　중국의 고전극은 전통적으로 시·산문·소설 등의 문학 장르들을 아우를 뿐만 아니라 음악·미술·연극·무용·곡예 등의 예술 장르들이 혼재하는 종합예술이었다. 때문에 그 같은 다양한 문화현상을 담고 있는 텍스트를 번역해 낸다는 것은 그렇게 호락호락한 작업이 아니다. 특히 공상임의 〈도화선〉은 문학사적으로도 상당히 지명도가 높은 작품이기 때문에 위의 다양한 장르에 대한 기초지식이나 천착도 없이 섣불리 덤벼들었다가는 중요한 메시지를 전하고자 하는 원작의 취지에 흠결을 남기는 것은 말할 것도 없고, 중국의 정통 희곡을 음미하기를 원하는 독자들을 자칫 엉뚱한 길로 오도할 우려까지 있다. 이 같은 점들을 감안하여 이번 번역에서는 오랜 기간 중국 시문학과 희곡문학·조기백화早期白話의 연구에 동참해 온 우리 두 사람이 종잇장을 맞들기로 하였다.

현재까지 이 작품의 외국어 번역본으로는 1924년에 일본에서 간행된 일역본 〈도화선〉과, 1999년에 중국에서 간행된 영역본 *The peach blossom fan*이 있다. 중국의 경우 중요 부분에 각주를 단 주석본들이 몇 가지가 간행되었을 뿐, 현대 중국어로 새롭게 번역된 중역본은 전무한 실정이다. 어쩌면 이 또한 이 작품의 번역이 중국인들에게조차 결코 쉬운 일이 아님을 반증해 주는 증거가 아닐까 싶다. 이상의 번역들은 기본적으로 주관적인 해석에 치중한 의역본들이어서 오역도 상당히 많기 때문에 원작의 진수를 즐기기에는 여러 모로 부족한 점이 많은 것이 사실이다. 그럼에도 불구하고 이번에 우리의 번역작업이 별 무리 없이 완성될 수 있었던 것은 이들의 노력이 선행되었기 때문이 아닐까 싶다. 어쩌면 이 같은 의역본들이 없었더라면 우리의 번역은 시간적으로 상당히 지체되었을지도 모른다. 그런 의미에서 이 자리를 빌어 우리에게 많은 영감과 안목을 제시해 준 번역 선배들께 감사의 뜻을 표하는 바이다.

우리는 이번에 번역을 진행하면서 작품의 지명도도 지명도겠지만, 학술재단의 지원 취지에도 걸맞도록 〈도화선〉 원본을 다양한 시각에서 정독·분석·재해석하면서 가능한 한 완벽한 번역이 될 수 있도록 최선을 다하였다. 원문의 풀이에 있어서도 단순히 기존의 역서·주석서들이 닦아 놓은 길만 따라가지 않고 충분한 고민을 통해 해당 대목이나 문맥에 어울리도록 재해석하고자 노력하였다. 아울러, 구성이나 수사에 있어서도 원작자 공상임이 제시한 창작원칙과 배치되는 일이 없도록, 또한 독자들이 〈도화선〉의 원형에 보다 가깝게 다가갈 수 있도록 주의를 기울였다. 그럼에도 불구하고 이 책에서 오역이 있거나 독자들의 순조로운 독서／이해가 지연되었다면 그것은 전적으로 우리 역자들의 불찰 때문일 것이다.

우리의 번역작업은 이것으로 일단락되었지만 오역을 바로잡는 작업은 앞으로도 계속될 것이다. 모쪼록 부족한 역자들에 대한 독자 여러분의 새로운 자극과 기탄없는 지적을 당부 드리는 바이다.

〈도화선〉 번역이 진행되는 동안 한국학술진흥재단에서는 연구비와 출판비를 지원해주었고, 소명출판 편집부에서는 우리 원고를 깔끔하고 보기 좋게 바꾸어주었다. 역자들로서는 여간 뿌듯하고 고마운 일이 아니기에 이 자리를 빌려 깊은 감사의 뜻을 전한다.

2009년 5월 22일
송용준 · 문성재 삼가 씀

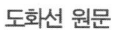

桃花扇 전체 차례

桃花扇 2

桃花扇

추가한 스물한 번째 대목

인생무상

孤吟

원제는 "고음孤吟"으로, 혼자서 시를 읊는다는 뜻이다. 상권의 첫 대목인 '마당 열기先聲'에 등장했던 늙은 찬례贊禮가 다시 등장하여 자신이 감상한 〈도화선桃花扇〉에 대한 소감을 피력하는 동시에 역사와 인생에 대한 소회를 개진한다. 이 대목은 하본下本의 도입부에 해당하는 부분으로, 앞서의 '마당 열기'나 '노변 담소閑話'와 마찬가지로 본극의 줄거리와는 무관하게 막간극의 형태로 삽입된 것이지만, 독자 / 관중을 극중 세계로 이끄는 길잡이 역할을 한다. 작자는 이 대목에서 늙은 찬례가 자신의 감회를 토로하는 장면에 연거푸 네 편의 〈감주가甘州歌〉를 안배하고 있어서, 서사성에 치중하여 노래를 사용하지 않은 '노변 담소'와 선명한 대조를 이루고 있다.

청 강희 연간 갑자년(1684) 8월

등장인물

　　부말 : 늙은 찬례

　　기타 : 무대 뒤

부말이 양털 두건과 도포를 착용하고, 늙은 찬례로 분장하고 등장한다.

늙은 찬례 :　〈천하락天下樂〉

　　　　　　비가 가을 거리 씻어주어 먼지 하나 일지 않고

　　　　　　푸른 산·붉은 나무로 온 도시가 새롭구나.

　　　　　　뉘 집에 남는 금분 있어

　　　　　　누각서 거울 비춰보는 이에게 뿌려줄꼬?1)

　　　　　　집도 절도 없는 늙은 나그네가

　　　　　　이름난 화원에서 잔 들어 홀로 술을 마시고

　　　　　　날마다 태평성대를 축하하며

　　　　　　〈도화선〉 공연을 감상하네.

무대 뒤 :　(묻는다) 어르신께선 또 태평원太平園에 가서 〈도화선〉을 보셨

　　　　　습니까?

---

1) 뉘집에 남는 금분 있어~ : '금분金粉'이란 옛날에 부녀자들의 화장품으로 사용되었
던 납 성분의 가루를 말한다. 뒤의 '누각서 거울 비춰보는 이'는 가기歌妓를 말하며, 여
기에서는 〈도화선〉을 노래하는 배우를 가리킨다. 이 두 구절을 앞의 내용과 연결해 보
면 가을 경치가 너무도 좋은데 누가 한가하게 연극을 보겠느냐는 뜻이다.

늙은 찬례 : (대답한다) 그렇소이다.

무대 뒤 : (묻는다) 어제 상편을 보시고 나니 공연이 어떻던가요?

늙은 찬례 : (대답한다) 후련하기도 하고 속상하기도 하고……. 그런가 하면 무단히 허허 실소가 나오기도 하고 나도 모르게 줄줄 눈물이 나기도 합디다. 사마천司馬遷이 역사를 쓴 격이요 동방삭東方朔이 무대에 나온 격2)이었다고나 할까? 다만 세간의 진실을 팔구할은 얼버무리고 인정도 이삼할은 숨겼구나 싶읍디다. (걸으면서 노래한다)

〈감주가甘州歌〉

흐르는 세월은 화살처럼 빨라서

바야흐로 버들 숲에선 매미 소리 요란하고

연꽃 핀 연못에서는 향기가 진동하는구나.

얇은 적삼・시원한 삿갓 차림으로

물가까지 걷다 보니 사람이 다 나른해져서

서쪽 창가에서 밤새 내리는 비에 문득 놀라 깼다가

북쪽 동네3)에선 다시금 넋 나가 잠에 곯아떨어지네.

오동나무 서 있는 정원

다듬이 소리 울리는 마을4)에선

푸른 이끼 속 벌레 울음소리 차마 견딜 수 없어서

한가로이 지팡이 짚고서

---

2) 사마천이 역사를~ : 이 두 구절의 뜻은 〈도화선〉이 당시의 여느 연극들과는 달리 역사극으로 풍간諷諫의 성향까지 담고 있다는 뜻이다.

3) 북쪽 동네[北里] : 북리北里는 당대의 평강平康을 가리키는데, 일반적으로 기녀들이 모여 사는 곳을 뜻한다.

4) 다듬이 소리 울리는 마을[砧杵村] : 침砧은 다듬잇돌, 저杵는 다듬이 방망이를 말한다. 여기에서 '침저촌砧杵村'은 날씨가 서늘해지면서 집집마다 겨울나기 겹옷을 다듬이질 하는 가을철의 시골 전경을 표현한 말이다.

느긋하게 문을 나섰더니

길에는 온통 회화나무 잎만 어지러이 흩날리누나!

〈전강前腔〉

닭살처럼 주름진 살5)은 몹시도 야위었는데

온갖 세상 풍파 겪는 모습들을 다 보노라니

귀밑머리가 은실과도 같아졌구나.

병든 몸으로 무상한 가을을 애달파 하며

거기다 객수에 향수까지 더하고 보니

웃음소리 넘쳐나는 극장에서 나만 외톨이로 남을 줄이야…….

노년에 불현 듯 이 한 몸 사는 것조차 사치가 아닌가 싶구나.

자손들에게는 누가 되고

세상 명리에 부대끼다 보니

그저 흐르는 물 같고 떠다니는 구름 같구나!

화내던 제후

성내던 승상6)도

결국은 지는 해 앞에 끝없이 펼쳐진 시든 풀 꼴이 되고 마는 것을…….

〈전강환두前腔換頭〉

봄 오기 바라지만 봄은 아니 보이는데

한나라 궁궐의 그림들은

바람결에 재가 되어 날아가 버렸나 보다.7)

---

5) 닭살처럼 주름진 살[鷄皮] : 노인의 주름 진 피부가 닭살[鷄皮]과도 같다고 하여 비유적으로 한 말이다.

6) 성 내던 승상 : 당대 시인 두보杜甫가 지은 시 「여인행麗人行」의 "손을 쬐면 델 정도로 권세가 대단하니, 조심하여 성 내는 승상 곁일랑 다가가지 마오[炙手可熱勢絶倫, 愼莫近前丞相嗔]" 부분을 차용한 것으로, 원래는 당시 권세를 휘두르던 재상 양국충楊國忠을 두고 한 말이다.

7) 한나라 궁궐의 그림들은~ : 호화롭고 흥청거리던 한나라 궁궐이 지금은 이미 재가 되어버리고 말았다는 뜻이다.

바둑판 손님들도 뿔뿔이 흩어져 버려

흑과 백은 승부조차 가릴 수 없게 되었는데

남조 적 옛 절이며 왕씨·사씨 무덤,

강과 산의 꽃과 버드나무들만 남았구나.8)

사람은 보이지 않고

밥 짓는 연기도 벌써 잦아들었으니

축 치고9) 칼집 두드리던10) 영웅 이야기는 그 누구와 나누어 볼
꼬?

누런 먼지는 변하고

붉은 해도 기울었으니

한 편의 시화詩話도 금방 사장되고 말겠구나!

〈전강환두前腔換頭〉

오나라 왕궁의 옛 무희11)는 찾기도 어려운데

개원開元 연간의 옛 이야기12)를 물으려 해도

---

8) 남조 적 옛 절~ : 남조시대의 권문세가이던 왕王·사謝 두 명문가의 묘지가 이미 절
로 변해버렸다는 뜻이다.

9) 축 치고[擊筑] : 전국시대에 연나라 태자 단[燕太子丹]이 진왕秦王 암살을 위해 자객
형가荊軻를 밀파하게 되었는데 역수易水에서 형가의 친구 고점리高漸離가 축을 연주하
고 형가가 노래로 화답하니 사람들이 모두 감동하여 눈물을 흘렸다고 한다. 축筑은 아
쟁과 비슷한 악기로, 대나무로 두들겨 소리를 낸다.

10) 칼집 두드리던[彈鋏] : 전국시대에 맹상군孟嘗君의 문하에서 식객으로 더부살이를 하
던 풍훤馮諼은 세 번이나 칼자루를 두드리고 노래를 하면서 온갖 요구를 다하여 사람
들의 빈축을 샀으나 맹상군은 그때마다 요구를 그대로 들어주었다고 한다.

11) 오나라 왕궁 옛 무희[吳宮舊舞茵] : 서시西施를 가리킨다. 서시는 춘추시대 월越나라
의 미인으로, 월나라 왕 구천勾踐이 오吳나라와의 싸움에서 미인계를 써서 그녀를 오나
라 왕 부차夫差에게 진상하였다. 부차는 서시의 미모와 가무에 빠져 국정은 돌보지 않
고 고소대姑蘇臺에서 방탕한 생활을 하다가 결국 구천에게 멸망당하였다.

12) 개원 연간의 옛 이야기[開元遺事] : 당대의 문장가 원진元稹이 지은 「궁사宮詞」의 "쓸
쓸한 옛 행궁, 궁궐의 꽃 적막 속에 붉게 피어 있네. 백발의 궁녀 아직 살아 있어, 한가
히 앉아 현종 이야기를 들려주누내[寥落古行宮, 宮花寂寞紅; 白頭宮女在, 閑坐說玄
宗]" 부분을 차용한 것이다. '개원開元'은 당나라 현종[唐玄宗] 때의 연호로, 여기에서
'개원 연간의 옛 이야기'는 남명南明 시절의 이야기를 가리키는 말로 사용되었다.

백발노인조차 어디에도 보이지 않는구나.

운정雲亭의 가객이

붓 내려놓고 몇 번이나 상념에 젖었던가?

노래 전하는 하얀 치아는 노래 채 끝내지도 못했는데

눈물 떨어뜨리던 붉은 쟁반의 초는 벌써 다 타버렸네.

조복에 홀 든 모습13) 하며

먹과 분 바른 흔적14)들은

꾸밀 적마다 새롭게 바뀌는구나.

문장은 허황되고

공적은 가소로운 것

박수갈채도 그저 술로 입술 적시는 자리에나 어울릴 뿐이로다!

〈여문餘文〉

늙어서도 부끄러운 줄을 모르고

꼴에 풍류 하나만은 넘치는지

지팡이로 슬그머니 다홍치마 들추어 보면서

저 부채 너머 복사꽃이 나를 비웃어도 아랑곳하지 않는다네.

늙은 찬례 : 왕년에는 진실이 연극인가 싶더니만

이제는 연극이 진실같이 느껴지누나.

곁에서 두 차례나 지켜본 사람15)은

하늘께서 남겨 놓으신 냉철한 눈의 산 증인인가 하노라!

---

13) 조복에 홀 든 모습[袍笏樣] : '포홀袍笏'은 옛날의 조정 대신들이 입조入朝할 때 착용 하던 조복朝服과 궁중에서 메모를 위해 지니고 다니던 홀笏을 말한다.

14) 먹과 분 바른 흔적[墨粉痕] : 먹과 분은 일반적으로 여인들의 화장용품을 말하지만, 여기서는 연극을 공연할 때 배우들이 분장을 한 모습을 가리킨다.

15) 곁에서 두 차례나 지켜본 사람[兩度旁觀者] : 늙은 참례관이 과거에 남명의 망국을 직접 목격하고 지금은 또 〈도화선〉에서 남명의 망국을 다루는 대목을 목도하는 입장 이 된 것을 두고 한 말이다.

마사영이 벌써 등장하는군요. 여러분, 보실까요? (두 손을 모으더니 퇴장한다)

스물한 번째 대목

아부 경쟁

媚座

桃花扇

원제는 "미좌媚座"로, 잔치 자리에서 아부를 한다는 뜻이다. 이 대목에서는 마사영馬士英이 마련한 잔치 자리에서 완대성阮大鋮과 양문총楊文驄이 온갖 아부를 다 하고 급기야 마사영을 부추겨 이향군李香君을 강제로 전앙田仰에게 개가시키라고 부추기는 내용을 다루고 있다. 작자는 여기에서 마사영의 저택을 주 무대로 하고 마사영의 독창을 주조로 하면서 부분적으로 양문총과 완대성의 노래를 곁들이고 있다.

갑신년(1644) 10월

등장인물

        정 : 마사영

        외 : 장반

        말 : 양문총

        부정 : 완대성

        잡 : 양가의 하인

정이 의관을 정제하고 마사영으로 분장해서, 외는 장반長班으로 분장하고 다른 하인들은 길잡이를 서서 호령하며 등장한다.

마사영 :   〈국화신菊花新〉

        국정을 조율하느라1) 심려를 기울이고

        당파를 나누어서 성은과 위엄을 나란히 구사하지.

        나무 비벼 꺼진 불 다시 지피자니2)

        음과 양을 조화시키는3) 일이 만만치가 않구나.

        소관 마사영은, 재상 벼슬에 있으면서 조정의 권력을 쥐고

---

1) 국정을 조율하느라[鼎鼐] : 정내鼎鼐란 고대에 음식을 끓이던 두 가지 청동 솥을 말한다. 중국의 고전문학에서 "요리솥을 젓는다[調和鼎鼐]"라는 말은 집정자가 정치적인 조정자의 역할을 하는 것을 말한다. 여기서는 마사영이 자신을 두고 한 말이다.
2) 꺼진 불 다시~ : 여기에서 '꺼진 불'이란 위충현魏忠賢의 '엄당閹黨'을 가리키는 말로, 마사영과 완대성이 이미 실각한 위충현의 잔여세력을 다시 규합하려고 획책하는 것을 두고 하는 말이다.
3) 음과 양을 조화시키는[燮理陰陽] : 고대 중국에서는 음양을 조화시키는 것이 재상의 직분이라고 여겼다.

있습니다. 천자께옵서는 아무 걱정 없이 눈 감고 두 손 모은 채 가만히 계시게 하고, 재상인 이 몸이 몸 챙기며[4] 득의양양하여 기염을 토하지요. 붉은색·보라색[5] 관복 걸친 저 조정 신료 태반이 그저 붕당이나 부르고 무리나 끌어들이는데 급급하고, 온몸에 경륜이 가득한 이 몸 또한 원한 갚고 은혜 베푸는 데에만 몰두하는 중입니다. 남들은 "기른 말이 무리를 이루니 흙먼지가 그칠 날이 없구나[養馬成群, 滾塵不定]"[6] 라며 입방아를 찧어 대지만, 이 몸이 군왕을 옹립한 덕분에 사람을 죽여도 무사하다는 걸 그 자들이 알 턱이 있습니까? (웃으면서) 요 며칠간 태평무사한데다 벌써 붉은 매화까지 피었길래 만옥원萬玉園에 자리를 마련하고 친척과 벗들을 좀 모았습니다. 그들이 온갖 방법으로 아부를 하면 할수록 존귀하고 명예롭기 그지없는 이 몸은 더욱 빛나겠지요.

인생이란 어차피 마음껏 즐기자고 있는 것.
부귀공명을 누리자면 이때뿐이 아니겠나?[7]

---

4) 재상인 이 몸이 몸 챙기며[相公養體]: 『맹자孟子』「고자상告子上」에서 차용한 말. 원래는 심지를 기른다는 뜻이지만, 여기에서는 마사영이 그것을 오해하여 자신이 조정에서 실권을 쥐어 득의양양한 것을 가리키는 말로 사용함으로써 그의 천박한 학식을 스스로 폭로하게 하고 있다. 여기에서 '상공相公'은 재상을 말한다.
5) 붉은색·보라색[朱紫]: 고위 관료가 착용하던 관복의 색을 두고 한 말. 당대唐代에는 오품五品 이상의 관료들만 붉은색이나 자주색의 관복을 입을 수 있었다고 하는데, 이 제도는 그 후에도 대체로 답습되었다.
6) 기른 말이 무리를 이루니~: 마사영이 사당을 결집하여 정국을 혼란에 빠뜨린 것을 풍자한 남명시대의 속담으로, 여기에서 '말'은 마사영을 가리킨다.
7) 인생이란~: 한대의 양운楊惲이 쓴 「손회종에게 답하는 글[報孫會宗書]」에 나오는 "인생은 그저 즐겨야 하는 것이니, 부귀를 언제까지 기다릴 것인가?[人生行樂耳, 須富貴何時]" 부분을 차용한 것으로, 여기에서는 인생은 오로지 즐기기 위한 것이니 때를 놓치면 안 된다는 식으로 왜곡하여 말하고 있다.

(부른다) 장반, 오늘 낸 청첩은 어떤 분을 모시는 건가?

장반 : 다 대감님의 동향 분들이시군요 (…) 병부주사兵部主事 양문총楊文驄, 첨도어사僉都御史 월기걸越其傑, 신임 조무漕撫 전앙田仰, 광록시경光祿寺卿 완대성阮大鋮 등등의 몇 분 대감들이십니다요.

마사영 : (의아하다는 듯) 완대성? (…) 그 자는 동향이 아니지 않은가?

장반 : 그 양반은 늘 남들한테 마님과 아주 각별한 친척이라고 떠벌리고 다닌다는뎁쇼?

마사영 : (웃으면서) 서로 각별하게 대하니 가까운 친척과 진배없긴 하지만…….
(분부한다) 오늘은 외간 손님이 아니니 이 매화서옥梅花書屋에다 자리를 마련하게나.

장반 : 예!

마사영 : 벌써 정오가 지났으니 어서 손님들을 모시게.

장반 : 모실 것도 없겠습니다. 다들 행랑채에서 기다리고 계시는뎁쇼 한 마디만 전하면 줄줄이 들어올 겁니다요. (알린다) 마님께서 들라 하십니다!

말과 부정이 허둥지둥 등장한다.

두 사람 : 한 마디 문지기의 말이 천금보다 무겁고
재상 댁 겹겹의 문들은 만 리만큼 깊구나.

(들어가서 대면하면서 깍듯이 예의를 차린다)

마사영 : 난 또 누구시라고……. (말을 향하여) 매부는 일가친척이면서 왜 바로 들어오지 않으셨소?

양문총 : 요즘은 친척도 지체가 높아야 친척 대접을 받으니까요

마사영 :   무슨 말씀! (부정을 향하여) 완형도 내내 가깝게 내왕하던 사이
            에 어째서 모실 때까지 기다리셨소이까?

완대성 :   존귀하신 재상 댁에서 어찌 감히 무례를 범하겠습니까?

마사영 :   우리가 무슨 남이라도 된답니까?

정에게 먼저 앉기를 양보한 후 허리를 굽혀 절한다.

          〈호사근好事近〉
          우리야 함께 일을 도모한 사이이니
          꽃 아래서 흉금을 터놓기도 좋지요
          난초 같은 벗이요 외 같은 친지8)이니
          문 밖으로 나오며 신발 거꾸로 신을9) 필요는 없겠지요
          의심하지 마시오
          어쨌든 한 울타리 식구이니 …….
          만나면 손 맞잡고 술잔 기울이는 사이인데
          굳이 관가의 법도에 구애될 필요야 있겠소?
          내 어찌 당당한 재상집에
          찾아오는 손님이 드물기를 원하겠소이까!

---

8) 난초 같은 벗이요 외 같은 친지[蘭友瓜戚] : '난초 같은 벗'이란 서로 마음이 통하는
   절친한 벗을, '외 같은 친지'란 서로 마음을 터놓고 내왕하는 친척을 가리킨다.
9) 신발 거꾸로 신을[倒屣] : 손님을 환대한다는 뜻. 후한시대의 문학가인 왕찬王粲(177
   ~217)은 자가 중선仲宣으로 산양山陽 사람이다. 선대부터 조정에서 요직을 담당했으나
   나중에 가세가 기울었다. 열 살 때부터 문장을 써서 주위 사람들의 인정을 받았으며,
   열네 살 때에는 부친을 따라 장안長安으로 이주하였다. 이 무렵 장안은 도읍지로 전국
   의 인재가 몰려 문학이 크게 번성했으며, 당시 문단의 우두머리로 추앙되던 채옹蔡邕
   의 집에는 매일 손님들로 넘쳐났다. 하루는 왕찬이 채옹을 예방하자 평소 그의 재주를
   익히 듣고 있던 채옹이 너무도 기쁜 나머지 신발을 거꾸로 신은 채 마중을 나갔다고
   한다. 여기에서는 마사영이 손님을 기다리게 한 것을 변명하는 뜻에서 한 말이다.

차를 내어오자 정이 먼저 마시도록 양보한 후 허리를 굽혀 절한다.

마사영 :   오늘 날씨가 좀 썰렁한 것이 술 한 잔 하기에 딱 좋구려.

부정과 말이 허리를 굽혀 절을 올린다.

완·양 :   정말 그렇습니다.
마사영 :   조정에서 퇴청하자마자 벌써 정오가 지나버렸군요. 낮은 짧
고 밤은 길어져서 세 시진時辰10)이나 차이가 나는구려.

부정과 말이 허리를 굽혀 절을 올린다.

완·양 :   그렇고 말고요! 이게 모두 은사님께서 음양을 잘 조화시켜
주시는 덕택이지요!

차를 마시고나자 정이 먼저 찻잔을 내려놓도록 양보한 후 허리를 굽혀 절한다.
정이 외에게 묻는다.

마사영 :   어째서 월 대감·전 대감 두 분은 여태 안 오시는 게냐?
장반 :   월 대감께서는 치질이 생겨서 진작 사양하셨고, 전 대감께서
는 내일 출발하기 때문에 가솔들을 배에 태우신 후 밤이나
되어야 하직인사를 올리시겠답니다.
마사영 :   알겠네. 술자리를 마련하도록 분부하게.

---

10) 시진時辰 : 고대 중국에서는 하루를 열두 시진으로 나누고 간지干支를 붙여 불렀으므
로, 한 시진은 지금의 두 시간에 해당된다. 오늘날 중국어에서 한 시간을 '소시小時'라
고 하는 것은 이를 염두에 둔 표현이라고 할 수 있다. 여기에서 마사영이 낮과 밤의
차이가 '세 시진' 즉 여섯 시간이나 된다고 한 것은 이 대목의 사건 발생 시점이 음력
10월 즉 양력 11월로서, 밤이 길어졌기 때문이다.

풍악이 울리면서 세 사람 자리를 마련하고 의자를 배치한다. 부정과 말이 공손하게 절을 한 후 감사의 인사를 한다. 자리에 앉아 술을 마신다.

마사영:　　〈읍안회泣顔回〉
　　　　　조회를 마치니 소매 향기가 희미해져서
　　　　　가벼운 털옷에 붉은 신발로 갈아입네.
　　　　　양춘陽春의 시월[11]에
　　　　　매화는 벌써 붉은 꽃망울을 터뜨렸구나.
　　　　　남조南朝의 기품 있는 손님은
　　　　　반한당半閑堂[12]서 잠시 풍류로운 이야기를 나누고
　　　　　기나긴 밤 내내 그림 읽고 시를 평하며
　　　　　우리 당에 이 마음 아는 벗이 몇이나 될까 싶어 한탄하노라.

완대성:　　(묻는다) 재상 댁에서 날마다 잔치를 베푸는 손님은 어떤 분들
　　　　　이신지요?

마사영:　　다 우리 당 사람들이긴 하지만 (…) 두 분만큼 고상하진 못하
　　　　　지요.

양문총:　　(묻는다) 어떤 분들인데요?

마사영:　　(부른다) 장반, 귀빈 방명록을 갖다 보여 드리게.

장반:　　　명부 여기 있사옵니다. (부정이 받아서 본다)

완대성:　　장손진張孫振, 원굉훈袁宏勳, 황정黃鼎,[13] 장첩張捷,[14] 양유원楊

---

11) 양춘의 시월[陽春十月] : 중국의 습속에서는 음력 10월을 '소양춘小陽春'으로 불렀다
　　고 한다.
12) 반한당半閑堂 : 남송南宋 말기에 재상 가사도賈似道는 항주 서호西湖의 갈령葛嶺에 반
　　한당을 짓고 그 속에 자신의 조각상을 안치한 후 크고 작은 국정을 그 곳에서 결정했
　　다고 한다.
13) 황정黃鼎 : 자가 옥이玉耳로 곽산霍山 사람이다. 제생諸生 출신으로 명말에 거사했다가
　　홍승주洪承疇에게 항복하고 총병이 되어 강남에 머물렀다. 나중에는 정성공鄭成功과 내
　　통하다가 총독 낭정주郎廷佐에게 발각되어 독약을 먹고 죽었다.

維垣15)······.

양문총 : 과연 다들 아주 쟁쟁한 분들이시군요

마사영 : 소생이 키운 자들인데, 지금은 다들 고관이 됐지요.

완대성 : (넙죽 절하면서) 소생같이 파직된 자들조차도 은혜를 입고 기용 되지 않았습니까! 은사님께서는 나라를 위해서라면 드시던 밥조차 뱉고 감던 머리도 틀어 잡으시면서까지 반기시니 참 으로 주공周公보다도 위대하십니다!16)

마사영 : 천만에요 (두 손을 모으며) 두 분은 여느 사람들과는 다르지요 내일 이부吏部에 청탁해서 파격적인 영전을 시켜드릴 참입니다!

말이 허리를 굽혀 절한다. 부정이 무릎을 꿇는다.

완·양 : 키워주셔서 감사합니다!! (정이 일으켜 세운다)

---

14) 장첩張捷(?~1645) : 자가 전지前之로 진강부鎭江府 단양丹陽 사람이다. 만력 41년(1613) 진사 출신으로 산음 지현山陰知縣에 제수되고 감찰어사監察御史로 발탁되었으며, 숭정 연간에는 이부시랑吏部侍郎을 역임하기도 하였다. 동림당을 적대하던 장첩은 수상이던 주연유周延儒와 가깝게 지내다가 그가 실각하자 온체인溫體仁에게 아부하였다. 죄를 지 어 삼 년간 귀양살이를 했으며, 홍광제가 집권하자 이부상서가 됐지만 남경이 함락되 자 계명사鷄鳴寺에서 목을 매어 죽었다.

15) 양유원楊維垣(?~1645) : 산동 문등文登 사람이다. 만력 44년(1616) 진사 출신으로, 위충 현에게 아부하면서 동림당을 배척하였다. 숭정제가 즉위하자 '엄당'으로 몰릴 것을 우 려하여 먼저 그 일당이었던 최정수崔呈秀를 공격하기도 하였다. 태복소경太僕少卿을 지 냈지만 곧 어사 모우건毛羽健 등의 공격을 받아 역적으로 몰리면서 회안淮安에서 귀양 살이를 하였다. 홍광 연간에 완대성·전겸익 등의 추천으로 통정사通政使로 복귀하고 좌부도어사左副都御史가 되기도 했지만 남경이 함락되자 스스로 목을 매어 죽었다.

16) 드시던 밥조차~ : 일설에 따르면 주나라의 주공周公은 백금伯禽에게 "나는 제때에 어 진 인재를 접대하기 위해 머리를 감을 때마다 세 번이나 머리를 틀어잡고, 밥을 먹을 적마다 세 번이나 뱉어야 했다"라고 말했다고 한다. 여기서는 완대성은 주공의 고사를 들면서 마사영이 주공보다 더 인재를 중시하는 훌륭한 분이라고 아부하고 있다.

두 사람 : 　〈전강前腔〉

서로 손을 맞잡으니

나래 꺾인 새가 갑자기 높이 날고

보검이 풍성豊城 옥 밑에서 나타난 듯.17)

수행하여 조정으로 나와 대루원待漏院18)에 있노라니

마치 개가 담비 꼬리를 단 격이로군요

화려한 연회에서 한 잔 마시고

대문 나서노라니

온 얼굴에 봄바람이 넘쳐나니

예복이며 홀19) 하사받는 이 영광은

용문龍門 길 올라 이응李膺을 모신 일20)따위는 비교도 안 되겠지요

(일어난다)

마사영 :　잔치 자리를 거두고 작은 술상을 준비하게. 무릎을 맞대고
허심탄회하게 정담을 나눌 참이니…….

(따로 자리를 마련하자 옷을 갈아입고 둘러앉는다)

술은 이제 그만 합시다 그려.

---

17) 보검이 풍성 옥 밑에서~ : 중국 전설에 따르면, 진대晉代에 뇌환雷煥이라는 사람이
풍성현豊城縣의 현령으로 있을 때, 옥 밑에서 용천龍泉과 태아太阿 두 보검을 발굴해냈
다고 한다. 여기서는 앞의 구절과 함께 실의한 사람이 재기하고 숨겨져 있던 인재가
다시 발굴되는 것을 의미하는 말로 사용되고 있다.
18) 대루원待漏院 : 옛날 중국에서는 조정 대신들이 입조入朝하기 전에 대루원에서 대기
했다고 한다.
19) 예복[袞] · 홀[圭] : 곤袞은 고대에 상공上公이 착용하던 예복을, 규圭는 공公 · 후侯 ·
백伯 · 자子 · 남男 등의 제후들이 들던 홀을 말하는데, 여기서는 높은 작위를 책봉 받
았다는 뜻으로 사용되고 있다.
20) 이응을 모신 일 : 일설에 따르면, 동한東漢의 이응李膺은 어질다는 평판을 들어서었는
데, 그를 접견한 사대부들은 지체가 대단히 높아져 "용문을 오른다[登龍門]"고 일컬어졌
다. 한번은 순상荀爽이 그를 위해 거마를 본 후에 귀가해서 가족에게 "오늘 이군의 거마
를 몰았다우"라고 자랑을 했다고 한다. 여기에서 이 두 구절은 그들의 영예는 용문에
오르고 이응을 모신 영광과는 비교할 바가 못 된다는 뜻으로 사용되고 있다.

완·양: 그러셔야 하고말고요!

　잡이 두 집[21] 하인으로 분장하고 마씨네 극단에 주려고 준비했던 상금 봉투를 바친다.

마사영: (손사래를 치면서) 됐소이다, 됐어! 꽃가에서 가지는 격조 있는 자리이기도 하거니와 배우들도 없는데 관청 연회에서나 있을 이런 허례허식은 뭐 하러 차리고 그러시오!
완대성: 소생의 극단은 매일 무료해서 난리인데, 진작 이런 귀하신 자리에 부르시지 그러셨습니까요!
마사영: 완형은 충분히 즐기셨을 테니, 그럼 제가 다른 손님 모실 때 좀 부탁드리겠습니다.

　　〈태평령太平令〉
　　귀댁 극단이 새롭고 대단하다고 하던데
　　이력이 난 사공司空[22]께서 알아서 연출해 주시구려.

완대성: 그러문입쇼, 그러문입쇼!

마사영: 이름난 정원에 꾸민 산이며 시냇물의 맑은 소리로도 충분히 아름다우니
　　　　　거기다 악기까지 연주할 필요야 어디 있겠습니까!

---

21) 두 집 : 양문총과 완대성 두 집안을 말한다.
22) 이력이 난 사공[見慣司空] : 원래는 당대에 사공司空을 지낸 이신李紳을 말하지만, 여기에서는 극작과 연출에 탁월한 재능을 가진 완대성을 두고 한 말이다. 자세한 내용은 여섯 번째 대목 '백년 가약眠香'의 '이력이 난 사공' 각주를 참조할 것.

양문총: (웃으면서) 예로부터 이름난 꽃과 경국지색23)은 하나라도 빠지면 안 되는 법. 오늘 붉은 매화 아래에서 배우는 없어도 상관없지만 "새벽바람 불고 조각달 걸렸으리"24) 하는 노래 가락이 빠지면 안 되지요.

〈전강前腔〉
붉은 매화는 반쯤 피었는데
활짝 피기 재촉할 위낭韋娘의 노래25)가 빠졌군요.

마사영: (큰 소리로 웃으면서) 매부는 참 풍류도 넘치시지. 소주자사라도 되신 듯싶구려!

소주자사蘇州刺史께서 벌써 넋이 다 나가셨구려.
시중 들어줄 아리따운 미인 생각이 다 나신다니…….

그거야 쉽지요. (분부한다) 장반더러 가기歌妓 몇에게 어서 와서 시중 좀 들라고 전하라 이르게.

장반: 마님, 구원舊院 기생을 부를까요 주시珠市26) 기생을 부를까요?

---

23) 경국지색[傾國] : 당대 시인 이백李白이 지은 「청평조淸平調」의 "이름난 꽃과 나라를 무너뜨리는 미인 둘이 서로 기뻐하네[名花傾國兩相歡]" 부분을 차용한 것으로, 원래는 양귀비楊貴妃를 말하지만 여기에서는 꽃처럼 아름다운 미녀를 가리키는 말로 사용되고 있다.

24) 새벽 바람 불고 조각달 걸렸으리[曉風殘月] : 송대의 가객 유영柳永의 사 〈우림령雨霖鈴〉에 나오는 "버드나무 늘어선 물가에 새벽 바람 불고 조각달 걸렸으리[楊柳岸, 曉風殘月]" 부분을 차용한 것으로, 여기에서는 가기歌妓들의 노래를 가리킨다.

25) 위낭의 노래[韋娘一曲] : 뒤에 나오는 '소주자사蘇州刺史'와 함께 유우석劉禹錫의 '이력이 난 사공[司空見慣]'의 고사를 차용한 것이다. 자세한 내용은 여섯 번째 대목 '백년 가약'의 '이력이 난 사공' 각주을 참조할 것.

26) 주시珠市 : 남경 내교內橋 옆에 위치한 곳으로, 당시 현지에서 명성이 자자하던 구원舊院과 비견되는 또 다른 기방이 집중되어 있던 홍등가였다.

마사영 :   (말을 향하여) 양 대감께서 한 수 가르쳐 주시지요?

양문총 :   소생이 진작 다 물색해 봤습니다만 도통 빼어난 인물이 없더
군요. 다만…… 구원의 이향군은 일전에 〈모란정牡丹亭〉을
익혀서 제법 부를 줄 압니다.

마사영 :   (분부한다) 장반이 어서 가서 불러오게!

외가 대답하고 퇴장한다. 부정이 말에게 묻는다.

완대성 :   전번에 전백원田百源27)이 삼백 금을 들여 소실로 들이려고
했던 바로 그 계집일 테지요?

양문총 :   그렇습니다.

마사영 :   (말에게 묻는다) 어째서 안 들였답니까?

양문총 :   그 어리석은 것이 가소롭게도 후조종에게 절개를 지킨답시
고 한사코 거부하지 뭡니까! 저도 몇 번 가서 설득했지만 끝
까지 누각을 내려오지 않는 바람에 허탕만 치고 말았답니다.

마사영 :   (성을 내면서) 그런 발칙한 년이 있나!

〈풍입송風入松〉
재상 댁 권세 누리는 수하들이
사람 죽이기를 벼룩·서캐 다루듯 한다는 걸 모른단 말인가?
가소롭다 박명한 화류계 귀신이
마치 등불로 뛰어드는 나방과도 같구나!

완대성 :   그게 다 후조종이 잘못 가르친 탓입니다. 전번에는 소생도
톡톡히 수모를 당했답니다.

---

27) 전백원田百源 : 양문총의 친척인 전앙田仰을 가리킨다. 전앙에 대한 보다 자세한 내용
은 열일곱 번째 대목 '개가 종용拒媒'의 '전앙' 각주를 참조할 것.

마사영 : (크게 성을 내면서) 어이가 없구만, 어이가 없어! 신임 조무께서
          은 삼백 냥을 가지고서도 기생 하나를 사들이지 못하다
          니……. 이럴 수가 있나!

              열 되나 되는 진주로도
              미인 하나를 가지지 못 한다니[28]…….

완대성 : 전조무께서는 은사님과는 동향 분이신데 그 년에게 수고를
          당하셨으니 보통 일이 아닙니다!
마사영 : 그렇소이다. 그 년이 오면 내가 알아서 처리하리다.

    외가 등장한다.

장반 :   마님, 쉰네가 구원에 가서 향군을 찾아내긴 했사온데, 병을
          핑계로 누각에서 내려올 생각을 않습니다요!
마사영 : (생각에 잠기더니) 도리 없지. 장반과 하인들을 시켜 옷과 재물
          을 갖고 가서 그 년을 소실로 들일 수밖에…….

              〈전강前腔〉
              월하노인月下老人[29]이 몇 번이나 재촉할 필요도 없느니라.
              삽시간에 홍실 달아 연분을 맺어주고
              화려한 가마는 문 앞까지 들이대고

---

28) 열 되나 되는 진주[珍珠一斛] : 일설에 따르면, 서진西晉의 미녀 녹주綠珠는 백주白州
    경내의 쌍각산雙角山 아래에서 태어났는데 그 용모와 자태가 대단히 뛰어났다고 한다.
    당시 교지채방사交趾採訪使이던 석숭石崇은 그 소문을 듣고 진주 열 말을 들여 녹주를
    첩으로 맞아 들였다고 한다.
29) 월하노인[月老] : 남녀를 짝지어 준다는 전설상의 신선. 보다 자세한 내용은 열일곱
    번째 대목 '개가 종용'의 각주 '월하노인'을 참조할 것.

예식 절차는 하나도 빠뜨리지 말라!

그곳 기생어미가 바라든 말든 간에 당장 향군이년을 끌어다 가마에 싣고 오늘밤에 전조무의 배로 보내드려라!

그 양반이 "이게 꿈이냐 생시냐?
안개 낀 물 위에서 상비湘妃[30]를 만났나 보다" 하며 놀라게 만들 자꾸나!

외 등이 서둘러 대답하고 퇴장한다.

완대성 : (기뻐하면서) 절묘합니다, 절묘해! 속이 다 후련하군요!
양문총 : 날이 너무 늦었으니 저희도 이만 작별인사를 올리겠습니다.
마사영 : 한창 신나게 담소를 나누던 참인데 왜 가시오?
완대성 : 저희들 대접하시느라 피곤하실까 싶어서 말씀입니다요

함께 일어나서 허리 굽혀 절을 한다.

마사영 : 그래도 배웅은 해 드려야지…….
두 사람 : 황송합니다요! (연거푸 세 번 절을 한다) (정이 먼저 집 안으로 들어간다)
완대성 : 참 대단하십니다. 양형의 처남이자 은사이신 마 대감께서 동

---

30) 상비湘妃 : 전설에 따르면, 당요唐堯 임금의 딸 아황娥皇과 여영女英은 우순虞舜의 아내
가 되었는데, 우순이 동생 상象에 의해 곤경에 처하자 기지를 발휘하여 그를 구해내었다.
훗날 우순이 왕위에 오르자 자애는 남편인 우순에게 과거의 적들을 용서하고 덕치를
베풀도록 격려하여 사람들의 칭송을 받았다. 우순이 만년에 남방을 순시하다가 창오蒼梧
에서 병사하자 그 소식을 듣고 달려와 대성통곡을 하더니 상강湘江에 몸을 던졌는데,
그 자매가 흘린 눈물이 주위의 대나무에 튀어 얼룩이 생겨서 후세사람들이 이를 '반죽斑
竹'이라고 불렀다. 일반적으로 아황은 '상군湘君'으로, 여영은 '상부인湘夫人'으로 불린다.

향 분 체면까지 걱정하시면서 이처럼 정의로운 행동을 다 하시다니! (…) 양형도 가서 좀 거드셔야 하는 것 아닙니까?

양문총 : 어떻게 거들라는 말씀이신지…….

완대성 : 구원은 양형도 자주 행차하던 곳이니, 가셔서 누각에서 끌어내려 출발시키면 되지 않겠습니까?

양문총 : 그 아이를 너무 난처하게 만들어도 안 되지요.

완대성 : (성을 내면서) 그 정도도 그 계집한테는 후한 대접인 걸요! 전번 일만 생각하면 그 망할 계집을 요절을 내도 이 속이 풀리지가 않습니다!

〈미성尾聲〉

그 해의 옛 원한을 다시 거론하노라니

그 놈의 꽃 꺾고 버들가지 망가뜨린다 해도 후회하지 않습니다.

후조종 그 놈이 머리를 올려준 일이 말짱 헛수고가 돼 버렸구려!

오늘은 누구 앞에서 비파를 들런지31) 어디 두고 보자꾸나!

완대성 : 제후로 책봉 받겠다던 서방32)은 언제 돌아온답디까?

양문총 : 푸른 휘장으로 가려진 누각만 외로이 지키더이다.

완대성 : 무산巫山에 부는 바람이 얼마나 거센지 모르나 보구려?

양문총 : 삼경이 지나면 비구름 옷으로 갈아입게 될 테지요33)…….

---

31) 오늘은 누구 앞에서 비파를 들런지~ : 중국문학에서 "비파를 든다[抱琵琶]"라는 말은 여자가 출가하는 것을 가리키는 말인데, 여기서는 이향군이 누구에게 재가할지 두고 보겠다는 뜻이다.

32) 제후로 책봉 받겠다던 서방[封侯夫壻] : 여기서는 화를 피해 사가법史可法의 막부로 떠난 후방역을 가리킨다.

33) 삼경이 지나면~ : 바람의 힘으로 비구름을 재촉하듯이 이향군이 완력에 의해 강제로 첩살이를 떠나게 될 거라는 말이다.

스물두 번째 대목

바꿔치기

守樓

桃花扇

원제는 "수루守樓"로, 누각을 지킨다는 뜻이다. 이 대목에서는 양문총이 마사영의 종복들을 데리고 미향루媚香樓에 들이닥쳐 이향군에게 개가를 종용하다가 완강한 저항에 부딪힌 어쩔 수 없이 이정려를 설득해서 그녀를 희생양으로 출가시킴으로써 사태를 수습하려고 애쓰는 과정을 주로 다루고 있다. 이 대목은 기본적으로 양문총이 이정려를 설득하는 것이 주된 내용이어서 이향군의 거처인 미향루를 주 무대로 하고 있으며 노래도 대부분이 양문총과 이정려를 중심으로 안배되고 있다.

갑신년(1644) 10월

등장인물

> 외 : 장반
>
> 소생 : 하인
>
> 말 : 양문총
>
> 잡 : 보아
>
> 소단 : 이정려
>
> 단 : 이향군

외·소생이 '내각內閣'이라고 씌어진 등롱과 옷가지·은괴를 들고 가마를 따라 등장한다.

두 사람 :　천상세계에는 얼치기 월하노인일랑 없었는데
　　　　　인간세상에 엉터리 화성花星[1]이 다 있었네.

장반 :　우리는 마님 명령을 받자왔으니, 강제로라도 향군이를 실어 드려야 하니 서둘러 갑시다.

하인 :　구원에서 이가네 모녀가 두 사람인데 어느 쪽이 향군인지 알 아야죠

---

1) 화성花星 : 고대 중국에서 점술가가 사용하던 말. 원래 혼인을 나타내는 징조로, 여자 의 팔자에 화성이 있으면 남녀 간에 치정문제가 발생할 수 있다고 한다. 때문에 『제경 경물략帝京景物略』에서는 "여자는 화성이 비치는 것을 두려워한다[女怕花星照]"라고 언급하고 있다.

말이 황급하게 등장하더니 부른다.

양문총 :   거기 멈추게, 나도 같이 가세!

장반 :   (대면하더니) 양 나리께서 같이 가 주시면 실수 없이 잘 처리할
수 있겠군요! (함께 간다)

달은 맑은 시내 흐르는 물2)을 비추고
서리는 장판교長板橋를 적시는구나.

이제 다 왔군. 어서 사람을 불러야지.

(사람을 부른다)

잡이 보아로 분장하고 등장한다.

보아 :   뒷문 닫기가 무섭게
또 앞뜰 문을 여네.
나리님 영접하고 손님 모시는 꼴이
영락없는 미관말직 역졸3)이로구나.

(묻는다) 누구세요?

장반 :   냉큼 문을 열어라!

잡이 문을 열더니 놀란다.

---

2) 맑은 시내 흐르는 물 : 여기에서는 진회秦淮를 가리킨다.
3) 역졸[驛丞] : 역참驛站을 관장하는 관리. 늘 관리와 길손을 영접하고 대접하는 일을
수행하기 때문에 여기서도 보아가 자신을 역졸에 빗댄 것이다.

보아 :   아이고! 등롱에 횃불 하며 가마·말·인부까지……. 양 나리,
         유가 행진4)이라도 하러 오셨어요?

양문총 : 예끼! 어서 정려나 불러 오렷다!

보아 :   (큰소리로 부른다) 어머니 나와보세요, 양 나리께서 행차하셨어요!

소단이 허둥지둥 등장해서 묻는다.

이정려 : 나리, 어디 잔치라도 다녀오시는 길입니까?

양문총 : 매부 마재상 댁에 갔다가 희소식을 전하러 일부러 왔네.

이정려 : 무슨 희소식이길래요?

양문총 : 웬 고관대작께서 영애를 맞아들이겠다고 하시는구만. (가리킨다)

         〈어가오漁家傲〉
         보게나 이 화려한 가마를 맨 푸른 옷5)의 장정들이 문 밖서 재촉
         하는 모습을
         보게나 이 은 삼백 냥과 수놓은 옷가지를

이정려 : (놀라서) 어느 댁에서 들이려고 하실까? (…) 왜 진작 말씀해
         주지 않으셨어요?

양문총 : 보게나 등롱에 큰 글씨가 짝을 이룬 것을
         중당中堂6) 내각 댁이라네.

---

4) 유가 행진 : 옛날에는 선비가 과거에 급제하여 진사進士가 되거나 관리가 승진하는
   경우에는 악대나 의장대를 앞세워 거리를 돌아다니곤 했는데, 이를 '과관誇官'이라고
   불렀다. 여기서는 양문총과 장반 일행이 이향군을 끌고 가기 위해 야밤에 거창하게 들
   이닥친 것을 '과관' 행렬로 오해한 것이다. 참고로, 우리나라에서는 이런 행사를 '유가
   행진遊街行進'이라고 불렀다.

5) 푸른 옷[靑衣] : 옛날에는 종복들이 푸른 옷을 입었다고 한다. 여기서는 종복을 말한다.

이정려 :　바로 내각 대감마님께서 맞아들이시는 건가요?

양문총 :　아닐세.

　　　　　조무 전공이
　　　　　동향에다 가까운 인척이신지라
　　　　　술자리 시중 들어줄 가인을 하나 선사하시겠다는군.

이정려 :　전씨 댁 혼사는 예전에 벌써 물렸는데, 왜 또 성화를 부리신
　　　　　답니까요?

　　소생이 들고 있던 은괴를 건넨다.

하인 :　당신이 바로 향군이슈? 예물부터 받으슈!

이정려 :　들어가서 의논 좀 하구요

장반 :　재상 댁에서 사람을 달라는데 의논할 때까지 기다리게 됐소?
　　　　어여 은이나 받고 가마에 오르기나 하슈!

양문총 :　어째서 감히 안 간다는 겐가? (…) 자네들은 밖에서 기다리게,
　　　　　내가 은을 갖고 들어가 몸단장을 하도록 채근할 테니…….

　　말이 은괴를 받고 잡이 옷을 받은 후 소단과 함께 들어간다.

두 하인 :　우리는 늙은 퇴기라도 찾아서 회포나 푸세. (함께 잠시 퇴장한다)

---

6) 중당中堂 : 당대에는 중서성中書省에 재상이 집무하는 정사당政事堂이 설치되어 있었
　기 때문에, 재상을 ‘중당中堂’이라고 부르곤 하였다. 명대에는 황제에게 권력이 집중되
　고 정치적 이유로 인하여 재상宰相·중서성 등의 기구가 철폐되어 내각內閣이 국가의
　정무를 처리했기 때문에, 내각의 수보대학사首輔大學士와 협판대학사協辦大學士를 재상
　의 별칭인 ‘중당’으로 불렀다.

소단·말·잡이 누각에 오른다. 말이 부른다.

양문총 :   향군아, 자느냐?

단이 등장한다.

이향군 :   무슨 급한 일이시길래 이렇게 야단법석이랍니까?
이정려 :   너는 여태 모르고 있었니?
이향군 :   (말을 발견하고) 양 나리께서 노래라도 들으러 오셨나 보군요?
이정려 :   노래는 또 무슨 노래!

　　〈척은등剔銀燈〉
　　허둥지둥 들이닥쳐 예물부터 건네더니만
　　우악스레 노래하는 명기를 끌고 가려 드는데
　　얼굴을 맞대고 보니 한 순간 피하기조차 어렵구나.
　　이름까지 불러대니 남이 어느 누가 대신할 수 있겠나?

이향군 :   (놀라면서) 깜짝이야! 또 어떤 급살 맞을 인간인데요?
이정려 :   이번에도 전앙이라는구나. 재상 댁 권세를 빌어서 억지로 너
　　　　　　를 맞아들이겠다는 게지.

　　참으로 슬프구나.
　　기생의 기구한 팔자…….
　　삽시간에 버들개지처럼 어지러이 흩날리겠네!

　　(말을 향하여) 양 나리께선 여태껏 우리 모녀를 아끼시더니 어
　　쩌자고 이렇게 모진 짓을 벌이셨단 말씀입니까!

양문총 : 내가 상관할 바가 아닐세. 저 마요초馬瑤草는 자네가 전앙의 요구를 물리쳤다는 걸 알고 단단히 화가 나서 우악스런 하인들을 보내 강제로 실어 보내려는 게야. 나는 자네가 모욕이라도 당할까 걱정돼서 자네를 지켜 주려고 일부러 온 걸세.

이정려 : 그러시다니 고맙기는 하오나, 역시 나리께서 끝까지 도와주셔야겠습니다.

양문총 : 삼백 냥의 지참금이 무슨 밑지는 일도 아니고, 향군이가 조무에게 출가하는 것도 부끄러운 일이 아닐세. 자네가 제 아무리 큰 재주가 있다고 한들 양가의 권세에 맞설 수 있을 것 같은가?

이정려 : (생각을 하더니) 양 나리 말씀도 일리가 있습니다. 아무래도 이번에는 거역하기가 어렵겠군요. (…) 애야, 얼른 짐을 꾸려서 내려가거라!

이향군 : (성을 내면서) 어머니는 무슨 말씀을 그렇게 하세요! 그 날 양 나리께서 중매를 서고 어머니가 주례를 서서 소녀를 후서방님께 출가시키는 광경을 온 집안 손님이 다 보셨잖아요 지금도 그때의 정표를 갖고 있는걸요 (급히 무대 뒤에서 부채를 건네받더니) 이 정혼시 (…) 양 나리께서도 다 보셨으면서 (…) 설마 잊어버리신 건 아니시겠지요?

〈탄파금지화攤破錦地花〉
밥상을 눈썹까지 들어올려 바쳤던[7]
그 이는 제가 평생토록 의지해야 할 분인데

---

7) 밥상을 눈썹까지 들어올려 바쳤던[案齊眉] : 『후한서後漢書』「일민전逸民傳」에 따르면, 동한시대에 양홍梁鴻은 자가 백란伯鸞으로 부풍扶風 평릉平陵 사람이었는데, 그의 아내 맹광孟光은 밥상을 차리고 기다리다가 그가 일을 마치고 귀가하면 눈을 아래로 깔고 밥상을 눈썹까지 들어올려 바침으로써 남편에 대한 공경심을 나타내었다고 한다.

그 맹세를 어이 바꾸오리까?
얇고 투명한 비단 부채엔 그날 지은 시가 그대로 남아 있나니
오만 가지 사랑이 넘치는
첫날밤 함께 지샌 부부인 것을요

양문총: 그 후서방이라는 작자는 난리를 피해 도망쳐서 행방조차 모르는 판국이다. 삼년이 넘도록 돌아오지 않는데도 끝까지 그자를 기다릴 셈이냐?

이향군: 삼년을 기다리고, 십 년을 기다리고, 설사 백년을 기다린다 해도! 절대로 전앙에게는 안 갑니다!

양문총: 허허, 성미하고는(…) 옥비녀 뽑고 옷 벗어 던지면서 완원해阮圜海를 욕하던 왕년의 그 모습과 어쩌면 그렇게도 똑같으냐!

이향군: 또 그러시는군요! 완대성과 전앙은 둘 다 위충현의 잔당입니다. 완가의 혼수도 받지 않았는데, 절더러 전앙을 모시러 가라니요? (무대 뒤에서 큰소리로 외친다)

무대 뒤: 밤이 깊었으니 냉큼 가마에 오르슈! 배에까지 모셔가야 된단 말입니다!

이정려: (설득한다) 이 바보 같은 것아! 전 대감 댁에 출가하면 네가 먹고 입을 것이 뭐가 부족하겠니!

이향군: 흥! 소녀가 뜻을 세워 절개를 지키는 게 어떻게 등 따습고 배부르자고 하는 일이겠어요!

추위와 허기를 다 참으면서
결단코 이 누각 계단은 내려가지 않겠어요!

이정려: 일이 이렇게 되었으니 저 아이를 보살필 도리가 없구나. (외친다) 양 나리, 납채금은 내려놓으시고 다들 저 아이 머리 빗

고 옷 입는 거나 거들어 줍시다요!

소단은 머리를 빗기고 말은 옷을 입힌다. 단이 부채를 들고 앞뒤로 마구 휘두른다.

양문총 : 참 대단하구만! 시를 적은 부채가 날카로운 호신용 칼 같구나!

이정려 : 대충 단장을 끝냈으니 안고 내려가세요. (말이 안든다)

이향군 : (울면서) 소녀 죽어도 여기서 못 내려갑니다! (바닥에 쓰러져 머리를 찧더니 기절해 고꾸라진다)

이정려 : (놀라서) 아이고, 애야 정신차리거라! 난데없이 꽃 같은 얼굴을 엉망으로 망가뜨리다니!

양문총 : (부채를 가리키며) 방바닥에 피가 튀는 바람에 이 부채까지 얼룩이 져 버렸구만 그래! (부채를 주위 잡에게 건넨다)

이정려 : (부른다) 보아야, 향군이를 부축해 침실로 가서 좀 쉬게 하려무나.

잡이 단을 부축하여 퇴장한다. 무대 뒤에서 고함을 지른다.

장반하인 : 벌써 삼경이 다 됐는데 돈만 챙기고 가마에는 태울 생각도 안 하는 게요? 우리가 올라가서 끌어내리리까?

양문총 : (아래층을 향하여) 집사, 조금만 더 기다려 주시게. 저 모녀가 헤어지기 싫어서 그러는데, 사실 딱하지 않은가!

이정려 : (당황해서) 아이는 머리가 상했는데 바깥에선 사람 내놓으라고 고래고래 소리를 다 지르고 난리니 이를 어쩐답니까?

양문총 : 재상의 권세는 자네도 알게야. 이번에 그 양반에게 무안이라도 주는 날에는 자네 모녀는 살아남지 못한다니까!

이정려 : (겁을 내면서) 양 나리, 저희를 좀 구해주십시오!

양문총 : 어쩔 수 없지. 임기응변의 묘책을 찾아보세나.

이정려 : 어떤 임기응변이요?

양문총 : 화류계에서 양갓집에 출가하는 것[8]도 따지고 보면 좋은 일
        일세. 게다가 …… 전씨 댁으로 출가하면 먹고 입는 것도 부
        족함이 없지. 향군이는 글렀으니 자네가 대신 가서 그 호강
        을 누리시게.

이정려 : (당황해서) 그건 절대로 안 됩니다! 한 순간에 어떻게 이걸 다
        포기하겠습니까!

양문총 : (성을 내면서) 내일 아침에 당장 잡으러 들이닥칠 텐데 그때도
        자네 뜻대로 할 수 있을 것 같은가!

이정려 : (얼이 나가서) 알겠습니다! 향군이한테 누각을 지키게 하고 쇤
        네가 한번 가 봅시다. (생각해 보더니) 안돼요, 안돼! 누가 알아
        보기라도 하면 어쩌라구요!

양문총 : 내가 자네를 향군이라고 우기는데 어느 누가 알겠나?

이정려 : 정 그러시다면 신부처럼 새로 단장을 하는 수밖에요. (서둘러
        단장을 마친다)
        (무대 뒤를 향해 외친다) 향군아 얘야! 몸조심 하고 잘 있거라. 내
        가 너 대신 가마. (다시 당부한다) 그 은 삼백 냥은 …… 대신
        잘 간수해 둬야 한다. 마음대로 써 버리면 안 되느니라?

말이 소단을 부축해 아래층으로 내려간다.

---

8) 양갓집에 출가하는 것[從良] : 기녀가 화류계 생활을 청산하고 양갓집 자제에게 출
가하는 것을 '종량從良'이라고 한다. 명대 기녀들의 종량에 대한 자세한 정보는 명대
말기의 문학가이자 출판가였던 풍몽룡馮夢龍이 엮은 『경세통언警世通言』「두십낭노침
백보상杜十娘怒沉百寶箱」 등을 참조할 것.

이정려 :   〈마파자麻婆子〉
            누각을 내려가네 누각을 내려가네 삼경 한밤중에
            붉은 등롱이 온 길을 다 비추는구나.
            대문을 나서네 대문을 나서네 찬 바람 몰아칠 때에
            꽃 보려고 해도 돌아오긴 틀렸구나!

       소생·외가 등롱을 들고 가마를 맨 채 등장한다.

두 사람 :   됐다, 됐어! 신부가 나왔구만 (…) 어서 가마에 타시지요

       소단이 말과 작별인사를 나눈다.

이정려 :   양 나리, 안녕히 계세요!
양문총 :   가는 길에 몸조심 하게! 훗날 또 만날 날이 있겠지…….
이정려 :   나리, 오늘밤은 여기서 주무시면서 향군이나 잘 좀 보살펴
            주세요
양문총 :   물론이지.

       소단이 가마에 오른다.

이정려 :   소서방님도 이젠 훔쳐나 보는 남남이 되겠구나.9)

---

9) 소서방님도~ : 소서방[蕭郎]은 당대에 미남을 부르던 말이다. 이 두 구절에서 이정
   려는 최교崔郊의 고사를 차용하여 자신이 전씨 집안으로 출가하게 되면 다시는 나오기
   어려울 것이라고 우려하는 심정을 토로하고 있다. 일설에 따르면, 당대 원화元和 연간
   의 수재였던 최교는 자신의 고모가 데리고 있던 아름다운 하녀를 연수連帥에게 팔아버
   리자 그녀를 그리워하면서 시를 지어 "세도가의 집은 한번 들어가면 바다처럼 깊으니,
   이로써 소서방도 남남이 되겠구나[侯門一入深如海, 從此蕭郎是路人]" 하고 한탄했
   다고 한다.

권문세가에서 다시 나오기가 어디 그리 쉽겠는가?

(출발한다)

연주하고 노래하던 무리를 떠나면

오늘밤은 누구를 모시게 될는지…….

다함께 퇴장한다.

양문총: (웃으면서) 정려는 대갓집에 출가하고 향군이는 절개를 지키고
완형은 원한을 풀고 매부 마형의 권세도 다 떨쳤겠다? 오얏
으로 복숭아를 대신해서[10) 단번에 넷을 얻었으니, 이거야말
로 묘책이 아니겠나! (한숨을 쉬면서) 다만 …… 모녀가 헤어지
고 말았으니 그게 가슴 아프구만!

총총히 야밤에 떠나 미인을 대신하게 되니

소리 한 가락이 슬픈 역수易水의 노래 같구나.[11)

연자루燕子樓에는 몸겨누운 이[12)가 있건만

등불 어둡고 이불조차 차가운 것을 그 누가 알까!

---

10) 오얏으로 복숭아를 대신해서[將李代桃] : 한대 악부樂府 〈계명鷄鳴〉의 "복숭아나무는
우물가에 생기고 오얏나무는 복숭아나무 옆에 생기지. 벌레가 꼬이면 복숭아나무 뿌
리를 갉아먹으니 오얏나무가 복숭아나무 대신 말라죽누나[桃生露井上, 李樹生桃傍.
蟲來齧桃根, 李樹代桃僵]" 부분을 차용한 것으로, 후세사람들은 이를 빌어 남을 대신
해서 벌을 받거나 서로를 바꿔치기 하는 상황을 두고 이 말을 사용하곤 하였다. 여기
서는 이정려가 이향군 대신 전앙에게 출가하게 된 것을 두고 한 말이다.
11) 슬픈 역수의 노래[易水悲] : 원래는 전국시대에 연나라 태자[燕太子] 단丹이 진시황
을 암살하러 떠나는 자객 형가荊軻를 역수易水에서 전송한 일을 가리키지만, 여기서는
생이별을 하는 이향군 모녀를 두고 한 말이다.
12) 연자루에는 몸겨누운 이 : 연자루燕子樓는 당나라 정원貞元연간의 상서尙書 장건봉張
建封의 애첩 관반반關盼盼이 살던 누각이다. 관반반은 장건봉이 죽은 후 옛 정을 잊지
못하여 개가하지 않고 십여 년을 연자루에서 독수공방하다가 죽었다고 한다. 여기에
서는 후방역을 기다리며 독수공방하는 이향군을 두고 한 말이다.

스물세 번째 대목

부채 그림

寄扇

원제는 "기선寄扇"으로, 부채를 맡긴다는 뜻이다. 이 대목에서는 이정려가 반강제로 출가한 후 외롭게 누각을 지키던 이향군이 자신의 처지를 슬퍼하던 중 때마침 양문총과 함께 방문한 소곤생蘇崑生에게 후방역을 찾아서 자신이 지닌 부채를 전해줄 것을 부탁하는 내용을 다루고 있다. 작자는 미향루를 주 무대로 하면서 등장인물을 세 명으로 한정하여 독자 / 관중의 집중도를 높이는 한편 총 열두 곡의 노래를 이향군에게 안배함으로써 정인 후방역을 그리는 그녀의 속내를 애절하게 표현하고 있다.

갑신년(1644) 11월

등장인물
> 단 : 이향군
> 말 : 양문총
> 정 : 소곤생

단이 손수건으로 머리를 싸매고 병든 모습으로 등장한다.

이향군 :   〈취도원醉桃源〉
            찬 바람이 매섭게 흰 비단 옷 파고들지만
            향로에 다가가 불 당기기도 귀찮구나.
            핏자국 한 줄기가 눈썹가에 남았는데,
            연지의 붉은 빛조차 그 아름다움에는 밀리겠구나.
            외로운 모습은 겁을 먹고
            가냘픈 넋은 방황을 하니
            봄날에 흩날리는 거미줄 같은 이 목숨!
            누각 가득 서리 같은 달이 밤새워 비추건만
            날이 새도 이 한은 사그라지지 않겠지…….

            (앉는다) 소녀 이향군, 한 순간 궁여지책으로 고육계苦肉計[1]를
            써서 이 몸의 절개를 지켜 내기는 했습니다만 외로운 신세로

---

1) 고육계苦肉計 : 원래는 중국 병법에서 자신의 신체에 고의로 상해를 가하여 상대방을
   속이는 계책을 가리키지만, 여기서는 이향군이 재가를 피하기 위해 머리를 땅바닥에
   부딪쳐 자해한 것을 두고 한 말이다.

텅 빈 누각에 몸져누운 채, 썰렁한 침실과 차가운 이부자리
엔 짝할 분조차 없으니 참으로 처량하군요!

〈북신수령北新水令〉
얼어붙은 구름과 녹지 않은 눈은 장판교를 막고 있고
붉은 기루가 닫히자 유락객마저 끊겼네.
난간 너머로는 기러기 행렬이 낮게 날고
발 너머로는 고드름이 걸렸는데
숯도 식고 향까지 사그라지고 나니
사람은 야위고 저녁바람만 매섭구나.

소녀가 기루에 있기는 하지만 화사하고 흥청거리던 호시절
도 이제는 끝나고 말았나 봅니다.

〈주마청駐馬聽〉
방 안은 을씨년스럽기만 한데
앵무새가 차 내오라고 흉내 내는 소리만 또렷하고
규방은 고즈넉하기만 한데
새하얀 고양이는 베개에 기댄 채 늘어지게 잘도 자네.
바람 속에 춤추던 석류처럼 붉은 치마는 찢어버리고
물결 위를 디디던 난새 수놓인 장화도 잘라버렸네.
시름이 늘자 병까지 갈수록 더해가니
몸단장 하던 이 누각에서 이제 풍류니 사랑놀음도 어렵겠구나!

생각해 보면 후서방님께선 총총히 피신하시더니……. 지금
은 어디를 전전하시는지 모르겠구나. 내가 외롭게 텅 빈 누
각에 머물며 자신을 위해 수절하고 있는 걸 알기나 하실

지……. (일어나서 노래한다)

〈침취동풍沉醉東風〉
돌이켜 보면 삽시간에 아리땁게 노래하던 흥마저 잦아들고
한밤중 짙은 비 같던 사랑마저 팽개쳐 졌지.
도엽도桃葉渡2) 어귀에서 뒤져도 보고
연자기燕子磯3) 근처까지 찾아도 봤건만
어지러운 층층 구름에 바람 높고 기러기는 아득하기만 하네.
매화 피면 봄소식이 뒤따르기 마련이건만
떠나간 사람은 갈수록 멀어져만 갈 줄이야!
난간에 기대어 바라보노라니
눈에 그렁그렁 맺힌 눈물마저
매서운 바람에 얼어버리겠구나.

몹쓸 하인들이 대문까지 들이닥쳐 억지로 나를 끌고 가려 했
지만, 내가 어떻게 후서방님을 저버릴 수 있겠나?

〈안아락雁兒落〉
날 두고 명 짧고 의지할 데조차 없는 천한 상것이라 업신여기며
저 승상 댁 권세 믿고 유난히도 방자하게 굴길래
티 없는 이 백옥 같은 몸을 지키자고

---

2) 도엽도桃葉渡 : 진회하秦淮河 가에 자리 잡은 나루의 이름. 도엽桃葉은 진晉나라 왕헌
지王獻之의 애첩 이름으로, 그녀가 여기서 강을 건넌 적이 있어서 후세 사람들이 이곳
을 '도엽도'라고 부르게 되었다고 전한다.
3) 연자기燕子磯 : 남경 교외의 관음산觀音山에 위치한 곳으로, 산꼭대기에 서 있는 돌이
장강을 굽어보는 형상이 날개를 펼치고 날아오르는 제비와 비슷하다 하여 연자기로
부르게 되었다. 자세한 내용은 아홉 번째 대목 '진중 소요撫兵'의 '연자기' 각주를 참조
할 것.

꽃다운 얼굴을 망가뜨릴 수밖에 없었다네.

어머니가 <u>이 몸</u> 대신 화를 당해 홀연히 떠나버리신 일이 제
일 안됐구나! (가리키면서) 침상은 그대로건만 언제나 돌아오
실지…….

〈득승령得勝令〉

복사꽃잎들이 새하얀 파도 따라 일렁이듯

버들개지들이 바람 따라 흩날리듯

소매로 환한 봄 같던 얼굴을 가리시고

황혼녘에 한나라 땅을 나서듯이[4] 떠나셨지…….

쓸쓸하구나

온통 먼지투성이건만 비질하는 이조차 없으니!

적막하구나

꽃은 피었지만 혼자서만 바라보고 있으니!

말을 하다 보니 나도 모르게 가슴이 에이는구나! (눈물을 닦고

---

4) 소매로 환한 봄 같던~ : 이정려가 멀리 전앙에게 출가하게 된 것을 왕소군王昭君의
고사에 빗대어 한 말이다. 양귀비楊貴妃·서시西施·초선貂蟬과 더불어 중국 고대 사대
미녀로 꼽히는 왕소군은 이름이 장嬙이며 남군南郡의 양가집 딸로 한나라 원제[漢元
帝]의 후궁으로 들어갔으나, 황제의 총애를 받지 못하고 황제의 명령에 따라 흉노匈奴
의 호한야 선우呼韓邪單于에게 출가하여 왕비인 연지閼氏가 되었으며, 그가 죽은 뒤 그
본처의 아들 복주루 선우復株累單于에게 재가하였다. 소군의 설화는 세월이 흐름에 따
라 흉노와의 화친정책에 희생된 비극적 여주인공으로 미화되었으나 역사적 사실과는
다소 거리가 있다. 예를 들어, 후한後漢 때의 『서경잡기西京雜記』에 따르면, 원제의 후궁
들은 화공畵工 모연수毛延壽에게 뇌물을 주고 자신들의 초상화를 아름답게 그리게 하여
황제의 총애를 얻으려 애썼지만 왕소군은 뇌물을 바치지 않아 못난 얼굴로 그려져서
결국 선우의 왕비로 간택되고 말았다. 그녀가 흉노 땅으로 떠날 때 황제가 보니 초상화
와는 달리 절세의 미인이었을 뿐만 아니라 자태가 단아하였다. 이에 황제는 크게 노하
여 소군을 추하게 그린 화공의 목을 베었다. 그녀의 슬픈 이야기는 이 설화가 민간에
전해진 후로 중국문학에 다양한 소재를 제공하여, 한대의 악부樂府로부터 역대 문학가
들에 의해 한 시가·소설·희곡으로 지어졌다.

앉는다)

〈교패아喬牌兒〉
애간장을 다 휘저어 놓은 듯
눈물방울은 얼마나 떨어지는지…….
한가하게 오고갈 자매조차 하나 없이
발 거는 저 고리가 절로 부딪히는 소리만 듣고 있네.

혼자 앉아 있었더니 무료하구나. 시가 적힌 서방님 부채라도
한번 꺼내서 펴 보아야겠다. (부채를 꺼낸다) 에그머니, 온통 핏
방울로 얼룩져 버렸구나! 이를 어쩐담?

〈첨수령甛水令〉
이것 좀 봐
듬성듬성하기도 하고 빽빽하기도 하며
짙기도 하고 옅기도 한 것이
선혈이 어지러이 흩뿌려져 있구나.
두견이 목청의 피5)가 떨어진 것이 아니라
바로 얼굴의 복사꽃이 붉은 비 되어6) 흩날려

---

5) 두견이 목청의 피 : 전설에 따르면, 주周나라 말기에 촉蜀 땅의 군주 망제望帝는 이름
  이 두우杜宇였는데 나라가 망하자 사후에 그 넋이 새가 되어 늦은 봄 무렵이면 애절하
  게 울어서 목청에서 피가 다 배어나올 정도였으며, 그 피로 물든 꽃이 진달래[杜鵑花]
  라고 한다. 이 새는 우는 소리가 애절해서 사람들의 심금을 울린다고 하여 두견杜鵑 또
  는 두우로 불리게 되었으며, 그 소리가 "불여귀不如歸(돌아가는 것만 못하다)"처럼 들린
  다 하여 자규子規로 불리기도 하였다. 후세에는 "두견이가 피를 토하도록 운다[杜鵑啼
  血]"라는 말로 비통한 감정이나 이별의 아픔을 표현하는 경우가 많았다.
6) 복사꽃이 붉은 비 되어 : 당대 시인 이하李賀가 지은 시 「장진주將進酒」의 "복사꽃은
  붉은 비처럼 마구 지는구나[桃花亂落如紅雨]" 부분을 차용한 것으로, 여기서는 이향
  군이 머리가 깨져 피를 흘린 것을 가리킨다.

방울방울 하얀 비단에 뒨 격이로구나.

서방님, 서방님! 이게 모두 서방님 때문인 것을요!

〈절계령折桂令〉

소녀더러 구름 같은 머리 고르게 펴고

궁녀 같은 허리 구부린 채

마외파馬嵬坡 평지에 묻힌 귀비7)처럼 깊은 잠에 빠지고

높은 누각서 몸 던진 애첩8)마냥 피투성이 되게 만드셨네.

남들이 아우성이라도 칠까 싶어

내 이 나약한 넋 포기한 채 아무도 부르지 않았답니다.

은거울 속의 붉은 노을은 저무는 석양이 돼 버리고9)

원앙금침 위로는 피눈물만 봄 밀물처럼 솟구치네요

한은 가슴 속에 응어리지고

시름은 눈썹 가에 걸렸건만

이제 연지도 다 지워지고

교인鮫人의 손수건10)마저 빨아버렸답니다……

---

7) 마외파 평지에 묻힌 귀비 : 양귀비楊貴妃(719~756)는 아명이 옥환玉環으로 포주蒲州 영락永樂 사람이다. 원래는 현종의 아들인 수왕壽王의 왕비로 간택되었지만 재색을 겸비한 그녀에게 반한 현종이 천보天寶 4년(745)에 자신의 귀비貴妃로 책봉하였다. 천보 14년에 안록산安祿山의 난이 일어나자 현종과 함께 장안을 떠나 피신하다가 섬서성陝西省 서쪽의 마외파馬嵬坡에 이르러 병변을 일으킨 병사들에 의해 피살당하였다. 그 후로 백거이白居易 등 역대 문학가들이 그녀와 현종의 사랑을 소재로 한 작품들을 지었으며, 공상임과 동시대의 극장가 홍승洪昇도 현종과 양귀비의 사랑을 그린 전기 〈장생전長生殿〉을 지어 큰 인기를 얻었다. 여기서는 양귀비의 고사를 빌어 이향군이 병으로 몸져누운 것을 두고 한 말이다.

8) 높은 누각서 몸 던진 애첩 : 서진西晉시대에 국정을 농단하던 조왕趙王 사마륜司馬倫의 측근 손수孫秀는 석숭石崇의 애첩 녹주綠珠를 보고 반해 녹주를 요구했으나 뜻대로 되지 않자 격분하여 석숭이 녹주를 위해 지어 준 금곡원金谷園을 포위했는데, 녹주가 손수에게 개가하지 않기 위해 누각에서 뛰어내려 자살하였다고 한다. 여기서는 이향군이 남들의 핍박을 참지 못해 자해를 한 것을 두고 한 말이다.

9) 은거울 속의~ : 혈흔으로 얼룩진 이향군의 얼굴을 두고 하는 말이다.

갑자기 노곤해지는구나. 화장대에서 잠깐 눈이라도 붙여야겠다. (부채 위로 고개를 숙인 채 잠이 든다)

말이 양문총으로 분장하고 평상복 차림으로 등장한다.

양문총 : 붉은 누각이 수면 위로 비스듬히 서 있고
늘어선 버드나무 위에 몇 마리 까마귀 내려앉은 모습이 생각나누나.

정이 소곤생으로 분장하고 등장한다.

소곤생 : 은빛 아쟁과 상아 박판 소리로 그토록 흥겹던 가인의 정원이 눈보라 몰아치자 이제는 은자의 집같이 되어버렸구나!

양문총 : (뒤돌아 보더니) 오호라, 소옹도 오셨구려!
소곤생 : 정려가 양갓집에 출가하고 향군이만 혼자 머물고 있어 마음이 놓이지 않아서 자주 들린답니다.
양문총 : 소관도 정려를 보내고 향군이를 밤새 지켜 준 후 요 며칠 동안은 관아에 일이 있어서 못 빠져나오다가, 방금 성 동쪽에 어떤 분을 찾아뵐 일이 있어서 다녀오던 길에 보러 왔습니다. (들어간다)
소곤생 : 향군이는 내려오지 않을 테니 우리가 올라가서 이야기를 좀 나누도록 하지요
양문총 : 좋지요 (누각을 올라간다) (가리키며) 보십시오 향군이가 우울하게 지내더니 몸이 상했나 봅니다. 피곤해서 화장대에서 자는

---

10) 교인의 손수건[鮫綃] : 중국 전설에 따르면, 어떤 교인鮫人이 바다에서 나와 인가에 기거하면서 날마다 비단을 짜서 팔았다고 한다. 여기에서는 비단 손수건을 말한다.

거니까 깨울 것 없습니다.

소곤생 : (바라보더니) 얼굴 가에 펼쳐져 있는 저 부채에 웬 붉은 점들이 저렇게 많답니까?

양문총 : 그건 후형이 정표로 준 물건인데, 여태껏 소중하게 간직하고 남에게 보여주지 않더니, 얼굴의 피 때문에 얼룩이 져서 여기서 말리던 중이었나 봅니다. (부채를 빼더니 살펴본다) 몇 방울 핏자국이 참으로 붉기도 하구나! 가지와 잎을 좀 보태서 꾸며줘야겠군요 (생각하더니) 녹색 물감이 없으니 어쩌지?

소곤생 : 제가 화분의 풀을 꺾어 생즙을 내서 아쉬운 대로 물감으로 충당하기로 하지요

양문총 : 기발한 생각이십니다!

정이 생즙을 받아서 등장한다. 그림을 그린다.

양문총 :   잎은 방초의 푸른색을 갖다 쓰고
             꽃은 미인의 붉은 피를 빌렸노라.

그림을 완성한다. 정이 보더니 기뻐한다.

소곤생 : 훌륭합니다, 훌륭해! 놀랍게도 굽은 가지에 맺힌 복사꽃들로 변했군요!
             (말이 큰소리로 웃으면서 가리킨다)

양문총 : 그야말로 '복사꽃 부채'올시다 그려!

단이 놀라 깨더니 두 사람을 대면한다.

이향군 :   양 나리·소 사부님께서 행차하셨는데 소녀가 결례를 했습

니다! (자리를 권한다)

양문총 : 며칠 동안 보러오지 않은 사이에 이마의 상처는 다 아물었구나. (웃으면서) 본관에게 그림 부채 한 자루가 있는데, 너에게 주도록 하마.

단에게 부채를 준다. 단이 받아서 살펴본다.

이향군 : 이건 소녀가 지니고 있던 부채로군요. 핏자국으로 지저분해진 걸 뭐하러 보세요! (소매에 넣는다)

소곤생 : 부채머리가 묘하게 얼룩져 있는데 어떻게 감상을 안하겠느냐?

이향군 : 언제 그리신 겁니까?

양문총 : 미안하구나! 방금 내가 덧칠을 좀 했느니라.

단이 부채를 보더니 한숨을 쉰다.

이향군   휴우! 박명한 복사꽃이, 부채 속에서 흩날리고 있군요! (⋯)
         양 나리, 그려 주셔서 정말 고맙습니다!

         〈금상화錦上花〉
         떨기마다 가슴이 아려
         봄바람 불어도 웃을 마음 내키지 않고
         조각마다 넋이 나가
         물 따라 시름을 안고 흘러가누나.[11]

---

11) 떨기마다 가슴이 아려~ : 이 네 구절은 부채에 그려진 아름다운 복사꽃을 수심에 잠긴 이향군에 비유한 것으로, 앞의 두 구절은 당대 시인 최호崔護가 지은 「도성의 남쪽 별장에 제하여[題都城南莊]」의 "복사꽃은 여전히 봄바람 맞으며 웃고 있구나[桃花依

따 놓은 듯한 아리따운 때깔은12)

자연스레 잘도 찍어 놓았으니

대단한 화가 서희(徐熙13))라 한들

어찌 이만큼 그려낼 수 있겠나?

앵두 입술에다 붉게 칠하고

연꽃 볼에다 밑그림을 그린 듯

마음을 그려낸14) 붉은 복사꽃이로구나.

파란 가지에 푸른 잎새까지 더하고 보니

유난히 아리따운 것이

박명한 미인이 한 폭의 복사꽃을 꾸며 놓은 격이로구나!

양문총 : 이런 복사꽃 부채가 생겼는데 음악에 조예 깊은 주(周)서방이
빠질 수야 없지. 설마 청춘을 수절하는 척 하다가 갑자기 월궁
月宮으로 날아가 틀어박힌 항아(嫦娥) 흉내를 낼 셈은 아닐 테지?

이향군 : 그게 무슨 말씀이세요? 저 관반반(關盼盼15))도 화류계 여인이

舊笑春風]" 부분, 뒤의 두 구절은 두보杜甫가 지은 「절구만흥 아홉 수絶句漫興九首」
의 "경박한 복사꽃은 물 따라 흘러가버리누나[輕薄桃花逐水流]" 부분의 시의詩意를
각각 원용한 것이다.

12) 따 놓은 듯한~ : 부채에 그려진 복사꽃의 선명한 색깔이 마치 금방 따다 놓은 것 같
다는 뜻이다.

13) 서희徐熙 : 오대五代 남당南唐의 걸출한 화가인 그는 강녕江寧 사람으로, 강남의 명문
가 출신이다. 성정이 호탕하고 지조가 있었던 그는 평생 동안 벼슬을 하지 않아 강남
처사江南處士・강남포의江南布衣 등으로 불렸는데, 꽃이나 나무・곤충 등을 잘 그려서
당시 사람들이 "강남의 꽃과 새는 서씨에게서 비롯된다[江南花鳥, 始於徐家]"라는 말
이 유행할 정도였다고 한다.

14) 마음을 그려낸[寫意兒] : '사의寫意'는 신사神似를 추구하고 형사形似를 지양하는 중
국화 기법을 말한다.

15) 관반반關盼盼 : 원래는 당대에 서주徐州에서 유명한 기녀였다가 상서尙書 장건봉張建封
의 애첩이 되었는데 가무에 뛰어나 각별한 사랑을 받았다. 장건봉이 죽고 나서는 개가
하지 않고 연자루燕子樓라는 작은 누각에서 홀로 십여 년 동안 칩거하면서 옛 사랑을
그리워하였다. 일설에 따르면, 백거이가 그녀가 죽지 않은 것을 풍자한 시를 보내자 이
를 반박하는 답시를 짓고 열흘 동안 곡기를 끊고 굶어죽었다고 한다.

건만 연자루燕子樓에서 다 늙도록 문을 달아걸고 지내지 않았습니까?

소곤생 : 내일 후서방님이 다시 돌아온다 해도 내려가지 않을 작정이냐?

이향군 : 그때는 비단 같은 장래가 펼쳐져 실컷 호강을 할 텐데, 내려가다 뿐이겠습니까? 어디라도 기꺼이 놀러 다닐 거예요.

양문총 : 향군이가 절개 하나는 참으로 세상에서 보기 드물 정도라니까!

(정을 향하여) 소옹께서 사제의 정리를 생각해서라도 후서방을 찾아내서 저 아이에게 보내주십시오. 저도 걱정 좀 덜게 말입니다.

소곤생 : 예, 예. 그렇지 않아도 줄곧 염두에 두고 있었습니다. 다만, 후 상공이 뜻밖에도 사史공을 수행해 회하淮河에 반년 동안 머물다가 회하에서 남경으로, 남경에서 양주로, 이번에는 또 고高 장군과 같이 황하를 지키러 떠나버렸지 뭡니까! 소생이 조만간 고향으로 돌아가는데, 내친 김에 찾아보도록 하지요.

(단을 향하여) 향군이 서찰이 있어야 좋겠는데…….

이향군 : (말을 향하여) 소녀는 글재주가 없사오니 양 나리께서 대신 써주시지요.

양문총 : 날더러 네 속내를 어떻게 쓰란 말인가?

이향군 : (생각에 잠기더니) 됐습니다. 소녀의 온갖 근심 걱정이 모두 다 이 부채에 담겨 있으니, 이 부채를 보내드리지요.

소곤생 : (기뻐하면서) 그 서찰 한번 참신하구만!

이향군 : 그럼 소녀 이것을 싸도록 하겠습니다. (부채를 싼다)

〈벽옥소碧玉簫〉
은빛 붓 휘둘러 쓴

옛 글귀는 그 분도 아실 겁니다.

붉은 점16)까지 물들인

새 그림을 사부님께서 간직하소서.

부채는 작지만

피 끓는 마음은 만 줄기나 실었답니다.17)

수건으로 싸고

머리끈으로 묶으니

비단으로 글자 엮은 서찰18)보다 훨씬 낫군요

소곤생 : (부채를 받더니) 잘 간직했다가 대신 전해 주마.

이향군 : 사부님께선 언제 출발하시렵니까?

소곤생 : 조만간 짐을 꾸려야지.

이향군 : 조금만 서둘러 주시기 바랍니다.

소곤생 : 알겠느니라.

양문총 : 우리로 그만 내려갑시다. (단을 향하여) 향군아, 몸조심하거라. 너의 이런 굳은 절개를 후서방님에게 전해드리면 자연히 너를 데리러 오실게다!

소곤생 : 나도 따로 작별인사 하러 오진 않으마. 그야말로

　　　　　　새 서찰 삼아 복사꽃 부채 멀리 부치지만

양문총 : 　구원에선 연자루가 늘 닫혀 있다네.

---

16) 붉은 점[紅幺]: 요幺는 주사위의 점을 말하는데, 보통 붉은 색이기 때문에 붉은 점(홍요紅幺)라고 한 것이다. 여기에서는 부채에 그려진 복사꽃을 두고 한 말이다.

17) 부채는 작지만~ : 부채는 크기가 작지만 온갖 심정을 다 기탁하고 있다는 뜻이다.

18) 비단으로 글자 엮은 서찰[錦字書]: 일설에 따르면, 전진前秦의 소혜蘇蕙라는 여자는 남편 두도竇滔가 벼슬살이를 하는 동안 다른 여자와 사랑에 빠지자 슬픔에 젖어 자신이 글자를 엮어 쓴 소위 '회문시廻文詩' 이백여 수를 비단으로 짜서 두도에게 보냈다고 한다.

퇴장한다. 단이 눈물을 훔친다.

이향군 :   어머니는 돌아오지 않으시고 사부님도 가셨는데 장루妝樓19)
          마저 닫혔으니 더더욱 서글퍼지누나!

          〈원앙살鴛鴦煞〉
          꾀꼬리 같은 목소리는 남쪽 곡조·북녘 가락20)마저 그치고
          얼음 같은 거문고는 진나라 노래·수나라 소리21)조차 멈추었네.
          입술 가에서 퉁소 불기 멈춘 후로
          피리는 버려지고
          생황은 망가지고
          박판은 팽개쳐 버렸다네.
          그저 부채 서둘러 부쳐 주시기만 바라옵나니
          사부님 서둘러 짐 꾸리소서.
          삼월 삼일에 유劉서방님까지 오시면22)
          손잡고 장루를 내려가
          복사꽃 죽23)이나 배부르게 먹을 테니까요!

---

19) 장루粧樓 : 화장을 하는 누각. 여기서는 이향군의 거처를 가리킨다.
20) 남쪽 곡조·북녘 가락[南北套] : 중국의 전통적인 노래에는 북곡北曲과 남곡南曲의
    두 가지가 있는데, 전자는 글자 수가 많고 가락이 빨라서 비교적 호방한 풍격을 가진
    반면에 후자는 글자 수가 적고 가락이 완만하여 비교적 완약한 풍격을 갖고 있다.
21) 진나라 노래·수나라 소리[陳隋調] : 진陳나라와 수隋나라에서 유행했다고 전하는
    〈옥수후정화玉樹後庭花〉, 〈춘강화월야春江花月夜〉 등의 곡조를 가리킨다.
22) 유서방님까지 오시면[劉郎到了] : 유신劉晨이 천태산天台山에서 선녀와 조우한 고사
    를 차용한 것으로 보인다. 이와 관련된 보다 자세한 내용은 두 번째 대목 '노래 수업傳
    歌'의 각주를 참조할 것.
23) 복사꽃 죽[桃花粥] : 당대에 낙양洛陽 일대에서 먹던 세시 음식. 현지 사람들은 한식
    寒食을 전후해서 신선한 복사꽃잎을 넣어 죽을 끓여 먹었으며, 그 풍속이 명대 말기까
    지 존재했다고 한다.

이향군 :　서찰이 양원梁園24)에 당도할 적엔 눈도 채 녹지 않아

　　　　　청계淸溪 길의 봄 물결을 가로막고 있을 테지.25)

　　　　　도근桃根·도엽桃葉26)은 아무도 묻는 이 없지만

　　　　　정자렴丁字簾 앞27)이 바로 단교斷橋인 것을…….

---

24) 양원梁園 : 서한西漢 때에 양 효왕梁孝王이 조성한 토원兎園. 여기에서는 후방역의 고
　　향 귀덕歸德을 가리킨다.

25) 서찰이 양원에~ : 이 두 구절은 당시 아직 전란이 그치지 않아 이향군의 그리움을
　　담은 서찰을 전달하기 쉽지 않다는 말이다.

26) 도근桃根·도엽桃葉 : 도엽은 진대晉代 사람 왕헌지王獻之의 애첩을 말하며, 도근은 그
　　녀의 여동생을 말한다. 자세한 내용은 두 번째 대목 '노래 수업'의 각주를 참조할 것.

27) 정자렴 앞丁字簾前 : 지명. 명대에 기녀들이 모여 살던 곳으로, 남경 이섭교利涉橋
　　어귀에 있었다고 한다.

스물네 번째 대목

간신 질타

罵筵

원제는 "매연罵筵"으로, 잔치 자리를 빌어 질타를 한다는 뜻이다. 이 대목에서는 마사영馬士英의 지시로 다른 기녀·한량들과 함께 궁중으로 차출된 이향군이 상심정賞心亭 잔치에 불려간 자리에서 마사영과 완대성의 폭정을 질타하는 내용을 주로 다루고 있다. 무대가 길가와 상심정으로 이루어진 이 대목은 전반부에서 등장인물의 수가 많고 등·퇴장이 빈번한 편이지만 후반부에서는 등장인물이 축소되고 노래도 이향군의 독창으로 수렴되면서 관중의 집중력을 높인다.

을유년(1645) 정월

등장인물

    부정 : 완대성

    노단 : 변옥경

    부정 : 정계지 ⇒ 완대성

    외 : 심공헌 ⇒ 마사영의 하인 갑

    정 : 장연축 ⇒ 마사영

    소단 : 구백문

    축 : 정타낭

    잡 : 아전

    단 : 이향군

    말 : 양문총

    소생 : 마사영의 하인 을

부정이 완대성으로 분장하고 예복을 착용한 채 등장한다.

완대성 :   〈누루금縷縷金〉

        풍류의 시대를

        또다시 만났구나.

        육조六朝 호시절 금분金粉 바른 모양새라면

        내가 두루 통달해 있지.

        화류계 기녀들을 통솔한다고

        직함도 이름하여 '공봉관供奉官'[1]이란다.

        새롭디 새로운 오사모烏紗帽는 붉은 관복을 두드러지게 해 주고 검은 가죽 장화는 녹색 실로 꿰매었네.
검은 가죽 장화는 녹색 실로 꿰매었네.

(웃으면서) 나 완대성, 귀양貴陽의 마 상공께서 파격적으로 발탁해 주신 덕택에 다시 내정에서 봉직하게 되었습니다. 오늘 부임하고 보니 얼마나 영광스러운지! 게다가 기쁘게도 금상께옵서 천성적으로 문예를 즐기시는지라 왕탁王鐸2)을 내각대학사內閣大學士, 전겸익錢謙益3)을 예부상서로 각각 전보하셨지요. 변변찮은 이 몸도 덩달아 문학시종文學侍從의 반열에 끼여 날마다 용안을 가까이서 모시면서 아는 것이 있으면 말씀 올리지 않는 바가 없을 정도가 되었습니다. 어제는 전기傳奇를 네 편 진상했더니 성상께옵서 크게 기뻐하시면서 즉각 어지를 내려 궁인을 선발하고 〈연자전燕子箋〉을 노래로 각색하여 중흥된 왕조의 정악正樂으로 삼으라고 예부에 명하시지 뭡니까! 이 전기는 정채롭고 심오하니, 자칫 변변찮은 자가 잘못 가르치기라도 한다면 내 명성을 상하게 만드는 꼴이 아니겠습니까? 그래서 기회를 놓칠세라 "신참이 고참만 못하

---

1) 공봉관[供奉] : 궁정에서 필요로 하는 물품을 공급하는 일을 수행하는 관리. 나중에는 완대성처럼 문학이나 기예로 궁정에 봉사하는 관리를 가리키는 말로 사용되기도 하였다.

2) 왕탁王鐸(1592~1652) : 명말 청초의 유명한 서화가. 자가 각사覺斯, 호가 치암癡庵·송초松樵이며, 대대로 낙양洛陽 맹진孟津에 살았기 때문에 '왕맹진王孟津'으로 불렸다. 그에 대한 자세한 내용은 네 번째 대목 '공연 염탐偵戲'의 '맹진의 왕탁' 각주를 참조할 것.

3) 전겸익錢謙益(1582~1664) : 명말 청초의 사학자이자 문학가로, 자가 수지受之, 호가 목재牧齋이며 강소성 상숙常熟 사람이다. 만력 38년(1608)에 진사에 합격했고 홍광弘光 연간에 예부상서를 지냈다. 남경이 함락되자 청조에 투항하여 예부 우시랑禮部右侍郞에 임명된 후 비서원秘書院의 업무를 관장하였다. 『명사明史』를 편찬할 때에는 부총재副總裁를 맡았으나, 여섯 달 뒤에 병을 이유로 사퇴하고 저술로 여생을 보내었다. 저서로는 『국초군웅사략國初群雄事略』, 『열조시집소전列朝詩集小傳』, 『초학집初學集』, 『유학집有學集』 등이 있다.

듯이, 한량이 교관보다 낫습니다[生口不如熟口, 淸客强似敎坊]"
하고 상소를 올렸지요. 성상께옵서 간언을 받아들이시어 구
원을 두루 조사하고 진회秦淮를 망라하라 명하셔서 한량과
기생 수십여 명을 잡아다 예부에 인계하고 배우를 뽑게 했습
니다. 전번에 그 아이들 미색과 기예를 시험해 보았더니 하
나같이 그저 그런 수준이더군요. 나머지 유명한 자 몇은 모
두 양용우楊龍友의 오랜 지인들이라면서 선발에서 빼달라고
통사정을 하길래 별 수 없이 이름을 빼주고 말았습니다. 그
런데 어제 귀양 마 상공을 뵈었더니만 "새 연극을 가르치고
상연하는 일은 성상께옵서 바라시는 일인데 좋은 자들을 고
르지 않고 변변찮은 자들만 고르겠다는 소리냐" 하시니, 그
에게 다시 그 말씀을 전해야 하는데, 사람이 아직 당도하지
않았군요. 오늘은 바로 을유년乙酉年 새해 정월 초이레[4] 길일
인지라, 양용우와 같이 상심정賞心亭[5]으로 장소를 정해 우리
귀양의 재상님까지 모셔서 술을 마시며 설경을 감상하기로
약속했지요. 새로 선발한 기녀들도 술자리로 데려와 점검을
받도록 벌써 분부를 해 놓았습니다. 그야말로

　　꽃과 버드나무 속에서 풍악 울리는 것은 수隋나라 때 사업이요
　　기녀들과 담소하며 희롱하는 것은 진陳나라 적 풍류로구나.

퇴장한다.

---

4) 을유년 새해 정월 초이레[乙酉新年人日] : 여기에서 을유년은 남명 조정의 홍광弘光
2년(1645)을 가리킨다. 또, 중국에서는 음력 정월 초이레를 '인일人日'이라고 불렀다고
한다.

5) 상심정賞心亭 : 강소성 강녕현江寧縣 서쪽에 위치한 정자의 이름. 송대에 정위丁謂라는
사람이 금릉金陵(남경)에 출진했을 때 지은 것으로, 위로는 수성문水城門에 이르고 아래
로는 진회秦淮를 마주하고 있다.

노단이 변옥경卞玉京으로 분장하고 승복 차림으로 보따리를 진 채 황급히 등장한다.

변옥경 :   〈황앵아黃鶯兒〉
　　　　　　집은 예주궁蕊珠宮에 살았건만6)
　　　　　　업보의 바다에서 불어온 몹쓸 바람7)이
　　　　　　이 내 몸을 경솔히 화류계로 날려 보낸 것이 야속도 하구나.
　　　　　　날카로운 목청이 노래하느라 부어오르고
　　　　　　허리에 두른 치마가 춤추느라 느슨해지도록
　　　　　　이 넋은 평생을 무산巫山 동굴서 지내는 신세런가!8)

　　　　　　나 변옥경, 오늘 어째서 이런 차림을 했느냐 하면 조정에서
　　　　　　노래하는 기생들 잡아들여 우리가 품은 속세의 마음까지 끊
　　　　　　어버리고 싶을 정도로 몰아쳤기 때문입니다. 어젯밤 자매들
　　　　　　과 작별하고 승복으로 갈아입은 후 표연히 구원舊院을 나왔
　　　　　　지만……. 이 몸을 의탁하자니 어디로 가야 할지 알 수가 없
　　　　　　군요!

　　　　　　성 동쪽 바라보니 눈 가득 펼쳐진 구름 산에
　　　　　　신선계 향한 길이 끝없이 이어지는구나.

---

6) 집은 예주궁에 살았건만[家住蕊珠宮] : 이향군이 원래는 신선과 인연이 있었다는 뜻
으로, 그녀에게 이때 이미 출가하여 종교에 귀의하고자 하는 마음이 있었다는 것을 암
시하고 있다. 예주궁蕊珠宮은 『황제내경경黃帝內景經』에 따르면 신선이 사는 상청궁上淸
宮의 궁궐 이름이라고 한다.
7) 업보의 바다에서~ : '업보의 바다[業海]'는 불교 용어로, 세상 사람들이 짓는 바다처
럼 한이 없고 끝이 없는 온갖 업보들을 두고 하는 말이다.
8) 이 넋은 평생을~ : 여기에서는 변옥경卞玉京이 평생토록 창기로 전전하는 삶을 산
것을 한탄하는 말로 사용되고 있다. 무산巫山에 대해서는 다섯 번째 대목 '미인 대면'
의 '무산' 각주를 참조할 것.

표연히 퇴장한다.

부정 · 외 · 정이 각각 정계지丁繼之 · 심공헌沈公憲 · 장연축張燕筑 세 명의 한량
으로 분장하고 등장한다.

정계지 : 　〈조라포皂羅袍〉
　　　　　　진회에서 퉁소를 불고
　　　　　　이름난 꽃 · 좋은 달을 즐기고 있노라니
　　　　　　그 그림자 어지러이 발 위로 어른거리누나.
　　　　　　봉황 그려진 칙서9)에 이름 적어 악공을 불러들이시다니
　　　　　　남쪽 조정 천자께서 춘정이 동하셨나 보다.

　　　　　　나 정계지, 나이가 육순을 넘어 노래와 박판일랑 손에서 놓
　　　　　　은 지 오래되었습니다. 전번에는 양 나리께 나는 부르지 말
　　　　　　아 달라고 신신당부를 드렸었는데, 웬일인지 오늘 또 전갈이
　　　　　　왔군요.
심 · 장 : 　우리 두 사람도 다 면제를 받았었는데 웬일로 또 전갈이 왔
　　　　　　으니 무슨 말을 해야 할지 원!
정계지 : (두 손을 모으면서) 아우님들, 다 같이 의논해 봅시다. 우리 한량
　　　　　　들이 폐하를 감동시키자고 불려가서 노래를 가르친다는 것
　　　　　　도 쉬운 일이 아니외다.
심 · 장 : 　그렇다마다요!
정계지 : 　아우님들이야 젊은 나이에 출세라도 하려면 가야겠지만, 이
　　　　　　늙은이는 병도 많고 나이도 많아서 출세 따위는 이제 바라지
　　　　　　도 않소이다. 오늘 나는 피할까 하니 아우님들이 눈 좀 감아
　　　　　　주시구려.

---

9) 봉황 그려진 칙서[鳳詔] : '봉조鳳詔'는 황제의 어명을 적은 조서詔書를 가리키는 말
　로, 어명을 적은 비단에 봉황새가 수놓아져 있다고 해서 그렇게 부르게 된 것이다.

심공헌 : 그게 무슨 상관입니까? 강태공姜太公의 낚시질10)에도 원하는
고기만 낚시 바늘을 무는 법인데요

장연축 : 맞아요, 맞아! 형님이 국법을 어겨서 끌고 가서 문초를 하겠
다는 것도 아니지 않겠습니까?

정계지 : 그리들 생각한다니 이 늙은이는 그럼 돌아가리다. (되돌아간다)

　　허둥지둥 고개를 돌리니
　　푸르기도 하구나 저 먼 봉우리
　　느릿느릿 길 찾자니
　　빼곡도 하다 어지러운 소나무들.

(발을 동동 구르면서) 속세를 벗어나지 않고서야 어찌 승강이를
피할 수 있겠나! (소매에서 도사가 쓰는 두건과 누런 띠를 꺼내더니
갈아입는다. 고개를 돌려 부른다)

　　아우님들, 내 차림새를 좀 보시구려!
　　양주揚州의 꿈11)을 깬 도사 같지 않소?

(느긋하게 퇴장한다)

심공헌 : 어라? 저 양반이 정말 출가해 버렸네? 참 독하구만 그래!

장연축 : 우리는 낭하에 앉아 햇볕이나 좀 쬐다가 자매들이 도착하면

---

10) 강태공의 낚시질[太公釣魚] : 『무왕벌주평화武王伐紂平話』 등에 따르면, 강태공姜太公
은 위수渭水 가에서 미끼 없는 곧은 낚시 바늘을 매단 낚싯대로 물고기를 낚으면서
"천명을 어긴 자들아 물러라[負命者上釣來]"라고 말했다고 한다. 강태공에 관한 자세
한 내용은 열다섯 번째 대목 '어가 영접迎駕'의 '강태공' 각주를 참조할 것.

11) 양주의 꿈[揚州夢] : 당대 시인 두목杜牧이 지은 시 「견회遣懷」의 "십 년 만에 양주의
꿈 깨고 보니, 기방에서 무정하다는 이름만 얻었구나[十年一覺揚州夢, 贏得靑樓薄倖
名]" 부분을 차용한 것으로, 여기서는 그가 가무와 화려한 생활 속에서 자신의 정체성
을 깨달았다는 뜻을 담고 있다.

같이 예부에 가서 점검을 받도록 하세. (땅바닥에 주저앉는다)

소단이 구백문寇白門으로, 축이 정타낭鄭妥娘으로 각각 분장하고, 잡은 아전으로 분장하여 뒤따라 등장한다.

구백문 :　　복사꽃잎은 바람 따라 날려 열매도 맺지 못하고
정타낭 :　　버들개지는 물 위에 떠서 다시 부평초가 되는구나.12)

　　　　　　(멀리 바라보더니) 저것 좀 보게? 심씨랑 장씨는 우리한테 한 마디 언질도 안 주더니만 벌써 낭하에 도착해서 햇볕을 쬐고 있네. 우리 가서 귓쌈을 올려붙이자구!

서로 대면하더니 우스갯소리를 늘어놓는다. 외가 잡에게 묻는다.

심공헌 :　　우리더러 또 어디로 가랍디까?
아전 :　　　예부에 가서 점검을 받고나면 내정으로 보내서 노래를 가르치게 하랍디다.
심공헌 :　　우리는 전번에 면제를 받았는뎁쇼?
아전 :　　　내각 대감께서 그 말씀을 듣지 않으시고 당신네 청객들 힘을 꼭 좀 빌리시겠다잖소
장연축 :　　누구 누구 말이유?
아전 :　　　어디 명단 좀 보고…….
　　　　　　(명단을 꺼내 보면서) 정계지, 심공헌, 장연축…… (묻는다) 정씨 성 가진 그 양반은 왜 안 보이죠?
심공헌 :　　그 분은 출가해 버렸소이다.

_____

12) 버들개지는~ : 중국에서는 버들개지가 물에 떨어지면 부평초가 된다는 속설이 있었다고 한다.

아전 :   출가해 버렸으면 찾을 도리가 없으니 내가 보고를 드려야겠
        구려.

        (정과 외를 향하여) 온 사람들은 예부로 가서 점검을 받도록 하
        시오.

장연축 : 자매들이 다 올 때까지 기다리지요 뭐.

아전 :   오늘 대감들께서 진회에서 설경을 즐기시겠다면서 기생들을
        데려다 술자리에서 시험을 해 보라고 분부하십디다.

심·장 : 그럼 우리 먼저 갑시다. 그야말로

        노래를 전하자고 악부에 남고
        피리를 배우자고 궁궐 담장 곁에 서는 꼴이로세.[13]

   퇴장한다. 잡이 명단을 보더니 소단에게 묻는다.

아전 :   당신이 구백문이슈?

구백문 : 예.

아전 :   (정에게 묻는다) 당신이 변옥경?

정타낭 : 아니요, 난 정가예요.

아전 :   그럼 정타낭이겠구만? (묻는다) 그럼 변옥경은요?

정타낭 : 그 사람은 출가했다구요.

아전 :   으잉? 무슨 출가를 짝 맞춰서 한데요?

        (묻는다) 뒤에 발이 작아서 꾸물거리는 사람은 이정려겠구려?

구백문 : 아니요, 이정려는 양갓집에 출가했답니다.

아전 :   내가 방금 누각에서 끌어내릴 때 자기 입으로 이정려라고 하

---

13) 궁궐 담장 곁에~ : 당대 사람 이영李龡의 고사를 차용한 것으로, 음악을 좋아하던 이
   영은 당나라 현종[唐玄宗]이 궁내에서 음악을 연주할 때 피리를 들고 궁궐 담장 밖에
   서 엿듣고는 그 곡조를 모두 외워서 귀가했다고 한다.

던데 뭘 또 아니라는 게요?

정타낭 : 그 딸년이 어미를 사칭해서 대신 온 거 같아요.

아전 : 모녀지간이면 어쨌든 매 한 가지니까 머리수만 안 모자라면 돼요 (멀리 바라보더니) 저 여자 벌써 다 따라왔구만!

이향군 : 〈특특령試試令〉
　　　붉은 기루 내려오니 섣달을 지났건만 눈발은 세차기만 하고
　　　도성의 들길 지나노라니 이른 봄인데도 땅은 얼어붙어 있네.
　　　걷는 데에 익숙치 않아
　　　발도 몹시 아프구나.
　　　봉황의 어명을 전하고
　　　아리따운 미인들 뽑는다며
　　　술 달린 채찍 들고
　　　높은 말을 탄 채
　　　미인 다그치는 사자가 우악스레 달려드누나.

　　　소녀 향군이, 누각에서 끌려 내려왔으니, 불려가서 노래 배우는 일은 우리 기생들의 본업이라지만, 이 기개만큼은 죽는 일이 있어도 없어지지 않을 겁니다!

아전 : (고함을 지른다) 아 빨리 좀 걸으슈!

단이 도착한다.

구백문 : 네가 웬일로 누각을 다 내려왔니? 용하구나 용해!

정타낭 : 아무리 용 빼는 재주가 있어도 황제 마마는 모셔야 되지 않겠수?

이향군 : 그럼 그렇게 하시지요, 제발!

함께 간다.

아전 :   저 앞이 상심정이요 내각의 마 대감, 광록시光祿寺의 완 대감, 병부兵部의 양 대감께서 곧 당도하실게요. 당신들은 각자 정리를 하고 대기하도록 하슈.

잡이 소단·축과 함께 퇴장한다.

이향군 :   (혼잣말로) 그 자들이 이렇게 한 자리에 모이기도 어려우니, 이 참에 내 가슴 속 울분을 다 토해내야겠구나!

〈전강前腔〉
조문화趙文華14)가 엄숭嚴嵩15)을 수행하여
분 바른 낯짝으로 술자리에서 아첨을 떨면서
찢어지는 목소리·추악한 모습으로
그야말로 〈명봉기鳴鳳記〉16)를 생생하게 공연했다던데

---

14) 조문화趙文華 : 절강 자계慈溪 사람으로, 명대의 간신이다. 세도가 엄숭의 양아들이라는 자신의 입지를 이용하여 수많은 충신들을 박해했으며, 그 대가로 엄숭嚴嵩의 지원 아래 공부시랑工部侍郎부터 공부·형부·예부·이부 각 부의 상서를 두루 거치는 한편 태자소보太子少保에 임명되기도 하였다. 나중에는 황궁의 건자재를 빼돌리는 등 각종 비리가 드러나 귀양살이를 하였다.

15) 엄숭嚴嵩(1480~1567) : 명대의 정치가. 자가 유중惟中이며 강서성 분의分宜 사람이다. 홍치弘治 18년(1505) 진사에 합격한 이래 서길사庶吉士·남경한림원사南京翰林院事·국자감좨주國子監祭酒 등의 벼슬을 거쳐 가정嘉靖 21년(1542)에 영무전대학사英武殿大學士·예부상서禮部尙書를 지냈다. 이후로 태자태사太子太師로 이십여 년간 황제의 총애를 받으면서 권력을 쥐었으며, 아들 엄세번嚴世蕃과 측근 조문화趙文華를 앞세워 온갖 부정을 자행하고 비판세력을 제거하였다. 나중에 세종世宗은 그의 전횡이 심하자 대신 서계徐階와 접촉하여 권력을 빼앗고 파직시켰으며, 아들 엄세번 역시 어사 추응룡鄒應龍의 탄핵으로 사형에 처해졌는데, 그 재산이 몰수될 때 금은보화가 헤아릴 수도 없을 정도로 많았다고 한다.

16) 〈명봉기[鳴鳳]〉 : 명대 세종世宗 당시 양계성楊繼盛이 엄숭을 탄핵한 실제 사건을 극

난 여자 예형祢衡[17) 역을 맡아

어양곡漁陽曲을 연주하며

소리 소리 욕을 퍼붓고

그 자들이 알아듣는지 지켜보자꾸나!

정이 마사영으로, 부정이 완대성으로, 말이 양문총으로 각각 분장하는 한편, 외와 소생이 하인으로 분장하고 길잡이를 서서 호령하면서 등장한다. 단이 피해 퇴장한다.

완대성 :   아름다운 옥 누각18)은 붉은 연지를 살짝 발랐고

양문총 :   금빛과 푸른색이 어우러진 봉우리들은 분을 꼼꼼히도 칠했구나.

마사영 :   참 설경 한번 장관일세 그려!

완대성 :   이 상심정도 실은 설경을 감상하는 자리랍니다.

마사영 :   어째서 설경을 감상하는 곳이라는 게요?

완대성 :   송나라 진종眞宗19)이 주방周昉20)의 〈설도雪圖〉21)를 정위丁謂22)

화한 시사극으로, 양계성·추응룡 등 열 명의 충신이 엄숭 부자에 대항하는 내용을 주로 다루고 있다. 이 희곡은 실존인물과 실제의 사건을 다룬 까닭에 당시 사회적으로 큰 반향을 일으켰으며, 문학적으로도 시사극의 창작이 활성화되는 계기를 마련하였다. 원작자에 대해서는 명대의 유명한 정치가이자 문학가인 왕세정王世貞이 지었다는 등 이설이 분분하지만 학계에서는 무명씨의 작품으로 분류하고 있다.

17) 예형[祢衡] : 자세한 내용에 관해서는 첫 번째 대목 '설서 감상聽辭'의 '세 차례 어양의 북소리' 각주를 참조할 것. 여기에서는 이향군이 자신을 예형에 빗대어 '여자 예형'이라고 말한 것이다.

18) 아름다운 옥 누각[瓊瑤樓閣] : 경요瓊瑤란 아름다운 옥을 말하며, 여기에서 '아름다운 옥 누각'이란 눈이 내린 후의 누각의 모습을 비유적으로 표현한 것이다.

19) 송나라 진종[宋眞宗] : 조항趙恒(968~1022)은 태종太宗의 삼남으로 한왕韓王·양왕襄王·수왕壽王에 책봉되었다가 997년에 황제로 즉위하였다. 그는 25년간 재위하면서 통치기반을 공고하게 다지고 사회·경제적으로도 발전의 기틀을 마련하였다. 그는 시인으로서의 재능을 발휘하기도 했는데 비교적 유명한 작품으로는 「권학편勸學篇」, 「권학시勸學詩」 등이 있다.

20) 주방周昉 : 당대의 유명한 화가. 자가 경현景玄으로 경조京兆 사람이다. 귀족 출신이었던

에게 하사하면서, "경이 금릉金陵에 당도하면 절경을 한 곳 골라 이것을 펼쳐 놓도록 하시오"라고 말해서 이 정자를 세우게 했답니다.

마사영 : (벽을 보면서) 벽의 이 그림이 주방의 〈설도〉겠구려?

양문총 : 아닙니다. 이건 제 그림 친구인 남영藍瑛이 새로 증정한 것입니다.

마사영 : 훌륭하구만, 훌륭해! 보시오, 눈이 종산鍾山을 덮고 있는 모습이 딱 그림과 대조를 이루고 있으니, 마음을 즐겁게 해 주는 명소로는 이 정자만한 곳이 없겠소이다그려!

양문총 : (분부한다) 그럼 화로와 술그릇·놀잇거리들을 펼쳐 놓거라.

외와 소생이 자리를 준비하자 모두 앉는다.

완대성 : (정을 향하여) 황량한 정자에 변변찮은 도구들까지……. 총애를 믿고 주제넘는 짓을 저질렀으니 정말 큰 죄를 지었습니다!

마사영 : 무슨 그런 말씀! 가소로운 소인배들은 세도가들 기분이나 맞추겠다고 천금을 쓰면서까지 거창하게 준비를 한다고 합

그는 초상화와 불화에 뛰어났으며 특히 사녀화仕女畵에 정통하였다. 처음에는 장훤張萱을 사사하였으나 나중에는 화사하고 풍만한 당대 사녀화의 전형적인 풍격을 창조해내었다. 그가 그린 불화 역시 당시 화가들에게 본보기로 받아들여져 '주씨의 양식[周家樣]'으로 일컬어졌으며, 작품이 신라新羅·일본에까지 전해지기도 하였다.

21) 〈설도雪圖〉: 당대의 주방周昉이 그린 〈원안와설도袁安臥雪圖〉를 가리킨다. 여기에 소개되고 있는 진종 조항趙恒과 정위의 고사는 『민수연담록澠水燕談錄』, 『상산야록湘山野錄』 등에 보인다.

22) 정위丁謂(962~1033) : 송대의 대신인 그는 자가 위지謂之로 장주長洲 사람이다. 전운사轉運使로부터 중서문하평장사中書門下平章事까지 요직을 두루 거쳤으며, 태종太宗·진종·인종仁宗의 세 황제를 차례로 보필하였다. 진종 때에는 참지정사參知政事 왕흠약王欽若과 함께 황제의 뜻에 영합하여 봉선封禪 의식을 대대적으로 거행하는 한편 명재상으로 유명한 구준寇準을 배척하기도 하였다. 인종이 즉위하자 국정을 농단하다가 나중에 애주崖州로 폄적되었다.

디다마는, 대단한 꼴불견이니 하나도 취할 바가 못되는 바, 괜스레 남들 웃음거리나 될 뿐이지요.

완대성 : 오늘 눈 치우고 차 끓여 청아한 담소를 나누노라니, 은사 재상님의 고매하신 아량이 더더욱 두드러지는군요. 소생들도 분 찍어 바르는 짓은 면했습니다요!

마사영 : 아이구, 연극판에서는 그 놈의 분필이 제일 무섭지.[23] 한번 찍어 바르고 나면 절대로 지워지지 않으니, 제 아무리 효성이 지극한 자손이라도 그런 조상은 외면할 거외다!

양문총 : 무섭기야 하지만 공정하긴 하지요. 원래부터 거리낌 없는 소인배들을 경계하자는 거지 우리를 두고 그러는 건 아니니까요

마사영 : 소생이 보기에는 다 남의 아첨에 낭패를 본 꼴이외다.

양문총 : 어째서입니까?

마사영 : 한번 보시오 왕년에 분의分宜 상공 엄숭도 따지고 보면 문인이 아니겠소? 그런데 지금은 〈명봉기〉에서 울긋불긋 화검花臉으로 찍어 바르는 걸 보니까 참으로 보기에 추합니다. 조문화 같은 자들의 아첨 탓에 그 꼴이 된 게 아니고 뭐겠소이까!

화검(엄숭)

완대성 : (굽신거리면서) 그렇고 말구요! 은사 재상님께서는 아부를 좋아하지 않는 분이시니, 소생은 그저 기쁘고도 감탄스러울 따름입니다요!

양문총 : 드시지요.

함께 술잔을 든다. 부정이 외에게 묻는다.

완대성 : 선발한 기생들은 다 불렀느냐?

---

23) 연극판에서는~ : 중국 고전극에서는 조조曹操나 엄숭嚴嵩 같은 간신의 역할(화검花臉)을 맡는 배우는 얼굴에 분필로 하얗게 화장을 하는데, 이를 두고 한 말이다.

하인갑 :   (고한다) 불렀습니다요!

잡이 기녀들을 데리고 와서 큰 절을 올린다. 정이 찬찬히 뜯어본다.

마사영 :   (분부한다) 오늘은 격조가 있는 자리이니 그 자들은 필요 없소
             이다. 예부로 가서 점검이나 받으라고 하시구려.
완대성 :   특별히 이곳에서 술자리 시중을 들라고 부른 자들이옵니다.
마사영 :   저기 저 (…) 어린 것이나 좀 남겨 보시든지요

나머지 사람들은 퇴장한다.

완대성 :   (묻는다) 저 아이는 이름이 무엇인가?
아전 :   (고한다) 정조 정자, 이름다울 려자. 이정려이옵니다요!
마사영 :   (웃으면서) 아름답긴 하다마는 정조야 있을라구?24)
             (웃으면서 부정을 향하여) 우리 일단 도학사陶學士25) 역을 하고 그
             다음 대목에서는 당태위黨太尉26)를 해 보는 게 어떻겠소이까?

---

24) 아름답기는 하다마는~ : 정려貞麗라는 이름을 글자의 뜻대로 풀이하면서 비아냥거
   리는 말이다.

25) 도학사陶學士 : 도곡陶穀(903~970)을 가리킨다. 도곡은 자가 위실委實로, 빈주邠州 신평
   新平 사람이다. 오대의 진晉·한漢·주周 세 나라에서 차례로 벼슬을 했으며, 송宋나라
   에 이르러서는 예부·형부·호부의 상서尙書를 역임하기도 하였다. 그는 언젠가 태위太
   尉 당진黨進 집안의 가희家姬를 얻자 눈을 녹여 차를 끓이면서 당진의 집에도 그런 멋이
   있더냐고 물었더니 그 가희가 그는 투박한 사람이라 그저 금빛 휘장 아래에서 노래를
   부르며 훌륭한 술이나 마실 줄 알지 그런 멋은 없더라고 대답했다고 한다. 여기에서는
   도학사와 당태위를 아雅와 속俗의 두 가지 생활방식에 빗대어 표현하고 있다.

26) 당태위黨太尉 : 삭주朔州 마읍馬邑 사람으로 오대부터 북송 초기에 걸쳐 군관을 지낸
   당진黨進(928~978)을 가리킨다. 어려서 후진後晉의 장수 두중위杜重威의 시종으로 있던
   그는 두중위가 매국죄로 주살되자 군대에 발을 들여놓아 후주後周에서 철기도우후鐵騎
   都虞候 등의 벼슬을 지냈고, 송대에는 체구가 우람하면서도 본성이 순박하고 솔직한
   모습이 태조太祖 조광윤趙匡胤의 눈에 들어 본군도교本軍都校를 시작으로 창신군절도
   겸 시위마보군 도지휘사彰信軍節度兼侍衛馬步軍都指揮使까지 수많은 벼슬을 거쳤으며 태

완대성 : 　그럴 듯합니다요, 그럴 듯해!

　　　　　(부른다) 정려는 이리 와서 술을 따르고 노래를 하도록 해라.

단이 고개를 가로젓는다.

마사영 : 　어째서 고개를 젓는 게냐?

이향군 : 　할 줄 모릅니다!

마사영 : 　허허! 하나도 할 줄 모른다니……. 그러면서 무슨 놈의 명기
　　　　　냐!

이향군 : 　원래부터 명기가 아닙니다! (눈물을 훔친다)

마사영 : 　무슨 걱정거리라도 있으면 어디 말해 보거라.

이향군 : 　〈강아수江兒水〉

　　　　　소녀의 마음속 근심거리는

　　　　　쑥대처럼 뒤엉켜 있어

　　　　　몇 번이고 군왕께 하소연하고자 하였소

　　　　　부부 사이 떼어놓는 바람에 놀란 넋은 다 달아나 버리고

　　　　　모녀 사이를 갈라놓는 바람에 선혈이 용솟음치다 보니

　　　　　저 유적들보다도 더 사나워져서

　　　　　벙어리인 척 귀머거리인 척

　　　　　욕을 퍼부으면서도 두려움조차 모르게 되었다오!

마사영 : 　알고보니 그런 곡절이 있었구만?

완대성 : 　이 여인은 참 기구하기도 하군요!

양문총 : 　오늘은 대감들께서 즐겁게 즐기시려는 것이니, 무턱대고 신

종太宗 때에는 충무군 절도사忠武軍節度使를 지냈다.

세타령만 하려고 들면 안 되느니라!

이향군 : 양 나리께서도 아시지 않습니까? 소녀의 억울함 정도는 신세 타령이랄 것도 없다는 것을!

〈오공양五供養〉

당당하신 여러 고관대작님네

반쪽짜리 남쪽 조정에서

더욱 분발하시기 바라나이다.

보기 드물게 귀하고 총애받는 지체들이시면서

왕조를 중흥시켰다고 노래와 미색만 찾으신다면

〈후정화後庭花〉27)가 또 얼마나 늘어나겠습니까!

나를 멋대로 희롱하여도

찬 바람·눈 바다·얼음 산을 마주한 채

술 마시고 노래 부르는 자리에서 괴롭게 시중이나 드는 신세라 니……

마사영 : (화를 내면서) 예끼! 이 계집이 말을 함부로 하다니……. 저 주 둥이를 쳐야 되겠구나!

완대성 : 듣자니 이정려는 원래 장천여張天如·하이중夏彛仲의 무리와

---

27) 〈후정화後庭花〉: 원래 강남 일대에서 피는 꽃으로, 뜰에서 재배되는 경우가 많아서 그렇게 부르게 되었다고 한다. 이 꽃 이름을 그대로 노래 제목으로 사용한 〈후정화〉는 〈옥수후정화玉樹後庭花〉로 일컬어지기도 하는데, 원래는 악부樂府 민요 가운데 연가에 속한 곡으로, 남북조시대에 진나라의 마지막 임금[陳後主] 진숙보陳叔寶가 새 가사를 붙였다고 전해진다. 진숙보는 〈후정화〉의 가사를 짓고 후궁의 미녀들에게 이를 익혀 노래하게 하는 등, 늘 귀비·학사·한량들과 어울려 시를 짓고 음악을 들으면서 국정 을 돌보지 않았으며, 심지어 수隋나라 군사들이 왕궁을 공격하는 순간까지도 평소처럼 술을 마시고 시를 읊으며 놀다가 결국 포로가 되어 사람들의 웃음거리가 되고 말았다 고 한다. 〈후정화〉는 가사가 몹시 애절하여 후세 사람들이 '망국의 노래[亡國之音]'라 고 불렀다고 한다.

수작질이나 하던 기생이라니 오만방자할 수밖에요. 맞아도 쌉니다. 맞아도 싸요!

양문총 : 저 아이 나이가 아주 어린 걸로 봐서는 그 이정려는 아닌 듯 싶습니다만…….

이향군 : (원망하면서) 바로 그 이정려라면 어쩌시게요!

　　　　〈옥교지玉交枝〉
　　　　동림東林의 형제들이라면
　　　　우리 기방에서도 다들 추앙할 줄 안다오
　　　　양아들과 의붓자식들을 다시금 중용하면
　　　　위魏가의 씨는 뿌리뽑을 수 없습니다!

완대성 : 참으로 간덩이가 부었구나! 감히 누구를 욕하는 게냐! 냉큼 발로 짓밟아 눈밭에 내동댕이를 치렷다!

　　　　외가 단을 차서 쓰러뜨린다.

이향군 : 얼음 같은 피부와 눈 같은 창자도 따지고 보면 매 한 가지 쇠 같은 마음·돌 같은 배가 어찌 얼어붙을까 걱정이나 한답디까?

완대성 : 이 년이 내각 대감님 안전에서 이토록 발칙하게 굴다니! 우리 모두에게 죄를 짓는구나! 괘씸하다, 괘씸해!

　　　　자리에서 내려와 단을 걷어찬다. 말이 일어나서 말린다.

마사영 : 그만하시오, 그만! 저런 년 죽이는 거야 뭐가 어렵겠소? 그저

재상인 이 몸의 도량에 흠이 될까 싶어 걱정일 뿐이외다.

양문총 : 그렇습니다. 그래요! 존귀하신 승상께서는 천한 창녀들과는 천양지차가 나는 지체이시니 과히 괘념치 마십시오!

완대성 : 그만 두자! 은사 재상님께 아뢰겠사옵니다. 내정으로 보내면 아주 고된 배역을 골라서 저 년에게 맡기도록 하겠습니다.

마사영 : 그거야 당연하지요.

양문총 : 얼른 끌고 가게!

　　잡이 단을 끌고 간다.

이향군 : 이 몸 이미 죽기를 각오했소이다!

　　　　가슴 가득한 두견이의 피는 채 다 토하지도 못했소이다![28]
　　　　가슴 가득한 두견이의 피는 채 다 토하지도 못했소이다!

　　단을 끌고 퇴장한다.

마사영 : 이렇게 격조 높은 모임이 저 년 때문에 엉망이 돼 버리다니, 어이가 없구만 어이가 없어!

　　부정과 말이 연거푸 세 번 읍례를 올린다.

완·양 : 모두가 소인들 죄올시다! 바다 같은 아량으로 용서해 주신다 면 훗날 최선을 다하겠습니다!

---

28) 가슴 가득한 두견이의 피~ : 스물세 번째 대목 '부채 그림桃扇'의 각주를 참조할 것.

마사영 : 홍이 깨져 버렸으니 봄 눈 구경 하려던 배 돌려야겠네.[29]

완대성 : 귀빈께 수모를 안겨 드렸으니 미인의 목을 베어야 하리라.[30]

정과 부정이 하인들이 길잡이를 선 가운데 퇴장한다. 말이 조장弔場을 한다.

양문총 : 우습구나. 향군이가 누각을 내려오자마자 하필 두 원수를 맞
닥뜨렸으니! (…) 이번 시비는 피할 수 없는 일이었어. (…) 만
약 본관이 무마하지 않았다면 향군이는 목숨까지 위태르워
질 뻔 했구나! 아서라, 아서! 내정에 들여 놓으면 그래도 며
칠 정도는 시간을 벌 수 있겠지. 다만 (…) 미향루媚香樓를 지
킬 사람이 아무도 없으니 어쩌면 좋을꼬! (생각하더니) 올커니!
그럼 친구 남영이 날더러 거처를 하나 알아봐 달라고 부탁했
었지? 그 친구를 데려다 잠시 누각에 가 있게 한 다음 향군
이가 풀려나오면 다시 상의하기로 해야겠다.

양문총 : 상심정에서 눈 막 녹기 시작할 제에
　　　　학 삶고 거문고 태우면서까지[31] 고관대작을 모셨다가
　　　　춤추고 노래하던 진회의 벗을 성나게 만들었구나.

---

29) 홍이 깨져 버렸으니~ : 왕휘지王徽之의 고사를 차용한 것이다. 동진東晉의 문인 왕휘지
는 자가 자유子猷로, 어느 날 밤 눈이 내려 경치가 너무도 아름다워 섬계剡溪에 살던 절친
한 벗인 대안도戴安道를 방문하려고 배를 타고 나섰다가 그의 집에 다다를 즈음에 갑자기
뱃사공에게 뱃머리를 돌리게 하였다. 의아해진 뱃사공이 그 이유를 묻자 그는 "흥이 나
서 왔지만 흥이 다했으니 돌아가야지[乘興而來, 興盡而返]"라고 대답했다고 한다.

30) 귀빈께 수모를 안겨 드렸으니~ : 『사기史記』 「평원군열전平原君列傳」에 따르면, 하루
는 평원군이 총애하던 미인이 누각 위에서 어떤 절름발이를 보고 큰소리로 웃자 그
절름발이가 그 사실을 평원군에게 고했으나 평원군은 그 말에 아랑곳하지도 않았다.
그 문하의 식객들이 그 사실을 알고 그가 "여색만 밝히고 인재는 우습게 여긴다[愛色
而賤士]"고 여겨 한 사람 한 사람 떠나버리자 평원군이 그 미인의 목을 베어 절름발
이에게 보내 사죄했다고 한다.

31) 학 삶고 거문고 태우면서까지[煮鶴燒琴] : 살풍경한 상황을 두고 하는 말이다.

서자西子[32])가 오나라 궁궐에 자진해 들어가던 때와는 상황이 다른 것을⋯⋯.

---

32) 서자西子 : 서시西施를 가리킨다. 서시에 대해서는 추가한 스물한 번째 대목 '인생무상孤吟'의 '오나라 궁궐 옛 무회' 각주를 참조할 것.

桃花扇

배우 선발

選優

원제는 "선우選優"로, 배우를 선발한다는 뜻이다. 이 대목에서는 배우 교습 현장에 나타난 홍광제弘光帝가 등절燈節 축하행사로 완대성의 희곡〈연자전燕子箋〉을 상연하되 그 주역을 이향군에게 맡길 것을 지시하는 내용을 주로 다루고 있다. 작자는 여기에서 국난을 목전에 두고도 오락에만 탐닉하는 무능한 황제와 그의 비위를 맞추기 위해 오로지 연애극을 짓고 미녀를 구해 바치는 데에만 몰두하는 간신배들의 진면목을 낱낱이 고발하고 있다.

을유년(1645) 정월

등장인물

    외 : 심공헌
    정 : 장연축
    소단 : 구백문
    축 : 정타낭
    부정 : 완대성
    잡 : 내감
    소생 : 홍광제
    단 : 이향군

무대 한가운데에 '훈풍전熏風殿'이라고 씌어진 편액이 걸려 있고, 그 양쪽으로 "세상만사는 손에 든 술잔만도 못한 법[萬事無如杯在手]""인생 백년에 머리 위로 뜨는 달을 몇 번이나 보겠나[百年幾見月當頭]"라고 씌어진 대련이 걸려 있다. 낙관에는 "동각대학사 신 왕탁이 어명을 받자와 쓰다[東閣大學士臣王鐸奉敕書]"라는 글귀가 씌어져 있다.

    외가 심공헌으로, 정이 장연축으로, 소단이 구백문으로, 축이 정타낭으로 각각 분장하고 함께 등장한다.

심공헌 :   천자께선 정도 많아 심沈서방1)을 사랑하신다네.

---

1) 심서방沈郎 : 양梁나라의 상서령尚書令이던 심약沈約(441~513)을 가리킨다. 심약은 자가 휴문休文으로 오흥吳興 무강武康 사람이며, 어려서부터 학문에 전념하여 박학다식했으며 시문에 뛰어났다. 남조의 송宋·제齊·양梁 세 왕조에서 차례로 기실참군記室參軍·저작랑著作郎·건창현후建昌縣侯·상서령尚書令 등의 벼슬을 역임하였다. 여기에서는 심공헌이 자신을 심약에 빗대어 말하고 있다.

장연축 :   왕년에는 나도 눈썹 그려주던 장張공자[2]였었지.

구백문 :   가련하구나 한 그루 외로운 백문白門의 버드나무[3]야.

정타낭 :   그래 봤자 풍류 넘치는 나 정타낭한테는 밀릴 걸?

심공헌 :   우리가 선발되어 입궁한 지가 이틀이 다 됐는데 어째서 여태
            아무런 동정이 없을꼬?

장연축 :   (올려다보더니) 여기는 '훈풍전' (…) 바로 음악을 연주하는 곳
            이구려. 듣자니 어가가 곧 행차하신다던데 배역을 정하면 연
            극을 하라고 시키겠죠 뭐.

심공헌 :   왜 '훈풍전'이라고 지었을꼬?

장연축 :   그것도 모르슈? 거문고 곡에 "남풍의 따스함이여[南風之熏
            兮]"[4]라는 구절이 있잖수. 그 뜻을 딴 게지.

정타낭 :   예끼! 당신네 남풍男風[5]에 열을 올릴 요량이면 우리 여자들
            은 뭐 하러 불렀겠수!

구백문 :   우리 여자들이사 총애를 얻으면 왕비·귀인이라도 될 테니

---

2) 눈썹 그려주던 장공자[畵眉張]: 장창張敞을 가리킨다. 『한서漢書』「장창전張敞傳」에
   따르면, 한나라 사람 장창은 자기 아내를 위해 눈썹을 그려주었는데 이것이 당시 미담
   으로 전해졌다고 한다. 이때부터 '눈썹 그리는 손님[畵眉客]'은 신랑을 가리키는 말로
   사용되기 시작하였다.

3) 백문의 버드나무: 원래는 남경南京의 기녀를 비유한 말이지만, 여기에서는 구백문
   자신을 두고 한 말이다.

4) 남풍의 따스함이여[南風之薰兮]: 우순虞舜이 지었다고 전해지는 거문고 가곡인 〈남
   풍가南風歌〉에 나오는 가사의 일부로, 원문은 "남풍의 따스함이여, 우리 백성의 울화
   를 풀어줄 줄 아는구나[南風之薰兮, 可以解吾民之慍兮]"로 되어 있다.

5) 남풍男風: 남색男色을 가리킨다. 남풍男風·성소설性小說·춘궁화春宮畵는 명대의 성
   풍속을 극명하게 보여주는 키워드인데, 그 중에서도 남풍은 위로는 황제에서부터 아
   래로는 귀족·사대부·민간에까지 두루 유행하였다. 명대 특히 중후기(가정嘉靖·만력
   萬曆 연간)에 창작된 문학작품에서는 남풍에 대해 직·간접적으로 언급하거나 묘사하
   는 내용을 찾아볼 수 있으며, 그 중에서도 주로 도시에 거주하는 시민계층을 대상으로
   하는 소설·희곡 등의 통속문학에서 특히 빈번하게 언급된다. 여기에서는 '남풍南風'
   과 발음이 같은 것을 빌어 너스레를 떤 것이다.

까 그래도 남풍보다야 낫지.

정타낭 : 누가 아니래요 남풍 좋아하는 자들이야 아무리 총애를 얻어
봤자 기껏 형님 동생 사이밖에 더 되겠수?

장연축 : 참 대단한 제자로세. 이젠 이 사부님 욕까지 다 하는구만!

심공헌 : 우리가 극단을 떠맡으면 저 여편네 사정일랑 봐 주지 마세.

장연축 : 봐 주긴 뭘 봐 줘요? 내일 연극 교습 때에는 타낭이한테 내
북채 맛이나 좀 보여 줘야겠구만!

(축이 피식 웃더니 손가락질을 한다)

정타낭 : 장가 당신 고 잘난 북채? 나도 맛 좀 봤지만 별 거 없던데?

모두 웃는다. 부정이 의관을 정제한 채 완대성으로 분장하고 등장한다.

완대성 : 〈요지유遠地遊〉

한나라 적 궁궐은 그림과도 같은데

봄날 이른 아침에 내걸린 주렴은

나비며 꾀꼬리들 다가오기 기다리네.

노래며 춤 잘하는 서시西施와

글재주 뛰어난 사마상여司馬相如가

붉은 소매 · 검은 사모紗帽로 서로 한데 어우러지는구나.

(대면하더니) 자네들은 벌써 여기 다 와 있는데 어째서 이정려
만 보이지 않나?

구백문 : 그 아이는 눈에서 미끄러졌다고 지금까지 아픈 걸 참으면서
낭하에 누워있는 걸요.

완대성 : 어가가 곧 행차하면 배역을 정해 연극을 상연해야 하는데 어
떻게 그 년 성깔대로 할 수 있겠나!

일동 : 그럼요, 그럼요! 저희들이 끌고 옵지요. (다함께 퇴장한다)

완대성 :　(혼잣말로) 이정려 그 년이 이토록 괘씸하게 굴다니! 오늘 정·축 두 배역 신세를 단단히 져야겠구만.

　　잡이 두 명의 내감으로 분장하여 용 부채를 들고 앞에서 길을 인도한다. 소생은 홍광제로 분장하고 또 두 명의 내감이 주전자와 상자를 든 채 뒤따라 등장한다.

홍광제 :　온 성에 안개 낀 나무들이 양梁나라와 진陳나라 사이에 늘어섰지만
　　　　　높다란 누대에서 바라보아도 또렷하지 않구나.
　　　　　원래는 낙양洛陽 땅의 꽃 속 나그네[6]였건만
　　　　　엉뚱하게도 봄날의 말릉秣陵[7]을 다스리는 몸이 될 줄이야!

　　　　　(앉는다) 과인이 등극한 지도 한 해가 다 되었구나. 네 진영에서 지키고 있는 덕분에 유적들이 남하하지 못하고 있다. 노왕路王[8] 옹립을 도모하는 역적들도 있었으나 어제 벌써 잡아들여 하옥시켰다. 지금은 외부의 유린도 없고 내부의 우환도 생기지 않아서 현숙한 여인이나 간택하여 정궁正宮 황후로 책봉하려던 참이다. 사실 이런 일은 따지고 보면 하찮은 일일 뿐이다. 다만 …… 짐이 홀로 제왕의 존귀함을 누리면서도 노래나 미색의 호사도 없이 근엄하게 앉아 점잔을 빼고 앉았자니 그게 참으로 갑갑할 따름이다!

---

6) 낙양 땅의 꽃 속 나그네[洛陽花裡客] : 복왕福王(홍광제) 시절 자신의 영지가 낙양洛陽이었던 점을 염두에 두고 한 말이다.
7) 말릉秣陵 : 남경南京의 옛 이름.
8) 노왕[潞藩] : 노간왕潞簡王 주익류朱翊鏐의 왕세자 주상방朱常淓(1608~1646)을 가리킨다. 만력 46년(1618)에 노왕의 지위를 세습하였으며, 숭정 연간에는 농민봉기를 진압하기 위해 모금운동에 동참하기도 하였다. 숭정 17년(1644) 강남에 머물던 그는 명나라가 멸망한 후 사가법史可法·고홍도高弘圖 등이 황제로 옹립하려 했지만 마사영 일당의 반대로 무산되었다. 순치順治 2년(1645)에 항주에서 청나라 조정에 투항했으나 청나라 예왕豫王을 따라 북경으로 갔다가 피살당하였다.

완대성 : (무릎을 꿇더니) 광록시경光祿寺卿 신 완원해 삼가 문후 여쭙나이다!

홍광제 : 일어나시오! (부정이 일어난다)

〈도각아掉角兒〉

따스한 봄날 남았던 눈도 녹고 일찍 핀 꽃을 보노라니

수심에 찬 눈썹 일그러지며 노는 것조차 귀찮아지는구려.

완대성 : 성상께옵서는 편안히 태평성대를 누리시니 때 맞춰 즐거움을 만끽하셔야 옳사온데, 노는 것이 귀찮다 하시니 어이 된 일이시옵니까?

홍광제 : 짐에게 근심거리가 하나 있는데, 경도 아마 알고 있으리라 믿소

완대성 : 유적이 남침할까 걱정이라도 되시나이까?

홍광제 : 아니오

눈같이 물거품 이는 황하가 가로막고 있는데

놈들이 은하수를 나는 뗏목9)을 가졌다 한들 겁낼 게 뭐가 있겠소

완대성 : 군사가 약하고 군량이 부족할까 걱정이신가 보옵니다?

홍광제 : 그것도 아니오

내게는 회음淮陰에 주둔하고 있는 저 용맹스런 장수들10)이 있고

_____

9) 은하수를 나는 뗏목[天漢浮槎] : 장화張華가 지은 『박물지博物志』에 따르면 은하수는 바다와 연결되는데, 바닷가에 살던 어떤 사람이 해마다 8월만 되면 때맞추어 나는 뗏목을 타고 은하수로 다녀오곤 했다고 한다.

10) 용맹스런 장수들[諸猛將] : 강북 네 진영의 장수들을 가리킨다.

강릉江陵에는 군량을 수송할 대규모 선단이 있는데
무슨 걱정이 있겠소!

완대성 :   내우외환 걱정도 아니시라면, 정궁 황후 마마를 아직 책봉하
지 못하셔서 짝하실 분이 안 계실까 걱정이시옵니까?
홍광제 :   그것 때문도 아니라오. 예부禮部의 전겸익錢謙益이 현숙한 규
수를 간택하면 조만간 책봉할 작정이요.11)

세 왕비에 아홉 귀빈까지 있어
나라사람 가르치고 집안일까지 돌보지 않소?

완대성 :   그것 때문도 아니시라 (…) 신 이제야 알겠나이다! (소곤거린다)
역신 주표·뇌연조12)가 사악한 역모를 꾸며 노왕을 옹립하
려 한 일 때문에 그러시는군요!
홍광제 :   더더욱 아니외다.

목청 높이며 사람들 현혹하던 그 간신들은
진작 벌써 잡아들이지 않았소이까!

완대성 :   (고개를 숙이고 신음을 하더니) 도대체 무엇 때문이시온지 도통

---

11) 예부의 전겸익이~ : 역사 기록에 따르면, 1644년 6월 9일에 전겸익은 예부상서로 임
명되자 그 날 바로 동궁東宮을 정할 것을 주청했으나 홍광제는 그의 말을 따르지 않았
다. 같은 해 10월에 홍광제는 그에게 명령을 내려 항주에서 현숙한 규수를 물색하게
했고, 다음 해 2월에는 다시 가흥嘉興·소흥紹興 두 곳에서 역시 규수를 물색하도록 명
령했으며, 4월에는 황제 자신이 직접 원휘전元輝殿에서 규수들을 간택하였다.
12) 주표周鑣·뇌연조雷縯祚 : 뇌연조는 자가 개지介之로 태호太湖 사람이며, 주표는 자가
중어仲馭, 호가 녹계鹿溪로 금단金壇 사람이다. 두 사람 모두 동림당의 주요인물로 나중
에 마사영과 완대성의 모함으로 죽임을 당하였다. 관련 내용은 열네 번째 대목 '복왕
성토阻奸'의 '뇌연조·주표' 각주를 참조할 것.

......

홍광제 : 경은 내정에서 봉직하고 있으니 심복과도 같은 신하이거늘, 어째서 짐의 속내조차 헤아리지 못한단 말씀이요!

완대성 : (무릎을 꿇더니) 마마의 사려가 고상하고 심오하시건만 신이 실로 우매하여 도저히 헤아릴 수가 없나이다! 엎드려 바라옵건대 분명하게 말씀을 내리사 근심을 함께 나눌 수 있도록 통촉해 주시옵소서!

홍광제 : 경에게 가르쳐 주리다. 짐이 천자의 지체로 무엇인들 못 이루겠소? 다만 …… 경이 진상한 〈연자전〉은 왕조 중흥의 음악이니 태평성대를 돋보이게 하는 것이 으뜸가는 국가대사이거늘, 오늘이 정월 초아흐레인데도 여태 배역 하나 정하지 못했으니 (…) 만일 등절燈節13) 행사를 망치기라도 한다면 그 어찌 환장할 노릇이 아니겠소! (가리키면서) 그대는 동각대학사 왕탁의 "세상만사는 손에 든 술잔만도 못한 법", "인생 백년에 머리 위로 뜨는 달을 몇 번이나 보겠나"라는 대련을 좀 보시오 해마다 원소절元宵節이 몇 번이나 있단 말이요? 그래서 주야로 안절부절 하느라 먹는 것까지 다 줄었단 말씀이외다!

완대성 : 바로 그 일 때문이셨사옵니까? 속된 노래14) 때문에 폐하의 심려에 누를 끼쳐 드렸으니 이게 모두 미천한 신의 죄이옵니다! (머리를 조아리면서) 신이 어찌 감히 나라를 위해 온 힘을

---

13) 등절燈節 : 음력 정월 대보름인 원소절元宵節을 말한다. 옛날에는 연말이 되면 집집마다 문 앞에 등불을 내걸어 명절 분위기를 돋우었다. 섣달그믐부터 정월 대보름까지 많은 민속활동이 등불과 연관되어 있었는데, 원소절이 되면 사람들은 원소元宵를 덕으면서 등불을 감상했다. 이처럼 원소절이 등불을 감상하는 명절로 굳어진 것은 당대 중기부터라고 한다.

14) 속된 노래[巴里之曲] : 〈하리파인下里巴人〉같이 통속적인 노래를 말한다. 여기서는 완대성 자신의 작품에 대한 겸칭으로 사용되었다.

다하여 성은에 보답하지 않을 수가 있겠나이까! (일어나서 노래를 한다)

〈전강前腔〉
황공하옵게도 공경·신료의 몸으로 가사 쓰고 노래 지으며
해학적이거나 고상한 작품을 바치고자 무던히도 애쓰나이다.
이 얼굴에 먹이며 분 찍어 바르기까지야 못하더라도
비파 연주는 기꺼이 해 드리고 싶은 충정이옵나이다.
노래하는 연회에서 그저 눈길이라도 한번 끌고
춤추는 융단 가에서 자그만 상이라도 받아
마마께옵서 내리신 술이며 차를 마실 수만 있다면야
삼생三生15)의 행운이요
만세의 영광이로소이다!
이것이야말로 신하된 자의 소명이요
주상께옵서 내리신 표창장16)에 보답하는 길일 것입니다!

(앞으로 나오더니 묻는다) 한데 (…) 내정의 여악女樂에서 어느 배역이 빠졌사온지…….

홍광제 : 다른 배역은 다 그런 대로 넘어갈 수 있을지 몰라도, 생과 단·소축만은 성에 차지 않는구려.

완대성 : 그거야 쉽사옵니다. 예부에서 노래하는 한량과 기생들을 보내왔사온데, 지금 바깥채에서 선발해 주시기만 기다리고 있는 중이옵니다!

홍광제 : 그들을 들라 이르시오

---

15) 삼생三生 : 과거의 전생前生, 현재의 현생現生, 미래의 후생後生을 말한다.
16) 표창장[功閭] : 공로를 적은 방榜. 당시에는 그것을 문짝에 매달아 놓곤 했는데, 왼쪽 문짝에 매단 것을 '벌閥' 오른쪽 문짝에 매단 것을 '열閱'이라고 불렀다고 한다.

완대성 :　어명을 받들어 모시겠나이다!

(황급히 들어가더니 외·정·단·소단·축을 인솔해 등장한다)

다함께 무릎을 꿇는다.

홍광제 :　(외와 정에게 묻는다) 너희 둘은 연극을 하는 한량인가?

심·장 :　황공하옵니다! 쉰네들은 연극을 생업으로 삼고 있사옵니다
요!

홍광제 :　연극을 할 줄 안다니, 그럼 새로 나온 전기도 해 본 적이 있
는가?

심·장 :　새로 나온 〈모란정〉, 〈연자전〉, 〈서루기〉17)를 다 해 보았사
옵니다!

홍광제 :　〈연자전〉을 다 할 줄 안다구? 그럼 내정교습內廷敎習18)을 맡
도록 하라.

외와 정이 머리를 조아린다.

홍광제 :　저 기생 셋도 〈연자전〉을 할 줄 아는가?

구·정 :　배운 적이 있사옵니다요!

홍광제 :　(기뻐하면서) 더더욱 잘됐군! (단에게 묻는다) 그쪽의 젊은 여인은
어째서 대답이 없는고?

이향군 :　배우지 않았사옵니다.

완대성 :　(무릎을 꿇더니) 신, 성상께 아뢰옵니다. 저 두 사람은 배웠사오
니 관례에 따라 생·단을 맡기면 되겠사옵니다. 허나 (…) 배

---

17) 〈서루기西樓記〉 : 명말의 문학가 원우령袁于令이 지은 희곡으로, 〈서루몽西樓夢〉으로
불리기도 하는데, 선비 우견于鵑과 기녀 목소휘穆素徽의 사랑 이야기를 다루고 있다.
18) 내정교습內庭敎習 : 궁중에서 가무를 가르치는 교사.

우지 않은 이쪽 계집은 역시 관례에 따라 축을 맡기심이 옳
으신 줄로 아뢰오!
홍광제 : 규정이 있다니 경의 소청을 따르도록 하겠소.

소단·축·단이 머리를 조아린다.

홍광제 : 모두 일어나서 연극을 준비하라. (다함께 일어난다)
정타낭 : (속으로 기뻐하면서) 역시 이 정가가 천하에서 으뜸가는 정단을
맡게 되었구나!
홍광제 : (부정을 향하여) 경은 〈연자전〉에서 한 곡을 골라 이들에게 준
비하도록 이르고 현장에서 지도를 하시오.

외·정·소단·축이 임의대로 〈연자전〉의 노래를 하나 시연해 보이자 부정이
연기를 직접 지도해 보인다.

홍광제 : (기뻐하면서) 재미있군, 재미있어! 다들 고참들이니 공연 걱정
일랑 하지 않아도 되겠군! (부른다) 시종은 술을 따르라. 축하
주를 석 잔 마셔야겠다.

잡이 술을 바치자 소생이 마신다.

홍광제 : (일어서더니) 우리 군신이 같이 즐기면서, 십번十番19)을 한번

---

19) 십번十番 : 타악기와 관현악기가 어우러진 민간 취타악吹打樂으로, 명대 말기인 만력
연간에 소주蘇州·무석無錫·상숙常熟·의흥宜興 등 강남지역에서 유행하였다. 역사적
으로 십양금十樣錦·십불한十不閑·십번 등으로 불린 이 음악에서 사용되는 악곡은 다
수가 원곡元曲이나 곤곡崑曲에서 취한 것으로, 음악 소리가 낭랑하고 격조가 있어서 달
밝은 밤이나 물가·정원 같은 고적한 장소에서 연주하기에 적합하였다. 여기에 사용
되는 악기는 타악기와 관현악기로 나눌 수 있지만 타악기가 비교적 많이 포함되었다.

연주해 보는 게 어떻겠소?

완대성 :   어명을 받들어 모시겠나이다!

홍광제 :   과인은 북을 잘 치니 그대들도 각자 알아서 악기를 고르도록
          하라.

모두가 〈우협설雨夾雪〉을 끝까지 연주한다.

홍광제 :   (큰소리로 웃으면서) 열 가지 근심거리 중에서 아홉 가지가 씻은
          듯이 다 사라져 버렸구나!
          (부른다) 시종은 술을 따르라. 또 축하주 석 잔을 마셔야겠다.

잡이 술을 바치자 소생이 마신다.

홍광제 :   〈전강前腔〉
          옛 오나라 궁궐에선 관왜궁館娃宮이 다시 열리고[20]
          새 양주자사揚州刺史가 이제 막 야윈 말을 가르치네.[21]
          회양淮陽의 북·곤산崑山의 현악기
          무석無錫의 노래·고소姑蘇의 미인[22]이
          저마다 봄바람을 뒤흔들고
          따스한 소리 불어제치고

---

20) 옛 오나라 궁궐에선~ : 이 말은 홍광제가 춘추시대에 오나라 왕 부차夫差가 서시西施
   의 재색에 빠져 나라를 망쳤던 전철을 밟는 것을 은연중에 풍자하고 있다. 관왜궁館娃
   宮이란 오나라 왕 부차가 서시에게 지어준 궁전을 말한다.
21) 새 양주자사가 이제 막~ : 당대 시인 백거이白居易가 지은 시 「유감有感」의 "야윈 망
   아지는 기르지 말고, 어린 기생은 가르치지 말라[莫養瘦馬駒, 莫敎小妓女]" 부분을
   차용한 것으로, 당대에 양주에서는 어린 기녀를 '야윈 말[瘦馬]'이라고 불렀다고 한다.
22) 회양의 북·곤산의 현악기~ : 이 두 구절은 당시 강남 일대에서 유전되던 속담으로,
   이를 통해서 당시에 회양淮陽의 북, 곤산崑山의 현악기, 무석無錫의 노래, 소주蘇州의 미
   인이 유명했음을 알 수 있다.

엷은 안개와 겨루고[23]

차가운 소매를 펄럭이며

궁녀들도 많기도 하다.

붉은 누각·푸른 전각에서

경치는 아름답고 날씨도 좋기도 하다.

다들 나를 '근심 없는 천자'[24]로 받들어 모시며

이야기와 웃음소리로 떠들썩하기도 하구나!

(단을 보더니) 저 젊은 기생은 참 아름다운데 축을 시키는 건 너무 심한걸?

(묻는다) 거기 젊은 기생은 듣거라. 〈연자전〉을 배우지 않았다니 그럼 다른 건 좀 배운 게 있는가?

이향군 : 〈모란정〉을 배웠나이다.

홍광제 : 그거 잘됐군! 어디 불러 보아라.

단이 부끄러워하면서 노래를 부르지 않는다.

홍광제 : 분 바른 얼굴에 홍조가 도는 걸 보니 부끄러운 게로구나? 복사꽃이 그려진 궁궐 부채를 상으로 하나 내릴 테니 고 봄 같은 얼굴을 가리도록 하라.

잡이 붉은 부채를 던져 단에게 준다. 단이 부채를 들더니 노래한다.

---

23) 엷은 안개와 겨루고 : 춤추는 자태가 아름답다는 뜻이다.

24) 근심 없는 천자[無愁天子] : 북제의 후주[北齊後主]는 '근심이 없는 노래, 즉 무수곡 無愁曲'을 지었는데 그가 직접 비파를 연주하면서 노래를 부르면 수백 명이나 되는 시종들이 그 노래에 맞추어 합창했으며, 때문에 민간에서는 그를 '근심 없는 천자'라고 부르며 원성이 자자했다고 한다.

이향군 :   〈나화미懶畵眉〉[25]
　　　　　어이하여 옥진玉眞[26]은 다시 무릉원武陵源[27]을 찾아갔던가?
　　　　　오로지 눈앞에 떨어지는 물방울과 흩날리는 꽃잎 때문이었다네.
　　　　　저 하늘님께선 꽃 사는 돈을 쓰지 않으셨지만
　　　　　우리 사람들 마음속에는 피 토하며 우는 두견이의 한이 있다네.
　　　　　아아!
　　　　　이삼월 봄날을 이렇게 허송하고 말다니…….

홍광제 :   (기뻐하면서) 절묘하군, 절묘해! 시종은 술을 따르라. 또 축하주
　　　　　석 잔을 마셔야겠다.

　　　잡이 술을 바치자 소생이 마신다.

홍광제 :   (단을 가리키면서) 이 기생은 (…) 소리며 용모가 다 고운 것 같
　　　　　은데, 어찌 훌륭한 재목을 이렇게 낭비할 수 있겠소! 역시 정
　　　　　단을 시키는 게 좋겠구려. (축을 가리키면서) 저 새까만 계집에
　　　　　게 축을 맡겨야겠소이다.
완대성 :   어명대로 따르겠사옵니다!
정타낭 :   (입을 삐죽거리면서) 이 타낭이는 이번에도 글렀나 보다!
홍광제 :   (부정을 향하여) 경은 생·축 두 배우를 데려가 입단시키고, 한
　　　　　량 두 사람을 시켜 정성껏 가르치도록 하시오. 그대도 수시
　　　　　로 지도를 하고…….
완대성 :   (무릎을 꿇고 대답한다) 예. 그것이야말로 신의 소임이온데 어찌

---

25) 나화미懶畵眉 : 탕현조湯顯祖가 지은 〈모란정牡丹亭〉 '꿈을 찾아尋夢'에 나오는 노래.
26) 옥진玉眞 : 중국 전설에 등장하는 선녀의 이름. 〈모란정〉 '꿈을 찾아'에는 여주인공
　　두여낭杜麗娘이 자신을 옥진에 빗대어 〈나화미〉를 노래하는 장면이 나온다.
27) 무릉원武陵源 : 원래 도연명陶淵明의 무릉도원武陵桃源을 가리키지만, 여기서는 탕현조
　　湯顯祖의 〈모란정牡丹亭〉에 등장하는 화원花園을 말한다.

감히 마다하겠나이까!

(허둥지둥 외·정·소단·축을 데리고 퇴장한다)

홍광제 : (단을 향하여) 너는 이 훈풍전에서 〈연자전〉 대본을 사흘 동안
외워 입단에 문제가 없도록 하라.

이향군 : 외우는 일이야 어렵지 않사오나 대본이 없사옵니다.

홍광제 : (부른다) 시종, 그대가 왕탁이 필사한 해서체楷書體 대본을 이
단에게 상으로 내리도록 하라.

　　　　잡이 대본을 가져다 단에게 건네자 무릎을 꿇고 받는다.

홍광제 : 천년 세월에 오로지 노래 마당의 즐거움만 있나니
만사를 어찌 꼭 술로 시름을 풀어야 하겠는가?

　　　　잡의 안내를 받아 퇴장한다.

이향군 : (눈물을 훔치면서) 아서라, 아서! 이미 구중 궁궐에 들어왔는데
어떻게 나갈 수가 있겠는가!

　　　　　〈전강前腔〉
　　　　　겹겹의 문 닫히니 수양버들 위 저녁 까마귀만 보이고
　　　　　성긴 발 너머로 푸른 소나무·파란 기와만 비치누나.
　　　　　서늘하게 바람은 비단 소매에 불고
　　　　　어지러이 매화는 궁녀 머리에 떨어지네.
　　　　　억지로 갈라놓은 저 원앙새를 돌이켜 보노라니
　　　　　헤어진 넋이 참담도 하지.
　　　　　구름 낀 산에 가로막혀
　　　　　상사병이 애달프기도 하건만

만날 날은 기약조차 어렵구나.
남에게 부탁하여 부채를 부쳤더니
복사꽃이 다 닳아 없어지겠네!
이제 와서 사랑의 끈은 끊어져 버리고
하늘가엔 방초만 우거져 있구나!28)

(한숨을 쉬면서) 도리가 없구나. 일단 가서 대본이나 외우는 수
밖에……. 혹시라도 하늘께서 불쌍히 여기사 이 몸을 궁궐에
서 내보내 주신다면 서방님을 다시 한 번 뵐 수 있을지도 모
르겠는데…….

〈미성尾聲〉
이제부터는 뼛속까지 파고든 시름의 뿌리는 뽑기도 어려울 테니
참으로 광한궁廣寒宮 항아姮娥29)가 수절을 하는 격이로구나.
이 이틀 사이에
야위어버린 미인의 허리는 겨우 한 줌만 남았노라!

노래 끝나고 사람들 흩어지고 해조차 서쪽으로 기울었는데
전각 모퉁이에는 처량하게도 나 혼자뿐이구나.
설사 봄바람이 분다 해도 들어올 길이 막혔으니
장문궁長門宮30)에 벽도화碧桃花31)가 갇혀 있는 격이로구나.

---

28) 이제 와서 사랑의 끈은~ : 이 두 구절은 하늘가에 방초가 우거져 있어서 임에게 자
신의 마음을 전달할 방법이 없다는 뜻을 담고 있다.
29) 광한궁廣寒宮 항아姮娥 : 항아姮娥는 항아嫦娥라고도 부른다. 원래 예羿의 아내였는데
예가 서왕모西王母의 처소에서 불로장생의 영약을 얻자 그것을 훔쳐 먹고 승천하여 달
로 달아나 버렸다고 한다. 자세한 내용은 여섯 번째 대목 '백년 가약眠香'의 '항아' 각
주를 참조할 것.
30) 장문궁長門宮 : 한나라 무제[漢武帝]의 황비 진황후陳皇后는 질투가 심하여 무제의 총
애를 잃고 따로 장문궁에 기거했다고 한다. 이때부터 '장문궁'은 황제의 총애를 잃은

여인들이 기거하는 처소 즉 '냉궁冷宮'을 상징하는 말로 사용되기 시작하였다.
31) 벽도화碧桃花 : 꽃잎이 겹으로 나 있어서 아름답기는 하지만 열매를 맺지 않기 때문
  에 보통은 박명한 미인을 비유하는 말로 사용된다.

스물여섯 번째 대목

고결 암살

賺將

원제는 "잠장^{賺將}"으로, 장수를 속인다는 뜻이다. 이 대목에서는 안하무인으로 행동하던 고걸^{高傑}이 장수들 간의 화합을 강조하는 후방역^{侯方域}의 충고를 무시하고 허정국^{許定國} 부부의 계략에 빠져 무장도 하지 않은 채 허씨의 본영 휴주성^{睢州城}의 연회에 갔다가 결국 죽음을 당하고 허씨 일족은 청^淸나라에 투항하여 결국 황하^{黃河} 수비선이 와해되는 내용을 주로 다루고 있다. 고걸의 막부와 휴주성 두 공간을 무대로 삼고 있는 이 대목은 고걸을 주요 인물로 삼아 전반부는 후방역과의 언쟁 위주로 비교적 정적인 연출로 시작되지만, 후반부는 고걸이 계략에 빠져 죽음을 자초하는 과정을 다루면서 잔치 장면, 화권 놀이, 싸움 장면, 대포 소리 등의 연출효과가 어우러진 역동적이고 다채로운 볼거리들을 제공한다.

을유년(1645) 정월

등장인물

      생 : 후방역

      부정 : 고걸

      정 : 고걸의 부장 갑

      축 : 고걸의 부장 을

      잡 : 병졸

      외 : 허정국의 가장

      말 : 허정국의 장수 갑

      소생 : 허정국의 장수 을

생이 등장한다.

후방역 :   〈파진자破陣子〉

          물가 역참·산 속 성채는 안개에 싸여 있고

          꽃 핀 마을 술집은 먼지에 묻혀 있네.

          백 리 떨어진 흰 구름 너머는 부모님 계신 곳과 가깝거늘[1]

          누더기 옷 입고 노래[2]를 흉내 낼 수도 없으니

---

1) 흰 구름 너머엔~ : 당대의 명장 적인걸狄仁傑이 병주幷州의 법조참군法曹參軍으로 있
    을 때 그의 양친은 모두 하양河陽에 있었다. 하루는 그가 태항산太行山에 올라 하양 쪽
    을 굽어보다가 구름이 흘러가는 모습을 보고 무의식 중에 주위 사람들에게 "우리 부
    모님께서 바로 저 흰구름 아래에 사신다네" 하고 말했다고 한다.
2) 노래老萊 : 노래자老萊子를 말한다. 노래자는 춘추시대 초나라 사람으로, 나이가 일흔
    이 넘어서도 늘 색동옷을 입고 온갖 어린아이의 행동을 해 보이면서 노부모를 즐겁게
    해 주었다고 한다. 여기에서는 고향이 지척에 있음에도 달려가 부모를 봉양하지 못하
    는 처지를 두고 한 말이다.

종군하면서도 심사가 얄궂구나.

소생 후방역, 사공의 명령을 받들어 군사를 감독하며 황하를 수비하고 있습니다. 어이없게도 주장 고걸高傑이 성격이 괴팍하여 총병 허정국許定國을 면전에서 매도하는 사태가 터지고 말았습니다. 사단이 나서 수습하기가 어렵게 될까 걱정이니 중군 막부로 가서 설득을 좀 해야겠습니다. (들어간다)

부정이 고걸로 분장하고 등장한다.

고걸 :   외마디 호통으로 황하의 물결을 물리치고
           두 손으로 보랏빛 요새3)의 안개를 걷어내네.

(서로 대면하고 앉더니) 선생께서 막부로 오시다니, 무슨 가르침이라도 주려고 하십니까?

후방역 :   소생이 천 리 길을 수행해 온 건 오로지 황하 수비라는 중대사를 위해서였습니다. 그런데 지금 수주睢州4)에 당도하고 보니

           〈사변정四邊靜〉
           위세가 세상을 뒤흔들어
           사람들마다 놀라고
           집집마다 모두 고향을 등지는가 하면
           닭이며 개까지 무리를 떠나고

---

3) 보랏빛 요새[紫塞] : 이민족의 침략을 비유적으로 표현한 말. '보랏빛 요새[紫塞]'의 유래에 대해서는 이설이 있어서 진秦나라의 만리장성이나 한나라의 변방 요새가 모두 보라색 흙으로 축조되었기 때문이라고 하기도 하고, 혹자는 안문관雁門關의 풀들이 모두 보라색이었기 때문에 그렇게 부르게 되었다고도 한다.
4) 수주睢州 : 지금의 하남성 수현睢縣.

군인·백성들조차 편안할 날이 없더이다.

병영에서는 경악하고

막부에서는 호통치니

적국이 담장 너머에 있는데

그 재앙을 예측하기 어려울까 걱정이올시다.

고걸 : 허정국 그 자는 십만 군사를 거느리고 이긴다느니 강하다느
       니 떠벌리더니만 어제 교련장에서 점호를 해 보니 장병들이
       하나같이 늙거나 약해 빠졌습니다. 군왕을 기만하고 군량을
       축내었으니 군법으로 처리해야 마땅한 마당에, 몇 마디 질책
       정도야 가벼운 징계인 셈이지요

후방역 : 원수님, 그게 아닙니다!

       〈복마랑福馬郎〉
       지금 강산이 절반이나 뒤집혔으니

       충직한 장수에 의지하여

       속히 개가를 올리심이 옳습니다.

       민심을 수습하고

       인재를 받아들이되

       사단을 만들지 마십시오

       큰 공을 이루시려면

       장수들이 서로 화합하는 수밖에 없습니다.

고걸 : 말이야 그렇다지만, 허정국 그 자가 병을 핑계로 찾아올 생각
       도 않고, 되레 나를 성 안으로 초대해서 술을 마시자고만 하
       니 내내 그게 몹시 두렵소이다. 내가 수주 성 밖을 살펴보니,
       사면이 다 물이고 외다리와 오솔길밖에 없는 바, 역시 수비가

가능한 곳입니다. 내일 병영에 방을 마련해 기거할 수 있게 해 달라고 그 자에게 요구할 작정입니다. 만약 내 말을 따른다면 모르겠지만, 따르지 않는다면 그 자의 관인官印과 영패슈牌를 빼앗아 다른 장수에게 맡기는 편이 더 낫겠소이다.

후방역 : (손사래를 치면서) 그건 절대로 안 됩니다! 어제 교련장에서 치신 호통으로 벌써 사단이 나고 말았습니다. 옛말에도 "아무리 힘센 용도 토박이 뱀을 건드리지는 못한다[强龍不壓地頭蛇]"고 했습니다. 그가 지척에 있으니 조만간 나쁜 마음이라도 품는다면 어떻게 대비하려고 그러십니까!

고걸 : (생을 가리키면서) 글쟁이 샌님의 안목이 갈수록 가관이로구만! 나 고걸은 명성이 세상에 자자하여 황가·유가의 세 진영조차도 쩔쩔 매는 판국이요! 허정국 따위는 일개 하수인 말직에 불과한데 놈이 무슨 재주가 있다고 그 놈을 대비하라 마라 하는 게요!

후방역 : (허리 굽혀 절을 하면서) 그렇군요 (…) 그러시군요! 원수께서 그토록 높은 안목을 갖고 계시니 소생이 여러 말 할 필요가 어디 있겠습니까? 지금 당장 하직인사를 드리고 귀향해서 고향 땅에서 고원수의 희소식이나 듣겠습니다.

고걸 : (두 손을 모으면서) 좋을 대로 하시요

생이 차갑게 웃더니 소맷부리를 떨치고 퇴장한다. 부정이 일어나서 부른다.

고걸 : 게 누구 있느냐!

정과 축이 두 명의 장수로 분장하고 등장한다.

두 장수 : 원수님, 무슨 군령이라도 있으십니까?

고걸 : 자네들은 각자 기병 몇을 이끌고 나를 수행해 입성한 후 술을 마시고 즐기되, 병영의 군사는 함부로 움직이지 말라.

두 장수 : 명령대로 거행하겠사옵니다!

바로 퇴장한다. 병졸 네 명을 데리고 등장한다.

고걸 : 이제 출발하자! (말을 타고 요장을 돈다)

〈화초아刬鍬兒〉
남쪽 조정은 황하를 경계로 삼고
동쪽 강물은 백운애白雲隘5)를 지키고 있다.
나는 새도 얼씬 조차 못하는데
강궁을 살 필요가 어디 있겠나?

일동 : 멀리 굽어보니 황량한 성채엔 버드나무들이 늘어섰는데
높다란 다리에 올라서고 보니 널판이 다 헐었구나.
고삐 잡고 서서히 행진하니
군대의 위용이 시원도 하다!

잠시 퇴장한다. 외가 허정국 집안의 가장家將으로 분장하고 관인과 영패를 받들고 등장한다.

허가장 : 살인에는 장군의 관인을 동원할 필요도 없나니
전쟁에서 개선할 때에도 그저 낭자군娘子軍6)만 믿는다네.

---

5) 백운애白雲隘 : 산서성 양성현陽城縣 남쪽에 있는 험지. 하남성 제원현濟源縣과 접해 있는데, 양쪽으로는 절벽이 있고 가운데로 난 좁은 길로만 통행이 가능할 정도로 지세가 험하다고 한다.

6) 낭자군娘子軍 : 수隋나라의 실력자 이연李淵의 딸 평양공주平陽公主는 일단의 병마를 거느리고 아버지를 도와 당나라를 건국하는 데에 큰 역할을 했기 때문에 사람들이 그

나는 바로 수주 허총병 댁의 가장입니다. 우리 총병님께서 고걸한테 호통을 당하시고 오줌까지 지릴 정도로 놀라셨지요. 다행스럽게도 그 부인 후씨侯氏가 담력과 지략이 있어서 어젯밤 계책을 꾸며, 나를 보내 영패와 관인을 갖다 바치고 그 자를 성 안으로 초대해 잔치를 베풀어 준 다음, 술을 마시는 도중에 대포 쏘는 것을 신호로 여차여차 저차저차 하기로 했습니다. 아주 그럴듯한 계책이긴 하지만 하늘의 뜻은 어떠실는지 (…) 참으로 두렵구나!

(멀리 바라보더니) 저 멀리서 고걸이 오는 모습이 보이는구만. 다리 어귀에서 무릎을 꿇고 맞이해야겠구나.

부정 등이 방금 전의 합창 부분7)을 다시 합창하면서 등장한다.

일동 :   멀리 굽어보니 황량한 성채엔 버드나무들이 늘어섰는데
            높다란 다리에 올라서고 보니 널판이 다 헐었구나.
            고삐 잡고 서서히 행진하니
            군대의 위용이 시원도 하다!

외가 무릎을 꿇고 영접한다.

고걸 :   (묻는다) 너는 누가 보낸 사자냐?
허가장 :   소장은 총병 허정국의 가장이온데, 이렇게 머리 조아리며 원

군대를 '낭자군娘子軍'이라고 불렀다고 한다. 여기서는 허정국의 부인 후씨侯氏를 두고 한 말이다.

7) 방금 전의 합창 부분[前合] : 앞에 나와 있는 〈획초아剗鍬兒〉의 합창 부분인 "멀리 굽어보니 황량한 성채엔 버드나무 늘어섰는데, 높다란 다리에 올라서고 보니 널판이 다 헐었구나. 고삐 잡고 서서히 행진하니, 군대의 위용이 시원도 하다[望荒城柳栽, 上危橋板壞; 按轡徐行, 軍容瀟灑]!"의 네 구절을 가리킨다.

수 나리님을 모시러 나왔나이다!

고걸 : 허총병 그 작자는 어째서 영접 나오지 않았는가!

허가장 : 허총병께서는 병환으로 몸져누워 일어나기 어려우신지라 특별히 소장을 보내 영패와 관인을 전하고 원수 나리를 성 안으로 모셔 잔치를 마련하고 군사를 사열하라 하셨습니다.

고걸 : 잔치 자리는 어디다 마련했는가?

허가장 : 찰원察院8) 관아에 마련했나이다.

고걸 : 여봐라, 영패와 관인을 받으라.

영패

정·축이 인계 받는다.

고걸 : (웃으면서) 잘됐군, 잘됐어! 영패와 관인을 역시 보내 왔구만! 내일은 병영을 세우고 군사를 쉬게 하면서 내 뜻대로 일을 처리할 수 있겠군.
(외에게 분부한다) 자네는 말을 끌고 앞장서게.

외가 앞에서 안내하고 모두가 방금 전의 합창 부분을 다시 합창하면서 행진한다.

허가장 : (무릎을 꿇고 고한다) 벌써 찰원에 당도했사오니 원수 나리께서는 어서 자리로 드시지요.

부정이 말에서 내린 후 관아로 들어가 앉는다.

고걸 : (분부한다) 군졸들은 바깥에서 대기하라.

---

8) 찰원察院 : 명대의 중앙 관청이던 도찰원都察院의 약칭. 자세한 내용은 여덟 번째 대목 '단오 야경闇㹂'의 '부원' 각주를 참조할 것.

(정·축을 향하여) 자네 둘은 각별한 사이이니 배석해서 나와 같이 즐기세나.

정·축이 영패와 관인을 내려놓고 머리를 조아린다.

두 장수 : 알겠사옵니다!

바닥에 차례로 늘어앉는다. 외가 부정에게 술을 따른다. 말과 소생이 두 명의 장수로 분장하고 정과 축에게도 술을 따른다. 이어서 부정·정·축 곁에 잡이 한 명씩 서서 요리를 올린다.

허가장 : 술을 드시지요

고걸 : (화를 내면서) 이 따위 형편없는 술을 갖다가 나한테 마시라는 게냐!

술잔을 내동댕이친다. 외가 황급히 술을 바꾼다.

허가장 : 요리를 드십시오

고걸 : (화를 내면서) 이 따위 식어빠진 요리에 젓가락인들 대겠느냐!

젓가락을 패대기친다. 외가 황급히 요리를 바꾼다.

고걸 : 오늘은 정월 초열흘이니 원소절을 미리 즐겨야 옳거늘 어째서 꽃등이나 배우 나부랭이도 전혀 준비가 안돼 있단 말인가!

허가장 : (무릎을 끓고 고한다) 원수 나리, 이 수주는 후미진 땅인지라 꽃등을 사거나 극단을 부를 데가 없사옵니다. 우선 관아의 등

롱이라도 내다 걸고 군대의 북과 호각이라도 좀 불어 드리겠
습니다요.

등롱을 걸고 군악을 연주한다.

고걸 :   (정 · 축을 향하여) 우리는 술이나 마시세나.
          〈보천락普天樂〉
          하남河南 땅에 진을 치니
          그 위풍이 대단도 하다.
          버들 병영9)이 늘어서고
          별 그려진 깃발이 줄지어 있네.
          등불 내건 잔치 자리에서
          등불 내건 잔치 자리에서
          장수의 관인과 병졸의 영패로

정 · 축이 일어나 부정에게 술을 올린다

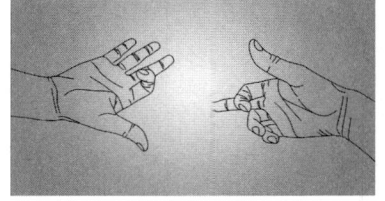

고걸 :   군령을 내리노라니10)
          술이 마치 사령과도 같구나.

부정이 정 · 축과 함께 화권謙拳놀이를 한다.

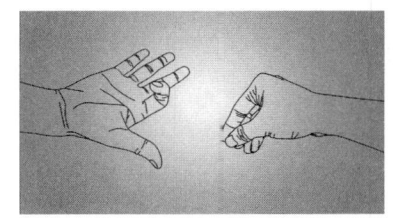

고걸 :   실컷 화권을 놓고 환호하면서

화권 놀이

---

9) 버들 병영[柳營] : 한나라 문제[漢文帝] 때 주아부周亞夫의 병영(세류영細柳營)을 가리
   킨다. 후에는 이것으로 군기가 잘 잡혀 있는 강군의 병영을 지칭하게 되었다. ㅈ세한
   내용은 아홉 번째 대목 '진중 소요撫兵'의 각주 '세류의 병영'을 참조할 것.
10) 군령을 내리노라니~ : 여기에서는 주령酒令을 내린다는 뜻으로 한 말이다.

세 사람이 다 같이 엄지의 병진을 펼치네.[11]

허가장들: 이 팔괘도八卦圖[12] 속에는 새로운 진법이 있나니
           아마 귀곡자鬼谷子[13]조차도 눈치 채지 못할 게다.
두 장수: 소장들은 충분히 마셨습니다. 더욱이 오늘은 원수님을 모시
           고 군사 사열도 해야 하구요.
고걸: 날이 이미 늦었으니 내일 사열을 하기로 하고 다들 몇 잔 더
           드세나!

또 술을 따라 마신다.

무대 뒤에서 종이 대포를 쏜다.

잡이 서둘러 부정의 손을 붙잡자 외가 칼을 뽑아 죽이려는 찰나, 부정이 필사
적으로 벗어나 대들보 위로 뛰어오른다. 잡 하나가 급히 정의 손을 붙잡자 말이
정을 죽인다. 또 다른 잡 하나가 역시 급히 축의 손을 붙잡자 소생이 축을 죽인다.
대포 소리가 들리면 "잡아라", "죽여라" 하는 소리를 동시에 지르도록 한다.

허가장: (큰소리로 외친다) 고걸이 달아났으니 어서 찾아라 어서!
          (잡이 횃불을 붙이고 곳곳을 뒤진다)
          (위쪽을 올려다보더니) 천정 서까래와 기와가 부서진 걸 보니 방
          을 기어서 도망쳤나 보다!
          (잡이 다시 뒤진다)

---

11) 화권과 갈채에 따라~ : 이 두 구절에서는 세 사람이 되는 대로 화권譁拳을 즐기는
    모습을 묘사하고 있다. 여기에서 화권은 '가위·바위·보'처럼 손가락을 써서 하는 중
    국의 전통적인 놀이로, 속칭 '시권猜拳'이라고 부르기도 한다.
12) 팔괘도八卦圖 : 삼국시대 촉蜀나라의 재상 제갈량諸葛亮이 팔괘八卦의 원리에 의거하
    여 창안해낸 여덟 가지 병진[八陣]의 형태. 병진의 변화가 많아서 적진에서 간파하기
    어려웠다고 한다.
13) 귀곡자鬼谷子 : 전국시대에 유세가로 명성이 높았던 장의張儀와 소진蘇秦의 스승으로,
    점술·예언에 능했다고 한다.

(가리키면서) 그쪽 누각 지붕 어처구니 귀퉁이에 어른어른 하는 것이 사람 그림자 같다. 어서 화살을 쏘아라!

말과 소생이 화살을 쏜다. 부정이 뛰어내린다. 잡이 부정의 손을 단단히 붙잡는다.

허가장 : (확인하더니) 고가놈이 틀림없군!
고걸 : (호통을 치면서) 괘씸한 역적놈! 나는 황제께옵서 황하 수비를 위해 파견하신 대원수이거늘 네놈이 감히 나를 해치려 들어?
허가장 : 내가 아는 분은 딱 허총병 나리밖에 없다. 황이고 나발이고 다 필요 없으니 냉큼 목이나 대렷다!
고걸 : (펄쩍거리면서) 끝났구나, 끝났어! 나 고걸이 용기만 있고 지략이 없어 어이없게도 허가놈에게 속고 말았구나!
(발을 구르면서) 에잇! 후선비의 말을 듣지 않아 오늘과 같은 낭패를 당하다니, 참으로 후회스럽구나!
(목을 대면서) 내 목을 가져가라!
허가장 : (가리키면서) 고가는 역시 사내 대장부로구만!
(부정의 목을 베어 손에 든다) (부른다) 형제들, 어서 영패와 관인을 들고 다들 총관 나리께 보고하러 가세!

말·소생이 영패와 관인을 받든다.

장수갑 : 좋아하기엔 이릅니다. 장수 셋은 죽었지만 아직도 병졸들이 바깥에 있습니다.
허가장 : 벌써 깨끗하게 없애버렸네.
장수을 : 또 하나, 성 밖 고걸의 병영에서 내일 알기라도 한다면 분명히 복수를 하러 올 겁니다. 어서 총관 나리께 고하고 후부인

의 묘책을 구합시다.

허가장 : 후부인의 묘책은 진작 받아 왔지. 오늘밤 몰래 성을 나가서 고걸의 수급을 가져다 북쪽 조정14)에 바치고 그들의 군사를 안내해 그날 밤으로 얼음이 언 황하를 건너 고가놈의 군사들을 쳐부수면 된다. 그렇게만 되면 우리는 강남 공격의 일등 공신이 될 게다!

완마宛馬가 바람 속에 울부짖으며 고삐 드리운 채 다가오니15)
황하 얼음 위로 북문이 뚫리는구나.
남쪽 조정에선 봄 감상하는 등절 밤이 한창인데
내 손으로 연회 자리에서 장수의 재목을 죽이노라!

---

14) 북쪽 조정[北朝] : 여기서는 청나라 조정을 가리킨다.
15) 바람 속에서 울부짖으며~ : 청나라 대군이 기염을 토하면서 유유하게 양자강을 건너 남하하는 것을 두고 한 말이다. 여기에서 '완마宛馬'는 예로부터 명마의 산지로 유명했던 서역 땅 대완大宛(페르가나Fergana)에서 나는 말을 가리킨다.

스물일곱 번째 대목

선상 상봉

逢舟

원제는 "봉주逢舟"로, 배에서 상봉한다는 뜻이다. 이 대목에서는 이향군의 부탁으로 후방역을 찾아 나섰던 소곤생蘇崑生이 탈영병들에게 떠밀려 황하黃河 강물로 떨어졌다가 배를 타고 우연히 그 곳을 지나던 이정려李貞麗에 의해 간신히 목숨을 구하고 역시 그 곳을 지나던 후방역과 상봉하여 이향군의 근황을 전하며 담소를 나누는 내용을 다루고 있다. 후방역이 본극의 주인공이기는 하지만 작자는 그가 다음 대목에서 독창으로 일관할 것을 고려하여 여기서는 소곤생과 이정려를 중심인물로 삼아 노래를 안배하고 있다.

을유년(1645) 2월

등장인물

정 : 소곤생

축 : 채찍을 든 나귀 주인

잡 : 탈영병

외 : 뱃사공 갑

소단 : 이정려

부정 : 뱃사공 을

생 : 후방역

정이 소곤생으로 분장하고 보따리를 등에 진 채 나귀를 타고 황급히 등장한다.

소곤생 :   〈수저어水底魚〉

전쟁터 군마들 분주히 내달리고

연기와 먼지는 바라보니 자욱도 하다.

넋 놀라고 마음속까지 울리는데

장정長亭[1]은 먼 마을까지 이어지누나.

축이 채찍을 든 사람으로 분장하고 쫓아오면서 부른다.

---

1) 장정長亭: 중국 고대의 역참驛站 제도에서는 길목마다 나그네가 휴식을 취하거나 송별을 하기 위한 공간을 두어 10리마다 세워진 것을 장정長亭, 5리마다 세워진 것을 단정短亭으로 각각 불렀는데, 나중에는 장정이 송별 장소를 나타내는 대명사로 굳어지게 되었다.

나귀주인 : 손님, 잠깐만요! 보시오 황하 제방 위로 탈영병들이 마구 달아나고 있잖아요 놈들한테 나귀를 뺏기려고 그러슈?

정이 그 말을 무시하고 서둘러 간다. 잡이 세 명의 탈영병으로 분장하고 맞은 편에서 등장한다.

탈영병들 : 갑옷 버리고 방패도 팽개친 채
머리 감싸 쥐고 쥐처럼 내빼네.
남 비웃을 겨를조차 없단다.
모두가 다 패잔병들이니까!
모두가 다 패잔병들이니까!

정과 마주치자 황하로 밀어 떨어뜨리고 나귀를 빼앗은 후 뛰어서 퇴장한다. 축이 그 뒤를 쫓아 퇴장한다. 정이 물 한 가운데에 서서 머리에 보따리를 인 채 고함을 지른다.

소곤생 : 사람 살려, 사람 살려요!

외가 사공으로 분장하여 배를 젓고, 소단은 이정려로 분장하여 남루한 행색으로 등장한다.

사공 : 〈전강前腔〉
흐르는 물도 호탕하게
바람 맞은 물결이 우문禹門2)을 두드리네.
제방 가엔 물결이 잔잔하니

---

2) 우문禹門 : 산서성 하진현河津縣 서북쪽에 있는 용문龍門을 말한다. 여기서는 황하에서 제일 험한 곳을 가리키는 말로 사용되고 있다.

버드나무 밑동 쪽으로 배를 대자꾸나.

배를 대려고 한다. 소단이 부른다.

이정려 : 사공 양반, 봐요! 앞쪽 얕은 여울에서 누가 소리를 지르는구
려. 우리가 가서 그 한 목숨 구해서 음덕이라도 쌓는 게 어떻
겠수?

사공 : 황하 물살은 원체 세차서 장난이 아니라구요

이정려 : 사람이 선행을 베풀면 대왕 마마3)께서 당연히 가호를 내리
실 텐데두요?

사공 : 예, 예! 가 봅시다. (배를 젓는다)

　　　바람은 세차고 물살도 거세지만
　　　목숨을 내걸고 사람을 구하자꾸나.
　　　애절한 소리는 다급도 해라
　　　간신히 살아남긴 했지만 얼은 반이나 나갔네!
　　　간신히 살아남긴 했지만 얼은 반이나 나갔네!

(정에게 다가가서 외친다) 어서 빨리 올라타구려! 그래도 죽을 운
명은 아닌가 보우, 좋은 분을 만났으니!

노를 아래로 뻗자 정이 노를 붙잡고 배에 올라탄다.

소곤생 : (몸서리를 치면서) 하이고 춥다, 추워!

---

3) 대왕 마마[大王爺爺] : 황하의 신을 말한다.

외가 마른 옷을 집어서 정에게 건넨다. 소단이 등지고 선다.

(옷을 갈아입더니) 고맙소이다. 사공 양반! 내 생명의 은인이시오!
(머리를 조아린다)

사공 :   이 늙은이는 상관없소. 이쪽 색시가 당신을 구해 주라고 설
득한 덕택이지.
(정이 읍례를 올리고 고개를 들다가 알아보고 놀란다)

소곤생 :   당신은 이행수? 어째서 이 배에 있는 게요?

이정려 :   (알아보고 놀라면서) 이제 보니 소 사부님이셨군요! 어디서 오셨
어요?

소곤생 :   말하자면 길지요!

이정려 :   앉아서 말씀하세요.

앉는다. 외가 배를 댄다.

사공 :   잠깐 뭍에 내려 술이나 한 주전자 사 먹을까나? (퇴장한다)

소곤생 :   〈쇄창한瑣窓寒〉
그대가 대갓집4)으로 출가한 후로
노래하던 누각은 걸어 잠그고
춤추던 치마도 개켜 넣었지요
찬 바람·찬 눈 속에
향군이는 울다가 죽을 지경이었다오

소단이 눈물을 훔친다.

---

4) 대갓집[朱門] : '주문朱門'은 일반적으로 귀족이나 부호의 집을 비유할 때 사용하는
표현이지만, 여기서는 전앙田仰을 가리키는 말로 사용되었다.

이정려 : 향군이는 혼자서 어떻게 지낸답니까?

소곤생 : 그 아이가 날더러 가서 후서방님을 찾아보라고 당부하더군요.
　　　　　사람과 말이 다 전장에 나간 와중에
　　　　　후 상공에게서 기별도 없길래
　　　　　아득한 역참 길 전전하며 간곡하게 묻고 다니던 참입니다.

　　소단이 묻는다.

이정려 : 어쩌자고 물속에 빠지셨답니까?

소곤생 : 제방 위를 가는데 탈영병들이 나귀를 빼앗더니 나를 물로 밀
　　　　　어 넣지 뭡니까!

　　　　　덕분에 탁류에서 구조 받고
　　　　　지인을 오늘밤에 다시 만나는구려!

이정려 : 그랬었군요. 사부님께서 돌아가시지 않고 쉰네와 인연도 있
　　　　　다 보니 또 이렇게 만나게 되는군요!

소곤생 : (묻는다) 이행수, 전씨 댁에 출가했다더니 여기는 어쩐 일이오
　　　　　이까?

이정려 : 불을 가져다 옷부터 말려드리고 소상하게 말씀드리지요

　　소단이 화로를 들고 등장한다. 부정이 사공으로 분장하여 배를 젓고, 생도 배
　를 탄 채 황급히 등장한다.

후방역 : 　　범과 표범5) 도사린 천 리 숲과 안개를 벗어나기가 무섭게

---

5) 범과 표범[虎豹] : 기강이 무너져 약탈을 일삼는 허정국과 고걸의 군사를 가리킨다.

또다시 암수 고래가 일으킨 만 리 파도에 휩쓸려가는구나.

(부른다) 사공 양반, 여기는 여량呂梁[6] 땅이구려. 돛을 걸어 젖
히고 좀 서둘러 갑시다. 내일은 일찍 출발해야 하니까……

사공을 : 상공, 조급하게 그러지 마십시오. 이런 풍랑에 어떻게 갑니
까! 앞쪽이 배를 대는 곳이니 다른 배 옆에 대 놓고 하루 묵
어 갑시다요.

후방역 : 그렇게 합시다. (부정이 배를 댄다)
놀란 가슴이 이제 좀 진정이 되는군. 눈이나 좀 붙여야겠다!
(눕는다)

정이 옷을 말리고 소단은 옆에 앉아 이야기를 나눈다.

이정려 : 쇤네 팔자가 기구하여 지금은 그 전씨 댁에 살지 않는답니
다. 돌이켜 보면 그 날 밤……

　〈전강前腔〉
　총망히 신부로 꾸미니
　아리따운 나를 끌고 가 숨기더이다.
　봄날의 황금 집에다 말씀입니다……
　이 한 몸이 받는 총애가
　다른 여인들을 압도할 지경이었지요

소곤생 : 거 참 잘됐구려!

이정려 : 하지만 뜻밖에도 전앙의 정실부인이 아주 사납고 투기가 심

---

6) 여량呂梁 : 강소성 서주徐州 동남쪽에 위치한 여량빈呂梁濱을 가리킨다.

해서

> 사자 같은 위세7)는 범을 능가하고
> 뱀 닮은 표독스러움은 비수 같아서

쉰네를 신방에서 끌어내더니 초죽음이 되도록 때립디다!

소곤생 : 저런, 저런! 기가 차는구만! 전앙 그 자는 어째서 안 구해 줬
답니까?

이정려 : 전서방님은 화가 나도 소리 죽여 참더니만
어이없게도 쉰네를 웬 노병에게 상으로 주지 뭡니까!

소곤생 : 그렇게 개가한 양반이 어째서 이 배에 있는 겁니까?

이정려 : 이건 조무漕撫의 연락선이랍니다. 그 노병은 공문을 전하러
뭍에 내렸구요.

> 쉰네는 뱃머리에 앉았다가
> 옛 지인이 오셨기에 얼마 전의 한을 들려드리는 게지요

생이 한 쪽에서 귀 기울여 듣는다. 다 듣고 나자 일어나 않는다.

후방역 : 옆 배에서 두 사람이 시시콜콜 한참을 떠들어 대는데…….

---

7) 사자 같은 위세[獅威] : 중국에서는 예로부터 드센 여자를 사자에 빗대어 표현하곤
하였다. 송대 사람 진계상陳季常의 부인 유씨柳氏는 남편이 손님 대접을 위해 잔치 자
리에 가기를 부를 때마다 옆방에서 작대기로 벽을 두드리며 큰소리를 질러서 손님들
이 놀라 달아났다. 그 소식을 들은 소식은 진계상에게 "문득 하동 사자가 울부짖는 소
리를 듣노라니, 잡았던 지팡이 땅에 떨어뜨리고 마음까지 망연해지누나[忽聞河東獅
子吼, 拄杖落地心茫然]" 하는 시를 지어 주었다고 한다.

저 사내는 목소리가 소곤생과 흡사하고 부인네 목소리도 좀 익숙한걸! 큰 고함을 한번 질러서 저 사람들이 어쩌는지 봐야겠구나. (소리친다) 소곤생!

소곤생 : (서둘러 대답한다) 누가 날 불렀소?

후방역 : (기뻐하면서) 역시 소곤생이셨구만! (나와 본다)

소곤생 : 이제 보니 후 상공이셨군요! 안 그래도 찾으러 다니던 참인데 여기서 마주칠 줄이야……. 천지신명이시여 감사합니다! 제 때에 아주 잘 만났습니다그려! (부른다) 이쪽으로 건너와서 이 분 하고도 인사를 좀 나누시지요

후방역 : (옆 배로 건너가면서) 또 누가 있습니까?
(소단과 대면하자 알아보고 놀라면서) 허허, 이행수가 여기에 윈 일이요? 신기한 일이구만, 신기한 일이야! 향군이는 어디이 있소이까?

이정려 : 후 상공께서야 잘 모르셨겠지만, 난리를 피해 야밤에 피신하신 후로 향군이는 상공을 위해 절개를 지키면서 누각에서 안 내려오려고 했답니다. (생이 눈물을 훔친다)
나중에 마사영이 억센 하인들을 보내 은 삼백 냥으로 억지로 향군이를 데려가 전앙에게 넘기려고 했지요

후방역 : (놀라면서) 우리 향군이가 어째서 그 자한테 시집을 가 버렸단 말이요!

이정려 : 시집은 무슨 시집이랍니까? 향군이는 덜컥 겁이 나서 죽겠다고 땅바닥에 머리를 찧고 말았지 뭡니까?

후방역 : (대성통곡을 하면서) 우리 향군이가 어쩌자고 죽고 말았답니까!

이정려 : 죽기는 왜 죽소! 머리를 찧어 온 얼굴에 선혈이 낭자한데, 대문 밖에서는 거기다가 고래고래 사람 내놓으라고 고함을 치길래 순간적으로 어쩔 도리가 없어서 결국 쉰네가 그 아이 대신 전앙에게 출가했지요

후방역 :   (기뻐하면서) 잘됐군, 잘됐어! 그대가 전앙에게 시집을 가게 될 줄은 몰랐구려! 그건 그렇고 오늘은 배를 타고 어디를 가려던 참이시오?

이정려 :   그냥 배에서 지내고 있답니다.

후방역 :   왜요?

소단이 계면쩍어 한다.

소곤생 :   저 이는 질투심 많은 전앙의 부인에게 내쫓겨서 지금은 이 배의 어떤 장군 나리한테 개가했다는군요

후방역 :   (잔잔하게 웃으면서) 그런 풍파가 있었구려. 가엾어라, 가엾어! (정에게 묻는다) 선생께서는 어떻게 여기까지 오셨답니까?

소곤생 :   향군이가 구원에서 날마다 상공을 그리워하면서 날더러 편지를 부쳐 달라고 신신 당부를 합디다.

후방역 :   (황급하게 묻는다) 그 편지 어디 있소이까! (정이 보따리를 가져온다)

소곤생 :   〈내자화柰子花〉
      이 편지는 무늬 있는 그런 편지지에 쓴 것도 아니요
      궁궐 비단8)을 접어 얼룩 댓살에 끼운 것이올시다.
      시 써서 사랑을 다짐하고
      화장을 재촉하며 시를 읊었답니다.

후방역 :   (부채를 받더니) 이건 소생이 그녀에게 선사했던 부채로군요

소곤생 :   (부채를 가리키면서)

---

8) 궁궐 비단[宮紗] : 재질이 가볍고 짜임새가 촘촘한 비단을 말한다. 이 부분에서는 복사꽃을 그린 부채(도화선桃花扇)의 모양새를 노래하고 있다.

보다 보니 복사꽃 반쪽이 붉게 물들었나니
간절한 그 사랑은
천만 가지 말로도 형용키 어렵답니다.

후방역 : (부채를 보더니 묻는다) 이건 누가 그린 복사꽃입니까?

소곤생 : 향군이가 머리를 찧어 꽃 같은 얼굴을 다치고 그 피가 부채에 흠뻑 튀자 양용우楊龍友가 가지와 잎을 새로 그려 넣어 가지가 굽은 복사꽃으로 완성시켰답니다.

후방역 : (찬찬히 보더니 기뻐하면서) 역시 핏방울이었군! 양용우가 꾸미니까 제법 아취가 있구려. 이 복사꽃 부채는 소생에게는 보배인 셈이올시다!
(묻는다) 한데 …… 어째서 선생께서 갖고 오셨는지요?

소곤생 : 소생이 대문을 나설 적에 향군이가 하는 말이, 온갖 근심 걱정이 다 이 부채에 있으니 부채를 편지로 삼아야겠다고 하더군요. 그렇게 해서 부쳐 온 거랍니다.
(생이 또 한 번 부채를 보더니 통곡한다)

후방역 : 향군아, 향군아! 이 내가 너에게 어떻게 보답해야 좋겠느냐!
(정에게 묻는다) 선생께서는 그래 어떻게 이행수를 찾았답니까?

정이 가리키면서 노래한다.

소곤생 : 내가 말입니다,

〈전강前腔〉
긴 제방을 지나느라 나귀 등에서 애를 먹다가
탈영병 마주치는 바람에 차가운 강물에 떠밀렸답니다.

후방역 :　허허, 그런 위험을 다 당하시다니! (묻는다) 그런데 어째서 부
　　　　　채가 전혀 안 젖은 거지요?

소곤생 :　(손짓을 해 가면서)

　　　거친 물살이 어깨까지 삼키길래
　　　서찰을 높이 쳐들어
　　　'난정蘭亭의 진본'[9]을 보전할 수 있었답니다.

후방역 :　(두 손을 모으면서) 이 복사꽃 부채 때문에 목숨조차 초개같이
　　　　　여기시다니 (…) 정말 감격스럽습니다! (묻는다) 그래서 어떻게
　　　　　되었습니까?

소곤생 :　이행수가 풍랑을 두려워하지 않고 배를 저어 저를 구해줬답
　　　　　니다!

　　　생각해 보건데
　　　우물에서 목숨을 구해준 격이니 남이라면 누가 엄두라도 내었겠
　　　습니까?

후방역 :　잘됐군요, 잘됐어! 만약 이행수와 마주치지 않았더라면 이
　　　　　거센 황하 물살 속에서 어느 누가 사람을 구하겠다고 달려들
　　　　　었겠습니까!

이정려 :　쇤네야 애초에는 별 생각 없이 한 일인데 구해서 배에 태우

───────────────

9) 난정의 진본[蘭亭眞本] : 진대晉代의 유명한 서예가. 왕희지王羲之가 쓴 『난정집서蘭亭
集序』 서첩을 말한다. 원대의 문인 도종의陶宗儀가 지은 『철경록輟耕錄』에 따르면, 원대의
서예가 조맹견趙孟堅은 유수옹俞壽翁의 처소에서 희귀한 난정蘭亭의 서첩을 구해 귀가하
던 중 거센 바람에 배가 뒤집혀 물에 빠지자 자기 목숨은 아랑곳하지 않고 머리 꼭대기
까지 서첩을 들어올려 온전하게 지켜냈다고 한다. 여기에서는 강물에 빠진 소곤생이
자기 목숨도 돌보지 않고 부채를 지킨 일을 조맹견의 고사에 빗대어 표현하고 있다.

고 보니까 소 사부님이시지 뭡니까!

후방역 : 이 모두가 하늘이 맺어주신 인연이 맞아 떨어져서 그리 된 것이지요!

소곤생 : 여태 상공께 여쭤보지도 못했군요 (…) 그래 무엇 때문에 남쪽으로 가시는 건가요?

후방역 : 지난 가을 고걸을 수행하여 황하 수비에 나선 이후로, 뜻밖에도 그 자가 무모하게도 충언을 받아들이지 않고 허정국에게 속아 수주성에 들어갔다가 술자리에서 칼에 찔려 죽었답니다. 소생도 더는 있을 수가 없어서 황하에서 배를 사서 강을 타고 동쪽으로 향하던 중이었습니다. 보십시오! 큰 길마다 이리저리 마구 달아나는 자들이 모두 패잔병이니, 제가 무슨 낯으로 사 대감을 다시 뵙겠습니까!

소곤생 : 그러시다면 일단 남경으로 가서 향군이를 좀 만나 보시고 나서 다시 의논하도록 하시지요

후방역 : 그러지요 이행수와는 작별하고 속히 배를 몰아야겠습니다.

이정려 : 돌이켜 보면 구원에 있을 적에는 우리가 한 집 식구처럼 다 같이 지냈는데, 오늘 이 배에서는 향군이만 빠졌군요 이번 생애에 다시 볼 수나 있을는지…….

〈금련자金蓮子〉
온 가족이 흩어졌다가
강 위에서 다시 만났네.
말에는 끝이 있어도
이별의 슬픔은 다함이 없구나.
손 안에서 애지중지 키운 딸아이에게는
언제쯤 이 고생을 들려줄 수 있게 되는지…….

후방역 :   누가 뒤쫓아 올지도 모르니 소옹께서는 어서 옷을 갈아입으
          시고 이쯤에서 작별하도록 하십시다.

          정이 옷을 갈아입는다. 생과 정이 눈물을 훔치며 옆 배로 건너간다.

소곤생 :   돌아갈 날이 언제일지 막막하기만 하거늘
후방역 :   지인을 만나고 보니 어느새 시름만 늘었구나

          (부정이 배를 저어 퇴장한다)
이정려 :   이제는 나도 화류계에 몸담는 것도 지겨우니, 노병과 짝하며
          지내는 편이 오히려 더 행복하다 싶다. 뜻밖에 지인과 다시
          만나고 보니 하루 종일 옛 한만 떠오르는구나. 저것 봐 (…)
          물결 소리가 귀를 울리니 오늘밤에 어떻게 잠인들 이루겠나!

          끝없이 물 위를 떠돌던 부평초가 한 차례 지인과 마주쳐
          옛 한이며 새 시름을 몇 마디 털어놓았네.
          허무한 인생에 정처 없다 말하지 마소
          황하에도 역시 사람이 살고 있었나니…….

스물여덟 번째 대목

남경 귀환

題畫

원제는 "제화題畵"로, 그림에 시를 남긴다는 뜻이다. 이 대목에서는 오랜 피신 끝에 남경의 미향루媚香樓로 돌아온 후방역侯方域이 그 곳을 지키던 남영藍瑛과 이어서 찾아온 양문총을 통해 이향군의 근황을 듣고 자신의 감회를 시로 지어 남영의 그림에 남기는 내용을 다루고 있다. 작자는 여기에서 후방역의 눈을 통해 공간을 이동하면서 황폐해져 가는 구원 거리, 이정려의 기방, 미향루의 모습을 차례로 묘사하는 한편, 이향군에 대한 그리움을 표현하기 위해 전곡을 후방역의 독창으로 처리하고 있다.

을유년(1645) 3월

등장인물

　　소생 : 남영

　　생 : 후방역

　　말 : 양문총

　　잡 : 양문총의 하인 ⇒ 미향루의 하인

소생이 은자 남영으로 분장하고 등장한다.

남영 :　　미인의 향기는 식고 수놓던 틀만 덩그러니 남았는데

　　　　온 뜰에 복사꽃 피었어도 홀로 문 닫아걸고 있네.

　　　　한없이 무르익은 봄날의 보슬비 속에서

　　　　남쪽 조정에는 그림 속 강산만 남았구나!

　　　　나는 무림武林[1] 출신인 남영藍瑛으로 자가 전숙田叔인데, 어려서부터 화단에서 명성을 날렸습니다. 귀축貴筑의 양용우와는 친한 그림 친구인데, 그가 새로 병과兵科로 영전되었다길래 배를 사서 보러 왔다가 이 미향루媚香樓에 머물게 되었습니다. 이 누각은 바로 명기 이향군이 몸단장을 하던 곳인데, 미인이 떠나고 나니 정원이 적막해져서 구름과 안개라도 그려서 그림 빚 갚아주기 딱 좋군요. 화구들을 좀 정리해야겠습니다. (벼루를 씻고 붓을 헹구고 물감을 개고 그릇을 닦는다)

---

1) 무림武林 : 절강성 항주 서쪽에 위치한 산의 이름. 송대에는 이 산 이름에 근거하여 항주를 '무림'으로 부르기도 하였다.

깨끗한 물이 없으니 어쩐다? (생각하더니) 옳지! 저 꽃가지에 새벽에 맺힌 이슬이 제법 깨끗하니 그걸 물감 개는 데에 쓰면 아주 산뜻하고 좋겠구만. 뒤뜰로 내려가서 모아 볼까?

물감그릇을 들고 잠시 퇴장한다. 생이 새 옷을 입고 등장한다.

후방역 :　　〈파제진破齊陣〉
　　　　　　북녘 땅 남쪽 하늘을 쑥대처럼 전전하며2)
　　　　　　무산巫山 구름 초楚나라 비를 그리워했지.3)
　　　　　　골목에 뒹구는 버들개지며
　　　　　　담장을 스쳐 나는 제비는
　　　　　　붉은 등 화려하던 구원舊院을 기억이라도 하는 듯…….
　　　　　　풀처럼 여린 연정을 건드리고
　　　　　　안개마냥 어지러운 새 시름을 휘저어 놓건만
　　　　　　봄 타는 그녀는 지금도 잠들어 있나 보다.

소생은 황하 배 안에서 소곤생을 만나 도중에 동행했는데, 조급한 마음에 걸음을 서둘러 금새 남경에 당도했습니다. 어젯밤 여관에서 하루를 묵은 후 날이 밝자 일찍 일어나 소선생은 짐을 지키라고 남겨놓고 저 혼자 향군이를 찾아 왔습니다. (…) 기쁨에 들떠서 벌써 뜰 문 밖까지 왔군요!

---

2) 북녘 땅 남쪽 하늘~ : 다년생 풀인 쑥은 가을에 큰 바람이 불면 뿌리째 뽑혀 공중에 날아다닌다. 때문에 중국 고전문학에서는 "쑥대가 흩날린다[蓬轉]"라는 표현으로 사람이 정처없이 곳곳을 떠도는 것을 나타내기도 한다.
3) 무산 구름 초나라 비~ : 원래는 남녀 간의 사랑을 두고 하는 말이지만, 여기에서는 사방을 떠돌면서도 사랑하던 향군을 잊지 않는 후방역의 심정을 나타내는 말로 사용되고 있다.

〈쇄자서범刷子序犯〉

그저 보이는 것이라곤 어지러이 지저귀는 꾀꼬리뿐

사람의 자취는 어디에도 없이

향기로운 풀만 무성하구나.

분칠 다 벗겨진 누각 담장엔

푸른 이끼만 화려한 벽돌 위로 돋아 있구나.

분명히 아리땁고 부끄럼 많은 사람 얼굴이

발그레한 복사꽃처럼 곱게 비치고 있을 테지.

완조阮肇·유신劉晨[4]처럼 다시 찾아와

동쪽 바람이 이끄는 대로 동굴 속 별천지로 들어서노라.

(대문을 민다) 이제 보니 대문 빗장이 열려 있었군. 몸을 옆으로 틀어 살그머니 들어가서 누가 안에 있나 봐야겠다. (들어간다)

〈주노아범朱奴兒犯〉

아아,

온 나무에 재잘대던 참새들 놀라 날아가 버리고

온 계단에 파릇하던 이끼들도 다 밟혀 나갔구나.

발은 반쯤 말아놓은 흙칠 다 벗겨진 이 빈 집에서

짝 지어 깃든 자줏빛 제비만 즐겁기도 하구나.

한가한 뜨락에서

고하는 이 아무도 없이

사뿐 걸음으로 복도를 걷다 보니

어느 사이에 작은 누각 앞까지 왔구나.

---

4) 완조阮肇·유신劉晨: 두 번째 대목 '노래 수업傳歌'의 '완도령님' 각주를 참조할 것.

(위쪽을 가리키면서) 여기가 미향루렷다! 이것 보게? 낮인데도 고적하게 상비죽湘妃竹5) 발을 말아놓은 걸 보니, 향군이가 여태 봄잠에서 안 일어났나 보군? 일단 그 아이를 깨울 것 없이 살그머니 누각으로 올라가서 조용히 휘장 가로 가서 서 있자. 그 아이가 깨어나서 눈을 돌려 보고 이 몸인 것을 알면 얼마나 좋아 하겠나! (누각을 올라간다)

〈보천락普天樂〉

손으로는 부드럽고 푸르른 비단 옷깃을 여미고

소매로는 푸른색 버들가지를 밀어 젖히니

층마다 난간이 망가지고 계단마저 기울어 있고

겹겹이 먼지가 쌓이고 거미줄까지 드리워져 있구나.

화사한 누각 밖으로 봄빛은 완연도 한데

휘장 속 사람은 부끄러워하는가 보다.

(책상을 보면서)

은빛 채며 얼음 같은 현6)은 언제 적에 거두어 두고

봄 같은 얼굴 그리는 연지 상자며 물감 그릇만 늘어놓은 채

그림 걸개7)로 돈 버는 여류 은자 흉내를 내는 걸까?

(놀라서) 어째서 가무를 즐기던 누각이 화방이나 서재처럼 바뀌었담? 거 참 이상하군! (생각하더니) 향군이가 절개를 지키느라

---

5) 상비죽湘妃竹 : 대나무의 일종. 당요唐堯의 딸이자 우순虞舜의 왕비(아황娥皇과 여영女英)가 흘린 눈물이 튀어 얼룩이 졌다는 전설을 가지고 있다. 자세한 내용은 스물한 번째 대목 '아부 경쟁媚座'의 '상비湘妃' 각주를 참조할 것.

6) 은빛 채며 얼음 같은 현[銀撥氷絃] : 중국 전통악기의 일종인 비파琵琶를 말한다. '은빛 채[銀撥]'는 비파를 뜯는 채를 말하며, '얼음 같은 현[氷絃]'은 비파의 현이 얼음처럼 투명한 것을 두고 한 말이다.

7) 그림 걸개[畵叉] : 족자 그림을 벽이 아닌 장소에 걸 때 사용하는 걸개. 여기서는 이 말을 서화를 사고파는 것을 가리키는 말로 사용하고 있다.

기방 일들은 하지 않겠다고 다짐하고 서화에 뜻을 두어 잠시 봄의 시름을 덜려고 하는 건가 보구나.

(가리키면서) 여기는 향군이의 침실이군. 슬쩍 한번 열어볼거나? (열다가) 어? 웬일로 단단히 잠겨있지? 한참 동안 열지 않은 것처럼 (…) 거 참 이상하군. 설마 아무도 살지 않는 건 아닐 테지. (뒷짐을 지고 망설인다)

〈안과성雁過聲〉
쓸쓸하게도
미인은 멀리 떠나가고
겹겹의 대문은 잠겨 있어
수많은 구름과 산에 둘러싸인 격이니
내막을 아는 건 오로지 한가로운 꾀꼬리·제비뿐이로구나.
단단히 미친 척
단단히 얼이 나간 척
쌍쌍에게마다 물어보지만 이야기 전해줄 리가 없지.
속만 끓이다가
가까스로 몸을 돌리려는데
성긴 울타리에 기대었던 여린 꽃가지가 떨리더니
(아래쪽에 귀를 기울인다)
댓살 발이 울리는 것이
누가 가볍게 기침이라도 하는 듯하구나.

(처다본다) 누가 왔나 보자.

소생이 그릇을 들고 누각을 올라오다가 대면하고 놀란다.

남영 : 당신은 누구길래 내가 사는 곳에 다 올라 오셨소?

후방역 : 여긴 우리 향군이가 단장을 하던 누각인데, 당신이 어째서 여기에 있는 겁니까?

남영 : 나는 그림을 그리는 남영이라는 선비올시다. 병과의 양용우 선생이 여기로 데려와 지내라고 합디다.

후방역 : 이제 보니 남전숙선생이시군요, 그 동안 말씀은 많이 들었습니다!

남영 : (묻는다) 인형께서는 성함이…….

후방역 : 소생은 하남 출신의 후조종으로, 역시 양용우의 지인이지요

남영 : (놀라면서) 아이쿠! 명성이 자자하시더니 이제야 뵙는군요! 앉으십시오, 앉으셔! (앉는다)

후방역 : 그건 그렇고, 우리 향군이는 어디로 갔는지요?

남영 : 듣자니 배우로 선발되어 입궁했다던데요.

후방역 : (놀라면서) 어, 어째서 입궁을 했답니까? 언제 갔는데요?

남영 : 그건 잘 모르겠습니다만.

생이 일어나더니 눈물을 훔친다.

후방역 : 〈경배서傾杯序〉

아무리 찾아봐도
동풍이 부는 마당에 서서 한낮이 다 되도록 헤매어도
떠나버린 그 사람은 보이지 않는구나.
(쳐다본다)
이제 보니 창틀의 창호지는 찢겨져 있고
휘장의 비단엔 줄이 가 있었네.
보배를 쌌던 비단 손수건
손목에 끼었던 꽃팔찌 하며

연주하던 왕년의 생황·퉁소조차 하나도 없구나.
붉은 원앙금침은 모두 개켜져 있고
푸른 마름꽃 접거울은 접혀져 있네.
차가운 안개에 가려져
아름다운 꽃마저 잠든 미인 얼굴을 비추지 못하게 되었구나
……

소생이 정혼하던 날을 돌이켜 보면, 복사꽃이 만발하여 새로운 누각을 비추고 있었지요. 그런데 뜻밖에도 미인이 떠나고 나서 이렇게 쇠락하고 말 줄이야! (…) 오늘 소생이 되돌아왔고 복사꽃도 만발했건만 경치를 마주하고 보니 옛 생각이 절로 나는데 어찌 눈물을 참을 수가 있겠습니까! (눈물을 훔치면서 앉는다)

〈옥부용玉芙蓉〉
봄바람 부는 상사일上巳日[8)]에
복사꽃 꽃잎은 잘라 만든 조화처럼 가볍고
흩날리는 버들개지는 눈과도 같고
떨어지는 꽃잎은 우박과도 같구나.

그림이 그려진 그 부채를 펼쳐놓고 복사꽃을 마주한 채 어디 감상이라도 좀 해야겠습니다. (부채를 들고 본다)

튄 핏방울이 복사꽃 부채를 이루었으니
가지 끝의 꽃보다 훨씬 더 붉구나.

---

8) 상사일上巳日 : 음력 3월 상순의 사일巳日을 말한다. 『송서宋書』에 따르면 위魏나라 이후로는 '3월 3일'식으로만 쓰고 '3월 사일'식의 표현은 쓰지 않게 되었다고 한다.

이게 모두 나를 위해서였건만······

지닌 채 단장하던 누각에 올라 펼치고
지난 자취들 마주하고 보니 전과 다를 바 없건만
복사꽃 연정으로 말미암아 큰 원한을 사고 말았구나!

남영 :　그런데, 이 부채의 복사꽃은 누가 그렸는지요?
후방역 :　바로 선생을 이곳으로 모신 양용우의 작품이랍니다.
남영 :　어째서 그림을 대하자마자 눈물을 흘리십니까?
후방역 :　이 부채는 바로 소생과 향군이가 맹세를 나눈 물건이니까요
　　　　향군이 그 아이는,

〈산도홍山桃紅〉
손으로 홍사연紅絲硯9) 받쳐 들고
화촉 아래서 시를 써 달라 했지요
(가리키면서)
줄줄이 원앙의 맹세를 써 내렸건만

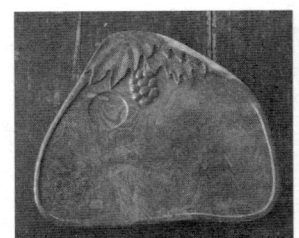

홍사연

한 달도 못되어 소생은 난리를 피해 멀리 떠나고 향군이는
문 닫아걸고 절개를 지키면서 손님을 받지 않아 몇몇 세도가
들의 미움을 사고 말았답니다.

신선에게까지 짖어대는 대갓집 개들을 떼거리로 풀어

---

9) 홍사연紅絲硯 : 산동 익도현益都縣에서 생산되는 붉은 바탕에 줄이 나 있는 돌로 만든
벼루. 품질이 천하에서 으뜸이며 검은 곽으로 덮어 두면 며칠이 지나도 먹물이 마르지
않는다고 한다.

향군이를 억지로 아래층으로 끌어내리는 통에 향군이가 당황한 나머지,

꽃 같은 얼굴을
두견이가 피를 토하듯 한 서린 붉은 피를 사방에 뿌리고 말았답니다!

시를 쓴 이 부채가 마침 손에 들려져 있다가 튀는 핏방울에 물들었던 겁니다!

남영 :   저런, 딱하기도 해라!

후방역 :   나중에 양용우께서 가지와 잎을 덧그려서 마침내 가지 굽은 복사꽃을 그려낸 것입니다. (부채를 두들기면서)

이 복사꽃 부채는 있건만
그 사람은 봄 안개에 가로막혀 버렸으니 …….

남영 :   (보더니) 참 멋스럽게도 그렸군요! 핏자국이라고는 전혀 안 보이는 걸요. (묻는다) 이 부채가 어떻게 다시 선생 손에 들어가게 되었는지요?

후방역 :   향군이는 소생을 그리워한 나머지 자신의 사부에게 가는 곳마다 저를 찾도록 당부하면서 이 복사꽃 부채를 비단 글자 편지[10]삼아 보냈더군요. 소생이 이 부채를 접하자마자 먼 길을 거쳐 이곳을 찾았건만, 향군이가 입궁해 버렸을 줄이야 ……. (눈물을 훔친다)

---

10) 비단 글자 편지[錦字書] : 아내가 그리움의 정을 담아 남편에게 보내는 편지를 가리킨다. 자세한 내용은 스물세 번째 대목 '부채 그림[畫扇]'의 각주 '비단으로 글자 엮은 서찰'을 참조할 것.

말이 양용우로 분장하고 의관을 정제한 채, 하인이 길잡이를 서서 호령하면서 등장한다.

양문총 : 누대에 오랫동안 진秦나라 농옥弄玉[11] 없더니만
　　　　　배에는 새로 미양양米襄陽[12]께서 오셨도다.

잡이 들어와 고한다.

하인 : 병과의 양 대감께서 남 상공을 뵙고자 문 밖에 가마를 내리
　　　　셨습니다요

소생이 황망히 맞이하고 대면한다. 말이 누각을 올라와 생과 대면하고 읍례를 올린다.

양문총 : 후형은 언제 오셨소이까?
후방역 : 방금 당도한 탓에 미처 찾아뵐 겨를이 없었습니다.
양문총 : 듣자니 줄곧 사史공 막부에 계시다가 고걸高傑을 따라 황하
　　　　수비에 참여하셨다더군요 한데 …… 어제 당보塘報[13]를 보니
　　　　고걸은 정월 초열홀에 이미 허정국許定國에게 살해당했다던
　　　　데, 후형은 그때 어디에 계셨소이까?
후방역 : 소생은 그때 고향에 있다가 갑자기 그 변고를 만나 가친을
　　　　부축한 채 산 속으로 피했는데, 달포쯤 되었을 때 허가의 군

---

11) 진나라 농옥[秦弄玉] : 춘추시대 진나라 목공[秦穆公]의 딸. 자세한 내용은 다섯 번째
　　대목 '미인 대면訪翠'의 '봉황의 도시' 각주 등을 참조할 것.
12) 미양양米襄陽 : 송대의 유명한 서화가 미불米芾. 자세한 내용은 네 번째 대목 '공연 염
　　탐偵戱'의 '미옹' 각주를 참조할 것.
13) 당보塘報 : 군사 정보를 실은 관보. 자세한 내용은 첫 번째 대목 '설서 감상聽稗'의 각
　　주 '관보'를 참조할 것.

사에게 추적당할 것 같아서 다시 배를 사서 남하한 것입니다. 도중에 소곤생과 마주쳤는데 부채를 갖고 계시길래 당일 밤 바로 이곳으로 달려왔습니다만, 향군이가 벌써 떠나 버렸을 줄은 몰랐습니다. (묻는다) 언제 떠난 것입니까?

양문총 : 정월 인일人日14)에 뽑혀서 입궁했지요.

후방역 : 언제쯤 되야 나온답니까?

양문총 : 기약이 없구려.

후방역 : 그럼 여기서 그녀를 기다릴 수밖에 없군요.

양문총 : 이곳은 미련을 두지 말고 차라리 따로 미인을 찾아보시지요?

후방역 : 소생이 어찌 약속을 저버리겠습니까! 그녀에게서 무슨 기별이라도 얻어야 떠나도 마음이 놓일 것 같습니다.

〈미범서尾犯序〉

지척에 있는 푸른 하늘15)을 바라보지만

어디 요지瑤池의 여 심부름꾼16) 있어서

남 몰래 사랑의 편지를 전해 줄까?

꽃 핀 누각이며 술 있는 정자 버려두고

---

14) 인일人日 : 음력 정월 초이레. 중국의 전통적인 명절로, 인승절人勝節·인경절人慶節·인구일人口日·인칠일人七日 등으로 불리기도 한다. 전설에 따르면 여왜女媧가 천지를 창조할 때 닭·개·돼지·소·말 등의 동물을 차례로 창조한 후 7일째 되는 날에 인간을 창조했기 때문에, 이 날을 인간의 생일(인일)로 삼았다고 한다. 때문에, 한대의 동방삭東方朔이 지었다는 『점서占書』에서도 당시 유행하던 천인감응설天人感應說에 근거하여 정월 초하루는 닭의 날이고 초이틀은 개의 날, 초사흘은 돼지의 날, 초나흘은 양의 날, 초닷새는 소의 날, 초엿새는 말의 날, 초이레는 사람의 날, 초여드레는 곡식의 날이라고 적고 있다. 한대에 비롯된 이 명절 풍속은 그 이후로 경축·제사 등이 주요한 내용이 되는 명절로 발전했으며, 당대에 이르러 민간에서 더욱 중시되었다고 한다.

15) 지척에 있는 푸른 하늘 : 가까이 있는 궁궐을 두고 한 말이다. 당시 홍광제의 정부는 남경에 있었으므로 궁궐에 갇혀 있는 이향군과의 거리가 멀지는 않지만 실제로 만나기는 어려웠기 때문에 이렇게 말한 것이다.

16) 요지의 여 심부름꾼[瑤池女使] : 중국 전설에 따르면, 요지瑤池에 사는 서왕모西王母에게는 심부름꾼 역할을 하는 파랑새가 있었다고 한다.

졸지에 비 뿌리는 우물·안개 긴 담장[17] 신세가 되고 말았으
니…….

가련도 하구나!

왕년의 복사꽃을 이 유劉서방[18]이 다시 만지노라.

원치도 않던 오나라 궁궐에 새로 들어간 서시西施도

속으로는 먼 곳 떠도는 이 서방님을 그리며

영항永巷[19]에서 하루를 한 해처럼 지내고 있을 테지…….

양문총 : 염려하실 것 없습니다. 일단 남전숙이 그림 그리는 거나 보
시지요.

소생이 그림을 그린다. 생과 말이 앉아서 본다.

두 사람 : 이건 도화원桃花源을 그린 그림이군요?

남영 :   그렇지요.

양문총 : (묻는다) 누구한테 그려주는 거요?

남영 :   대금의大錦衣의 장요성張瑤星 선생께서 송풍각松風閣을 새로 지
으셨는데, 표구를 해서 병풍에 쓰려고 하신다는구려.

후방역 : (칭찬한다) 정말 훌륭합니다 그려! 구도며 묘사가 독창적인 것
이 금릉 구파金陵舊派[20]와는 전혀 다르군요!

---

17) 비 뿌리는 우물·안개 긴 담장[雨井煙垣] : 황량하고 쓸쓸한 모습을 형용하는 말.

18) 유서방[劉郎] : 유신劉晨을 말한다. 자세한 내용은 스물세 번째 대목 '부채 그림寄扇'
의 '유서방님' 각주를 참조할 것.

19) 영항永巷 : 한나라 때의 별궁의 이름. 장문長門으로 불리기도 하는데, 총애나 권세를
잃은 비빈이나 궁녀를 유폐하는 곳이었다. 여기에서는 이향군이 황궁으로 끌려간 일
을 두고 한 말이다. 보다 자세한 내용은 스물다섯 번째 대목 '배우 선발選優'의 '장문
궁' 각주를 참조할 것.

20) 금릉 구파金陵舊派 : 중국회화사에서는 청대 초기에 남경에 공현龔賢·번기樊圻·고잠
高岑·추철鄒喆·오굉吳宏·섭흔葉欣·호조胡慥·사손謝蓀 등 소위 '금릉의 여덟 대가

남영 : (그림을 완성하자) 부끄럽습니다! 제화시題畵詩21)나 몇 구절 부탁 드릴 테니 변변찮은 제 그림에 빛을 더해 주심이 어떠실런지요?

후방역 : 그림을 망쳐도 괜찮으시다면 하찮은 솜씨를 부려 보겠습니다. (시를 쓴다)

"원래는 복사꽃 지키던 동굴 속 사람22)이더니
다시 왔다가 어이 하여 길을 잃어버렸나?
어부는 빈 산길을 되는 대로 가리키니
도화원 길 남겼다가 혼자 진秦나라 난리 피하려 했나 보다.23)
귀덕歸德의 후방역이 쓰다"

양문총 : (읽더니) 멋지군요. 기탁한 뜻이 심오하고 (⋯) 소생을 나무라는 뜻도 좀 들어 있는 듯하군요.

후방역 : 제가 어찌 감히……. (그림을 가리키면서)

[金陵八家]'가 활동했다고 하는데, 여기에서 언급된 금릉 구파는 이보다 빠른 명대 말기에 남경에서 활동한 화가들을 가리키는 듯하다.

21) 제화시題畵詩 : 고대의 문인·화가들은 그림이 완성되면 작화의 동기를 설명하고 자신의 감개를 피력하기 위해 화폭에 시를 쓰는 경우가 있었는데 이러한 시들을 '제화시'라고 부른다. 이 독특한 시의 체재는 당대부터 시작되어, 당대 시인들 중에는 이백李白·두보杜甫·백거이白居易·나은羅隱·위장韋莊 등이 다 제화시를 남기고 있으며, 그 중에서도 두보는 특히 많은 제화시를 남겨 후대에 영향을 주었다. 화폭에 본격적인 시를 쓰기 시작한 것은 송대 문인화부터이며, 이후 대대로 많은 시인·화가들이 그림과 동시에 제화시를 대량으로 창작하였다.

22) 동굴 속 사람[洞裡人] : 도화원으로 가려면 동굴을 지나가야 함으로 '동굴 속[洞裡]'은 도화원을 가리키는 말이지만, 여기에서는 이향군이 살던 진회秦淮 구원舊院의 미향루媚香樓를 두고 한 말이다. 또, '동굴 속 사람'은 미향루를 출입하던 후방역을 말한다.

23) 어부는~ : 이 두 구절은 표면상으로는 도화원 그림에 맞추어 지은 시이지만, 동시에 이를 빌어 이향군이 황궁에 차출되어 끌려갔다는 양문총의 전언을 믿으려 하지 않는 후방역의 심정을 나타내고 있기도 하다.

〈포로최鮑老催〉

흐르는 이 시냇물이 참으로 부럽습니다.

지는 붉은 꽃잎이 수천 떨기를 이루었군요

구름 안개를 쓸어내니

파란 나무는 짙기도 하고

푸른 봉우리는 멀기도 하다.

여전히 봄바람과 옛 전경은 변한 것이 없건만

날 반겨 주는 이는 아무도 없구나.

텅 빈 도화원이러니

해가 저물기 전에 뱃머리나 돌리자꾸나.

(일어난다)

양문총 : 후형께서는 제 탓을 하시면 안 됩니다. 지금은 마사영과 완대성이 득세하여 그저 원수 갚는 데에만 혈안이 되어 있답니다. 가까운 친우이긴 하지만 저도 감히 직언을 할 엄두조차 못 내고 있지요. 그때도 마침 인일에 술자리를 마련하고 향군이를 불러 노래를 시켰는데 (…) 향군이의 그 성미는 후형도 아실 겁니다. 두 사람에게 삿대질을 하면서 한 바탕 매섭게 욕을 퍼붓더군요

후방역 : 저런, 이번 일은 그 자의 흉계에 걸려든 셈이로군요!

양문총 : 소생이 마침 옆에 있었던 덕에 한참을 설득하고 나서야 가까스로 눈밭에 쓰러뜨리는 정도로 끝났지만, 그래도 참 어지간히도 놀랐습니다. 다행히 궁중에 선발되어 들어가는 바람에 그나마 잠시라도 목숨을 부지할 수 있게 됐지요

(생을 향하여) 설사 후형께서 향군이에게 일말의 애정이 남았다 하더라도 여기에 오래 머무시면 안 됩니다.

후방역 : 예, 예! 말씀대로 따르겠습니다.

함께 누각을 내려가 걷는다.

후방역 :　　　〈미성尾聲〉
　　　　　　뜨겁던 가슴은 이미 차가운 눈을 삼켰는데
　　　　　　생생한 원수가 기린 껍질24)을 쓰고 나타날 줄이야!
　　　　　　(부채를 거두면서)
　　　　　　내 일단 부채 속 복사꽃이나 안고 한가하게 지내자꾸나!
　　　　　　(바로 퇴장하려 한다)

양문총 :　　우리 남형과 작별하고 같이 나가도록 합시다.
후방역 :　　정말 작별인사 드리는 걸 잊었군요! (작별인사를 나눈다) 그럼
　　　　　　이만!

　　소생이 먼저 문을 닫고 퇴장한다. 생과 말이 함께 걷는다.

후방역 :　　붉은 누각을 다시 찾아왔건만 마음은 휑하기만 하네.
양문총 :　　한가하게 시와 그림 평하는 사이에 봄날이 다 기울었구나.
후방역 :　　미인과 공자는 뿔뿔이 흩어졌건만
양문총 :　　나무 가득 흐드러지는 복사꽃만은 예전과 같도다.

---

24) 기린 껍질[麒麟檀]: 당대 시인 양형楊炯은 조정 대신들을 두고 "가짜 기린 놀음을
하는 사람이 가죽을 나귀에게 씌우면 기린과 아주 비슷해 보이지만 일단 가죽을 벗기
고나면 원래대로 나귀일 뿐이다" 하고 빈정거렸는데, 이로부터 '기린 껍질'이 겉보기
에는 그럴싸해도 실질적으로 무용지물인 사람을 가리키는 말로 사용되었다고 한다.
여기서는 마사영·완대성 같은 간신배를 두고 한 말이다.

스물아홉 번째 대목

검거 선풍

逮社

원제는 "체사逮社"로, 단체의 동인들을 체포한다는 뜻이다. 이 대목에서는 채익소蔡益所의 서점에서 해후한 후방역과 진정혜陳定慧·오응기吳應箕가 오랜만에 담소를 나누던 중 마침 삼산가三山街를 지나다가 우연히 책 광고에 진정혜와 오응기의 이름이 실린 것을 발견하고 과거의 원한을 떠올린 완대성阮大鋮에 의해 역적으로 몰려 관가로 끌려가는 내용을 다루고 있다. 작자는 여기서 극중 인물들의 검거 등 본극의 극중 줄거리와 함께, 당시 강남 최대의 도서시장이었던 남경에서 한 권의 책이 어떤 과정을 거쳐 출판되는지에 대한 정보도 비교적 자세하게 제공해 주고 있다.

을유년(1645) 3월

등장인물

축 : 채익소
생 : 후방역
정 : 소곤생 ⟹ 방관
말 : 진정혜
소생 : 오응기
잡 : 완대성의 장반
부정 : 완대성
잡 : 길잡이 ⟹ 교위

축이 서상書商 채익소로 분장하고 등장한다.

채익소 :   〈봉황각鳳凰閣〉

집 이름은 '이유二酉'¹⁾로 짓고

상아 패찰²⁾ 끼운 만 권의 책이 팔리기를 기다리네.

무엇이 들보를 다 채우고 수레 끄는 소까지 땀 흘리게 하는가?³⁾

책 향기와 돈 냄새가 서로 섞여 있어서

---

1) 이유二酉 : 호남성 원릉현沅陵縣에 소재한 대유산大酉山과 소유산小酉山을 가리킨다. 일
  설에 따르면, 이 산 동굴 속에는 상당한 양의 장서가 보관되어 있었다고 한다. 여기서
  는 서점 이름으로 사용되었다.
2) 상아 패찰[牙籤] : 원래는 장서에 매달아 표지標識로 사용했는데, 여기서는 서적을 가
  리키는 말로 사용되고 있다.
3) 들보를 다~ : "들보를 채우다[充棟]"란 쌓은 책이 들보까지 닿는다는 뜻이고 "소까
  지 땀 흘리게 한다[汗牛]" 역시 책을 운반하는 소가 땀을 흘린다는 뜻으로, 둘 다 장
  서가 많은 것을 가리키는 말이다.

장사치이면서도 유학자요 상인이면서도 수재秀才로 대접받을 만[4]
진시황秦始皇의 대 검열[5]을 만날 것이 두렵구나!

소생은 금릉金陵 삼산가三山街의 서상 채익소라는 사람입니다.
천하에서 책이 많기로는 우리 금릉을 능가할 곳이 없고, 이
금릉에서도 서점[6]이 많기로는 우리 삼산가를 능가할 데가
없으며, 이 삼산가에서도 고객이 많기로는 나 채익소를 능가
할 사람이 없답니다.
(가리키면서) 보세요. "십삼경十三經"[7]에 "이십일사二十一史"[8]에

---

4) 책 향기와 돈 냄새가~ : 도시의 발달과 자본주의 경제 발전의 결과가 다방면에서 영
향을 미치기 시작하던 명대 중기 이후로는 전통적인 사농공상士農工商의 엄격한 계급제
도가 완화되면서 문인이 영락하여 상인이 되거나 상인이 과거를 보고 관리나 학자가
되는 사례들이 많이 나타났다. 특히 서적을 취급하는 서상書商들의 경우, 본질적으로 상
인에 속하면서도 단순히 이윤 추구가 목적인 여타 상인들과는 달리 서적의 주소비층인
문인들을 상대하기 위해서는 어느 정도 교양을 갖추고 있어야 했으며, 문인들도 이들을
각별하게 대하는 경우가 많았다. 여기에서 '책 향기[書香]'와 '돈 냄새[銅臭]', 그 뒤에
이어지는 "장사치이면서도 유학자요 상인이면서도 수재[賈儒商秀]" 등의 표현은 문인
과 상인의 특성을 아우르고 있는 서상의 독특한 문화적 입지를 반영하고 있다.
5) 진시황의 대 검열[秦皇大搜] : 진시황 때에 벌어진 '분서갱유焚書坑儒'를 말한다. 진
시황은 측근 이사李斯의 건의를 받아들여 천하의 서적을 불태우고 함양咸陽에 있던 유
생 사백여 명을 생매장하였다고 전한다.
6) 서점[書坊] : '서방書坊'은 옛날의 서점을 말한다. 현대적인 형태의 서점이 서적의 판
매 기능만 수행하는 것과는 달리, 명청대에 서상이 운영하던 서방들은 판매의 기능 이
외에도 판각·인쇄·출판에까지 간여하는 경우가 많았다. 또한, 인쇄술의 발전과 독자
층과 독서시장의 확대에 따라 서상들은 자신이 판각·출판하는 서적의 품질을 선전하
기 위해 서문·후기나 광고를 싣는가 하면 당시의 문화계 명사들을 편집인으로 초빙
하거나 그들의 논평을 첨가하는 등 다양한 마케팅 전략을 구사하기도 하였다. 본 대목
에서도 채익소와 동림당 문인들의 협력관계를 통하여 명대 말기 강남의 출판 및 독서
시장의 상황을 부분적으로 엿볼 수 있다.
7) 십삼경十三經 : 『주역周易』, 『상서尚書』, 『모시毛詩』, 『주례周禮』, 『예기禮記』, 『의례儀禮』,
『춘추좌씨전春秋左氏傳』, 『춘추공양전春秋公羊傳』, 『춘추곡량전春秋穀梁傳』, 『논어論語』, 『효
경孝經』, 『이아爾雅』, 『맹자孟子』 등, 유교에서 가장 중요하게 여기는 열세 가지 경서.
8) 이십일사二十一史 : 한대에 사마천司馬遷이 편찬한 『사기史記』를 시작으로 『한서漢書』,
『후한서後漢書』, 『삼국지三國志』, 『진서晉書』, 『송서宋書』, 『남제서南齊書』, 『양서梁書』, 『진
서陳書』, 『후위서後魏書』, 『북제서北齊書』, 『주서周書』, 『수서隋書』, 『남사南史』, 『북사北史』,

"구류삼교九流三敎"[9]며 "제자백가諸子百家",[10] 진부한 시문時文[11])에다 신기한 소설들이 위아래로 상자와 서가마다 빼곡하게 들어차 있고 높고 낮은 건물마다 진열되어 있지요. 남북의 책만 파는 것이 아니라 고금의 책들도 잔뜩 쌓아 놓고, 거기다 엄정한 비평본 하며 훌륭한 선집에다, 정밀한 판본에 우수한 인쇄본까지 있답니다. 나는 시서를 사고파는 이익을 따지기는 해도 학문을 전파하는 공로도 있는 까닭에, 상대가 제 아무리 진사進士 · 거인擧人[12]이라 해도 나만 보면 읍례를

『신당서新唐書』, 『신오대사新五代史』, 『송사宋史』, 『요사遼史』, 『금사金史』, 『원사元史』 등과 같이, 상고시대로부터 원대元代에 이르기까지의 기간 동안 발생한 역사사건을 기술한 중국의 스물한 가지 정사正史.

9) 구류삼교九流三敎 : 중국에 전통적으로 존재했던 학술 유파와 종교의 통칭. '구류九流'란 춘추전국시대의 유가儒家 · 도가道家 · 음양가陰陽家 · 법가法家 · 명가名家 · 묵가墨家 · 종횡가縱橫家 · 잡가雜家 · 농가農家를, '삼교三敎'란 유교 · 도교 · 불교의 세 종교를 가리킨다.

10) 제자백가諸子百家 : 주대周代로부터 진시황에 의해 천하통일이 이루어지는 기원전 3세기까지 활동한 수많은 철학자와 학파를 가리킨다. 이들의 다양한 철학적 문제의식은 크게 유가儒家 · 묵가墨家 · 도가道家 · 법가法家의 네 유파로 개괄할 수 있다.

11) 시문時文 : 명청대明淸代에 과거시험에 사용되었던 문체인 팔고문八股文을 말하며, 제예制藝라고 부르기도 한다. 그 문체에 고정된 격식이 있어서 글 제목의 뜻을 설명하는 파제破題, 제목을 부연해서 설명하는 승제承題, 글의 강령을 서술하는 기강起講, 본론으로 들어가는 입수入手, 본론의 근거를 제시하는 기고起股, 본론의 핵심을 논술하는 중고中股(본론의 핵심을 논술), 미진한 부분을 보충하는 후고後股, 결론에 해당하는 속고束股 등, 총 여덟 부분으로 이루어진다. 여기에서 '고股'란 대구로 지어진 글을 가리키는데, 기고에서 속고까지 각각의 고는 모두 두 단락으로 대구를 이루며, 네 개의 고에 총 여덟 개의 단락으로 이루어지기 때문에 '팔고八股'라고 부르게 된 것이다. 팔고문의 제재는 모두가 유가의 경서인 '사서四書'에서 따온 것인데, 응시자들은 주희朱熹의 주注에 입각하여 논술해야 했으며 자유롭게 써 내는 것은 용인되지 않았다.

12) 진사進士 · 거인擧人 : 과거의 본 시험은 향시鄕試 · 회시會試 · 전시殿試의 세 단계로 구분되어 있었는데, 향시에 통과하면 거인擧人의 자격을 수여하였으며, 회시는 공거貢擧라고도 하여 이에 응시하려면 그 직전에 시행하는 거인복시擧人覆試에 합격되어 등록을 해두어야 하였다. 향시는 삼년에 한 회, 즉 십이간지十二干支에서 자子 · 묘卯 · 오午 · 유酉가 들어가는 해의 8월에 실시되었고, 각각 그 다음해 3월에 전국의 거인을 북경과 남경의 공원貢院에 모아 회시를 실시했는데, 이 과정에서 약 일만 명 중에 이삼백 명이 합격되었다. 응시자들은 최종적으로 궁중에서 시행하는 전시殿試를 보게 되며, 이 시험에 통과한 거인들은 진사進士라는 칭호를 수여받고 고급 관리에 임용되는 자격을 얻게

올리고 두 손을 모으는 등, 정말 체통이 선답니다.

(웃으면서) 금년은 을유년乙酉年[13] 향시鄕試가 있는 해인지라, 황제의 어명을 널리 선포하고 과거를 열어 선비들을 뽑는답니다. 예부상서禮部尚書 전겸익錢謙益의 소청을 받아들여 문체를 급히 바로잡음으로써 새로운 통치를 빛내려 한다는군요. 우리 점포는 서점들 중에서 으뜸가는 곳이기 때문에, 명사 몇 분을 초빙하여 따로 새로운 문장들을 엄선할 수밖에 없습니다. 오늘도 지금 안에서 수정과 비평을 가하는 중이니 나도 표지 붙이는 일을 좀더 서둘러야겠습니다. (표지를 붙인다)

기풍은 명사들을 따르고
글월은 시관[14]에게 맞춘다네.

퇴장한다. 생과 정이 행낭을 지고 등장한다.

후방역 :   〈수홍화水紅花〉
진秦나라 누각을 가득 비췄던 그 옛날 몽롱한 달빛 속에
꿈은 길고도 긴데
퉁소 소리는 옛 것이 아니로구나.[15]

된다. 진사 합격 발표는 궁중에서 황제가 임석하고 문무백관이 참석한 가운데 성대하게 거행되었다. 이때 수석 합격자를 장원狀元, 차석을 방안榜眼, 삼등을 탐화探花라 하고, 이들 세 명을 제일갑第一甲, 그 다음의 약간 명을 제이갑第二甲, 나머지 약간 명을 제삼갑第三甲이라고 불렀다.

13) 을유년乙酉年 : 서기 1645년.

14) 시관試官 : 명청대에는 과거 시험을 감독하는 관리를 주고관主考官, 응시자의 답안지 채점을 담당하는 관리를 '시관試官'이라고 불렀다. 이 말은 당시 민간에서 유행하던 "글월이 시험 감독관 마음에 들기를 바라지 않으며, 오로지 시험 채점관의 마음에 들기를 바라노라[不願文章中主考, 但願文章中試官]"라는 속담을 차용한 것이다.

15) 진나라 누각을 가득~ : 이 세 구절은 소사簫史와 농옥弄玉의 고사를 인용하여 후방역이 이향군과 함께 지냈던 시절을 회상하며 현재의 고독하고 쓸쓸한 심정을 토로한

사람이 은하수에 가로 막힌 채 몇 해를 보내느라[16]

기별조차 전하기 어려우니

이 상사병을 누가 고쳐 줄까?

(부른다) 소선생, 우리가 천 리 길을 온 것도 향군이와의 약속을 지키기 위해서였습니다만, 뜻밖에도 배우로 선발되어 입궁한 후로 아무 기별도 없어서 어젯밤 속만 상해 돌아왔습니다. 게다가 누가 추적이라도 할까 싶어 서둘러 거처를 옮기기까지 했지요. 어디가 한적하게 더 머물며 소식을 알아보기 좋을지…….

그녀가 시 적은 단풍잎을 기다리느라[17]

젊은이 머리가 백발이 다 되겠구나.

서로 만날 아름다운 날은 이 생에서는 끝이란 말이더냐?

소곤생 :　민심이 벌써 변하고 국정이 날로 피폐해지는 데다, 권력을 쥔 중신들은 날마다 바른 사람들을 모함하고 왕년의 원한을 보복하기에 바쁜 것 같습니다. 차라리 잠시 그 예봉을 피해 향군이 소식을 차분하게 알아보시는 편이 낫겠습니다.

것이다.

16) 사람이 은하수에~ : 여기에서 '사람'이란 견우牽牛와 직녀織女를 말한다. 두 사람의 전설에 관한 자세한 내용은 열일곱 번째 대목 '개가 종용拒媒'의 '직녀와 견우' 각주를 참조할 것. 여기서는 후방역과 이향군이 좀처럼 만나기 어려운 상황을 두고 한 말이다.

17) 그녀가 시 적은 단풍잎~ : 당대 우우于佑의 고사를 차용한 것이다. 당나라 희종[唐僖宗] 때 궁녀 한씨韓氏가 하루는 단풍잎에 시를 써서 하수구를 통해 흘려보냈더니, 그것을 발견한 우우가 화답시를 써서 상류에서 단풍잎을 궁궐로 흘려보냈다. 그 잎은 공교롭게도 다시 한씨에 의해 발견되었으며 나중에 희종이 궁녀들을 귀향시킨 일을 계기로 마침내 두 사람이 가약을 맺었다고 한다. 여기에서는 후방역이 이향군의 소식을 적은 서신을 간절히 기다리고 있는 것을 두고 한 말이다.

후방역 :　그 말씀도 옳은 말씀입니다만, 이 부근 지역은 달리 아는 곳
이 없어서 말입니다. 그나마 좋은 벗인 진정생陳定生이 의흥宜
興에 살고, 오차미吳次尾가 귀지貴池에 살고 있으니,[18] 지인들
을 방문하는 것도 즐거운 일이 되겠지요. (걷는다)

〈전강前腔〉
많은 옛 사람들이 물가의 갈매기를 가까이 하면서
왕후장상을 하찮게 여기고
소맷자락 떨치며 이 풍진 세상을 떠나갔지.
장안長安[19]의 상황이 안타깝기 그지없어
외딴 배 사들여서
구름에 싸인 산봉우리 찾아 남으로 나서네.

소곤생 :　삼산가 서점가에 도착했군요. 주민들이 밀집해 있으니 조금
이라도 서두르는 게 좋겠습니다. (서둘러 걷는다)

승냥이·이리 같은 놈들이 권세를 휘두르고
사모·관대조차 원숭이 같은 자들이 독차지하는 바람에
삼산에는 잡초만 무성하고 물만 거세게 흐르누나!

후방역 :　(가리키면서) 여기가 채익소의 서점이군요. 정생과 차미가 늘
이곳에 와서 묵곤 한다니 한번 물어봐야겠습니다.
(멈춰서서 본다) 저 복도 기둥에 신간 선집의 표지가 붙어 있군

---

18) 진정생陳定生·오차미吳次尾 : 명대 말기에 복사에서 활동한 문인. 보다 자세한 내용
은 첫 번째 대목 '설서 감상聽書'의 '진정혜', '오응기' 각주를 각각 참조할 것.
19) 장안長安 : 원래 한漢·진晉·전조前趙·전진前秦·후진後秦·서위西魏·북주北周·수
隋·당唐의 수도였던 지금의 서안西安을 가리키지만, 여기서는 남경을 두고 한 말이다.

요, 어디 봅시다!

(읽는다) "복사의 문집이 나왔습니다[復社文開]"라 (…) (또 본다) 이 왼쪽 행의 작은 글자들은 "임오·계미 시권[20] 합본 출간[壬午·癸未房墨合刊]"이라고 되어 있군요. 오른쪽 행은 "진정생·오차미 두 선생이 새로 엄선했습니다[陳定生·吳次尾兩先生新選]"라 …… (기뻐하면서) 그 두 사람이 지금 여기에 묵고 있는 게 아닐까요?

소곤생 :　제가 물어 보지요. (부른다) 주인장 어디 있소!

축이 등장한다.

채익소 :　어서 오십시오. 어떤 책을 사시게요?
후방역 :　그게 아니고 …… 뭐 하나 여쭈어볼 것이 있어서요
채익소 :　무엇을요?
후방역 :　진정생과 오차미 두 상공께서는 오셨는지요?
채익소 :　지금 안에 계십니다. 제가 모시고 나오지요

축이 퇴장한다. 말과 소생이 함께 등장하여 대면한다.

진·오 :　어허, 이제 보니 후형이셨구려! (정을 보더니) 소옹께서도 오셨군요

---

20) 임오·계미 시권[壬午癸未房墨] : 오늘날 각 출판사가 입시를 겨냥하여 경쟁적으로 출판하는 문제은행 식의 입시 참고서와 유사하게, 명청대에도 서방에서 과거에 합격한 선비들의 모범 답안을 정선하여 출판·판매하는 경우가 많았다. 여기에서 '임오壬午'는 서기 1642년으로 향시가 치러진 해이고, '계미癸未'는 이듬해인 1643년으로 회시가 치러진 해이므로, "임오·계미 시권 합간"이란 1642년 향시와 1643년 회시의 모범 답안을 합본하여 출판한 것을 말한다.

서로 읍례를 올린다.

진정생 : (묻는다) 어디서 오시는 길입니까?
후방역 : 고향에서 오는 길입니다.
오차미 : (묻는다) 언제 남경에 도착하셨습니까?
후방역 : 어제 막 도착했지요

〈옥부용玉芙蓉〉
봉화 연기가 온 누리에 자욱한데
남과 북을 군대 좇아 누볐지요.
아침엔 진나라, 저녁엔 초나라를 전전하며
삼 년간 유劉씨에게 의지한 신세가 딱하기도 합디다![21]
돌아온들 그 누가 야윈 공자를 거들떠나 본답니까?
발 드리워진 진회秦淮 땅을 다시 찾아와
한참을 서성이며
복사꽃에게 왕년에 노닐던 이의 소식을 물어도 보지만[22]

---

21) 삼 년간 유씨에게~ : 후방역 자신이 사가법에게 몸을 의탁한 것을 왕찬이 유표에게 의지한 일에 빗대어 한 말이다. 왕찬王粲(177~217)은 한대 말기의 시인으로 '건안칠자建安七子'의 한 사람인데 자가 중선仲宣으로 산양山陽 고평高平 사람이다. 어려서부터 재주가 특출하여 유명한 학자 채옹蔡邕의 눈에 띄어 17살 때 조정에서 황문시랑黃門侍郎의 벼슬을 내렸으나 동탁董卓의 잔당이 장안長安에서 난리를 일으키자 형주목荊州牧 유표劉表에게 몸을 의탁하였다. 그 후로 16년 동안 유표에게 등용되지 못하다가 건안 13년(208)에 조조曹操가 형주를 노리고 남하하자 유표의 아들 유종劉琮에게 투항할 것을 설득했고, 그 공로로 조조에 의해 승상연丞相掾에 임명되고 관내후關內侯의 작우를 받았다. 건안 21년(216)에 군사를 따라 오吳나라를 정벌하러 갔다가 업성鄴城으로 돌아오던 도중에 병사하였다.
22) 복사꽃에게 왕년에~ : 당대 최호崔護의 고사를 차용한 것이다. 최호가 청명절에 혼자 교외를 거닐다가 목이 마르자 어떤 여인에게 물을 얻어 마셨다. 이듬해에 청명절이 되자 다시 그 곳을 찾아간 최호는 그녀가 보이지 않자 슬퍼하면서 「제도성남장題都城南莊」이라는 시를 지어 "작년 오늘 이 문 안에선, 사람 얼굴과 복사꽃이 서로 붉게 비치더니, 사람 얼굴은 어디로 가고, 복사꽃만 여전히 봄바람 속에 웃고 있구나[去今日

이 강변 동네도

이제는 포근하던 옛날 같지가 않습디다!

(말과 소생에게 묻는다) 두 분께서는 여기서 또 문장 뽑는 일을 맡으셨군요?

진·오: 부끄럽습니다그려!

〈전강前腔〉

금릉金陵 땅 옛 선루選樓[23]에서

좋은 벗과 함께 기거하며

붉고 노란 물감이며 붓·벼루를 마주한 채

천년의 국가대사를 논한답니다.

여섯 왕조를 쇠망하게 만든 병폐[24]를 이제는 고쳐야겠기에

문체도 한韓·유柳·구양歐陽[25]씨의 풍격을 다시 열었지요

此門中, 人面桃花相映紅, 人面不知何處去, 桃花依舊笑春風]" 하고 노래했다고 한다.

23) 선루選樓 : 문선루文選樓를 말한다. 지금의 남경인 금릉에는 옛날 문선루文選樓라는 누각이 있었는데, 전설에 따르면 양나라 소명태자[梁昭明太子] 소통蕭統이 이곳에서 『문선文選』을 엮었다고 한다.

24) 여섯 왕조를 쇠망하게 만든 병폐[六朝衰弊] : 육조 변려문騈儷文의 병폐를 말한다. 변려문은 대구·음률·전고·문사의 아름다움을 추구하는 산문 형식이다. 동한東漢 말부터 글에 대구가 많이 사용되기 시작하고, 위진魏晉에 이르러 이러한 경향이 더욱 뚜렷해진다. 남북조에 이르러서는 유미주의·형식주의 문학이 성행하여 내용보다는 형식의 아름다움을 추구하는 분위기가 압도하여 문학작품은 물론이고 조서詔書·장표章表·서간書簡 또는 학술저서 등과 같은 비문학적인 글들조차 모두 변려문으로 쓰일 정도였다. 변려문 가운데 유명한 것으로는 공치규孔稚圭의 『북산이문北山移文』, 유협劉勰의 『문심조룡文心雕龍』, 종영鍾嶸의 『시품詩品』 등이 있다. 변려문은 외형적인 형식미를 지나치게 추구하는 까닭에 내용이 상대적으로 공허하고 빈약하게 되어버려 문학적으로 높은 가치를 지닌 것은 찾기가 쉽지 않다.

25) 한·유·구양 : 당대의 한유韓愈·유종원柳宗元과 송대의 구양수歐陽修를 말한다. 이세 사람은 당시에 명성이 자자했던 유명한 문학가였으며, 동시에 기존 문단에서 뿌리 깊게 존재하던 변려문의 병폐를 일소하고자 하는 당·송대 고문운동古文運動의 영도자이기도 하였다. 여기에서는 명대 말기에 쇠퇴해진 문풍을 바로잡고 당·송대 고문과처럼 새롭고 건강한 문풍을 다시 발전시키고자 하는 후방역의 의지를 피력하는 말로

불후의 명작을 전하고자

동림東林의 글들 모두 모으고 보니

우리 중원 땅 복사復社가 의인들이란 사실을 이제야 알겠습디다.

(무대 뒤에서 부른다) 상공들께서는 안채에서 차라도 좀 드시지요!

진·오 : 갑니다!

생과 정에게 들어가기를 권한다. 잡이 장반으로 분장하고 배첩拜帖26)을 들고 등장한다.

장반 : 우리 댁 완대성 나리께서는 병부시랑兵部侍郎으로 새로 영전 하시어 특별히 망포와 옥대27)를 하사 받으시고 어명을 받들 어 장강長江을 수비하게 되셨습니다. 오늘 삼산가에 손님을 모시러 오신다니 먼저 와서 대기해야겠군요.

부정이 완대성으로 분장하고 망포와 옥대를 착용한 채 오만한 모습으로 가마 를 타고, 잡은 일산日傘과 부채를 든 채 길잡이를 하며 등장한다.

완대성 : 〈주노아朱奴兒〉

의장대를 줄 지우고 검푸른 옷의 아전들 앞세운 채28)

사용되고 있다.

26) 배첩拜帖 : 누구의 집을 방문할 때 통성명을 위해 사용하던 일종의 명함. 명대 장훤張
萱의 『의요疑耀』에 따르면, "옛날 사람들은 서신왕래와 통성명은 모두 대나무나 나무
로 만들어서 했는데 (이것이) '자'라는 것이다. (…중략…) 지금 배첩에 종이를 쓰는 것
은 (송대) 희녕(1068~1077) 무렵에 비롯된 것[古人書啓往來及姓名相通, 皆以竹木爲
之, 所謂剌也 (…중략…) 今之拜帖用紙, 蓋起於熙寧也]"이라고 한다.

27) 망포와 옥대[蟒玉] : '망포蟒袍'란 곤룡포袞龍袍 비슷하게 만든 예복으로, 바탕에 이무
기가 수놓아져 있다고 해서 망포·망의蟒衣·망복蟒服·화의花衣 등으로 불리는데, 주
로 조정 대신들이 황제로부터 하사받아 입었다고 한다.

높은 가마 편안히 타니 부채와 일산을 번갈아 흔드누나.
누가 위에 타고 계신지 보아라
왕년에 가랑이를 기던 제후 한신韓信님이시란다.

장반 :   (고한다) 나리, 가마를 멈추시지요, 첨도僉都29) 윌 대감께서 배첩을 올리셨습니다요.

잡이 배첩을 올린다. 부정이 가마를 멈춘다.

완대성 :   아랫것들에게 분부하게. 길잡이 설 것 없이, 백성들 마음대로 와서 보게 하라고……
(부채를 부치며 큰소리로 말한다) 나 완 대감께서 오늘 망포와 옥대를 하사받고 큰 가마를 타고 손님을 모시러 가는 길이다. 동림의 그 소인배들은 지금 어명을 받들어 잡아들이려 했더니 모조리 달아나 그림자조차 보이지 않는구나! (웃으면서)

이제야 누가 영광되고 누가 부끄러운지 드러나고
찌푸렸던 내 눈썹도 활짝 펴지는구나.

(서첩을 보더니) 저 복도 기둥에 붙여진 표지에 '복사復社'가 어쩌고 저쩌고 하는 글귀가 있는 것 같은데……. 장반에게 떼어와서 내게 보이라 이르게.

---

28) 의장대[頭踏]·검푸른 옷[靑衣] : '두답頭踏'은 관리가 행차할 때 행렬 앞에 세웠던 의장대를 말하며, '청의靑衣'는 원래 하층 백성이 검푸른 옷만 입었던 까닭에 백성을 가리키는 말이지만 여기서는 관아의 아전을 가리키는 말로 사용되고 있다.

29) 첨도僉都 : 첨도어사僉都御史의 줄임말로, 첨원僉院으로 불리기도 하였다. 명대에 도찰원都察院에 두었던 정사품正四品 벼슬로, 좌첨도·우첨도로 나누어 있었으며, 도어사都御史·부도어사副都御史를 보좌하여 도찰원의 업무를 관장하였다.

잡이 책 표지를 떼서 부정에게 갖다주자 읽는다.

완대성 : 복사의 문장이 나와? 진정생·오차미가 새로 엄선을 하?
　　　　(성을 내면서) 에잇! 복사는 바로 동림당의 잔당으로, 주표·뇌연
　　　　조와 한 통속이렷다? 조정에서 지금 잡아들이던 참인데 아직
　　　　도 감히 놈들이 글월을 뽑도록 내버려 두다니! 이 책장수놈이
　　　　참으로 간덩이가 부었구나. 냉큼 가마를 세워라!

가마를 내린다. 부정이 가마에서 내려 서점에 앉더니 분부한다.

　　　　냉큼 방관坊官30)을 부르렸다!
장반 : 　　(고함을 지른다) 방관 어디 있소?

정이 방관으로 분장하고 황급히 등장하여 무릎을 꿇는다.

방관 : 　　대감, 무슨 분부하실 일이라도 있사옵니까?

완대성 : 　　〈전강前腔〉
　　　　　이 서점은 국법을 지키지 않고
　　　　　건달패 복사의 괴수와 내통했기에
　　　　　어명을 받자와 지금 역적의 도당을 수색할 참이니
　　　　　자네가 넝쿨 하며 그루터기까지 샅샅이 뒤지는 수고를 해줘야
　　　　　겠네.

방관 : 　　심려하실 것 없나이다. 소관도 사람 잡아들이는 데에는 이력

---

30) 방관坊官 : 거리의 치안을 담당하던 아전. 방장坊長·방정坊正 등으로 불렸는데, 지금
　　의 경찰과 유사하다.

이 났거든요

(들어가더니 축을 끌고 등장한다) 죄인 채익소 대령이요!

채익소 : (무릎을 꿇고 고한다) 소인 채익소, 국법을 어긴 적이 절대로 없
사옵니다!

완대성 : 네놈은 복사의 문장이 나왔느니 뭐니 하면서 책을 찍었으니
그 죄가 작지 않다!

채익소 : 그건 향시鄕試와 회시會試의 시권試卷이라서, 해마다 과거장에
서 한 부씩 뽑는 겁니다요

완대성 : (호통을 친다) 예끼! 지금은 역적들을 잡아들이고 있고, 국법도
지엄하거늘 놈들을 데려다가 문장을 뽑게 해 놓고도 강변을
하는 게냐! 냉큼 자백하렷다!

채익소 : 소인과는 상관이 없사옵니다요 선배님네들이 자기 발로 찾
아와 안에서 문장을 뽑고 있을 뿐인 걸요!

완대성 : 정말 안에 있다면 주의해 지키면서 한 놈도 빠져나가게 해서
는 안 되느니라!

축이 대답하고 퇴장한다. 부정이 정에게 귓속말을 한다.

완대성 : 역적들을 잡아들이는 일은 진무사鎭撫司31)의 책무이니, 속히

---

31) 진무사鎭撫司 : 벼슬 이름. 명대에는 각 위衛마다 진무사鎭撫司를 두었는데 그 중에서도
금의위錦衣衛의 진무사가 특히 권력이 컸다. 형사범 체포가 주된 임무였던 금의위 기구
는 남북 진무사南北鎭撫司인데, 그 중에서도 북진무사는 자체적으로 감옥을 유지하면서
황제가 직접 명령을 내린 안건을 처리했으며, 일반 사법기관을 경유하지 않고 자체적으
로 죄인을 체포·심문·처단할 수 있는 특권을 누렸다. 남북 진무사에서는 다섯 개의
위소衛所를 두었는데 그 지휘관을 천호千戶·백호百戶·총기總旗·소기小旗, 일반 병사
를 교위校尉·역사力士라고 하였다. 또, 교위와 역사는 죄인·도적을 체포할 때 붉은 비
단옷을 입은 기마대라는 뜻에서 '제기緹騎'로 불렸는데, 그 수가 많을 때에는 육 만에
달하였다. 금의위의 장교는 일반적으로 무예가 뛰어나거나 신원에 문제가 없는 양민들
중에서 선발되었는데, 그 능력이나 경력에 따라 승진이 이루어졌으며 그 관직은 세습
이 허용되었다.

전단을 돌리고 교위校尉[32]들에게 놈들을 잡아들이라 이르게!

붉은 옷의 기마대에게 지시하여 옥사獄事를 다시 일으키니
양련[33] · 좌광두[34]의 도당이 이번에 또 끝장나는 꼴이 우습구나!

방관: 예!

서둘러 퇴장한다. 부정이 가마에 오른다. 생과 말 · 소생이 가마를 잡고 소리친다.

세 사람: 우리가 무슨 죄가 있다고 사람을 시켜 감시하는 게요! 나이
드신 양반이 하늘이 두렵지도 않소이까?

완대성: (살며시 웃으면서) 소생은 여러분에게 죄를 지은 일이 없는데
어째서 다들 흥분을 하고 난리시오?

---

32) 교위校尉 : 명대에 황제가 행차할 때 어가를 호위하거나 의장을 담당하던 관리. 원래
는 공위사拱衛司 의란사儀鸞司에 속해 있었으나 홍무洪武 15년(1382) 후부터는 금의위에
배속되었다.

33) 양련楊連(1572~1625) : 자가 문유文孺, 호가 대홍大洪으로 호광胡廣 응산應山 사람이다.
동림당에 속한 그는 만력 35년(1607) 진사 출신으로 직간直諫을 서슴지 않는 것으로 유
명하였다. 천계天啓 4년에는 희종熹宗이 목공에만 몰두하느라 국정을 소홀히 하는 틈
을 타서 위충현이 국정을 농단하자 상소를 올려 위충현의 스물네 가지 죄상을 나열하
며 그를 탄핵하였다. 그 일로 위충현 일파의 미움을 산 그는 위충현이 옥사를 일으켜
동림당 세력을 박해하자 좌광두左光斗와 함께 하옥되어 혹형을 당하다가 옥사하였다.
저서로는 『양대홍집楊大洪集』이 있다.

34) 좌광두左光斗(1575~1625) : 자가 유직遺直, 호가 부구浮丘로 동성桐城 사람이다. 양련과
마찬가지로 만력 35년 진사 출신으로 중서사인中書捨人에 제수되었으며 47년에는 절강
도 감찰어사浙江道監察御史로 승진하여 북경의 문무백관을 감찰하는 임무를 수행하기
도 하였다. 그 후로 임직과정에서 남다른 경륜을 보여준 그는 성품이 강직하여 부패한
위충현 세력과 대립하는 한편 혁신정치를 주장하여 당시의 신진 개혁세력의 추앙을
받았으며 이들이 동림당東林黨으로 성장하는 데에 중요한 역할을 하였다. 천계 연간에
좌첨도어사左僉都御史에 임명된 그는 양련과 보조를 맞추어 위충현의 서른세 가지 죄
상을 들어 그를 탄핵했다가 위충현 세력으로부터 모함을 당하여 모진 고문을 당하고
옥사하였다. 사후에 태자소보太子少保에 추증되고 충의忠毅라는 시호를 받았다. 저서로
는 『좌충의공집左忠毅公集』이 있다.

(두 손을 모으면서) 여러분은 존함들이 어찌 되시는지…….

오응기 : 나는 오차미외다.

진정혜 : 나는 진정생이요

후방역 : 나는 후조종이올시다.

완대성 : (슬쩍 성을 내면서) 오호라, 이제 보니 바로 귀하들이셨구려! 다들 내가 누군지 한번 보시지!

　　〈척은등剔銀燈〉
　　당당한 모습에 수염은 빗자루만큼이나 길고
　　양양한 기개로 가슴은 됫박만큼이나 높단다.
　　(소생을 향하여) 정제丁祭35)가 있던 그때,
　　어쩌자고 이 완광록阮光祿이 제기조차 못 잡게 했더냐!
　　(말을 향하여) 극단을 빌리던 그때,
　　어이하여 〈연자전燕子箋〉을 빌려 나를 그 자리에서 망신시켰더냐!
　　(생을 향하여)
　　부끄럽기 짝이 없구나!
　　혼수품을 대신 장만해 주었더니
　　어이없게도 네 계집이 무지막지하게 패대기를 쳤겠다?

후방역 : 당신이 바로 털보 완대성이었군! 오늘 복수를 하러 왔구려?

진·오 : 좋다, 좋아! 다들 놈을 조문朝門 밖으로 끌고 가서 그 소행을 규탄합시다!

완대성 : (억지웃음을 지으면서) 서두를 것 없지. 네놈들 차례가 올 테니까…….

---

35) 정제丁祭 : 옛날에 공자孔子에게 올리던 제사. 자세한 내용은 세 번째 대목 '석전 대제釋丁'의 각주 '중춘 정제'를 참조할 것.

(가리키면서) 저기 누가 오는지 봐라. (부정이 가마를 타고 퇴장한다)

잡이 흰 장화를 신은 네 명의 교위로 분장하고 등장한다.

교위들 : (마구 부른다) 누가 채익소인가?
채익소 : 소인이올시다마는 (…) 그건 왜 물으십니까?
교위들 : 우리는 명령을 받들고 왔다. 냉큼 놈들을 잡도록 안내하라!
채익소 : 누구를 잡아간단 말이오?
교위들 : 진정생·오차미·후방역 세 놈 말이다!
후방역 : 잡으러 갈 것도 없소이다. 우리 모두 여기에 있소. 할 말이
　　　　 있으면 해 보시오.
교위들 : 할 이야기가 있으니 관아로 가자!

즉시 세 사람에게 수갑을 채워 퇴장한다. 축이 조장下場[36]을 한다.

채익소 : 이게 웬 날벼락인고! (부른다) 소형, 빨리 좀 와 보시구려!

정이 소곤생으로 분장하고 등장한다.

소곤생 : 무슨 일이오이까?
채익소 : 야단났소, 야단났어! 문장을 뽑던 두 분 상공께서 잡혀가 버
　　　　 린건 그렇다 치지만, 덩달아 후 상공까지 잡혀가 버리셨다
　　　　 구요!

---

36) 조장下場 : 중국 고전극에서 사용하는 연출 용어. 보통 한 대목의 마지막 장면에서 다
　　른 배우들이 다 퇴장한 뒤 한두 사람이 남아 퇴장시[下場詩]를 읊거나, 또는 하나의
　　장면이 끝난 뒤 배우 한 사람이 몇 마디의 독백을 함으로써 장면을 전환시키는 연출
　　기법이다.

소곤생 : 그래요? (합창한다)

일동 : 〈전강前腔〉
흉악스레 오랏줄을 손에 들고
서둘러 사람들 체포하더니 날듯이 사라져 버렸네.
보잘 것 없는 복사를 구해줄 동림당은 아무도 없는데
새로 등장한 마사영·완대성이 최정수·전이경37)의 뒤를 이었
구나.
걱정스럽구나
우매한 군왕과 무도한 재상이
남 위해 직권을 남용하여 사사로운 원수 갚기에만 급급하다
니…….

소곤생 : 따라가서 정확한 사정을 알아봅시다. 그 분들을 구해낼 방법
을 강구해야 지요.

채익소 : 그야말로

그들을 어디에 가두는지 봐 두자
내가 조만간 사식 넣을 수 있도록…….

채익소 : 조정에서나 저잣거리에서나 원수 갚기에만 급급하니

소곤생 : 이런 세상을 기杞나라 사람의 괜한 걱정38)으로 치부할 텐가?

---

37) 최정수崔呈秀·전이경田爾耕 : 명대 말기에 위충현魏忠賢에게 아부하면서 동림당을 박
해했던 간신. 자세한 내용은 세 번째 대목 '석전 대제闋丁'의 '최정수', '전이경' 각주를
각각 참조할 것.
38) 기나라 사람의 괜한 걱정[杞人憂] : 『열자列子』 「천서편天瑞篇」에 나오는 고사. 기杞
나라에 살던 한 사나이는 만약 하늘이 무너지고 땅이 꺼지면 어쩌나 하는 걱정을 하
였다. 그때 그의 친구가 "하늘은 기氣가 빈틈없이 쌓인 것이라 무너지지 않고, 땅은 흙

채익소 :   창졸간에 그 누가 분서갱유의 재앙에서 구해 줄거나?

소곤생 :   영남衛南의 좌左씨 성 가진 제후39) 한 분뿐이로다!

이 빈틈없이 쌓여 만들어진 것이라 꺼지지 않는다"고 말해주자 그제서야 안심하고 좋
아했다고 한다. 그 후로 하지 않아도 될 괜한 걱정을 하는 것을 두고 '기우杞憂' 또는
'기인우천杞人憂天'이라고 부르게 되었다.

39) 영남의 좌씨 성 가진 제후[左侯] : 영남후衛南侯 좌량옥左良玉을 말한다. 자세한 내용
은 첫 번째 대목 '설서 감상聽神'의 각주 '영남후 좌량옥'을 참조할 것.

桃花扇

산중 은거

歸山

원제는 "귀산歸山"으로, 산중에 은거한다는 뜻이다. 이 대목에서는 완대성에 의해 역적으로 몰려 금의위錦衣衛로 끌려온 사람이 복사復社의 재사才士 후방역 일행임을 안 장미張薇가 자신의 거취를 놓고 고만하다가 뒤이어 끌려온 지인 채익소蔡益所를 보자 결국 그와 함께 산중에 은거하기로 결심한다는 내용을 다루고 있다. 작자는 여기서 대부분의 노래를 장미에게 집중적으로 안배함으로써 당시의 암울한 정치 상황에 대한 사실적인 묘사와 함께 그로 인하여 은거를 결심하기까지의 복잡한 내면적 갈등을 자세하게 묘사하고 있다.

을유년(1645) 3월

등장인물

      외 : 장미

      부정 : 동자

      잡 : 교위 ⇒ 정원사

      정 : 호송관 ⇒ 교위

      생 : 후방역

      말 : 진정혜

      소생 : 오응기

      축 : 채익소

외가 흰 수염을 달고 장미張薇[1]로 분장하여 의관을 정제한 채 등장한다.

장미 :   〈분접아粉蝶兒〉

          어디가 고향 산천인가?

          고개를 돌려 보니 상림上林의 봄도 다하고[2]

          말릉秣陵성에는 안개 속에 가랑비만 구슬프도다.

---

1) 장미張薇 : 자가 요성瑤星, 호가 영생瑛生으로 강소성 상원上元 사람이다. 명대 말기에 제생諸生 신분으로 금의위錦衣衛 천호千戶의 벼슬을 세습했으며, 이자성이 북경을 점령하고 명나라가 망했어도 투항하기를 거부하였다. 남명 왕조 수립 후에는 원직에 복직되고 나중에는 지휘사指揮使로 승진하였다. 청나라 군사가 남하하자 남경 교외의 서하산棲霞山에서 은거했으며, 공상임은 치수작업을 벌일 때 그를 방문했다고 한다. 저서로는 『옥기검광집玉氣劍光集』이 있다.

2) 상림의 봄도 다하고[上林春老] : 진대秦代에 건립하고 한대에 확장한 상림원上林苑을 말하는데, 나중에는 황제의 어용 정원을 가리키는 말로 사용되었다. 여기에서 "상림의 봄도 다했다"는 것은 남명 왕조의 몰락을 암시하는 말이다.

중흥된 조정이 한탄스럽구나.

패업 마악 이루었다 싶었는데

외마디 긴 한숨만 남고

옛적 관복에는

게으르고 쇠약해진 모습만 도드라지는구나.

소관 장미는 자가 요성瑤星으로, 원래 북경 금의위 의정錦衣衛儀正[3]의 직책을 맡았었습니다. 난리를 피해 남쪽으로 왔다가 새 황제의 중흥을 맞이하니, 아비의 공훈을 참작하사[4] 전처럼 원직에 전보해 주셨습니다. 그러나 뜻밖에도 권력을 쥔 간신들이 자리를 차지하여 조정의 국면이 날로 피폐해지길래 남경 남쪽에 세 칸짜리 송풍각松風閣을 짓고 조만간 은퇴하여 한적하게 은거할 작정입니다. 다만 …… 반역사건에 연루된 사람이 둘 있는데, 바로 예부주사禮部主事 주표周鏢오 안찰부사按察副使 뇌연조雷績祚입니다. 마사영과 완대성은 원한을 품고 기필코 이들을 죽음으로 내몰려고 벼르고 있답니다. 소관은 그 억울함은 통감하고 있지만 이들을 구할 길이 없어 이 밤에도 주저하면서 은퇴의 결심을 아직 정하지 못하고 있습니다.

〈미범서尾犯序〉

당쟁의 재앙이 새 조정에 일어나니

---

3) 의정儀正 : 금의위에는 부속기관으로 의란사儀鸞司가 있고 그 수장을 대사大使라고 하였다. 여기에 언급된 '의정'은 의란사 대사를 가리키는 것으로 보인다.

4) 아비의 공훈을 참작하사[錄俺世勳] : 장미의 부친 장가대張加大는 명대 말기에 등래登萊 총병관總兵官에 임명되었다가 모문룡毛文龍의 모반으로 순무巡撫 손원화孫元化와 함께 피살되었다. 나중에 장미는 그 부친이 순국한 공적을 인정받아 금의위 천호관의 벼슬을 배수 받았다.

올바른 선비들이 절망하여
줄이어 떠나가누나.
내가 바라는 게 무엇이 있다고
남 대신 칼을 휘두른단 말인가?
어서 달아나자꾸나!
솔바람 부는 소박한 누각 짓고
흰 구름 속에서 세상 일 달관할 때만 기다리건만
그 억울한 누명을 풀어주지 못해 꿈자리만 뒤숭숭하구나!5)

부정이 동자로 분장하고 등장하여 고한다.

동자 : 나리, 진무사鎮撫司의 풍가종馬可宗6)이 역적 세 명을 잡아 와
서 처결해 주시기를 기다리고 있사옵니다.

잡이 네 명의 교위校尉로 분장하고 형구를 들고 와서 늘어놓는다. 외가 등청한
다. 정이 호송관으로 분장하여 공문을 바치고, 생·말·소생에게 쇠사슬을 채운
채 압송하여 등장한다. 무릎을 꿇는다.

장미 : (공문을 보고 묻는다) 방관坊官의 보고에 따르면, 너희들이 사당을
조직하고 도당과 공모하여 주표·뇌연조를 위해 뇌물을 주고
손을 쓰려다가 관할 관청에 의해 체포·압송되어 왔다지?
어서 사실대로 자백하면 혹형을 받는 일은 없을 것이다.

---

5) 그 억울한 누명을~ : 주표와 뇌연조의 누명을 풀지 못해 밤낮으로 근심한다는 말이다.
6) 풍가종馬可宗:『남강역사南疆繹史』에는 풍가경馬可京으로 나와 있다. 남명 왕조에서
금의위 도독都督을 지냈다.

진·오: 〈전강前腔〉

자백할 것이 없소이다!

붓과 벼루는 본래 우리의 본분이라

복사復社의 선비들의

원고를 평하고 뽑았을 뿐이올시다.

죄가 없는데도 죽이신다면

문인을 생매장시켰다는 비난의 빌미가 될 게요

후방역: 고문하지 마시오!

내가 여기에 온 것은 거문고 들고 벗을 방문한 것이지

밤새도록 어울린 것이 절대 아니거늘

무단히 연못 물고기와 집안 제비를 싸잡아 태워 죽이려 드시오?7)

장미: 너희들의 자백을 믿으려 해도, 실증이 하나도 없거늘, <u>설마 본관이 무고한 백성을 도적이라고 모함이라도 한다는 말이냐!</u> (경당목驚堂木8)을 내려치면서) 여봐라! 형구를 준비하고 놈들을 차례로 자백시키렷다!

진정혜: (앞으로 나와 무릎을 꿇더니) 대인께서는 진노하실 것 없습니다. 죄인 진정혜陳貞慧는 직예直隸 의흥宜興 출신이온데, 채익소蔡益所의 서점에서 문장을 뽑는 일을 한 것뿐, 다른 죄는 전혀 없습니다.

오응기: (앞으로 나와 무릎을 꿇더니) 죄인 오응기吳應箕는 직예 귀지貴池 출신이온데, 진정혜와 그 일에 동참했을 뿐, 다른 죄는 절대로 없습니다.

---

7) 무단히~ : 무고한 생명들이 재앙을 당하는 것을 두고 한 말이다.

8) 경당목驚堂木 : 과거에 관리가 죄인을 심문할 때 책상에 두드려 죄인을 제압하던 장방형의 나무조각.

장미 : (정을 향하여) 채익소의 서점에서 사당을 조직하고 도당과 공모하여 뇌물을 주고 손을 쓰려 했다면 채익소도 분명히 실정을 알 텐데 어째서 잡아오지 않았는가?
(댓개비를 정에게 던져 주면서) 속히 채익소를 잡아와 대질시키도록 하라! (정이 대답하고 퇴장한다)

후방역 : (앞으로 나와 무릎을 꿇더니) 죄인 후방역侯方域은 하남河南 귀덕부歸德府 출신으로 남경으로 유학 왔사온데, 진정혜·오응기와는 글로 교분을 나눈 오랜 벗이어서 도착하자마자 인사를 하러 들렀다가 함께 붙잡혀 왔을 뿐, 다른 죄는 전혀 없습니다.

장미 : (생각하더니) 전번에 남전숙藍田叔이 그린 〈도원도桃源圖〉에 "귀덕의 후방역"이 쓴 글귀가 있었는데 (…) (고개를 돌리더니 묻는다) 그대가 후방역인가?

후방역 : 바로 소생이올시다만…….

장미 : (두 손을 모으면서) 실례를 했구려! 전번에 〈도원도〉에 남기신 글귀에는 대단한 식견이 담겨 있더구려. 가르침을 좀 부탁드리리다! (분부한다) 이번 일은 그대와는 무관하니 한쪽에서 기다려 주시오

후방역 : 선처해 주셔서 감사합니다. (한쪽에 앉는다) (정이 댓개비를 들고 등장한다)

호송관 : (고한다) 나리께 아뢰옵니다. 채익소는 서점 문을 닫고 도주하여 행방을 알 길이 없사옵니다!

장미 : 도당과 공모하고 손을 쓰려 했다는 증거가 하나도 없으니 어떻게 심문을 한다? (생각에 잠긴다)

부정이 책을 들고 등장한다.

동자 : 왕·전 두 대감께서 공문을 보내셨습니다.

장미 : (보면서) 내각의 왕각사王覺斯,9) 대종백大宗伯 전목재錢牧齋10) 두
어른께서 공문을? 어디 보자!

(공문을 펼쳐 보더니 고개를 끄덕이면서) 일리가 있는 말씀이로군.
진정혜·오응기 두 사람이 복사의 영도자인 줄은 미처 돌랐
구나!

〈홍납오紅衲襖〉
한 사람은 정생定生 형으로
문예계의 호걸이요
한 사람은 시단을 주재하는
오차미吳次尾 선생이거늘
어쩌자고 죄 없는 야장冶長11)을 가둔 고요皐陶12)노릇을 한단 말
인가?
내 어찌 풍파를 일으켜 당쟁을 조장하고 또 확대시키겠는가?
당당한 금의위가
권세를 휘두른다고는 하지만
어두운 감옥에도

---

9) 왕각사王覺斯(1592~1652) : 남명 왕조의 내각대학사 왕탁王鐸을 말한다. 명말 청초의 유
   명한 서화가인 그는 자가 각사覺斯, 호가 치암癡庵·송초松樵이며, 대대로 낙양洛陽 맹진
   孟津에 살았기 때문에 '왕맹진王孟津'으로 부르기도 하였다. 명청 두 왕조에서 차례로 태
   자태보太子太保를 제수 받았으며, 나중에 벼슬이 예부상서禮部尙書·동각대학사東閣大學
   士에까지 이르렀다. 서화에 조예가 깊었던 그의 작품들은 명청대 서예계에 새로운 바람
   을 불러일으키는 등, 중국서예사에서 중요한 위치를 차지하고 있다. 그의 작품으로는
   『의산원첩擬山園帖』, 『낭화관첩琅華館帖』, 『귀룡관첩龜龍館帖』 등이 있다.
10) 전목재錢牧齋 : 남명 왕조에서 예부상서를 지낸 전겸익錢兼益을 말한다. 자세한 내용
    은 스물네 번째 대목 '간신 질타罵筵'의 '전겸익' 각주를 참조할 것.
11) 야장冶長 : 공자의 제자 공야장公冶長을 가리킨다. 공야장은 남들의 무고로 감옥에 갇
    힌 일이 있었다.
12) 고요皐陶 : 중국 고대 전설상의 인물로 우순시대에 대리大理로 있으면서 시비와 선악
    을 가릴 줄 아는 외뿔 짐승인 해치獬豸를 써서 천하의 죄악을 평정하여 백성들이 편안
    히 생업에 종사할 수 있게 해 주었다고 한다.

밝은 해가 비칠 날이 있으리니
명사·의인들이 재앙을 당하고 원한 품게 만들어
문단 중흥하겠다는 의욕을 꺾지는 말자꾸나.

(고개를 돌리고 두 손을 모으면서) 진형, 오형! 방금은 내가 결례를
했소이다. (묻는다) 왕각사·전목재 두 어른과는 전부터 교분
이 두터운 사이인지요?

진·오:　전혀 내왕이 없었습니다만…….

장미:　그런데 어째서 공문까지 보내서 두 분의 글재주를 극찬하시
면서 내게 석방을 부탁하셨을까요?

진·오:　두 분께서 공정하게 처리하시겠다는 뜻으로 보입니다만.

장미:　그렇구려! 소관이 비록 무관이긴 하지만 제법 시서를 읽은
몸으로 어찌 사람을 죽여 가면서까지 아부를 하겠소? (분부한
다) 이 일은 억울한 구석이 있으니 한쪽에서 기다려 주시오.
해당 관청에 회신을 보내 속히 귀하들을 석방해 드리도록 하
겠소이다. (소견을 적는다) (말과 소생이 한쪽에 앉는다)

부정이 관보를 들고 등장하여 바친다.

동자:　나리, 오늘 자 과초科抄13)에 긴요한 전달사항이 있사오니 읽
어보시기 바랍니다.

장미:　(관보를 본다) "내각대학사 마사영의 상소: 반역의 도당을 조

---

13) 과초科抄 : 저보邸報를 말한다. '저보'라는 명칭은 송대에 비롯된 것으로, 특정한 신문
을 지칭하는 것이 아니라 고대의 신문을 총칭하는 말이다. 저보는 황제의 칙명이나 신
료들의 상소문, 관리의 임면, 궁정 동정 등 공고의 성질을 지니는 자료들을 주요한 내
용으로 삼았으며, 독립된 발행기관을 거치지 않고 조정과 기타 정부기관에 의해 발행
되어 수륙의 역참驛站을 통해 전해졌다. 체제는 간단하여 제목이나 단락, 광고도 없이
짤막하게 소식만 전하는 경우가 많았다.

속히 주살하여 사악한 역모를 진압하는 일에 관하여 (…) '죄
인 주표와 뇌연조는 노왕路王과 사사로이 내통하는 등 반역
의 증거가 분명하오니 속히 국법에 따라 처단하고 만인에게
알리기를 간청하옵니다' 하는 등의 말이 있었다. 이에 어명
을 받들어 주표와 뇌연조를 감금했다가 때를 기다려 참수하
도록 하였다." (…) 또 "병부시랑兵部侍郎 완대성의 상소 : 복
사의 도당을 박멸하고 황제의 판도를 숙정하려 하는 일에 대
하여 (…) 그에 따르면 '동림당의 늙은 간신들은 해를 가리는
메뚜기 성충과 같고 복사의 젊은 건달패들은 밭을 기어 나온
메뚜기 유충과 같사옵니다. 성충은 현재의 재앙이니 잡아서
끝장을 내어야 하며, 유충은 장래의 우환이니 박멸하는 일이
지체되어서는 안 되옵니다. 신이 『황남록蝗蝻錄』을 엮었사온
즉, 이 책에 의거하여 처리하면 됩니다' 하는 등의 말이 있었
다. 어명을 받들어 이 동림의 무리를 가차 없이 잡아들여 심
문을 하고 상소를 올리되 해당 관청에도 통지하도록 하라."
(…)

(놀라면서) 뜻밖에도 마사영·완대성 두 작자가 또 이런 짓을
꾸밀 줄이야……. 이제 올바른 사람은 씨도 남지 않겠구나!

〈전강前腔〉
내 지금 약법約法을 살피고[14)
땅 그어 감옥으로 삼으려 했더니만[15)

---

14) 약법을 살피고 : 덕치를 베푸는 것을 두고 한 말. 한나라 고조는 함곡관函谷關에 입성
하자 진나라의 혹정을 폐지하고 현지 원로들과 함께 '약법 삼장約法三章'을 제정하였
다. 여기서는 장미가 덕치를 베풀 것을 촉구하면서 한 말이다.
15) 땅 그어 감옥 삼으려 했더니만[畵獄牢] : 주나라 문왕[周文王]의 고사를 차용한 것
으로, 여기에서는 상고시대의 형률로 백성들을 관대하게 다스린다는 말로 사용되고
있다.

그 자들이 가혹한 형법을 찍어내어[16]

포락(炮烙)[17]의 혹형을 가하려 들 줄이야!

청류를 탁류로 내모는 격[18]이 아니고 무엇이며

당인의 비[19]에 다시 원우元祐의 죄목을 새겨 넣는 격이 아니고
뭔가?

이 법률의 그물을

사람들이 어찌 헤어날꼬?

이 기세 등등한 명령을

누가 감히 어길 수 있을꼬?

보아하니 복사와 동림당이 모조리 감옥에 갇히고

새로운 혹형을 시험한다며

그대들을 잡아들이겠구려!

(생 등을 향하여) 소관은 그대들이 무고한 것을 측은히 여겨 석
방하려던 참이었소. 그런데 갑자기 이처럼 지엄한 어명을 받
았으니, 주표·뇌연조 두 분이 사형에 처해지게 되고 말았구
려! 이런 식이라면 동림당과 복사 치고 어느 누가 법망을 빠
져나갈 수 있는 사람이 있을 수 있겠소!

---

16) 가혹한 형법 찍어내어[鑄刑書] : 춘추시대에 진晉나라에서는 형법을 삼발 솥에 찍었
다고 한다. 여기서는 폭정을 가리키는 말로 사용되고 있다.

17) 포락炮烙 : 죄인이 빨갛게 달군 구리 기둥 위를 걷게 했던 상나라 주왕[商紂] 때의 혹형.

18) 청류를 탁류로 내모는 격[清流欲向濁流抛] : 당대 말기의 대신 배추裴樞 등 7명이 골
주滑州 백마역白馬驛에서 피살되었는데 이때 이진李振이 양왕梁王 주전충朱全忠에게 "이
들이 스스로를 청류라고 하니 여러 강에 던져서 영원히 탁류가 되게 하는 것이 낫겠
다[此等自謂清流, 宜投諸川, 永爲濁流]"라고 말했다고 한다.

19) 당인의 비[黨人碑] : 송나라 휘종[宋徽宗] 때 재상 채경蔡京이 국정을 농단하면서 철
종哲宗 때의 집정대신들을 간신배로 몰아 살해하고 태학太學의 단예문端禮門 앞에 사마
광司馬光 등 삼백여 명의 이름을 새긴 비석을 세워 '당인의 비'라고 불렀다고 한다. 원
우元祐(1086~1093)는 철종 때의 연호年號.

생 등이 무릎을 꿇고 간청한다.

세 사람 : 대인께서 선처해 주시기 바라옵니다!

장미 : 내가 인형들을 석방했다가 만일 남에게 다시 붙잡히기라도
한다면 살아날 가능성이 없으니 서두르지 맙시다. (소견을 적는
다)

"압송된 세 죄인의 진술에 따를 때, 도당과 공모하여 손을
썼다는 혐의는 모두 실증이 없음. 채익소가 체포되면 철저하
게 심문하여 그 죄를 정하는 것이 옳을 것으로 사료됨."

(생 등을 향하여) 진무사의 풍가종이라는 자는 비록 공명을 노
리는 부류이긴 하나, 양심은 아직 죽지 않았으니 <u>내가</u> 그 자
에게 서찰을 써 드리리다.

(서찰을 쓴다) "금의위에서 죄인을 다스리는 이 몸은 오랜 세월
을 겪어 왔지만, 문파와 붕당이 없었던 왕조가 어디에 있겠
소? 말하자면 군자와 소인은 서로가 성쇠를 거듭하며 국면이
오래 되면 변화가 발생하고 운세가 극단으로 치달으면 반드
시 뒤집히곤 합디다. 관청에 봉직하고 있는 우리들의 기강은
시류에 따라 한쪽으로 치우쳐 들러리 노릇이나 하면서 칼을
휘둘러서는 안 된다고 생각하오. 하늘의 법도는 되갚기를 좋
아하고 공공의 논의는 사그라지지 않는 법이니, 신중하게 대
처하여 후회할 일을 남기지 말아야 할 것이오."

(두 손을 모으면서) 인형들은 억울하겠지만 잠시 감옥에 계시다
보면 누명을 벗을 날이 있을 겁니다.

정과 잡이 생 등을 압송하여 다함께 퇴장한다. 외가 퇴청한다.

장미 : 나 장미는 원래 선황의 신하인데다, 나라가 기울고 집안이

망해 공명심은 진작 버린 처지에 무엇 때문에 지금 나서서 주왕紂王[20]의 폭정에 들러리를 선단 말인가! 예로부터 "낌새를 알아챘다면 하루도 지체할 것 없다[知幾不俟終日]"[21]고 하였다. 이 사태를 보면서도 망설이면서 대안을 찾으려고 애쓴단 말인가?

(부른다) 동자야, 어서 말을 끌고 오거라. 송풍각에 요양이나 하러 가야겠다.

부정이 말을 끌고 등장한다.

동자 :   말을 대령했사옵니다요

외가 말을 타고 부정이 그를 따라간다.

장미 :   〈해삼정解三酲〉
개인 봄날 석양 나절에 때맞추어
온 길에 버들개지가 춤추고 꽃잎들이 흩날리누나.
멀리로 성 남쪽 푸르고 좋은 산 풍경을 보노라니
속세 나그네의 꿈조차 다 사그라지누나!

벌써 송풍각에 도착했군. (…) 여기는 나만의 별천지 도원경

---

20) 주왕[紂王] : 상商나라 주왕紂王은 수受 또는 제신帝辛이라고도 한다. 제을帝乙의 아들로 부왕 사후에 왕위를 계승하여 삼십삼 년간 재위하였으나 역사적으로는 잔인한 폭군으로 기록되었다. 기골이 장대하고 총명했으나 황음무도하고 포악했으며, 달기妲己를 총애하여 궁중에 "술을 부은 연못과 고기를 매단 숲[酒池肉林]"을 조성하고 주색에 탐닉하다가 제후들의 반란으로 결국 조가성朝歌城 녹대鹿臺에서 분신자살했다고 전한다.
21) 낌새를 알아챘다면~ : 『주역周易』에 나오는 말로, 사태의 싹을 파악했으면 하루도 지체 없이 서둘러 처리해야 한다는 뜻이다.

이로다! 말을 내린 후 누각으로 올라가서 서둘러 처리해야겠구나. (말에서 내려 누각으로 올라간다)

　　　맑은 샘물이며 흰 돌에는 인적조차 드물고
　　　한 줄기 솔바람은 파도처럼 우는구나.

(부른다) 정원사에게 문과 창을 활짝 열고 난간도 깨끗이 닦으라고 일러라. 느긋하게 경치나 즐겨야겠다.

　　잡이 정원사로 분장하고 청소를 한다.

정원사 :　　제비가 물었던 흙은 떨어진 버들개지를 적시고
　　　　　거미가 친 그물은 날리는 꽃잎에 드리워져 있네.

　　　나리, 깨끗이 청소를 했습니다요! (퇴장한다)

장미 :　　(창밖을 엿보면서) 저것 좀 보게, 소나무 그늘이 사립문까지 드리워져서 사람 마음속·뼛속까지 시원하게 스며드는구나! 여기가 시 읊는 침상을 놓기에 딱 좋겠다!
　　　　(또 난간에 기대더니) 저것 좀 보게, 봄날의 물이 연못에 가득한 것이 사람 수염·눈썹까지 다 푸르게 비치는구만? 여기는 차 끓이는 화로를 두기에 딱 좋겠는걸!
　　　　(갑자기 웃으면서) 너무 서둘러서 왔군 그래! 사모관대며 관복에 장화까지 하나도 벗지 않았으니 이런 차림을 해 갖고서야 어떻게 도원경에 사는 사람이라고 할 수 있겠나! 우습구나, 우스워! (부른다) 동자야, 상자를 열고 내가 사 두었던 삿갓과 짚신·넝쿨 띠·학창의鶴氅衣[22]로 바꿔 입혀 다오. (복장을 바꿔 입는다)

장미 :   은퇴해 노후를 즐길 만하구나.
           드디어 소박한 누각 세 칸을 지었으니
           이제 관복을 벗어 던지리라.

정이 교위로 분장하여 축을 쇠사슬로 결박한 채 끌고 등장한다.

교위 :   소나무 속에서 가첩駕帖23)에 서명하고
           대나무 숲 속에서 공문을 점검하네.

           방금 채익소를 붙잡았는데, 장 나리께서 이곳으로 휴양을 오
           셨다고 하니 뵙고 보고를 드려야겠구나. (…) (부른다) 문지기
           양반, 게 있소?

부정이 나와서 묻는다.

동자 :   무슨 일을 고하러 오셨길래 이처럼 허둥대시오?
교위 :   나리께 고하시게, 채익소를 체포한 일로 일부러 보고를 올리
           러 왔다고. (댓개비를 반환한다) (부정이 누각으로 올라가 고한다)
동자 :   관아의 교위가 채익소를 대동하고 보고를 드리러 왔습니다요.
장미 :   (놀라면서) 채익소를 체포했다고? (…) 그 세 사람을 어떻게 한
           다? (생각하더니) 옳거니! 교위에게 누각 아래에서 기다렸다가
           내 분부를 들으라 일러라.

---

22) 학창의鶴氅衣 : 학의 깃털로 지은 두루마기를 말하는데 주로 도가의 도사들이 입었다고
    한다.
23) 가첩駕帖 : 친왕親王이나 환관들이 지방관을 거치지 않고 바로 죄인을 체포하도록 허
    가하는 일종의 면허장.

부정이 그 말을 전하자 정이 누각 아래에 무릎을 꿇고 앉는다. 외가 분부한다.

장미 : 이번 사안은 기밀에 속하는 중대 사안이므로 추호만치라도 누설이 있어서는 안 된다. 잠시 채익소를 이곳 뜰에 묶어 두 었다가 내가 관아로 돌아가면 철저하게 심문하도록 하겠느 니라.

교위 : 예! (축을 나무에 결박한다) (정이 퇴장하려 한다)

장미 : 돌아오라! 뜰이 좁으니 이 관아의 말을 끌고 돌아가 잘 먹이 고, 내 사모·관대와 관복·장화도 가는 길에 자네가 가져가 도록 하라. 본관은 좀더 머무를 참이니 함부로 찾아와서 소 란을 피워서는 안 되느니라. (정이 대답하고 퇴장한다)
(발을 동동 구르면서) 야단났구나, 야단났어! 교위가 꽃밭까지 들이닥치고 죄인까지 소나무에 묶었으니 이게 무슨 도원경 이란 말인가! 차라리 누각을 내려가는 게 낫겠다!
(누각을 내려가 축과 대면하더니) 역시 채익소로구만.

채익소 : (무릎을 꿇더니) 소인, 나리와는 면식이 있사옵니다요!

장미 : 비록 아는 사이라고는 하나 자네가 복사를 끌어들였으니 그 죄가 가볍지가 않네.

채익소 : (머리를 조아리면서) 예…….

장미 : 자네 서점의 책들은 태반이 복사의 수중에서 나온 것이니, 그 하나하나가 모두 자네 죄상에 대한 증거들일세.

채익소 : (머리를 조아리면서) 그저 나리께서 살려만 주십시오!

장미 : 자네는 재산을 포기해야만 목숨을 보전할 수가 있네.

채익소 : 소인 기꺼이 집을 떠나겠습니다요!

장미 : (기뻐하면서) 그렇다면 살릴 길이 있지. (부른다) 동자야, 쇠사슬 을 풀어주도록 해라.

부정이 축의 쇠사슬을 풀어준다.

장미 : 자네가 집을 떠나기로 결심했다니 나를 따라 산으로 가서 사
는 건 어떻겠나?

채익소 : 나리께서 그렇게 하시겠다면 소인도 기꺼이 따르겠습니다
요!

장미 : (가리키면서) 보게나, 동북쪽 일대는 구름도 하얗고 산도 푸른
것이 모두가 빼어난 곳이라네. (부른다) 동자야, 집을 잘 지키
고 있거라. 나는 채익소와 같이 둘러보고 오겠느니라.

부정이 대답하고 퇴장한다. 축이 외를 뒤따라간다.

(가리키면서) 우리 오늘밤은 저 녹음 속에서 묵기로 하세.

채익소 : 나리께서 산을 감상하러 가시겠다면 사람을 보내 미리 집을
치우게 하셔야겠습니다. 저 산사는 황량한데 어떻게 묵겠습
니까요?

장미 : 자네가 어찌 알겠나? 망가진 사모·관대만 포기한다면 어느
동굴인들 이 청빈한 도인이 살지 못할 곳이 있을까?

채익소 : (혼잣말로) 이거 대체 무슨 말인지 원……

장미 : 망설일 것 없네. 그냥 가면 된다니까!

〈전강前腔〉
아련한 흰 구름을 바라보노라면
까마득한 돌길일랑 따질 겨를조차 없다네.
걷고 또 걷노라면 솔숲엔 해 지고 빈 산도 아득해져
그저 어부·나무꾼이나 몇 사람 마주치겠지?
녹음 깊은 곳엔 인가도 적고

수많은 고개와 봉우리엔 외길만 하나 나 있을 뿐이라네.
가슴을 활짝 펴고
나를 따라 마음껏 산 누비고 절에서 유숙하세 그려.
이제부터는 어떤 시대인지도 따지지 말고…….

장미 :   신선경과 속세의 경계를 나누는 건 몇 그루 복숭아나무뿐.
이제서야 시끄러운 속세에서 헤어나기 쉽다는 걸 알겠노라.
이른 아침에 흰 구름 속 관아를 수습하고
깊은 산 속까지 왔건만 해는 아직도 높기만 하구나!24)

24) 깊은 산 속까지 왔건만~ : 도를 깨우치려면 아직도 멀었다는 말이다.

서른한 번째 대목

격문 작성

草檄

원제는 "초격草檄"으로, 격문의 초안을 작성한다는 뜻이다. 이
대목에서는 후방역 구명을 위해 위험을 무릅쓰고 무창武昌으로
달려온 소곤생蘇崑生이 기지를 발휘하여 좌량옥左良玉과 유경정柳
敬亭을 만나 남경의 상황을 전하고 이에 진상을 알게 된 좌량옥
이 마사영·완대성 등의 간신배 응징을 위한 격문을 준비하는
과정을 주로 다루고 있다. 작자는 대부분의 노래를 소곤생에게
집중적으로 안배함으로써, 대의를 위해 사지로 뛰어드는 의인의
이미지를 부각시키는 한편, 그가 군영에 있는 좌량옥을 만나기
위해 군율로 금한 노래를 부르는 극중 사건을 생생하게 묘사하
고 있다. 아울러, 여기에 합창이 더해져 엄숙하고 장엄한 분위기
가 한층 두드러지게 연출되고 있다.

을유년(1645) 3월

등장인물

　　정 : 소곤생

　　부정 : 객주 주인

　　소생 : 좌랑옥

　　외 : 원계함

　　말 : 황주

　　잡 : 병졸

　　축 : 유경정

정이 소곤생으로 분장하고 등장한다.

소곤생 :　만력萬曆 연간에는 어린 아이이다가

　　　　　숭정崇禎 연간에는 반 늙은 영감이 되었네.

　　　　　천계天啓[1] 연간에는 음서蔭敍[2] 덕 누리는 내시 의붓자식들 맞닥
　　　　　뜨렸는데

　　　　　홍광弘光 연간에 다시 위충현魏忠賢의 뒤를 이은 무리[3]와 마주칠

---

1) 만력萬曆~ : 만력萬曆, 숭정崇禎, 천계天啓는 각각 명나라 신종神宗(1573~1619), 사종思
　宗(1628~1643), 희종熹宗(1620~1627)의 연호이다.

2) 음서蔭敍 : 명대에 황제가 조정에 큰 경사가 있을 때마다 일부 고관 및 측근에게 그
　자손까지 벼슬을 할 수 있는 특전을 내린 것을 말한다. 여기서 의붓자식들이 음서 덕
　을 보았다는 것은 천계 연간에 위충현魏忠賢이 국정을 농단할 때 그 도당(엄당)이 모두
　음서의 특전을 누린 것을 두고 한 말이다.

3) 위충현의 뒤를 이은 무리[廠公] : 여기서는 마사영과 완대성 일당을 가리키는 말
　로 사용되고 있다. '창공廠公'은 동창東廠과 서창西廠의 수장을 가리키는 말로 여기서는
　위충현을 지칭한다.

줄이야……

나 소곤생, 오순五旬의 노안을 부릅뜨고 사대에 걸친 인물들을 겪고 나서 이 몇 마디 즉흥시를 지었습니다. 위충현의 뒤를 이은 두 양반은 하늘에 해도 없는 것처럼, 올바른 사람을 모조리 잡아들여 씨를 말리려고 난리랍니다. 불쌍한 우리 후공자도 새 법을 어긴 원흉4)으로 지목되었지요. 이 소가는 그와 동향이고 같이 객지 생활을 한 인연으로 어쩔 수 없이 멀리 호광湖廣5)까지 와서 영남후寧南侯 좌左공께 구명을 요청하려 했습니다만, 뜻밖에도 사흘이 다 지나도록 찾아뵐 방법이 없군요. 오늘 강가에서는 대대적인 훈련이 있다더니, 그 분의 군사들이 지나는 곳마다 닭이나 개조차도 소리를 죽일 정도로 아주 조용하군요. 그 분이 병영으로 돌아오시면 방법을 강구해서 꼭 좀 만나 뵈어야겠습니다. (부른다) 주인장, 게 있소?

부정이 객주 주인으로 분장하고 등장한다.

주인 :   황학루黃鶴樓 어귀에는 신선 같은 나그네가 드물지만
         흰 구름 낀 저잣거리6)에는 술집이 참 많기도 하다네.

         손님, 하실 말씀이라도 있으십니까?

---

4) 새 법을 어긴 원흉[法頭例數] : 법률에 따른 제재를 처음으로 받는 사람. 여기서는 후방역이 마사영과 완대성이 주도한 악법의 희생양이 되었다는 뜻으로 한 말이다.
5) 호광湖廣 : 호북湖北과 호남湖南 두 지역을 이르는 말. 여기서는 좌량옥이 주둔하고 있는 무창武昌을 가리킨다.
6) 흰 구름 낀 저잣거리[白雲市] : 당대 시인 최호崔顥의 시 「황학루黃鶴樓」의 "흰 구름만 천년토록 여전히 떠 있네[白雲千載空悠悠]" 부분에서 의미를 딴 것으로 지금의 무창을 가리키는 것으로 보인다.

소곤생 :   물어봅시다, 원수 좌 대감께서는 있다가 병영으로 돌아오신 답디까?

주인 :   일러요, 일러! 삼십만 대군이 날마다 등불을 켤 때까지 훈련을 한다굽쇼. 더욱이 오늘은 독무督撫 원袁 나리와 순안巡按 황黃 나리까지 모시고 훈련장에서 술을 드신다는데 어떻게 금방 돌아오시겠어요?

소곤생 :   그럼 술이나 한 주전자 받아 주시구려. 천천히 마시면서 기다리게…….

주인 :   기다리긴 왜 기다려요? 술이나 드시고 일찍 쉬기나 하세요

부정이 술을 들고 등장한다.

소곤생 :   말썽을 피우진 않을 테니까 안심하고 문이나 닫으시오 (부정이 퇴장한다) (멀리 바라보면서) 저것 보게? 밝은 보름달이 벌써 동녘 산에 떠올랐구만. 바야흐로 봄 강에 꽃 피고 달 밝은 밤[7]이건만, 상황이 좋지 않은 것이 유감이구나!
(앉아서 술을 따라 마시면서) 이 잔 속 물건을 마주한 김에 억지로 노래라도 한 가락 뽑으면서 울적한 마음이나 달래 보자꾸나!
(북과 박판을 두드리면서 노래한다)

---

7) 봄 강에 꽃 피고 달 밝은 밤[春江花月夜] : 원래 악부樂府의 노래 제목으로 당唐의 시인 장약허張若虛의 유명한 시이기도 한데, 여기에서는 달밤의 강변 풍경을 형용하는 말로 사용되고 있다.

〈염노교서念奴嬌序〉8)

만 리나 되는 긴 하늘 너머로는

사랑스러운 보름달이 보이고

가느다란 구름조차 한 점 없는데

열두 난간 달빛 가득한 곳에는

서늘한 기운이 주렴이며 은 병풍마다 스며드누나.

딱 어울리는구나!

요대瑤臺9)에 있는 몸으로

웃으며 옥 술잔을 기울이노니

인생에서 몇 번이나 이처럼 아름다운 광경을 볼 수 있겠나?

그저 해마다 이 밤처럼

사람도 달도 모두 맑기만 바랄 뿐!

(직접 술을 따라 마시더니) 이렇게 훌륭한 노래는 완원해阮圓海 말고는 즐길 줄 아는 이가 없는데…… . 아서라, 아서! 차라리 풍진 세상에 묻혀 살지언정 불한당에게 빌붙을 수는 없지! (또 마시더니) 지금쯤이면 병영으로 귀환하는 길이시겠지? 어디 내가 구성지게 한번 뽑아 볼거나? 그 분이 듣고서도 문제 삼지 않는다면 모를까, 혹시라도 문제 삼기만 하면 그게 기회가 될 테니까…… . (다시 북과 박판을 두드리면서 노래한다)

---

8) 염노교서念奴嬌序 : 소곤생이 여기에서 노래하는 이 세 개의 〈염노교서念奴嬌序〉는 원대 말기의 극작가 고명高明이 지은 〈비파기琵琶記〉의 '중추완월仲秋翫月' 대목에서 불리는 노래로, 등장인물 채백개蔡伯喈와 우씨牛氏가 우부牛府에서 달을 감상하는 장면이 표현되고 있다.

9) 요대瑤臺 : 원래 신선이 사는 곳을 가리키며, 여기에서는 채백개가 사는 우부의 화려한 저택을 말한다.

〈전강前腔〉
외로운 그림자 드리우며
남쪽 나뭇가지가 문득 차가워질 적에
어른거리는 까마귀·까치들을 보노라니
놀라 날아올라 어디에 깃들지 몰라 하누나.10)

부정이 등장하여 나무란다.

주인 : 손님, 쉬시래두요? 원수님이 들으셔서 우리 객주가 연루되기
라도 하면 정말 야단 난다구요! (정이 노래한다)

소곤생 : 만 겹의 푸른 산 속
어드메가 큰 대나무 심겨진 내 고향 오두막 가는 길이더냐?

(부정이 정을 억지로 끌고 가서 잠을 재우려고 한다)
괜찮다니까요. 나는 원수님 하고는 동향이라서, 그 분이 알
아채고 나를 모셔가라고 일부러 이러는 게요
주인 : 그럼, 멋대로 하시구려, 멋대로 해! (퇴장한다)

정이 또 노래한다.

소곤생 : 돌이켜 보건대
붉은 계수나무11)에는 누가 올라갈꼬?

---

10) 외로운 그림자~ : 조조曹操가 지은 「단가행短歌行」의 "달 밝아 별빛 희미한데, 까마
귀·까치 남쪽으로 날아왔지만, 나무 주위를 빙빙 돌아도, 의지할 가지 하나 없구나
[月明星稀, 烏鵲南飛, 繞樹三匝, 無枝可依]" 부분을 빌어 전처 조씨趙氏를 그리워하
는 채백개의 속내를 표현하고 있다.
11) 붉은 계수나무[丹桂] : 달 속에 있다는 계수나무. 여기서는 항아가 산다는 달나라를

항아嫦娥가 혼자 지낸다 하니
옛 사람12)이 천 리 밖에서 하릴없이 동정해 마지않는구나.
그저 해마다 이 밤처럼
사람도 달도 모두 맑기만 바랄 뿐!

잡이 몇 명의 병졸로 분장하고 활과 화살 · 투구 · 갑옷을 지고 지나간다.

소곤생 :   (소리를 듣더니) 바깥에 말발굽 소리가 요란하게 들리는 걸 보
        니, 병영으로 귀환하시나 보다. 어디 또 한 가락 뽑아 볼거
        나? (또 북과 박판을 두드리면서 노래한다)

        〈전강前腔〉
        찬란도 하구나.
        나는 옥퉁소 불어제치며
        봉새 타고 돌아가려 하건만
        어드메가 차가운 요경瑤京이란 말인고?13)

잡이 네 명의 병졸로 분장하여 깃발을 들고 길잡이를 선다.

소곤생 :   (소리를 듣더니) 호령 소리가 점점 가까워지는구만. 내친 김에
        크게 한번 불러 보자꾸나!

_____

  가리킨다.
 12) 옛 사람[故人] : 채백개의 전처 조씨를 두고 한 말이다. 앞의 '염노교서' 각주를 참조
    할 것.
 13) 나는 옥퉁소 불어제치며~ : 이 세 구절은 송대 시인 소식蘇軾의 〈수조가두水調歌頭〉
    사詞의 "내 바람 타고 돌아가려 하다가도, 진주 누각 옥 저택, 그 높은 곳에서 추위 견
    디지 못할까 걱정이로다[我欲乘風歸去, 又恐瓊樓玉宇, 高處不勝寒]" 부분을 차용한
    것이다. 여기에서 요경瑤京은 전설 속에 등장하는 월궁月宮을 가리킨다.

둥근 패옥이 이슬에 젖으니

마치 달 아래로 비경飛瓊14)이 돌아온 것 같구나.

소생이 좌랑옥左良玉으로, 외가 원계함袁繼咸으로, 말이 황주黃澍로 각각 둔장하여 의관을 정제하고 말을 탄 채 등장한다.

좌랑옥 : 조정의 새 집정자가 가무나 가르치고 있는 동안

　　　　강가에 남은 군사들은 북 치기를 훈련하네.

원계함 : (소리를 듣더니) 응? (…) 장군! 귀 진영에서도 가무를 가르치기

　　　　시작하셨군요?

좌랑옥 : 군령이 지엄한데 민간에서 누가 감히 그런 짓을 하겠소이까?

황주 :   (가리키면서) 정말 누가 노래를 부르고 있는데요?

소생이 멈추어 서서 듣는다. 정이 목 놓아 노래한다.

소곤생 : 더군다나

　　　　향기로운 안개는 구름 같은 쪽머리로 스며들고

　　　　맑은 달빛은 옥 같은 팔에 배어드니

　　　　광한궁廣寒宮 선녀에라도 비길 수 있을레라!15)

　　　　그저 해마다 이 밤처럼

　　　　사람도 달도 모두 맑기만 바랄 뿐!

<hr>

14) 비경飛瓊 : 중국 전설 속에 등장하는 선녀인 허비경許飛瓊을 가리킨다.

15) 더군다나~ : 이 세 구절은 당대 시인 두보杜甫의 시 「월야月夜」의 "향기로운 안개에 구름 같은 쪽머리는 젖어들고, 맑은 달빛에 옥 같은 팔은 서늘하겠지[香霧雲鬢濕, 清輝玉臂寒]" 부분을 차용한 것으로, 채백개의 전처 조씨가 달밤에 먼 곳의 남편을 그리워하는 처량한 모습을 표현한 것이다. 여기에서 '광한궁 선녀'는 전설에 등장하는 항아嫦娥를 가리킨다.

좌량옥 : (성을 내면서) 지금은 계엄령을 내린 상태이거늘, 군법을 따르지 않고 한밤중에 노래를 부르다니…… . 어서 잡아 들여라!
(잡이 문을 따고 정을 끌어내어 말 앞에 무릎을 꿇린다)
(묻는다) 방금 노래를 부른 것이 바로 네놈이렷다?

소곤생 : 예.

좌량옥 : 군령이 지엄하거늘 네놈이 감히 이토록 대담하게 굴다니!

소곤생 : 뾰족한 수가 없길래 죽기를 각오하고 부른 것이오니 그저 용서해 주시지요.

원계함 : 이 자가 하는 말을 듣자니 술주정이라도 하는 것 같습니다.

황주 : 그래도 노래 하나는 기가 막히는군요.

좌량옥 : 이 자는 행적이 의심스러우니 원수부로 끌고 가서 철저하게 심문하리라. (정을 데려간다)

합창한다.

일동 : 〈솔지금당率地錦襠〉
강에서 훈련하고 밤 되어 무창武昌 성문 들어서니
닭·개조차 고요한 것이 들판의 외딴 마을 같은 것을
삼경 밤중에 갑작스레 축 연주하는 이를 마주쳤으니
까닭 없이 슬픈 노래를 부른 데는 분명히 이유가 있을 터!

원수부에 도착한다. 소생이 외와 말에게 권한다.

좌량옥 : 누추하긴 하나 우리 관아에 묵으면서 같이 군정을 논의하도록 하십시다.

원·황 : 폐를 끼쳐서야 되겠습니까? (함께 들어가 앉는다)

원계함 : 방금 전에 노래를 한 자부터 먼저 처리하셔야겠습니다.

좌랑옥 : 그렇소이다. (분부한다) 그 자를 데려 오라.

   잡이 정을 데려와 무릎을 꿇린다.

좌랑옥 : (묻는다) 네가 군법을 어긴 이유를 사실대로 자백하렷다!
소곤생 : 소인은 남경서 일부러 원수님을 찾아왔사온데, 뵈려 해도 달
         리 방법이 없길래 일부러 군법을 어겨서 뵈려 한 것이올시
         다.
좌랑옥 : 예끼, 죽어 마땅한 놈! 그래도 바른 말을 하지 못할까!
황주 :   고정하십시오 저 자에게 무엇 때문에 원수님을 뵈려 했는지
         말해 보게 하시지요.

소곤생 :   〈쇄남지鎖南枝〉
             도성에서 벌이는 일들이
             짙은 안개라도 낀 것처럼
             날마다 동림당 사람들 찾아내 복수하는 짓뿐이랍니다.
             지금은 공자 후군을
             잡아다 감옥에 구금했지요.
             지난날의 교분을 굽어 살피시고
             왕년의 은혜를 헤아리시어
             갓 세워진 조정을 위해
             새로 쌓인 울분을 풀어주소서!

좌랑옥 : 후공자는 나와는 누대에 걸친 지인이다. 정말 구명을 요청하
         러 왔다면 분명 친필 서찰이 있을 터, 꺼내 보이렷다.
소곤생 : (머리를 조아리면서) 그날 완대성이 직접 교위들을 끌고 와서 바
         로 감옥으로 붙잡아 가버렸는데, 서찰을 쓸 겨를이 어디 있

었겠습니까!

원계함 :   자네가 내뱉는 말을 어떻게 믿을 수 있겠는가?

좌량옥 :   (생각해 보더니) 옳거니! 내 막부에 후공자의 지인이 한 사람 있
으니, 그 분에게 확인을 의회해 보면 금방 사실 여부를 알 수
있겠군! (분부한다) 유 상공께 좀 나오시라고 전하라. (잡이 대답
한다)

축이 유경정으로 분장하고 등장한다.

유경정 :   밥 친구·술 동무라면 이 유가에게 물어보십시오
제가 어디 한번 확인시켜 드리오리다.

(촛불을 켜고 확인하더니) 이런! 이제 보니 소곤생, 우리 아우님
이셨구만!

서로 눈물을 훔친다.

좌량옥 :   정말 알아보시겠습니까?

유경정 :   이 사람은 하남의 소곤생으로, 천하제일의 명창이온데 모르
는 사람이 어디 있겠습니까!

좌량옥 :   (기뻐하면서) 노래를 한 자가 의인이실 줄이야……. (일으켜 세우
면서) 앉으십시오, 앉아!

소생과 정이 서로 읍례를 올리고 앉는다.

유경정 :   아우님, 일단 후공자가 어째서 하옥됐는지부터 이야기해 보소

소곤생:　　　〈전강前腔〉

　　　　　　그건 바로 그가 동림당과,

　　　　　　복사의 동인으로

　　　　　　일찍이 위가와 최가의 도당을 분열시켰기 때문이라는군요

　　　　　　젊은 완대성은 왕년의 원수나 갚으려 들고

　　　　　　늙은 마사영은 줏대조차 없습디다.

　　　　　　삼산가三山街에

　　　　　　사나운 기마대가

　　　　　　거침없이 날아드는 모습이

　　　　　　흡사 매 떼와도 같더이다!

소곤생:　　후 상공을 잡아 가둔 후로는 전혀 소식이 닿지 않길래, 어쩔
수 없이 죽음을 무릅쓰고 구명을 부탁드리러 온 것입니다.
다행스럽게도 장군께서는 저를 죽이지 않으시고, 거기다 유
형까지 뵙게 되었군요.

　　　　　　(읍례를 올리면서) 그저 형님이 원수님께 부탁드려 속히 구명
탄원을 내도록 도와주셔서 먼 길을 온 제 고생이 허사가 되
지 않기만 바랄 뿐입니다.

좌량옥:　　(성을 내면서) 원 장군, 황 장군 두 아우님! 조정의 실상이 이러
하니 통탄할 일이 아니고 무엇이겠소이까!

원계함:　　그 뿐만 아니지요. 듣자니 전 왕비 동씨童氏[16]가 멀리서 황제
를 찾아왔는데도, 마사영·완대성 두 놈이 알현할 기회조차
주지 않고 따로 자기 사람을 구해 황비 간택에 대비하면서
황후의 일가붙이까지 되려고 획책한다 하니 이 어찌 죽일 놈

---

16) 전 왕비 동씨[舊妃童氏]: 복왕의 계비繼妃. 복왕이 황제로 즉위한 후에 유량좌劉良
佐·월기걸越其傑 등이 남경으로 호송해 왔으나 복왕이 그녀를 받아들이지 않고 금의
위로 넘기는 바람에 모진 고문을 견디지 못하고 죽었다.

들이 아니겠습니까!

황주 : 또 한 가지, 간관諫官과 대신들이 분명히 증거를 가지고 있는데도 선황 숭정 황제의 태자이신 일곱 살 박이 저군儲君 마마를 <u>지금</u> 감옥에 감금하려고 든답니다![17] 사람들마다 의분을 느끼고 마사영과 완대성을 능지처참하여 선황께 사죄드려야한다고 생각할 정도라는군요!

좌량옥 : (크게 분노하면서) 우리가 변방에서 죽을 힘을 다하고 있는 것도 오로지 조정의 은혜에 보답하기 위한 것인데, 뜻밖에도 간신배를 중용하고 올바른 사람을 살해하면서 날마다 매관매직이나 하고 가무에나 탐닉하다니……. 왕조를 중흥하겠다는 군왕이 벌이는 일이 하나같이 나라를 망치는 짓이니 원! 제법 충성심이 있다는 사각부史閣部조차 마사영과 완대성에게 조정에서부터 견제를 받아 덩달아 들러리나 서고 있는 판국이니 혼자 남은 내가 단신으로 어떻게 중원을 회복할 수 있을꼬! (발을 구르면서) 아서라, 아서! 이 몸도 결국은 별 수 없이 군왕을 위협하는 신하가 되고 말겠구나!
(외에게 읍례를 올리고) 임후臨侯께서는 나를 대신해서 상소문을 작성해 주시오

원계함 : 어떻게 쓸까요?

좌량옥 : 그냥 마사영과 완대성의 죄과만 호되게 성토하시면 됩니다.

원계함 : 명령대로 하겠사옵니다!

축이 지필묵을 갖다주자 외가 쓴다.

---

17) 선황 숭정 황제의 태자~ : 복왕이 황제로 즉위한 직후 북쪽에서 숭정제의 태자를 자처하는 자가 찾아오자 금의위에 넘겨 심문한 끝에 가짜 태자이며 본명은 왕지명王之明이라는 자백을 받아냈다. 그러나 황득공黃得功·유량좌·좌량옥·하등교·원계함 등이 이를 믿지 않고 차례로 그를 변호하는 상소문을 올렸다고 한다. 여기에서 '저군儲君'은 황위 계승자(태자)를 말한다.

원계함 :   〈전강前腔〉

"조정에서

역신을 중용하여

공공연히 왕비 마마를 저버리고 저군 마마를 가두었사옵니다!

옛 사건 다 뒤집고 보복에만 골몰하니

올바른 지사들이 저마다 자취를 감추건만

아리따운 여색이나 찾고

요염한 계집이나 꼬드기며

벼슬에다 작위까지 파는 등

필설로는 이루 다 헤아리기조차 어렵나이다!

외가 작성을 마친다.

좌량옥 :   격문도 하나 필요하니, 중림仲霖께 초고를 좀 부탁드리리다.

(읍례를 올린다)

황주 :   역시 이대로 쓸까요?

좌량옥 :   내가 출병하여 토벌에 나서기만 하면 놈들을 남김없이 없애
버리겠다고 쓰도록 하시오

유경정 :   그러셔야지요, 암요!

좌량옥 :   전번에는 진군하면 안 된다고 만류하더니 오늘은 웬일르 찬
성을 다 하는 겁니까?

유경정 :   지금은 홍광 황제 시대입니다. 그때는 그때고 지금은 지금이
지요

좌량옥 :   그렇군요, 이 좌량옥은 바로 선황 때의 노장이고말고! 엄연
히 선황께 지금 태자가 계시니 그 분이야말로 이 몸의 어린
주군이시지! 마사영·완대성 그 놈들이 제멋대로 홍광제를
옹립할 때 나는 멀리 변방에 있느라 애초부터 어명을 받지도

　　　　　　　못했지요.

황주 :　　　제가 하겠습니다.

　　　　축이 지필묵을 가져다주자 말이 쓴다.

황주 :　　　〈전강前腔〉
　　　　　　"군왕 주변을 깨끗이 청소하고자
　　　　　　격문을 띄우노니
　　　　　　용맹스런 장병들·의로운 깃발들로 먼지가 길을 다 뒤덮으며
　　　　　　삽시간에 날 듯이 금릉金陵으로 건너가면
　　　　　　곧장 봉황문鳳凰門[18])까지 치달아
　　　　　　황궁에 참례하고
　　　　　　효릉孝陵[19])에 참배한 후
　　　　　　황각黃閣[20])을 수색하고
　　　　　　흰 칼날을 휘두르고 말리라."

　　　　　　(말이 작성을 마친다)

좌량옥 :　　이제 서명을 할 차례구려.

원계함 :　　이런 중대 사안에는 역시 신임 순무 하등교何騰蛟[21])선생을

---

18) 봉황문鳳凰門 : 남경성南京城의 성문 이름.
19) 효릉孝陵 : 남경에 있는 명나라 태조 주원장의 능.
20) 황각黃閣 : 내각을 가리키는 말이다.
21) 하등교何騰蛟(1592~1649) : 자가 운종雲從·상승祥昇으로 명대 말기 귀주貴州 여평위黎
　　平衛 사람이다. 천계 연간에 거인擧人이 되고 숭정 연간에 남양지현南陽知縣·우첨도어
　　사右僉都御史를 거쳐 숭정 16년에 호광순무湖廣巡撫에 임명되었다. 남명南明시기에 이르
　　러서는 복왕의 조정에서 병부시랑兵部侍郎, 당왕唐王의 조정에서 동각대학사 겸 병부상
　　서, 계왕桂王의 조정에서 무영전대학사武英殿大學士·태자태보太子太保 등으로 중용되면
　　서 이자성의 옛 부하들을 규합하여 항청운동을 전개하였다. 영력永曆 2년(1648) 즉 순치
　　順治 5년에 청조에 투항했던 김성환金聲桓·이성동李成棟 등이 반란을 일으키는 기회를
　　타서 호남湖南 대부분 지역을 수복하기도 했으나 이듬해에 내분이 일어나 상담湘潭이

모셔서 서명을 부탁드리는 편이 좋겠습니다.

좌량옥 : 그 분은 사람됨이 강직하니 따로 여쭐 것도 없이 그 분 함자
를 바로 적어 넣어도 될 겁니다. (외와 말이 서명한다)
오늘밤까지 잘 베껴서 내일 아침에 즉시 지체없이 발송하도
록 하시오. 나는 그 뒤를 이어 바로 출병하리다.

원계함 : 하지만 체포遞舖22)에서 일을 그르칠까 걱정입니다. (…)

좌량옥 : 어째서지요?

원계함 : 도성에서는 익명의 투서가 하도 많이 날아들어 마사영·완
대성 일당이 진작부터 사람들을 시켜 찾아내는 족족 태워버
리고 아예 보지도 않는다는군요.

좌량옥 : 그렇다면 따로 사람을 보내야겠구려.

황주 : 그것도 안 됩니다. 듣자니 마사영과 완대성은 안경장군安慶將
軍 두홍역杜弘域23)에게 밀명을 내려 판기坂磯24)에 진지를 구
축하게 했답니다. 전부터 우리 군사를 막으려는 속셈을 가지
고 있었던 셈이지요. 이 격문이 도착한다면 어찌 호락호락
포기하려고 들겠습니까? 지금 보내는 파발꾼도 살기보다는
죽을 공산이 큽니다.

좌량옥 : 그러면 이를 어쩐다?

유경정 : 아무래도 이 늙은이가 한번 가 봐야겠군요.

원·황 : (놀라면서) 유선생께서는 참으로 형가荊軻25)와도 같은 분이올시

함락되고 포로로 잡히자 이레 동안 단식하다가 스스로 목을 매어 죽었다.

22) 체포遞舖 : 문서를 전송하던 역참.

23) 두홍역杜弘域 : 천계 연간에 연수 부총병延綏副總兵·우도독右都督 등의 벼슬을 거치고
숭정 연간에는 지하池河·포구浦口 두 병영의 제독提督을 맡아 이자성 등의 봉기군이
남하하는 것을 저지하였다. 숭정 13년(1640)에 진영을 절강浙江으로 이동했으나 청나라
군사가 남하하자 고향으로 돌아갔다가 곧 죽었다.

24) 판기坂磯 : 명대에 병력을 주둔시켜 방어했던 양자강의 요충지 판자기坂子磯를 가리
킨다.

25) 형가荊軻 : 고대 중국의 자객으로, 형경荊卿·경경慶卿·경가慶軻 등으로 불리기도 한

다! 우리가 소복을 입고 유선생을 배웅해 드려야겠군요!

유경정 : 이 늙은 목숨이 뭐 그리 대단하다구요. 원수님께서 시키신
일만 해낼 수 있다면야…….

좌량옥 : (크게 기뻐하면서) 이처럼 충의로운 분이 다 계시다니! 이 좌곤
산左崑山이 절을 올리겠습니다.

(부른다) 여봐라, 술을 한 잔 가져오너라.

잡이 술을 갖고 등장한다. 소생이 무릎을 꿇고 축에게 술을 올린다.

좌량옥 : 잔을 비우십시오!

축이 무릎을 꿇더니 잔을 비운다. 사람들이 축에게 절을 올리고 축이 답배를
올린다.

일동 : 〈전강前腔〉
한 잔 술 받쳐 들고
눈물자국 훔치며
형가의 짧은 노래 소리를 속으로 삼키노라!
한밤중에 손 마주잡고 당부하며
좌중의 사람들 저마다 넋을 놓는다.

다. 진나라의 인질로 있다가 귀국한 연燕나라 태자 단丹이 진나라 왕 영정嬴政(훗날의
진시황제)에게 복수하기 위해 자객을 물색하던 중 형가를 만났다. 형가는 영정의 신임
을 얻기 위해 진나라에서 죄를 짓고 연나라로 망명했던 번우기樊于期의 목을 베어 연
나라 지도와 함께 바치는 척 하면서 독을 바른 비수로 영정을 암살하기로 모의하였다.
그는 송별연 자리에서 "바람은 소슬하고 역수는 찬데, 장사는 한번 가면 다시 돌아오
지 않으리[風蕭蕭兮易水寒, 壯士一去兮不復還]"라는 짧은 노래를 부르고나서 소년
용사 진무양秦舞陽과 함께 진나라로 떠났다. 진나라 왕궁 진입에 성공한 그는 영정에
게 연나라의 지리를 설명하는 척 하면서 접근하여 암살을 시도했지만 미수에 그치고
죽임을 당하였다.

언제나 돌아올 수있을런지
물어볼 데도 없는데
이 밤에 달은 낮게 드리워지고
봄바람은 세차기도 하구나!

저마다 눈물을 훔친다.

유경정 : (정을 향하여) 아우님, 신세 좀 집시다. 잠시 원수님을 모시도록
하시오 내 바로 짐을 꾸려서 동쪽으로 떠날 테니!
소곤생 : 공자를 구해 하루 빨리 감옥을 나오시기만 바라겠습니다. 그
때 다시 뵙기로 하지요!

모두가 작별인사를 한다. 축이 먼저 퇴장한다.

좌량옥 : 의사로다, 의사야!
원·황 : 장하십니다, 장해요!

아득한 물안개 속에 밤공기도 어두운데
한 통 술이 다하자 나그네는 넋을 놓는구나.
지금까지 장한 지사들 돌아온 적 없더니만
장강 물만 해문(海門)26)으로 밀어닥치겠구나!

---

26) 해문(海門) : 절강성 전당강(錢塘江)의 지명. 자세한 내용은 열두 번째 대목 '무창 입성(投
襄)'의 '해문의 밀물' 각주를 참조할 것.

桃花扇

추모 대제

拜壇

원제는 "배단拜壇"으로, 제단에 절을 올린다는 뜻이다. 이 대목에서는 숭정제崇禎帝 추모제에 참석한 남명南明의 신하들 중 진심으로 황제의 죽음을 애도하며 왕조의 명운을 걱정하는 사가법史可法과는 달리, 완대성阮大鋮과 마사영馬士英은 나들이라도 나온 듯이 희희낙락 하면서 오히려 황비 간택과 가짜 태자 조작사건으로 자신들의 정치적 입지를 강화하고 정적에게 보복하는 데에만 골몰하다가 좌량옥이 출병했다는 급보를 전해 듣고 이를 막기 위해 황득공黃得功의 군사를 끌어들이려고 획책하는 행태를 주로 다루고 있다. 작자는 전반부에서 궁중의 찬례贊禮를 내세워 엄숙한 제사의식을 재현하면서, 한편으로는 적절한 노래 배분을 통해 제사에 임하는 충신 사가법과 간신 마사영·완대성의 상반된 내면심리를 효과적으로 대비시키고 있다.

을유년(1645) 3월

등장인물

> 부말 : 늙은 찬례
>
> 정 : 마사영
>
> 말 : 양문총
>
> 외 : 사가법
>
> 잡 : 문무백관 / 집사관 / 길잡이 / 마씨네 장반
>
> 부정 : 완대성
>
> 기타 : 무대 뒤

부말이 찬례랑贊禮郞으로 분장하고 의관에 흰 수염을 갖춘 채 등장한다.

늙은 찬례 :   〈오소사吳小四〉

그를 보아하니

운명도 기구하여

하북河北 땅 새 보금자리가 절반이나 무너져 버렸는데[1]

보위 이어받은 철부지는 놀고 즐기느라 여념이 없어

원수도 갚지 않고 집안 일으킬 생각도 않는 바람에

집안의 재산들은

종들이 마음대로 챙기누나![2]

---

1) 하북 땅 새 보금자리가~ : 북방이 이미 청조의 판도로 넘어간 것을 두고 한 말이다.
2) 보위 이어받은 철부지~ : 여기에서 '철부지'는 홍광제를, '종'은 마사영과 완대성 일파를 가리킨다.

소생은 태상시太常寺의 늙은 찬례贊禮로, 신악관神樂觀 옆에 살면서 종묘와 황릉의 제의와 관련된 일들을 관장하고 있습니다. 뜻밖에도 세상이 뒤집히는 바람에 새 나라님이 즉위하시어 우리 남경을 중흥시키셨습니다. 올해는 을유년乙酉年으로, 연호를 개칭한 해인지라 집집마다 이를 경하하고 있답니다. 늙은 이 몸은 뱃속에 술 석 잔만 들어가면 요〈수심령隨心令〉3)이나 부를 줄 알지요. 주위 사람들이 날더러 "사람마다 자기 집 문 앞 눈이나 쓸 일이지 남의 집 지붕에 내린 서리는 간섭하면 안 된다各人自掃門前雪, 莫管他人瓦上霜"면서 말리면, 나는 "큰 바람이 불어 오동나무만 쓰러져도 주위 사람들은 이러쿵저러쿵 떠드는 법大風吹倒梧桐樹, 也要旁人話短長"4)이라고 대꾸하곤 한답니다.

(부른다) 애들아, 오늘이 삼월 열며칠이냐?

무대 뒤 :　삼월 열아흐레입니다요

늙은 찬례 :　하이고! 삼월 열아흐레면 바로 숭정 황제 마마 기일이로구나! 어명을 받자오니 태평문太平門 밖에 제단을 마련하고 제사를 지내라며 나를 보내 집례하게 하셨는데 어쩌자고 까먹고 있었담? 빨리 가자, 빨리 가! (간다)

　　　이 산등성이 저 산등성이
　　　이리 뻗어 있고 저리 이어져 있구나.
　　　이 대나무 저 소나무

---

3) 〈수심령隨心令〉: '마음 가는 대로 부르는 노래'라는 뜻으로, 옛날 시골에서 유행하던 짧은 노래를 말하는데, 송원宋元 남희南戱에 사용되는 많은 가락들이 바로 이 짧은 노래들에서 비롯된 것이다. 여기서는 늙은 찬례가 등장할 때 부른 〈오소사吳小四〉를 가리킨다.

4) 큰 바람이 불어~ : 중국 속담으로, 어떤 일이든 간에 제삼자가 끼어들어 참견하기 마련이라는 의미로 사용한다.

여기도 빽빽하고 저기도 무성하구나.

어느 사이에 벌써 제단 앞에 도착했구만. 다행히도 문무백관
이 아직 도착하지 않았으니 서둘러 제사상을 차려야겠다.
(제삿상을 차리고 향·꽃·초·술을 올린다)

정이 마사영으로, 말이 양문총으로 각각 분장하고 소복 차림으로 사람들을 거
느리고 등장한다.

마·양 :   〈보천락普天樂〉
          옛 강산에
          새 그림이 그려지니
          늦은 봄 안개 낀 경치에 사람도 시원스럽기도 하다.
          도성을 나서니
          온 들판이 뽕나무와 모시풀이로구나.
          옛 임금 승하하셨다고 울긴 왜 울어?
          봄나들이 휴가나 낸 셈 치면 될 것을!

외가 사가법으로 분장하고 소복을 입고 등장한다.

사가법 :   이제야 들판 가서 강변서 통곡하며 술잔을 올리지만
          손아귀에 넘치는 피눈물은 아무리 흘려도 끝이 없구나!
          이때에 즈음하여
          하늘께 여쭙나니
          이게 대체 어찌 된 시국이란 말입니까!

서로 대면하고 각자 읍례를 올린다.

마사영 : 오늘이 바로 사종思宗 열황제烈皇帝께옵서 승하하신 날이니 예법에 따라 제단을 마련하고 제례를 올려야겠소이다.

양문총 : 그렇고 말구요.

사가법 : (묻는다) 문무백관은 다 당도했소이까?

늙은 찬례 : 벌써 모두 도착했습니다.

마사영 : 그럼 예배를 올립시다.

부말이 집례하면, 잡이 집사관으로 분장하고 폐백과 술잔을 받쳐 든다.

늙은 찬례 : 집사관執事官은 각자 맡은 일을 진행하시오

배사관陪祀官은 자기 위치로 가시오

대헌관代獻官도 자기 위치로 가시오

(담당 관리들이 모두 지시에 따라 줄지어 선다)

털과 피를 묻으시오!5)

신명을 맞이하시오!

신명께 예배를 올리겠습니다!

엎드리시오!

고개를 드시오!

엎드리시오!

고개를 드시오!

엎드리시오!

고개를 드시오!

엎드리시오!

---

5) 털과 피를 묻으시오[瘞毛血] : 명대에 종묘나 공묘孔廟에 제사를 지낼 때 거치던 의식 절차. 정제正祭가 있기 하루 전에 제물로 올릴 가축을 도살할 때 그 털과 피의 일부분을 정결한 용기에 담아두었다가 정제가 시작되면 찬례관이 "털과 피를 묻으시오" 하는 구령을 외치면 집례자가 그것을 매장했다고 한다.

고개를 드시오!
일어서시오!

각자 예배를 마치고 선다.

늙은 찬례 : 전백례奠帛禮[6]를 올리겠습니다!
　　　　　　제단으로 올라가시오!

정이 홀을 들고 신위 앞으로 간다.

늙은 찬례 : 홀笏을 허리에 끼시오!
　　　　　　제물을 바치시오!
　　　　　　제물을 올리시오!

정이 무릎을 꿇고 제물을 올린 후 머리를 조아린다.

늙은 찬례 : 일어서시오!
　　　　　　홀을 꺼내시오!
　　　　　　축문祝文 읽는 자리로 가시오!
　　　　　　무릎을 꿇으시오!

정이 무릎을 꿇는다.

늙은 찬례 : 축문을 읽으시오!

6) 전백례奠帛禮 : 제사에서 제물인 폐백을 신위 앞에 놓는 것을 가리킨다.

정이 무릎을 꿇고 읽는다.

마사영 :   "때는 바로 을유년, 삼월 열아흐레에,
          황제의 종형제의 몸으로 황위를 계승한 유숭由崧이
          삼가 사종 열황제께 고하나이다.
          문덕을 이어받으시고,
          무공을 이으신,
          황제께옵서 등극하신지 어언 십칠 년째,
          황권이 부진하여,
          나라가 기울어지매,
          황제께옵서 사직을 위해 목숨을 바치시고,
          황후·태자께옵서도 모두 부황과 함께 돌아가셨나이다.
          이 아우 어리석고 재주 없이,
          염치없게도 목숨만 부지하다가,
          신민들의 간청을 좇아,
          남경을 도읍으로 삼고,
          잠시 종宗·묘廟·신神·인人의 주인이 되었사옵니다.
          한 분의 승하를 애통하게 여기고,
          문무백관의 태만을 징치하여,
          조정 정책에 힘쓰고,
          속으로 근심하고 두려워하면서도,
          창을 베고 눕고 눈물을 삼키며,
          중원을 회복할 것을 맹세하였나이다.
          이제 승하하신 기일을 맞이하여,
          삼가 제단7)를 세우고,

---

7) 제단[壇壝] : 옛날 중국에서는 제사를 지내기 위해 쌓는 토대를 단壇, 그 주위에 세우
는 낮은 토담을 유壝라고 불렀다.

관리를 파견하여 제사를 대행하게 하였사온 즉,
추모하옵는 정성을 헤아리시고,
이 소박한 제물8)을 거두시어,
삼가 흠향9)해 주옵소서!"

늙은 찬례 : 모두 곡을 하시오!

　각 관리들이 세 번 곡을 한다.

늙은 찬례 : 곡을 그치시오!
　　　　　엎드리시오!
　　　　　고개를 드시오!
　　　　　제 자리로 돌아가시오!

　정이 원위치로 뒤돌아 내려온다.

늙은 찬례 : 초헌례初獻禮를 올리겠습니다!
　　　　　제단으로 오르시오!

　정이 신위 앞으로 간다.

늙은 찬례 : 홀을 허리에 끼시오!
　　　　　술잔을 바치시오!

---

8) 소박한 제물[蘋蘩之獻] : 여기에서 '빈蘋'은 부평초를 '번蘩'은 산흰쑥을 말한다. 『시
경詩經』의 「채번采蘩」 「채빈采蘋」편에서는 사대부와 제후의 아내가 정성을 다해 제사
를 모시는 모습을 묘사하고 있는데, 여기서도 그 의미를 차용하고 있다.
9) 흠향[尚饗] : '상향尚饗'은 귀신이 제물을 드시라는 의미로, 옛날 제문祭文의 말미에
상용되던 말이다.

술잔을 올리시오!

정이 무릎을 꿇고 술잔을 올린 후 머리를 조아린다.

늙은 찬례 : 일어서시오!
홀을 꺼내시오!
제 자리로 돌아가시오!

아헌례亞獻禮와 종헌례終獻禮를 같은 방식으로 순서대로 진행한다.

늙은 찬례 : 제물을 거두시오!
신명을 전송해 드립시다!
엎드리시오!
고개를 드시오!

같은 방식으로 네 번 절을 올린다.
각 관리들이 찬례랑의 집례에 따라 예배를 마치고 선다.

늙은 찬례 : 독축관讀祝官은 축문을 받쳐 드시오!
진백관進帛官은 폐백을 받쳐 드시오!
각자 매장하는 자리로 가시오!

두 관리가 선다.

늙은 찬례 : 털과 피를 매장하는 것을 경건하게 지켜보시오!
(잡이 축문과 폐백을 태운다)
예배가 끝났습니다!

외가 혼자 큰소리로 통곡을 한다.

사가법:　　　〈조천자朝天子〉
　　　　　　만 리를 불어온 누런 바람이 사막의 모래를 휘몰아 불어오는데
　　　　　　어디서 선황의 얼을 부를꼬?
　　　　　　취화翠華10)의 기치를 떠올려 보건대
　　　　　　메마른 매산煤山11)을 지키는 것은 가지 끝 꽃들 몇 송이뿐이요
　　　　　　저녁 까마귀를 마주하고 보니
　　　　　　강남 땅 절반의 노을만 남았구나!
　　　　　　지난날 선황의 조정에 충성하던
　　　　　　외로운 신하는 이 먼 땅에서 통곡하며 절 올리는데
　　　　　　그야말로 세밑에 조상께 절 드리는 시골 영감 꼴이로다!
　　　　　　그야말로 세밑에 조상께 절 드리는 시골 영감 꼴이로다!

늙은 찬례 : 대감들의 곡소리가 전혀 슬프지가 않으니, 이 늙은 찬례라도
　　　　　　한 바탕 크게 통곡을 해야겠습니다! (한 바탕 대성통곡을 하고 퇴
　　　　　　장한다)

부정이 완대성으로 분장하고 소복을 입은 채 큰소리를 지르면서 등장한다.

완대성 :　　우리 선황이시여, 우리 선황이시여! 오늘이 마마의 일주기
　　　　　　기일이온지라, 옛 신하인 이 완대성이가 이렇게 곡을 하러
　　　　　　달려 왔나이다! (눈을 비비면서 묻는다) 제사는 올리셨습니까?
마사영 :　　방금 예배가 끝났소이다.

---

10) 취화翠華 : 황제의 어가에 꽂던 기치. 여기에서는 그 자체가 숭정제를 가리킨다.
11) 매산煤山 : 북경 자금성紫禁城 근처에 소재한 산. 자세한 내용은 열세 번째 대목 '황제
　　애도哭主'의 '매산' 각주를 참조할 것.

부정이 제단 앞으로 가서 잽싸게 네 번 절을 올리고 곡을 하면서 말한다.

완대성 :　선황이시여, 선황이시여! 마마께옵서 나라가 기울고 옥체를
　　　　　희생하셨으니, 이게 모두 그 놈의 동림당 소인배들 탓이옵니
　　　　　다! 그 잘난 놈들은 이제 죄다 뿔뿔이 다 내빼버리고 겨우 남
　　　　　은 우리 충신 몇 사람만 오늘 마마 생각을 하면서 애도하러
　　　　　왔사온데, 마마께옵서는 어이하여 돌아가시는 순간까지도
　　　　　깨닫지 못하셨나이까!12) (또 곡을 한다)
마사영 :　(말리면서) 완형! 그리 슬퍼할 것 없소이다. 일어나서 읍례나
　　　　　올리시오

부정이 눈을 비비더니 서로 대면한다.

사가법 :　(혼잣말로) 우습구만, 우스워! (작별 인사를 한다) 그럼 이만!

　　　　　연기와 먼지가 삼 리 길을 뒤덮더니만
　　　　　악귀와 요괴가 한통속으로 놀아나누나!

　　　　　(퇴장한다)
마사영 :　우리는 다 도성으로 돌아갈 사람들이니 같이 말을 타고 갑시
　　　　　다!

---

12) 선황이시여~ : 위충현과 객씨가 전횡을 일삼으며 나라에 큰 해악을 남기는 것을 지
　　켜보았던 주유검은 황제로 즉위하자마자 제국 부흥에 뜻을 두어 그 일당을 숙청하고
　　동림당 인사들을 대대적으로 기용함으로써 국정쇄신을 도모하였다. 이 대사는 처음에
　　는 동림당에 속했다가 나중에 변절하여 '엄당'이 되었지만 주유검의 즉위로 결국 정계
　　에서 축출당하고 동림당으로부터 배신자로 손가락질을 받았던 완대성의 속내를 명료
　　하게 보여주고 있다.

옷을 갈아입고 말을 타고 간다. 합창한다.

일동 :　　　　〈보천락普天樂〉
　　　　　　　옥 같은 술을 바치고
　　　　　　　제단 아래서 통곡하며
　　　　　　　소리 놓아 서로 마주하니 누가 진심이고 누가 거짓인지?
　　　　　　　수많은 관리들은 해산하자마자
　　　　　　　길에서 떠들썩하게
　　　　　　　'아름다운 경치 · 좋은 날씨를 만났다'며
　　　　　　　태평스레 흥망을 입에 담는구나.
　　　　　　　돌아가자며 노래하는 모습들이
　　　　　　　마치 봄바람 속에 기수沂水에서 먹을 감는 꼴이니[13]
　　　　　　　강북의 군사 일일랑 물어 무엇 하리오?
　　　　　　　남조南朝에서는 옛적처럼 온갖 풍류 다 누리며
　　　　　　　그저 값을 매길 수 없는 봄 경치만 아쉬워할 뿐인 것을……

　　　　　　(잡이 길잡이를 서서 호령한다)

마사영 :　　벌써 계아항鷄鵝巷[14]에 당도했구만. 우리 집이 멀지 않으니
　　　　　　누추하긴 하지만 뜰로 모란꽃 구경이나 하러 가시는 게 어떻
　　　　　　겠소이까?
양문총 :　　소생은 또 손님을 모셔야 해서 이쯤에서 하직 인사를 드려야
　　　　　　겠습니다. (말이 작별하고 퇴장한다)

---

13) 돌아가자며~ : 『논어論語』 「선진先進」에서는 공자의 제자 증석曾晳이 "늦은 봄에 봄
　　옷 입고 대여섯 성인 · 예닐곱 아이와 같이 기수에서 먹을 감고 무오舞雩에서 바람을
　　쐬더니 도중에 노래를 부르면서 돌아오네"라고 한 말을 적고 있는데, 여기서는 마사
　　영 · 완대성 일당이 제사 올리러 온 것을 마치 봄 나들이라도 나온 것처럼 여기며 희
　　희낙락하는 모습을 비꼬아 이른 말이다.
14) 계아항鷄鵝巷 : 남경의 거리 이름.

완대성 : 그럼 소생이 모시도록 합지요 뭐!

(도착하자 말에서 내린다)

마사영 : 들어가시지요

완대성 : 은사님께서 먼저 들어가셔야지요.

(정이 앞서고 부정이 그 뒤를 따라 뜰로 들어간다)

과연 꽃들이 참 아름답기도 하군요!

마사영 : (분부한다) 어서 술자리를 보도록 해라, 우리는 꽃 감상을 해야
겠다.

잡이 술자리를 마련한다. 정과 부정이 옷을 갈아입고 앉아서 마신다.

마사영 : (큰소리로 웃으면서) 오늘에야 숭정의 옛 조정이 일단락 됐구려!
내일부터는 성상께 어정전御正殿에 오르시도록 소청을 올립
시다. 그리하면 "새 황제와 새 신하[一朝天子一朝臣]"가 되는
셈이 아니겠소이까?

완대성 : 연일 강가에서만 지내다 보니, 조정에 무슨 새로운 소식이
있었는지 궁금합니다.

마사영 : 현안인 가짜 태자 왕지명王之明 문제도 여기서 바로 의논해
처리합시다. 완형에게 무슨 고견이라도 있으신지요?

완대성 : 그 일이야 쉽지요!

마사영 : 어떻게 쉽다는 게요?

완대성 : 은사 재상님의 권세가 조정 안팎을 압도하게 되신 것도 사실
은 바로 "옹립" 덕분 아니겠습니까?

마사영 : 그렇지요, 그래!

완대성 : 바로 "옹립" 두 자…….

〈조천자朝天子〉
그 태자를 틀림없는 진짜라고 인정해 버리면
우리가 옹립한 임금은
어디로 모신단 말씀입니까!

마사영 : 그렇지, 그래! 태자는 당장 감금해 버려야겠군요! 민심을 어지럽히면 안 되지! (묻는다) 또 하나 (…) 전 왕비 동씨童氏가 조문朝門에서 통곡을 하면서 정궁 황후로 맞아들여 달라고 요구하는데……. 이 문제는 어떻게 처리한다지요?

완대성 : 그건 더더욱 안 되지요!

예로부터 이르길
'군왕은 미인을 탐한다' 했습니다.
미인 팔에 깁을 싸매서
일단 간택해 맞아들인 후
황후 마마 중매나 서야지요.[15]

마사영 : 그렇군요, 그래! 내가 벌써 딴 사람을 물색해 놨으니 동씨는 당연히 입궁시키면 안 되지! (또 묻는다) 동림당과 복사의 무리는 체포해서 도성으로 압송해 왔는데 어떻게 심문해야 할는지…….

완대성 : 그 놈들은 태생적으로 우리와는 원수지간이온데 어찌 관용을 베풀겠습니까?

15) 팔에 깁을 싸매서~ : 진나라 무제[晉武帝]는 미녀를 고를 때 자색이 뛰어나면 그 팔에 붉은 깁을 매어 표시를 했다고 한다. 여기서는 일단 미녀들부터 골라 들이고 황후 지명은 황제에게 맡기자는 의미이다.

절대로 풀 자르면서 싹을 남기지 마시고
찾는 족족 모조리 죽여야지요!
찾는 족족 모조리 죽여야지요!

마사영 :   (큰소리로 웃으면서) 일리가 있소, 일리가 있어! 의미심장한 말
        씀이 구구절절 다 내 뜻과 같구려! 큰 잔을 가져오게, 즐거운
        마음으로 석 잔만 마셔야겠다.

    잡이 장반으로 분장하고 상소문을 들고 황급히 등장하여 고한다.

장반 :   영남후 좌량옥이 통정사通政司16)에 상소를 올렸사옵니다요!
        이건 내각에서 보낸 보고서이온데, 읽어 보십시오
마사영 :   (받더니) 그 자가 무슨 상소를 할 게 있다고……
        (상소문을 보더니 성을 낸다) 허허! 허참, 기가 차서……. 바로 우
        리를 지목한 상소로군! 이 상소문에서 우리의 일곱 가지 대
        죄를 열거하고 당장 처분을 내리라고 성상께 으름장을 놓았
        구려, 참으로 괘씸도 하다!

    잡이 또 문서를 들고 황급히 등장한다.

장반 :   또 공문이 하나 있사온데, 인편으로 부쳐온 것입니다요
마사영 :   (받아 보고 놀라면서) 이건 또 우리를 성토하는 격문이군! 여기
        서는 우리를 가차 없이 매도할 뿐만 아니라 군사를 동원하여

---

16) 통정사通政司 : 명대에 설치된 통정사사通政使司는 그 수장을 통정사通政使라고 하는데
    때로는 통정사·은대銀臺로 불리기도 한다. 통정사는 경직京職·외직外職의 각급 관리
    들의 상소문이나 신하들이 올리는 비밀 장계 등에 관련된 업무를 관장했는데, 그 제도
    가 청대까지 승계되었다.

우리 목을 치러 달려오겠다는데……. 이를 어쩐다지요?

완대성 : (놀라 일어서더니 부들부들 떨면서) 무섭군요, 무서워! 다른 건 다 방법이 있는데…… 이건 당최 방법이 없는 걸요?

마사영 : 설마 놈이 베러 올 때까지 목을 내밀고 기다려야 하는 건 아니겠지요?

완대성 : 제가 생각 좀 해 보겠습니다. (생각하더니) 다른 방법이 없군요. 속히 황득공과 유씨 형제 세 진영의 군사를 이동시켜 막는 수밖에요.

마사영 : 만일 강북의 청나라 군사가 황하를 건너기라도 하면 누가 적을 막는단 말이요?

완대성 : (정의 귀에 대고) 북쪽 군사가 밀려온다고 막을 필요야 있습니까?

마사영 : 적을 막지 않고 또 무슨 방법이 있소이까!

완대성 : 두 가지 방법밖에 없습니다.

마사영 : 말해 보시오!

완대성 : (관복 앞자락을 들면서) 내빼든지 (…) (이어서 무릎을 꿇더니) 투항하든지 ……

마사영 : 그것도 맞는 말씀이요. 당당한 사나이 대장부로서 (…) 차라리 북쪽 군사들 군마 앞에 머리를 조아리는 한이 있어도 절대로 남쪽 역적들 칼에 죽을 수는 없지! 내 뜻은 이미 정해졌으니 즉시 병부兵符를 발동하여 세 진영의 군사를 이동시킵시다! (생각하더니) 잠깐만 …… 명분도 없이 이동시키면 서 진영이 움직이려고 할 턱이 없는데 …… 이걸 어쩐다?

완대성 : 그냥 좌가의 군사가 쳐들어와서 노왕潞王[17]을 감국監國으로 옹립하려고 든다고만 하셔도 세 진영에서는 난리가 날 겝니다.

마사영 : 그래, 그렇구만! 그럼 완형이 직접 수고 좀 해 주시오 (합창한다)

---

17) 노왕[潞藩] : 노간왕潞簡王 주익류朱翊鏐의 왕세자 주상방朱常淓(1608~1646)을 가리킨다. 자세한 사항은 스물다섯 번째 대목 '배우 선발選優'의 '노왕' 각주를 참조할 것.

마·완 :　　〈보천락普天樂〉
　　　　　　병부를 발동하여
　　　　　　날쌘 말 타고
　　　　　　강 넘어 어서 황가와 유가에게 어가를 지키라 설득합시다.
　　　　　　한 배를 탄 처지이니
　　　　　　키 또한 같이 잡아야만
　　　　　　일신과 가문의 목숨을 지킬 수가 있나니!
　　　　　　우리는 놀라고 무서워서 이러는 게 아니라네
　　　　　　백만의 정예 군대가 공중에서 쏟아져 내려
　　　　　　한 순간에 도성과 궁궐 공격하기라도 한다면 어찌 당해낼 수 있
　　　　　　겠나?
　　　　　　그저 쇠사슬로 장강을 차단하고
　　　　　　힘센 활 당겨 싸워 주기만 바랄 뿐이네.

완대성 :　　은사 재상 각하, 소생 즉시 출발하겠습니다!
마사영 :　　잠깐만! 은밀히 드릴 말씀이 한 마디 더 남았소이다. (귀에 대
　　　　　　고) 내각의 고홍도高弘圖와 강왈광姜曰廣은 역도들을 비호한 죄
　　　　　　목으로 진작 다 파직시켰지만, 주표와 뇌연조 두 놈은 감옥
　　　　　　에 남겨 뒀다가는 내통을 할까 우려되니 조속히 처리하는 게
　　　　　　어떻겠소?
완대성 :　　지당하신 말씀이십니다, 지당하고 말구요!
마사영 :　　(두 손을 모으면서) 그럼 멀리 안 나가겠소이다. (바로 퇴장한다)
　　　　　　(부정이 나간다)
장반 :　　(고한다) 격문을 전한 사자가 이리로 끌려와 있사오니, 처분을
　　　　　　내려 주십시오
완대성 :　　처분은 무슨 처분인가? 형부로 압송해서 어명에 따라 처단하
　　　　　　면 그만이지!

(말을 탔다가 내리려고 한다)

(생각에 잠겼다가) 일단 경솔한 짓은 삼가야지. 내가 보기엔 황 득공과 유씨 형제 세 진영은 좌가가 이끄는 군사의 적수가 되지 못할 게다. 만일 두 놈 목을 쳤다가 좌가가 들이닥치기 라도 한다면 나중에 돌이키기도 어렵게 돼.

(부른다) 이보게 사령. 자네는 냉큼 진무사鎭撫司로 달려가 풍 대감을 뵙고 격문을 전한 이 자를 잘 지키라 이르게! (잡이 대 답하고 퇴장한다)

하마터면 큰일을 망칠 뻔했구만! (말을 타고 서둘러 떠난다)

완대성 :   강남도 강북도 매사가 삼 가닥처럼 헝클어져
           반은 유가에게 의지하고 반은 완가한테 기대는구나.[18]
           삼면의 바둑이 비길 거라곤 장담하지 말자꾸나.
           남서쪽 바둑알이 판을 깰지도 모를 일이니[19]……

---

18) 반은 유가에게~ : 여기에서 '유가劉家'는 당시 강북에 주둔하고 있던 유량좌·유택 청 두 진영을, '완가阮家'는 완대성을 가리킨다.
19) 삼면의 바둑이 비길 거라고는~ : '삼면의 바둑'이란 북방에 대한 군사적 대처를 두 고 한 말이며, '남서쪽 바둑알'이란 군사를 동원하려는 움직임을 보이는 좌량옥을 두 고 한 말이다.

서른세 번째 대목

옥중 해후

會獄

원제는 "회옥會獄"으로, 감옥에서 화합을 가진다는 뜻이다. 이 대목에서는 역적으로 몰려 투옥된 후방역侯方域이 밤중에 진정혜陳定慧·오응기吳應箕와 함께 산책을 하며 신세 한탄을 하던 중 이웃한 감방에서 세 사람의 대화 소리를 듣던 유경정柳敬亭과 극적으로 해후하고, 그를 통해 좌량옥左良玉이 간신 응징을 위한 군사를 일으킨 일과 암울한 정치 상황, 왕조의 명운을 화제로 오랜만에 화기애애한 옥중 정담을 나눈다는 내용을 다루고 있다. 작자는 등장인물마다 독창을 안배하면서도 군데군데 적절하게 합창을 배치함으로써 장엄하고 비장한 분위기를 효과적으로 연출해내고 있다.

을유년(1645) 3월

등장인물

> 생 : 후방역
>
> 말 : 진정혜
>
> 소생 : 오응기
>
> 축 : 유경정
>
> 정 : 옥리
>
> 잡 : 교위
>
> 기타 : 산발을 한 죄수

생이 해진 옷을 입고 슬픈 표정으로 등장한다.

후방역 :   〈매화인梅花引〉

상전벽해 다 겪은 옛 느티나무

차가운 안개에 싸인 채

허물어진 담장 곁에 기대어 서 있는데

봄바람 불던 끝에

이제서야 이 어두운 뜨락에 녹음을 가져다주는구나.[1]

마음 알아주는 두 벗이 늘 그림자처럼 따르지만

새로운 한을 하소연하려 한들

술값은 또 누구한테 빌린단 말인가!

---

1) 봄바람 불던 끝에 ~ : 봄이 감옥에 대단히 늦게 찾아왔다는 의미로 사용되고 있다. 여기서 '어두운 뜨락[幽院]'이란 감옥을 말한다.

소생 후방역, 감옥에 갇혀 지낸 지가 어언 반달이나 되었습니다. 증인이 없어서 잠시 구금된 채로 심문을 기다리는 중입니다만, 다행히 지인과 같이 지내다 보니 그나마 적적하진 않군요. 저것 봐라? 달빛이 담장을 넘어 몽롱하게 회나무 그림자를 비추는군요. 어디 빈 뜰이나 좀 거닐어 볼까?

〈특특령式弋令〉
파르라니 밝은 달빛 온 하늘에 가득하고
처참한 울음소리가 온통 널렸는데
담장 구석의 새 귀신이 피 흘리며 와서 하소연하누나.
'내 그와는 죽어서도 원수를 같이 하고
살아서도 원한을 함께 하리라'며
컴컴한 감옥 속에서
한밤중에 눈을 허옇게 치켜뜨네.[2)]

혼자 한참을 서 있었더니 별안간 머리털이 곤두서는 것이 무섭기도 하구나! 진형과 오형 두 분을 깨워 같이 이야기나 나누어야겠다. (부른다) 진형, 일어나십시오! (또 부른다) 오형, 주무십니까? (말과 소생이 눈을 비비면서 나온다)

진정혜 :   〈윤령尹令〉
          달 높고 북두성도 위치를 옮긴 이 야심한 시각에

---

2) 한밤중에 눈~ : 진대晉代에 '죽림칠현竹林七賢'의 한 사람이었던 완적阮籍은 싫어하는 사람을 만나면 흰 눈을 흘겨서 상대를 외면하고 좋아하는 사람을 만나면 검은 눈동자를 보이면서 반겼다고 한다. 여기에서 '허연 눈[白眼]'이란 눈의 흰자위 부분을 말하는 것으로, 이때부터 사람을 싫어하여 흘겨보거나 냉정한 눈으로 바라보는 것을 '백안시白眼視'라고 말하게 됐다고 한다. 여기서는 원래의 고사와는 상관없이 '컴컴한 감옥[黑獄]'과 대구를 이루기 위해 사용한 것으로 보인다.

어이하여 홀로 덩그런 뜰을 거닐며

한가롭게 이슬 자국 밟고 다니시오?

오응기 : 시름일랑 잠시 던져둡시다

오만 가지 사연을 누구 보고 하소연 하리까?

진·오 : (대면한다) 후형, 웬일로 여태 쉬지 않으셨소이까?

후방역 : 다들 이 컴컴한 감옥에서 지내느라 삼월 달 꾀꼬리며 꽃3)조
차 조금도 구경 못하던 참에, 그나마 밝은 보름달이라도 와
서 비추고 있으니, 왜 이 광경을 포기하고 잠만 자고 있을 수
는 없지요!

진정혜 : 그렇습니다! 같이 가서 달구경이나 좀 합시다. (간다)

후방역 :   〈품령品令〉
'억울하다'는 소리 옥 안에 가득하고

쇠사슬은 밤중에도 몸을 휘감고 있지만

세 사람이 달 아래를 함께 걷노라니

이 몸이 하늘을 나는 신선처럼 가볍구려.

한가하게 시간을 보내나니

글월이 천박하다 타박하지 마소.

지금까지 영웅호걸들

모두 이 안에서 단련되었나니…….

마치 가시 둘러쳐지고 잠겨진 뜨락에서

서로 방만 달리 한 채 시편을 교정하는 듯하오이다.4)

---

3) 삼월 달 꾀꼬리며 꽃[三月鶯花] : 양梁나라 구지邱遲가 쓴 「진백에게 주는 글[具陳伯
之書]」의 "늦은 봄 삼월이면, 강남에는 풀이 길어지고, 온갖 꽃들이 나무에 피며, 뭇
꾀꼬리들이 어지러이 난다네[暮春三月, 江南草長, 雜花生樹, 群鶯亂飛]" 부분을 차
용한 것으로, 여기서는 강남의 아름다운 봄경치를 나타내는 말로 사용되고 있다.

4) 마치 가시 둘러쳐지고~ : 옛날 과거시험에서는 부정행위를 방지하기 위해 시험장

축이 유경정으로 분장하고 칼과 쇠사슬을 찬 채 등장한다.

유경정 : 전장의 말들은 어디로 달아나고
현자 · 호걸들만 태반이 이리로 오셨는고?

나 유경정, 감옥으로 끌려와 첫날밤을 맞이하고 보니 참으로
안쓰럽구나! (한숨을 쉬면서) 휴우! 방금 잠이 드나 싶었는데 또
뒤가 마렵구만. 허리띠를 풀어줄 사람이 없으니 참 환장하겠
구나!
(쪼그려 앉아서 듣더니) 저 쪽에서 누가 이야기를 나누나? (…) 후
상공 목소리 같은데 …… 어디 보자? (일어나서 보다가 놀라서)
정말 후 상공이구만! (부른다) 당신은 후 상공이십니까?

후방역 : (알아보고 놀라면서) 이제 보니 유경정이셨구려!

진 · 오 : 유경정이 어째서 여기에 와 계신단 말씀이오?

유경정 : (알아보고는) 진 상공, 오 상공! 웬일로 여기에 다 계십니까?
(손을 들더니) 나무아미타불! 이 역시 "불전에서의 기이한 인연
[佛殿奇緣]"5)인 셈이올시다 그려!

후방역 : 놀랍군요, 놀라워! 다 같이 땅바닥에 앉아서 이야기나 나눕
시다!

함께 앉는다. 합창한다.

주위에 가시나무를 꽂고 안팎의 문을 모두 잠갔다. 이와 함께 과거 시험장을 내렴內廉
과 외렴外廉으로 나누고, 내렴의 관리는 답안지를 교열하고 외렴의 관리는 과거를 진
행 · 감독하였다. 여기에서는 감옥에 갇힌 자신들의 처지를 시험장의 감독관에 빗대어
말하고 있다.
5) 불전에서의 기이한 인연 : 원대 극작가 왕실보王實甫가 지은 〈서상기西廂記〉에서 장생
張生이 보구사普救寺 불전에서 앵앵鶯鶯을 마주친 장면을 두고 한 말로, 통상적으로 이
대목은 '불전에서의 기이한 만남[佛殿奇逢]'으로 불린다.

일동 :　　　　〈두엽황豆葉黃〉

　　　　　　　타향서 지인을 만났어도

　　　　　　　각별한 인연이라 하기 어려운데

　　　　　　　만 겹의 깊은 산조차 가로막은 이 담장 안에서

　　　　　　　왕년의 지인을 만나게 될 줄이야!

　　　　　　　온 몸의 피로조차 다 잊어버리고

　　　　　　　웃으며 둥근 달을 바라보고 있노라니

　　　　　　　이거야말로 무릉도원에

　　　　　　　이거야말로 무릉도원에

　　　　　　　난리 피해 들어온 진나라 적 사람들이

　　　　　　　고기잡이배에서 함께 이야기를 나누는 격이로세!

후방역 :　유옹, 무슨 죄를 지으셨길래 칼을 쓰고 쇠사슬까지 휘감은 채 이토록 고초를 당하십니까!

유경정 :　저는 아무 죄도 짓지 않았답니다. 그저 상공께서 감옥에 갇혀 계신다면서 소곤생이 멀리 영남후에게까지 달려와 구명을 간청했기 때문이지요. 좌원수께서도 크게 분노하시며 그날 밤으로 상소문을 써서 마사영과 완대성을 탄핵하셨지요. 그리고는 격문까지 내어 절더러 전하라고 당부하시면서, 곧 군사를 동원해 역적을 토벌하겠다고 하십디다. 마사영과 완대성은 겁이 나서라도 자기들 손으로 상공을 석방하게 될 겁니다.

　　　　　　　〈옥교지玉交枝〉

　　　　　　　영남후께서 병변을 일으키셨으나

　　　　　　　격문을 전할 수 있는 이가 없을 듯싶더군요.

　　　　　　　끓는 물·타는 불에 뛰어들기를 제가 자청한 것도

　　　　　　　오로지 선비들께서 해코지 당하셨기 때문이었답니다.

백발이어도 뜻은 높고 가난해도 심지는 굳으니
온 몸을 칼이며 쇠사슬로 휘감았다 한들 내 무엇을 탓하리요?
장군 도와 폭정을 없애고 원한을 풀어 드리오리다.
장군 도와 폭정을 없애고 원한을 풀어 드리오리다.

후방역 : 유옹께서 낭패를 당하신 게 바로 소생 때문인 줄은 몰랐군
         요 소옹께서 멀리까지 가서 구명을 간청하셨다니 더더욱 놀
         라울 따름입니다. 정말 감격스럽습니다.
진정혜 : 그렇지만, 좌원수의 군사가 들이닥치면 우리들이 도리어 목
         숨을 보전할 수 없게 될까 걱정입니다.
오응기 : 정말 그렇습니다! 영남후는 제대로 배우지 못해 대처 방법이
         없을 텐데, 어찌 수습할는지…….

　　모두가 길게 한숨을 쉰다. 정이 옥리로 분장하여 패찰을 들고, 잡은 네 명의
교위로 분장하여 등불을 켜고 오랏줄을 든 채 황급히 등장한다.

옥리 :   사방에는 원혼들만 가득하고
            삼경에 옥리만이 존귀하다네.

            형부刑部에서 중요인물들을 내일아침에 처단해야 하니 냉큼
            가서 결박하라!
교위들 :   누구를 결박하오리까?
옥리 :   패찰에 이름이 있지. (보더니) 역적 주표와 뇌연조6) 두 놈이로
            군.

---

6) 역적~ : 남명 조정에서 여대기呂大器 · 강왈광姜曰廣이 노왕潞王을 옹립할 계획을 세
　우고 주표와 뇌연조에게 모의하게 했는데 이때 복왕을 지지하던 마사영과 완대성은
　그들이 좌량옥 진영의 군사행동을 부추겼다고 무고하여 옥중에서 죽게 만들었다.

잡이 등불을 들고 생·말·소생·축의 얼굴을 비춰 본다.

교위들:　　이 자는 아니고 (…) 이 자도 아니군.
옥리:　　　(호통을 치면서) 너희들은 상관없으니 다들 비켜라!

정이 잡을 데리고 서둘러 퇴장한다. 말이 조용히 묻는다.

진정혜:　　누구를 결박한다고 합디까?
오응기:　　주표와 뇌연조를 결박하라는 것 같더군요.
후방역:　　정말 깜짝 놀랐습니다그러!
유경정:　　좀 더 두고 봅시다.

정이 패찰을 들고 앞서 가고, 잡이 맨몸에 산발을 한 두 사람을 등짐을 지워 결박해서 끌고 서둘러 퇴장한다. 생이 그 광경을 보느라 얼이 나가 있다.

진정혜:　　정말 주중어周仲馭·뇌개공雷介公 두 분이시군요!
오응기:　　저들은 우리의 귀감이시거늘…….

후방역:　　〈강아수江兒水〉
　　　　　　명이괘明夷卦[7]가 나와
　　　　　　만사가 모두 뒤집히니
　　　　　　올바른 사람이 참혹하게 해코지를 당하고 하늘이 무너져 내리는
　　　　　　구나!

---

7) 명이괘明夷卦: 팔괘八卦에서 이離는 해를 대표하고 곤坤은 땅을 대표한다. "이가 아래에 있고 곤이 위에 있다[離下坤上]"는 것은 해가 땅 속으로 들어가 빛이 손상을 입는 것을 나타낸다 하여 이를 '명이괘'라고 부르는데, 일반적으로 혼군昏君이 재위하여 현자가 뜻을 얻지 못하는 징조를 나타낸다.

편지가 날아와도 아무도 보는 이조차 없는데
삼경 오밤중에 묶어가서 혹형을 가하니
내가 놀라서 간담이 다 서늘해지누나!

합창한다.

일동 :   땅은 칠흑 같고 하늘은 어둡기만 하시니
            이 같은 운명을 피하기는 어렵겠구나.

후방역 :   (축에게 묻는다) 그건 그렇고, 바깥에 또 어떤 소식이 있던가요?
유경정 :   갑작스레 오느라 알아보진 못하고, 그냥 교위들이 사람 잡으
            러 다니느라 바쁜 것만 봤을 뿐입니다.
진·오 :   (묻는다) 또 누구를 잡아가던가요?
유경정 :   순안 황주, 독무 원계함, 대금의大錦衣 장미, 그 밖에도 공자
            와 수재秀才 몇 사람이 더 있는데……. 기억이 잘 안 나는군
            요.
후방역 :   생각 좀 해 보십시오.
유경정 :   (생각하더니) 사람이 하도 많아서요. 잘 아는 몇 분만 기억할
            뿐이지요. 모양冒襄이니 방이지方以智8)니 유성劉城, 심수민沈壽
            民, 심사주沈士柱, 양정추楊廷樞9) 같은…….
진정혜 :   그렇게 많다니!
오응기 :   조만간 우리 감옥 안에서 성대한 백일장이 열리겠습니다 그려!
후방역 :   그것도 재미있겠군요.

_____

8) 모양冒襄이니 방이지方以智 : 모양은 모벽강冒辟疆을, 방이지는 방밀지方密之를 말한다.
  두 사람에 관한 보다 자세한 사항은 네 번째 대목 '공연 염탐偵戲'의 각주 '모벽강'과
  '방밀지'를 참조할 것.
9) 유성·심수민·심사주·양정추 : 앞서 등장하는 오차미吳次尾와 함께 '복사의 다섯
  수재[復社五秀才]'로 불린다.

〈천발도川撥棹〉
감옥 안이
졸지에 영주瀛洲의 한림원10)이 되겠구나!
백일장 그림을 그려 내걸면
백일장 그림을 그려 내걸면
귀양 오신 신선11)님네들 어지러운 풍진 세상 피해 오시겠지.

합창한다.

일동 :   봄 달을 즐기고
         꾀꼬리 소리 함께 들으며
         가을 바람을 느끼고
         매미를 함께 노래하세.12)

유경정 : 세 분 상공께서는 어느 방에서 지내십니까?
후방역 : 모두 '황荒'자 방에 있답니다.
진정혜 : 유옹께서는 어디에 계십니까?
유경정 : 바로 요 뒤 '장藏'자 방에 있지요.
오응기 : 앞뒤로 서로 가까워서 조석으로 이야기 나누기도 좋겠군.
후방역 : 우리야 그나마 '연금'인 셈이지만 유옹께서는 거의 중죄인과

---

10) 영주의 한림원[瀛洲翰苑] : 영주瀛洲는 신선이 산다는 전설 속의 산이며, 한원翰苑은
   한림원을 가리킨다. 당나라 태종[唐太宗]은 문학관文學館을 세우고 어진 인재들을 불
   러 모았는데, 당시 사람들은 이렇게 초빙된 인재들을 두고 "영주에 갔다[登瀛洲]"면서
   선망해 마지않았다고 한다.
11) 귀양 오신 신선[謫仙] : 원래는 폄적되어 속세로 떨어진 신선을 가리키지만, 때로는
   동방삭東方朔이나 이백李白처럼 재능이 출중한 문인들을 부르는 말로 사용되기도 하였다.
12) 매미를 함께 노래하세[詠蟬] : 당대 시인 낙빈왕駱賓王은 억울하게 감옥에 갇혔을 때
   「재옥영선在獄詠蟬」이라는 시와 서문을 써서 자신의 결백함을 주장했다고 한다. 여기
   서는 감옥에 갇힌 사람 모두가 결백하다는 사실을 두고 한 말이다.

진 배 없군요!

유경정 : 나무아미타불! 형틀에 묶이지 않은 것만 해도 감지덕지해야
할 판이올시다! (시늉을 해 보이면서)

〈의부진意不盡〉
두 손을 높이 모았으니 예의 차리기에 문제없고
팔이 굽혀져 있으니 베개로도 제 격이올시다.
다만 오늘 밤 아쉬운 게 있다면,
잠 잘 때 등 긁어 줄 긴 손톱의 마고麻姑[13]할멈이 빠졌다는 것뿐.

유경정 : 서로 만나고 보니 참으로 섬 안의 신선들 같구나.
진정혜 : 팔천 리 길 밖의 바람 · 파도조차 단절되어 있는 듯
오응기 : 외진 곳에 있노라니 고고함을 지키기도 딱 좋고
후방역 : 하늘이 비었으니 달이 둥글어져도 아무 걱정 없다네.

---

13) 긴 손톱의 마고[長爪麻姑] : 중국 전설에 의하면, 신선인 마고는 모주牟州 남동쪽의
고여산姑餘山에서 도를 닦았다고 한다. 동한東漢시대에 신선 왕방평王方平이 채경蔡經의
집에 강림하여 마고를 불렀는데, 채경이 그녀를 살펴보니 용모도 아름답고 나이도 열
여덟 정도밖에 되지 않아 보이는데 손은 새 발톱 같기에 속으로 저런 손으로 등을 긁
으면 참 시원하겠구나 하고 생각했다고 한다. 여기서는 감옥에 갇혀 손발을 제대로 부
릴 수 없게 된 유경정이 농담 삼아 한 말이다.

서른네 번째 대목

판기 기습

截磯

원제는 "절기截磯"로, 판기坂磯에서 기습을 한다는 뜻이다. 이 대목에서는 간신배를 몰아내기 위해 군사를 일으켜 판기에 당도한 좌량옥左良玉이 마사영·완대성의 사주를 받은 황득공黃得功의 기습을 받고 소곤생蘇崑生을 보내 그를 설득하려 하지만 아들 좌몽경左夢庚이 구강九江에서 병변을 일으켰다는 급보를 전해듣고 비명에 횡사하는 바람에, 모처럼 일으켰던 군사들은 뿔뿔이 흩어져 버리고 소곤생만 홀로 남아 좌량옥의 시신을 지킨다는 내용을 다루고 있다. 작자는 숭정제의 신하(구파) 좌량옥과 홍광제의 신하(신파)인 황득공을 전면에 내세워 양자의 성격과 내면 심리를 대비시키면서 신·구세력 간의 권력 암투를 잘 반영하고 있다.

을유년(1645) 4월

등장인물

  정 : 소곤생

  말 : 황득공 ⟹ 황주

  잡 : 황득공 병졸 / 좌량옥 군사 / 원계함 하인 / 파발꾼

  부정 : 전웅

  소생 : 좌량옥

  외 : 원계함

정이 소곤생으로 분장하고 등장한다.

소곤생 : 남북이 쪼개져 세 발 솥을 이루니

     천하가 양대 군사를 움직이누나.

     나 소곤생, 후공자 구명을 위해 좌원수를 자극하여 동쪽으로
     출병하게 했고, 순안 황주黃澍·순무 하등교何騰蛟와도 같은
     날 출발하기로 했습니다. 오늘은 배를 구강九江에 정박시키
     면 속히 독무 원계함袁繼咸에게 알려 전원을 호구湖口[1])에 집
     결시킨 후 남경 진입을 위한 계책을 상의하려고 했지요. 그
     런데 뜻밖에도 마사영과 완대성이 이 소식을 듣고 황득공黃
     得功을 이동시켜 판기에서 우리를 막게 했다는군요. 저것 보
     게? (…) 이리 연기[2])가 사방에서 일어나는 것이 낌새가 좋지

---

1) 호구湖口 : 지금의 강서성江西省 호구현湖口縣으로, 명청대에는 구강부九江府에 속하였다.
2) 이리 연기[狼煙] : 일설에 따르면, 이리의 똥을 태우면 그 연기가 공중으로 수직으로

않습니다. 공자 좌몽경左夢庚이 나가 대적하고 있으니 나는 일단 종군하면서 정보나 알아봐야겠습니다. 그야말로

땅 꺼지고 하늘 무너지는 날이요
용 싸우고 범 다투는 때로구나.

(퇴장한다)

무대에 노궁 발사대를 설치하고 대포를 가설한 다음 쇠사슬로 강을 가로막는다. 말이 황득공으로 분장하고 갑옷 차림에 쌍편을 든 채 군졸을 이끌고 등장한다.

황득공 :   〈삼대령三臺令〉
           정벌과 전쟁으로 남북을 오가며 쉴 겨를조차 없건만
           이웃 나라와 담장 안에는 온통 원수들뿐이로구나.
           강주江州3) 겨냥한 대포를 설치하였으니
           전함을 맞히기만 하면 갑옷 챙겨 뒷걸음질을 칠 테지.

나 황득공은 자가 호산虎山으로, 가슴 가득한 충성심과 세상에 자자한 명성으로, 우리 홍광 황제 마마와 함께 이 만 리 강산을 수복하려 한다. 그런데 통탄스럽게도 유가 형제는 이렇다 할 전공조차 세우지 못하고, 좌가는 내내 치명적인 우환거리가 되고 있다. 지금 장강 수비를 책임진 병부상서 완 대감의 병부兵符를 받자오니, 날더러 판기로 이동하여 좌가놈을 막으라 하는데, 이거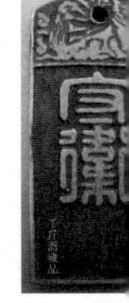

상승하여 바람이 불어도 흐트러지지 않는다고 한다. 때문에 고대에는 외적이 침입하면 변방 진지에서 이리 똥을 태워 급보를 알렸다고 한다. 여기서는 사방에서 전쟁이 벌어지고 있는 것을 두고 한 말이다.
3) 강주江州 : 지금의 강서성 구강현九江縣.

정말 보통 일이 아니지 않은가! (부른다) 가장家將4) 전웅田雄은 어디에 있는가?

전웅 :　대령이요!

황득공 :　어서 전군에게 내 명령을 들으라 전하게.

군졸들이 늘어서서 함성을 지른다.

〈산파양山坡羊〉

사납게 감히 군왕을 협박하는 괴수와

제멋대로 군왕께 반발하는 떼도적들

연약하고 기운조차 없으신 지존至尊 마마하며

시끌벅적 당쟁이나 일삼는 조정의 지인들…….

오로지 우리 진영만이 강을 지키며

밀려드는 북녘 전마들을 막고 있을 뿐인데

별안간 누선樓船이 포구로 진입한다는 기별이 들어오누나.

용맹스런 정예들

깃발 펄럭이며 상류를 제압하고

창·방패 든 군사들

봉화 연기 전하며 하류를 막고 있노라.

황득공의 군졸들이 누대에 오른다. 잡이 좌량옥의 군사로 분장하고 백기에 소복을 입은 채 고함을 지르면서 배를 몰고 등장한다. 황득공의 군졸들이 기습해서 활을 쏜다. 좌량옥의 군사들이 패하여 물러간다. 황득공의 군졸들이 쫓아서 퇴장한다. 소생이 좌량옥으로 분장하고 갑옷에 흰 투구·흰 갑옷을 착용한 채 배를 타고 등장한다.

---

4) 가장家將 : 부호나 사대부의 집안에서 사적으로 고용한 장수.

좌량옥 :　　〈전강前腔〉

간신을 위해 사사로운 원수 갚는 걸桀·주紂5)에다

어리석은 군왕에게 아부하며 거들먹거리는 분칠 한 노추6)들.

북쪽 조정에 투항해 그들 말에게까지 머리 조아리는 백이·숙제7)와

당요唐堯에게 짖어대며 시키는 대로 따르는 세 마리 개들8)!

내 만년토록 오명 뒤집어 쓸 각오로

선황 향한 한 조각 충성심도 떳떳하게

서둘러 태자 마마의 원한을 풀어 드리고자 하느니

부끄럽지 않도다

최후까지 영웅으로 남는 것이.

돌이키기 어렵구나

떠들썩하게 동쪽으로 향하는 배들을……

나 좌량옥, 군사를 이끌고 동쪽으로 출병한 것은 오로지 간

---

5) 걸桀·주紂 : 하나라의 걸[夏桀]과 상나라의 주[商紂]는 두 왕조의 마지막 임금으로 모두가 유명한 폭군이었다. 여기서는 홍광제를 두고 한 말이다.

6) 분칠한 노추[花醜] : 중국 고전극에서는 하얀 분으로 분장하는 것을 화면花面 또는 화검花臉이라고 부르는데, 주로 조조曹操 등과 같이 사악하고 잔인한 간신 역할을 맡는 배우들이 이렇게 분장한다. 여기서는 마사영과 완대성을 가리키며, 이 두 인물은 실제로 하얀 분칠을 하고 무대에 등장하는 것이 보통이다.

7) 백이伯夷·숙제叔齊 : 상대商代에 고죽국孤竹國 군주의 아들 백이와 숙제는 주나라 무왕周武王이 상나라 주왕[商紂]을 정벌하려 하자 무왕이 탄 말 고삐를 붙잡으면서 병력을 되돌릴 것을 간청했다가 무왕이 결국 상나라를 멸망시키자 주나라의 곡식은 먹지 않겠다면서 수양산首陽山으로 들어가 고사리를 캐어 먹다가 죽었다고 한다. 엄밀하게 보자면 이 장면에서 백이·숙제의 전고를 든 것은 말 앞에서 머리를 조아렸다는 점에 착안하여 당시 청나라 조정에 투항한 남명 신하들을 풍자하기 위한 의도로 보이지만 그다지 적절해 보이지는 않는다.

8) 당요에게 짖어대며~ : 걸왕의 개가 주인을 위해 인덕을 갖춘 군주인 요 임금을 향해 짖는다는 의미로, 여기에서는 무능한 홍광제에게 어리석은 충성을 하는 황득공과 유씨 형제를 두고 하는 말이다.

신들을 제거하고 태자 마마를 구하기 위해서였다. 그런데 뜻
밖에도 자식놈 몽경이가 이 틈을 타 성채를 공격하고 경망스
럽게도 성을 점령하려 했다. 내가 벌써 몇 번이나 엄하게 꾸
짖기는 했지만, 난병들의 꼬드김에 넘어가 장차 또 사단을
낼까 걱정이구나. 일단 판기坂磯부터 건너고 나서 천천히 아
들놈을 설득해야겠다.

소곤생 :   (황급히 등장하더니) 원수님께 아뢰오! 야단났습니다! 황득공이
판기에서 기습을 해 와 앞의 선봉대가 모두 패해 돌아왔습니다!

좌랑옥 :   (놀라면서) 그런 일이 있었습니까! 황득공도 충의로운 호걸이
건만, 마사영·완대성의 사주를 받아 새 군주 옹립하기에만
급급해서 선황의 어린 태자조차 안중에 없으니, 이 어찌 개
탄스러운 일이 아니겠는가! (부른다) 여봐라, 상의할 일이 있
으니 어서 순안 황 나리와 순무 하 나리의 배가 어디에 정박
해 있는지 알아보고 모셔오도록 하라!

잡이 대답하고 퇴장한다. 말이 황주로 분장하고 등장한다.

황주 :   장수는 담주談麈9) 들고 뒤를 따르고
             풍운은 정의의 깃발을 가리키누나.

             소관 황주가 방금 배를 정박시켰더니 원수님께서 때 맞춰서
             부르시는군요. (배에 오른다)

---

9) 담주談麈 : 주미麈尾의 다른 이름. '주麈'는 원래 덩치가 큰 사슴을 가리키지만, 때로는
벌레를 쫓거나 먼지를 털기 위해 지니는 도구를 의미하기도 한다. 이 도구는 가늘고
긴 나무 막대기 상단이나 양쪽에 짐승의 털을 꽂거나 드리운 것으로, 진대晉代에 담론
을 나눌 때 사람들이 반드시 들던 것이지만 후대에는 그런 절차 없이도 지니고 다니는
경우가 많았다. 나중에는 "주미를 휘두른다"는 말 자체가 담론을 나누는 것을 의미하
기도 한다. 여기서는 지휘봉의 의미로 사용된 듯하다.

좌량옥 :   (대면하더니) 중림仲霖께서 오셨구려! 순무 하阿공은 어째서 안
            보이시오?

황주 :   오다가 도중에 되돌아가 버렸습니다.

좌량옥 :   어째서 되돌아갔답니까?

황주 :   그 자가 사실은 마사영과 동향이더군요

좌량옥 :   놈을 따르라고 하세요! 그 사람을 탓할 수야 없지…….
            (묻는다) 지금 황득공이 판기를 막고 있어 전군이 전진할 수가
            없으니, 어찌 해야 좋겠소이까?

황주 :   그건 좀 생각해 볼 문제이옵니다. 일단 원공이 도착하면 다
            시 상의하도록 하시지요

        외가 원계함으로 분장하여 하인을 거느리고 등장한다.

원계함 :   외로운 태자께서 원한을 품으시니10) 하늘조차 어두워지고
            고독한 신하가 정의의 깃발 세우니 해조차 빛나는도다.

            여기가 좌원수님의 배로구만. 여봐라, 고하거라!

병졸 :   (고한다) 독무 원 나리께서 당도하셨사옵니다!

좌량옥 :   어서 모셔라!

            (외가 배에 올라 대면한다)

원계함 :   방금 무창에서 돌아와 사열을 마쳤사온즉, 이제부터 원수님
            을 따르고자 합니다!

황주 :   지금은 전진할 수 없소

원계함 :   어째서요?

---

10) 외로운 태자께서 원한을 품으시니[孽子含冤] : 여기서는 숭정제의 태자가 홍광제 지
   지세력에 의해 억울한 옥사獄事를 당한 일을 가리킨다. 자세한 내용은 서른한 번째 대
   목 '격문 작성草檄'의 '숭정 선황의 태자' 각주를 참조할 것.

좌랑옥 :　황득공이 군사를 이끌고 기습해 오는 바람에 선봉대가 모두 패하고 돌아왔소이다.

원계함 :　사태가 이 지경에 이르렀다면, 그만 둘 수도 없게 된 셈이니, 속히 사람을 보내 설득해 보시지요

좌랑옥 :　유경정은 벌써 떠나버려서 보낼 사람이 없으니, 어쩐다`요?

소곤생 :　소생이 그와 제법 안면이 있사오니 기꺼이 힘을 다하겠습니다.

황주 :　소옹의 의기도 유선생에 못지않으시구려. 오늘 제 때에 폐를 끼칩니다 그려!

좌랑옥 :　(묻는다) 귀하께서는 어떻게 그 자를 설득하시렵니까?

소곤생 :　〈오경전五更轉〉
　　　　　이렇게만 고하겠습니다 "도요새와 조개가 싸우면
　　　　　어부는 기다리며
　　　　　옆에서 지켜보다가 그 이익 챙긴답니다.[11]
　　　　　영웅이 움직일 적에는
　　　　　마땅히 전후 사정을 살펴야 하는 법.
　　　　　옛 주군의 은덕이 깊어
　　　　　좋은 벼슬 다 누렸건만
　　　　　그 태자 마마를 능멸하고
　　　　　그 왕비 마마를 해코지 하며
　　　　　옛날 일을 죄다 망각하다니요!
　　　　　사람 죽이면 기껏해야 두 손에 피만 남는 것을
　　　　　어이 하여 달려와서
　　　　　같은 편끼리 싸운단 말씀입니까!" 라고요.

---

11) 도요새와 조개가 싸우면~ :『전국책戰國策』에 소개된 '어부지리漁父之利'의 우언. 여기에서도 양자가 양보를 하지 않고 서로 다투기만 하면 결국 제삼자가 어부지리를 얻게 된다는 것을 암시하고 있다.

원계함 :   일리가 있는 말씀이올시다.

좌량옥 :   그리고 …… 내 의중을 분명하게 전해 주십시오 그 자에게
            간신은 죽여 마땅하고 태자는 구해야 옳으며, 이 두 국가대
            사가 성사되어야 조정이 티끌만큼도 놀라지 않고, 백성도 터
            럭 하나 죄를 범하는 일이 없게 된다는 점을 인지시켜 주십
            시오 어째서 대의를 망각하고 망령되이 공격을 하는지…….

황주 :   정말 그렇습니다. 무장의 몸으로서 황득공 자기 혼자만 은혜
            에 보답할 줄 알고 우리는 하극상이라도 한단 말입니까? 그
            자더러 잘 생각해 보라고 하십시오

소곤생 :   예, 예. 저는 이쯤에서 출발하겠습니다.

       잡이 파발꾼으로 분장하고 황급히 등장한다.

파발꾼 :   원수님께 아뢰오! 구강九江 성내에서 큰 불길이 타오르고 있
            사옵니다. 원 나라 본영의 군사들이 성채에서 궤멸되었사옵
            니다!

원계함 :   (놀라면서) 어떻게 내 본영의 군사들이 성 안에서 궤멸당한단
            말인가? 이거야 원 기가 차서!

좌량옥 :   (성을 내면서) 어찌 그럴 수가 있단 말인가! 그건 내 자식놈 몽
            경이가 사단을 내어 나를 역신으로 만든 것이 분명하구나!
            (…) 아서라, 아서! 내 이제 무슨 낯으로 다시 강동江東으로 돌
            아간단 말인가!12)

            (칼을 뽑더니 목을 베어 자결하려 한다. 말이 끌어안는다.)

_____

12) 내 이제 무슨 낯으로~ : 초나라의 항우項羽는 해하垓下에서 한나라 군사와의 싸움에
   서 패한 후 측근이 강동으로 돌아가 재기를 도모할 것을 권하자 "무슨 낯으로 강동의
   부로들을 뵙는단 말인가[有何面目再見江東父老]"라고 대답하고 스스로 목을 베어 자
   결했다고 한다.

(외의 손을 잡고 쳐다보면서) 임후臨侯, 내 그대에게 죄를 지었구려!

(피를 토하고 의자 위로 쓰러진다)

소곤생 : (부른다) 원수님, 정신 차리소서! 원수님, 정신을……

원계함 : 아무리 불러도 대답이 없으시니 이를 어쩌지요?

황주 : 삿된 기운이 씌우신 것 같습니다. 어서 진사辰砂[13]를 가져다 먹여 드립시다!

소곤생 : (공기로 가져다 부어넣다가) 이를 악 물고 계셔서 들어가질 않습니다! (사람들이 통곡한다)

〈전강前腔〉
대장군의 별이
북두성처럼 떨어지고[14]
타루舵樓의 깃대가 꺾어지고 말았구나![15]
정신 추스르고 전장서 온갖 싸움을 다 치르시며
늠름하고도 당당하게
온몸에 갑옷 두르고 잘 계시던 원수님께서
난데없이 목과 몸도 온전한 채로
방 안에서 돌아가실 줄이야!
넋은 옛 궁궐 매산 어귀로 돌아가
그 동안의 고생을 함께 털어놓으며

---

13) 진사辰砂 : 중국 진주辰州에서 나는 단사丹砂. 사악한 기운을 제거하는 효능이 있다고 알려져 있다.

14) 대장군의 별~ : 옛날 중국에서는 성현이나 호걸은 운명이 하늘의 별과 연결되어 있어서 그가 죽으면 별똥이 되어 떨어진다고 하는 속설이 있었다. 여기서는 좌량옥의 죽음을 두고 한 말이다.

15) 타루의 깃대가~ : 옛날에는 타루의 깃대가 꺾어지는 것은 장수의 죽음을 예그하는 징조로 여겨졌다.

군왕께서도 우시고 신하도 울부짖으시겠지…….

잡이 소생을 지고 퇴장한다.

원계함 : 원수님께서 돌아가셨으니 본영의 군사들이 순식간에 무너질
텐데……. 좌몽경 그 놈이 구강을 차지하고 있으니 나로서는
진퇴양난이로군요. 황득공의 군사가 공격해 오기라도 하면
어떻게 피한단 말인가!

황주 : 우리는 애초에 체포령이 내려진 관원들인데다, 지금 또 성까
지 잃었으니 도성으로 끌려가기라도 하는 날이면 절대로 살
수가 없을 겁니다. 차라리 무창武昌으로 되돌아가 순무 하등
교와 같이 따로 훗날을 도모하기로 합시다.

원계함 : 일리가 있소이다.

외와 말이 황급히 퇴장한다.

소곤생 : (얼이 나가서) 저것 좀 보게, 저 자들이 결국 흩어져 버리는구
나! 기껏 이 소곤생 하나만 남아서 원수님의 시신을 지키고
있으니……. 참으로 딱한 노릇이구나! 향과 초라도 켜놓고
통곡하면서 추모제나 올릴 수밖에…….
(탁자를 마련하고 향과 초에 불을 붙인 후 통곡하면서 절을 올린다)

〈곡상사哭相思〉
영웅이 화병으로 숨지자마자 사람들 모두 떠나 버리고
영구 모신 빈 배만 덩그러니 남겨졌구나.
나는 초혼제 올려야 할 강가의 벗이건만
술 한 잔 살 곳조차 없으니…….

일단 저 분 아드님이 상을 치르러 배로 돌아와 입관까지 잘 마쳐야 나도 마음 편히 돌아갈 수 있겠구나. 지금은 그저 인내심을 갖고 지키고 있을 수밖에……. 그야말로

> 영웅은 강주도 넘지 못했는데
> 그 넓은 봄 물결 그리며 저녁 무렵에 근심을 일으키누나.
> 눈 가득 들어오는 푸른 산에는 장례 치를 땅조차 없는데
> 바람 타고 가랑비만 비스듬히 뱃전을 두드리네…….

桃花扇

서른다섯 번째 대목

항전 맹세 誓師

원제는 "서사誓師"로, 장병들 앞에서 맹세를 한다는 뜻이다. 이 대목에서는 양주성揚州城을 지키던 사가법史可法이 성내를 순시하던 중 병사들이 청淸나라 대군과의 일전을 앞두고 자포자기 상태에서 기강이 해이해져 불평불만을 일삼는 것을 보고 피눈물을 쏟으면서 자책과 설득을 거듭한 끝에 드디어 병사들을 감동시켜 항전의 결의를 다지는 내용을 다루고 있다. 작자는 전곡을 사가법에게 안배하여 고비마다 일어나는 복잡한 심경 변화를 자세하게 묘사함으로써 실존했던 우국지사 사가법과 그의 애국심을 부각시키는 데에 역점을 두고 있다.

난홍삼토 도원서 산회. 서울대학교 도서관 소장

을유년(1645) 4월

등장인물

> 외 : 사가법
> 축 : 사가법의 하인 ⇒ 장수 병
> 무대 뒤 : 병졸들
> 잡 : 병졸
> 말 : 중군
> 정 : 장수 갑
> 부정 : 장수 을

　외가 사가법으로 분장하고 흰 모전毛氈으로 된 큰 모자에 평상복 차림으로 등장한다.

사가법 :　〈하성조賀聖朝〉
두 해 동안 호각 불며 군영을 펼치고
날마다 군마 점검하며 정벌 준비를 독려했건만
군대는 탈영하고 손님들은 흩어진 채 터럭머리만 희끗희끗해져
그 회한이 온 광릉성廣陵城을 짓누르고 있구나!

본관 사가법史可法, 날마다 중원 수복을 도모했건만 도무지 아무 묘책이 없군요. 황득공과 유씨 형제 세 진영은 마사영과 완대성의 지시를 좇아 일방적으로 진지를 장강 상류로 이동시키고 좌량옥의 군사를 막는다며 황하 일대를 버리는 바람에 천 리나 되는 땅이 텅 비고 말았습니다. 얼핏 당보塘報

를 받아 보니, 금월 이십일일에 북쪽의 청나라 대군이 벌써 회안淮安 영내까지 침범했다는군요. 본진의 휘하 장병은 삼천도 되지 않으니 어찌 막아낼 수 있겠습니까! 이 회안·양주揚州 일대를 잃는다면 머지않아 도성도 지키기 어렵게 될 테니, 명나라 강산이 끝장나는 게 아니고 무엇이겠습니까? 분하다, 분해! 내 일단 성 위를 걸으며 동정을 살피고 나서 상의하도록 하렵니다.

축이 하인으로 분장하고 작은 등롱을 든 채 그를 따라 성을 올라간다.

사가법: 〈이범강아수二犯江兒水〉
         성 위 높은 길 조용히 오르다 보니
         밤은 깊어졌건만 사람은 자다 깨네.
         나무에 깃든 까마귀 빈번히 울어대고
         딱따기 치는 소리 연달아 들리는 속에서
         성벽 옆에 서서
         귀 기울여 듣노라.

듣는다. 무대 뒤에서 병졸이 푸념을 털어 놓는다.

병졸 갑: 북쪽 군사들이 벌써 회안까지 밀고 와서 귀신들조차 놈들을 감히 건드리지 못한다더군. 기껏 늙고 약해 빠진 우리 병졸 몇 사람만 모아놓고 이 양주성을 사수하라 하시지만 아, 우리가 어떻게 지켜낼 수가 있겠느냐구! 원수님은 뭘 몰라도 한참 모르시지!

사가법: (고개를 끄덕이며 혼잣말을 한다) 자네가 어찌 알겠는가?

만리 강산이 장성에 의지하듯이
양주에는 부자지간 같은 장병들이 있다는 것을¹⁾

또 듣는다. 무대 뒤에서 또 넋두리를 한다.

병졸 을 : 관두라고 그래, 관두라고! 원수님은 우리들을 아끼지 않으시
는 게야! 차라리 당장 북쪽 조정에 투항하고 다들 호강이나
하러 가지 뭐 하러 죽기만 기다리고 있느냐고!
사기법 : (놀라면서) 아이쿠! 뜻밖에도 투항할 생각까지 다 하고 있으니,
이를 어쩐다?

　　　저들은 항복만 염두에 두고
　　　사수는 할 생각조차 않고 있으니
　　　이 양주 땅도 얼마 남지 않았구나!

또 듣는다. 무대 뒤에서 성을 낸다.

병졸 병 : 우리가 항복을 하고 안하고는 그때 가서 판단할 문제고 (…)
나는 실컷 죽이고 노략질이나 한 다음에 내뺄 거다, 제기랄!
도대체 언제까지 여기서 지키고만 있을 거야 대체!
사기법 : 휴우, 사태가 이 지경까지 될 줄이야…….

　　　저 소리 듣고 나니 별안간 기겁하고
　　　뜨겁던 마음마저 차갑게 얼어붙네.
　　　서둘러 돌아가

---

1) 만 리 강산이 ~ : 양주의 군사를 나라를 지키는 만리장성처럼 의지한다는 의미이다.
여기에서 '부자병父子兵'이란 장병 상하가 부자 사이처럼 일치단결된 군대를 말한다.

밤중에 점호를 취하자

동이 틀 때까지 지체할 수는 없나니…….

황급히 퇴장한다. 무대 뒤에서 호각을 불고 대포를 쏘아 훈련 명령을 전한다. 잡이 네 명의 병졸로 분장하고 등장한다.

병졸들 :　오늘은 사월 이십사일이니 훈련을 하는 날이 아닌데, 어째서 삼경 오밤중에 매화령梅花嶺2)에서 대포를 다 쏘는 게지? 낯큼 가보세! (서둘러 간다)

말이 중군으로 분장하고, 영전令箭과 제등提燈을 들고 등장한다.

중군 :　강을 사이에 두고 구름 같은 진용을 펼치니

밤사이에 깃을 단 급보3)가 날아드누나.

(부른다) 원수님의 명령이시다. 전군은 속히 매화령으로 이동하여 점호를 기다리라!

사람들이 줄 지어 선다. 외가 갑옷을 입고 깃발을 든 채 단상으로 오른다.

사가법 :　달이 치미鴟尾 위로 떠오르자 성에서는 호각을 불고

별이 모두旄頭 너머 흩어지니 병영에선 점호를 하네.4)

---

2) 매화령梅花嶺 : 강소성江蘇省 양주성揚州城 광저문廣儲門 밖에 소재한 고개 이름.
3) 깃을 단 급보[羽書] : 옛날 군대에서 급보를 전할 때 격문檄文에 닭 깃털을 꽂았다고 한다.
4) 달이 치미 위로~ : '치미鴟尾'는 동양의 전통적인 건축물에서 지붕 양 끝에 달린 장식물을, '모두旄頭'는 이십팔수二十八宿의 하나인 앙수昴宿를 가리킨다. 여기에서 "달이 치미 위로 떠오르자"나 "별이 모두 너머 흩어지니"는 모두 밤이 깊어진 것을 두고 한

중군관中軍官은 어디에 있는가?

중군 : (무릎을 꿇으면서) 대령이요!

사가법 : 현재 북녘 상황이 급박하여 회안성이 함락되고 말았다. 이
양주는 바로 강북의 요충이니, 만일 조금이라도 소홀함이 있
으면 도성도 지켜내기 어렵게 된다. 속히 다섯 군영5)과 네
초소에 전하라! 군사를 점검하고 각자 주둔지를 주야로 철통
같이 지키되 함부로 말을 퍼뜨려 민심을 현혹시키는 자가 있
으면 군법에 따라 처결하겠노라고!

중군 : 명령대로 거행하겠나이다!
(무대 뒤로 명령을 전한다) 원수님의 명령이시니 전군은 들으라!
각자 주둔지를 주야로 철통같이 지키되 함부로 말을 퍼뜨려
민심을 현혹시키는 자가 있으면 군법에 따라 처결하겠다고
하셨느니라! (무대 뒤에서 아무도 대답을 하지 않는다)

사가법 : 어째서 쥐 죽은 듯 아무 소리도 들리지 않는 겐가? (중군에게
분부한다) 다시 군령을 전하고, 큰소리로 복창하라 이르라!

말이 다시 큰소리로 명령을 전한다.
무대 뒤에서는 아무도 대답하지 않는다.

사가법 : 그래도 대답이 없다니……. 북을 치고 군령을 전하라!

말이 북을 친 후 다시 명령을 전하지만 그래도 아무런 대답이 없다.

사가법 : 모두가 역심을 품은 게 틀림없구나. (발을 구르면서) 천의와 민
심이 이 지경에까지 이를 줄이야! (통곡한다)

말이다.
5) 다섯 군영[五營] : 동·서·남·북·중의 다섯 군영.

〈전강前腔〉
하느님과 여러 성현님네
고래고래 불러 봐도 대답조차 없구나.
쇠미해진 막판 형세에
나 홀로 남아 버텨왔건만
민심이 모두 무너져 버렸으니 어이 할꼬!

나 사가법, 참으로 운명도 기구하도다! (통곡한다)

힘을 모으려 해도 좋은 벗은 보이지 않고
한 마음이 되자 해도 전우조차 없구나.

오로지 너희 삼천 자제들만 믿고 있었거늘 …… 뜻밖에도 오늘,

저마다 탈영해 살 궁리나 할 뿐
국난에는 관심조차 두지 않으니
이 강산에 자칫 잔칫상 차려놓고 적군을 불러들이는 꼴 나겠구나!6)

(가슴을 치면서) 가법아, 사가법! 평생토록 시서는 헛 읽고 충효는 헛 말에 불과했구나! 이제 와서 그게 다 무슨 쓸모가 있더냐! (통곡한다)

조상님들을 부르며 통곡하고

---

6) 이 강산에 자칫~ : 적에게 저항 한번 못 해보고 명나라 강산을 고스란히 넘겨주게 되었다는 말이다.

만백성을 외치며 통곡하노라.

(목 놓아 통곡한다)

중군: (설득한다) 원수님, 자중자애 하소서! 군사를 통솔하고 나라를
다스리는 것은 중대한 일이옵니다. 통곡을 하신들 무슨 보탬
이 있겠습니까? (앞으로 나와 부축하면서) 보십시오! 눈물이 쏟아
져서 전포戰袍가 다 젖어버리지 않았습니까! (놀란다) 앗! (…)
웬일로 피 비린내가 다 나지? (…) 어서 등불을 갖고 오라! (잡
이 등불을 붙여 비춰 본다) 아이쿠! 온몸이 피투성이십니다! 이게
어찌 된 일일까?

사가법: (눈을 비비더니) 그게 다 내 눈에서 쏟아져 나온 거로군!

목 놓아 통곡하다 보니 내 가슴 가득한 피
눈물이 되어 쏟아진 게로구나!

중군: (소리친다) 전군은 앞으로 나와서 보라! 우리 원수님께서 하도
애닯게 통곡을 하셔서 피눈물이 다 쏟아 졌느니라!

정·부정·축이 장수들로 분장하고 등장해서 그 광경을 본다.

세 장수: 정말 온통 피눈물이잖아! (모두 무릎을 꿇는다)
장수 갑: 옛말에 "천일 동안 군사를 기르는 것은 단 한번 군사를 쓰기
위해서[養軍千日, 用軍一時]"라고 하더이다. 소장들이 조정을 위
해 힘을 다하지 않는다면 금수가 아니고 무엇이겠사옵니까!
장수 을: 소장들이 죽기가 겁나 저 살겠다고 원수님을 이토록 고생시
켜 드렸으니 하늘께서도 용서하지 않으실 겝니다!
장수 병: 인생은 무상하다고 했나니…… 누군들 죽음을 피할 수 있겠

사옵니까? 올바르게 죽을 수만 있다면야……. 아서라, 아서! 오늘 이 개 같은 목숨이라도 던져서 원수님을 위해 이 양주성을 사수하고 말겠습니다!

중군 : 잘됐다, 잘됐어! 지금부터 누구라도 두 마음을 품는다면 내 당장 원문轅門으로 끌고 가 원수님 명령에 따라 능지처참을 하리라!

사가법 : (큰소리로 웃으면서) 각오들이 정말 그러하다면, 본관이 여러분에게 감사하다고 절이라도 올려야겠구려! (절을 한다)

일동 : (만류하면서) 이러지 마시옵소서!

사가법 : 여러분, 일어나서 내 명령을 들으시오! (사람들이 일어난다) (분부한다) 그대들 삼천 군사 중 천 명은 적군을 막고 천 명은 성 안을 지키고 천 명은 성 밖을 순시하라!

일동 : 옛!

사가법 : 전장에서 불리하면 수성에 나서라!

일동 : 옛!

사가법 : 수성이 불리하면 시가전을 벌이라!

일동 : 옛!

사가법 : 시가전이 불리하면 백병전을 벌이라!

일동 : 옛!

사가법 : 백병전이 불리하면 (…) 자결을 하라!

일동 : 옛!

사가법 : 그대들도 알겠지만, 지금까지 투항한 장수들은 무릎을 펴고 지낸 적이 없었고, 탈영한 병사들은 고향에 고개조차 돌리지 못했었네. (가리키면서) 옳지 못한 생각은 다시는 마음에 품지 말 것이며, 염치없는 말은 다시는 입에 담지 말라! 그래야만 나 사각부 휘하의 진정한 사나이 대장부라고 할 수 있나니!

일동 : 옛!

사가법 :　이제 모두가 결심을 했다니 본관도 더 이상 당부하진 않겠네. (가리키면서) 다함께 세 번 환호하고 각자 주둔지로 돌아가세!

　　　　사람들이 세 번 고함을 지르고 퇴장한다. 외가 박수를 치면서 세 번 웃는다.

사가법 :　잘됐구나, 잘됐어! 이 양주성만 단단히 지킨다면 그야말로 북문에 자물쇠를 채우는 격이 되겠구나!

　　　　　연기·먼지가 사방에서 피어나도 두렵지 않도다
　　　　　강어귀에는 아직도 아부亞夫의 군영7)이 있나니…….
　　　　　침침한 노안으로 한밤중에 눈물을 쏟고 나서
　　　　　회남淮南 땅 십만 대군을 얻었구나!

---

7) 아부의 군영[亞夫營] : 한나라 장군 주아부周亞夫의 세류영細柳營을 말한다. 세류영에 대한 보다 자세한 내용은 아홉 번째 대목 '진중 소요撫兵'의 '세류의 군영' 각주를 참조할 것.

서른여섯 번째 대목

야반 도주

逃難

원제는 "도난逃難"으로, 난리를 피해 도망친다는 뜻이다. 이 대목에서는 청나라 대군이 이미 회하淮河를 건너 양주揚州를 압박하고 있다는 소문에 애첩과 금은보화를 챙겨 몰래 도주하던 마사영馬士英 일당이 그 동안의 폭정과 야반도주에 격분한 백성들에게 수모를 당하고, 그 와중에 황궁을 나온 구백문寇白門 등의 기녀·한량과 양문총楊文驄도 살길을 찾아 뿔뿔이 흩어지고, 이향군李香君 일행도 서하산棲霞山으로 피신하는 내용을 다루고 있다. 작자는 여기에서 이름도 알 수 없는 남경의 어느 거리를 극중 무대로 설정하고 많은 등장인물과 빈번한 장면 전환, 그리고 등장인물들마다 고른 노래 안배를 통해 국난을 맞아 혼란과 무질서·폭력이 난무하는 남경과 다양한 인간 군상의 면면들을 생생하게 보여주고 있다.

<h1>을유년(1645) 5월</h1>

등장인물

소생 : 홍광제 ⇒ 남영
잡 : 태감 / 궁녀 / 인부들 / 난민들 / 양문총의 하인
정 : 마사영 ⇒ 장연축 ⇒ 소곤생
노단 : 마사영의 애첩 갑
소단 : 마사영의 애첩 을 ⇒ 구백문
부정 : 완대성
말 : 양문총
축 : 정타낭
외 : 심공헌
단 : 이향군

　

소생이 홍광제로 분장하고 평상복에 말을 타고, 잡이 두 명의 태감과 두 명의 궁녀로 분장하여 등롱을 들고 길잡이를 서면서 등장한다.

홍광제 :　　〈향류낭香柳娘〉
　　　　　　사람 재촉하는 삼경의 물시계 소리 듣자마자
　　　　　　사람 재촉하는 삼경의 물시계 소리 듣자마자
　　　　　　말발굽도 가볍게
　　　　　　바람 불고 초 눈물 흘리는 사이 궁문 밖으로……

　　　　　　나 홍광 황제, 좌량옥의 군사가 동쪽으로 병력을 이동시키길래 세 진영을 이동시켜 놈을 막게 했더니, 그 사이에 황타 북

쪽 군사들¹⁾이 허를 찔러 회하淮河를 건널 줄이야! 지금 양주가 포위되고 사가법이 밤사이에 급보를 알려오니 민심이 흉흉해져 아무도 도성을 지키려는 마음이 없구나. 마사영과 완대성 두 놈은 달아나 흔적도 없으니,. 중흥으로 얻은 이 보위도 편안히 누리기는 글렀나 보다! 천만 가지 계책이 있다 해도 내빼는 것이 상책이지. 방금 말을 타고 궁궐을 빠져나올 때 병부를 보여 속임수로 성문을 열게 했다마는, 남경만 벗어나고 나면 은신할 곳이 생기겠지…….

　　도성 거리 고요한 틈을 타
　　도성 거리 고요한 틈을 타
　　봉황대鳳凰臺를 날아 내려왔지만
　　원앙의 빚은 뿌리치기 어렵구나!²⁾

(부른다) 비빈들, 서두르시오! 절대로 흩어지면 아니되느니!

　　명타明駝가 변방을 나서듯
　　명타가 변방을 나서듯
　　품에는 비파를 끌어안은 채
　　진주 같은 눈물만 남몰래 뿌리노라.³⁾

---

1) 황하 북쪽 군사들 : 당시 이미 북경에 진주해서 하북지역을 점령하고 있던 청나라 군사들을 말한다.
2) 봉황대鳳凰臺를~ : 봉황대는 원래 남경 성 남쪽에 소재한 곳이지만, 여기에서는 남경성을 가리키는 말로 사용되고 있으며, '원앙의 빚[鴛鴦債]'은 홍광제가 총애하는 비빈을 말한다. 이 두 구절은 홍광제가 남경을 탈출하는 절체절명의 순간에서조차 여색에 미련을 버리지 못하는 것을 두고 한 말이다.
3) 명타明駝가 변방을 나서 듯~ : 이 네 구절은 한나라 때의 미인 왕소군王昭君이 흉노와의 화친을 위해 변방으로 떠나는 이야기를 차용한 것으로, 여기서는 남명 조정의 비빈들이 난리를 피해 뿔뿔이 흩어지는 처량한 광경을 형용하고 있다. '명타'는 하루에

황급히 퇴장한다. 정이 마사영으로 분장하고 말을 탄 채 서둘러 등장한다.

마사영 :   〈전강前腔〉
장강 자물쇠 열렸다는 급보가 전해지고[4]
장강 자물쇠 열렸다는 급보가 전해지고
석두石頭[5] 쪽도 곧 무너진다 하니
높은 벼슬 싸게 팔아도 사는 사람 아무도 없구나.

본관 마사영, 오경五更에 조정에 나가서야 성상이 야반도주
한 걸 알았다! 신하인 나도 몰래 내빼는 수밖에…….

어서 변장하고 속히 내빼자꾸나.
어서 변장하고 속히 내빼자꾸나.
계아항鷄鵝巷 거리를 나선 후에는
원수놈들의 해코지를 조심해야지.

(뒤쪽을 가리키면서) 저 미녀들과 열 수레의 금은보화들은 정말
보잘 것도 없는 재산인데 놈들한테 뺏기면 안 되지! (고함을
지른다) 좀 빨리들 움직여라!

노단과 소단이 애첩들로 분장하고 말을 탄 채, 잡은 인부로 분장하고 수레 몇
대를 밀면서 등장한다.

천 리 길을 간다는 전설상의 낙타를 가리킨다.
4) 장강 자물쇠 열렸다는 급보가 ~ : 장강 방어선이 뚫린 것을 두고 한 말이다. 자세한
내용은 열 번째 대목 '서찰 대필修札'의 '쇠사슬' 각주를 참조할 것.
5) 석두石頭 : 석두성石頭城. 지금의 남경을 가리킨다. 이상의 두 구절은 청나라 군사가
파죽지세로 쇄도하여 머지않아 남경이 함락될 것임을 암시하고 있다.

인부들 :   갑니다, 가요!
마사영 :   잘한다, 잘해!

> 몸에 단단히 지녀야 하느니라.
> 몸에 단단히 지녀야 하느니라.
> 관 속에 채워갈 재물들 하며
> 살 부비고 살 사랑스러운 미인들을⋯⋯.

무대에서 요장을 돈다. 잡이 몇 명의 난민으로 분장하여 몽둥이를 들고 등장해
서 호통을 친다.

난민들 :   네놈이 간신 마사영이렷다? 백성들을 도탄에 빠뜨리고 재산
          까지 다 강탈해 가더니 오늘은 계집과 재물까지 싣고 어디로
          내빼려는 게냐! 지금 당장 내놓지 못하겠느냐?!

정을 쳐서 땅바닥에 쓰러뜨리고 옷을 벗긴 후 애첩과 재물을 빼앗아 퇴장한다.
부정이 완대성으로 분장하고 말을 탄 채 등장한다.

완대성 :   〈전강前腔〉
          장강 수비라는 거창한 소임에 미련이 남긴 했지만[6]
          장강 수비라는 거창한 소임에 미련이 남긴 했지만
          적들이 쳐들어오는 데야 누가 감히 대신 나서겠나?
          병부는 벌써 인적조차 끊어진 강여울에 던져 버렸지.

          오늘은 내 내빼는 솜씨를 써먹게 됐구나. 귀양貴陽 상공께서

---

6) 장강 수비라는~ : 당시 완대성이 병부상서의 신분으로 장강 방어선 순시 명령을 수
행한 것을 두고 한 말이다.

는 내뺐을까 투항했을까?

(말발굽에 걸린 정과 마주치자) 아이고, 귀양 은사 재상님! 어째서 땅바닥에 쓰러져 계십니까?

마사영 : (신음을 하면서) 도망치기는 글렀소이다. 가솔이며 행낭을 몽땅 폭도들이 강탈해 가고, 거기다 이 몸까지 쳐서 땅바닥에 넘어뜨리지 뭡니까!

완대성 : 그랬군요 소생의 가솔과 행낭도 다 뒤에 있는데 그것까지 뺏기면 안 되지요

　　　수많은 사람들로부터 비웃음에 욕까지 먹어가며
　　　수많은 사람들로부터 비웃음에 욕까지 먹어가며
　　　가까스로 금은보화들 끌어 모았고
　　　아리따운 계집들 맞아들인 것을요!

제가 돌아가서 상대하겠습니다.

잡이 난민들로 분장하고 몽둥이를 든 채, 여자를 안고 행낭을 지고 등장한다.

난민들 : 이건 완대성 집안의 재물들이요 방금 빼앗아 왔으니 다들 나눠 가집시다!

완대성 : (호통을 친다) 이 놈들이 간덩이가 부은 게로구나! 어찌 감히 이 완 나리의 재물을 강탈하려고 설쳐?!

폭도들 : 네놈이 바로 완대성이란 말이지? 때 맞춰 잘 왔구나!
(한 방에 쓰러뜨리고 옷을 벗기더니) 구차한 놈의 목숨은 살려주고 우선 계아항鷄鵝巷과 고자당褲子襠으로 가서 놈들 집부터 불태웁시다! (모두 퇴장한다)

마사영 : 허리까지 다쳐서 꼼짝도 못하겠구나!

완대성 :   소생도 팔을 다쳐서 이 꼴로 모실 수밖에 없군요! (합창한다)

마·완 :   너무도 낭패스러운 몰골이 한탄스럽기도 하구나!
            너무도 낭패스러운 몰골이 한탄스럽기도 하구나!
            촌놈들 주먹질에 함께 두들겨 터지고
            닭갈비같이 약한 몸을 나란히 상했으니…….

말이 양문총으로 분장하고 의관을 정제하고 말을 탄 채, 하인은 짐을 지고 등장한다.

양문총 :   본관 양문총은 소송순무蘇松巡撫[7]를 새로 맡았다. 오늘은 오
            월 초열흘로 출행하기에는 길일인지라 짐을 꾸려 출발하는
            한편, 서화며 골동품들은 잠시 미향루媚香樓에 맡겼다가 나중
            에 남전숙이 갖고 오도록 당부해 놓았다. 내 이 어깨 위의 짐
            이 가뿐도 하구나!
하인 :   (고한다) 마님, 좀 서두르시지요.
양문총 :   왜 그러느냐?
하인 :   거리에서 다들 쑤군거리는데 (…) 북녘 정세가 다급해지자
            황제며 재상이며 죄다 오늘밤에 달아나 버렸답니다요!
양문총 :   그런 일이 있었단 말인가? 어서 성을 나가세! (황급히 간다) (말
            이 놀라서 가지 않자) 거참 이상하구나, 어째서 말이 꼼짝도 않
            지? (부른다) 여보게, 살펴보게나!
하인 :   (보더니) 땅바닥에 시체가 둘 있는뎁쇼?

부정과 정이 신음한다.

---

7) 소송순무蘇松巡撫 : '소蘇', '송松'은 각각 명대에 남직예南直隸에 속해 있던 소주부蘇州
府와 송강부松江府를 가리킨다. 송강부는 지금의 상해上海에 해당한다.

마 · 완 : 아이고, 아이고! 사람 살려, 사람 살려!

양문총 : 아직 죽지는 않았구만? 누군지 보게.

하인 : (자세히 뜯어보더니) 마사영 · 완대성 두 대감 같습니다만……

양문총 : (호통을 친다) 헛소리! 그럴 리가 있느냐?

(말고삐를 당기고 보더니 놀란다) 저런, 정말 두 분이 아닌가! (말에서 내려 일으켜 앉히더니) 기가 차서……. 어째서 이 지경이 되셨단 말씀입니까!

마사영 : 폭도들한테 다 털리고 목숨만 간신히 구했소이다!

완대성 : 구해 드리려다가 뜻밖에도 나까지 이런 수난을 당했지 뭡니까!

양문총 : 모시던 하인들은 다 어디 갔길래요?

마사영 : 기회를 타서 나를 속이고 몽땅 내뺀 것 같소이다!

양문총 : (부른다) 여봐라, 어서 부축해 드리고, 옷을 가져다 두 분께 입혀 드려라.

    잡이 부정과 정에게 옷을 입혀 준다.

양문총 : 다행히 남은 말이 한 필 있으니, 두 분이 같이 타고 서둘러서 성을 나가십시다!

    잡이 정과 부정을 부축해 말에 태우자 허리를 끌어안고 떠난다.

마 · 완 : 자, 그럼!

        옷 없으면 함께 떠는 것이 참된 사제지간이요
        말 있으면 같이 타는 것이 좋은 동료사이라네.

    (퇴장한다)

하인 : 마님, 저들과 동행해서는 안 됩니다. 원수들을 마주치기라도
하면 우리까지 연루될까 걱정입니다요!

양문총 : 그렇군, 그래! (멀리 바라보면서) 저것 보게, 멀리서 폭도들이 떼
거리로 쫓아오는군. 속히 피하도록 하세! (길가로 피한다)

소단이 구백문寇白門으로 분장하고, 축이 정타낭鄭妥娘으로 분장하여 산발을
한 채 걸어서 등장한다. 합창한다.

두 사람 :   〈전강前腔〉
한창 청아한 노래가 무대에 가득한 채
한창 청아한 노래가 무대에 가득한 채
치마 펄럭이고 허리띠 흩날리면서
삼경이 넘어서도 사뿐거리는 자태 멈추지 않았더니만…….

(말을 대면하더니) 당신은 양 나리? 어째서 여기 계시는 거죠?

양문총 : (알아보고는) 이제 보니 구백문과 정타낭이구려. 자매 두 사람
이 어떻게 나왔소?

구백문 : 궁궐 안 무대에서 한창 노래를 부르고 춤을 추고 있는데 별안
간 술자리가 끝나고 등불이 꺼지더니만 내시며 후궁들이 뿔
뿔이 달아나데요. 우리가 안 나오면 뭘 어쩌겠어요?

양문총 : 이향군은 어째서 안 보이는 게요?

정타낭 : 우리 셋이 다 같이 나왔는데, 그 아이는 발이 작아서 제대로
못 걸길래 가마꾼을 사서 먼저 태워 보냈지요

양문총 : (묻는다) 정말 조정朝廷[8]께옵서 빠져나가신 게요?

구백문 : 심공헌沈公憲과 장연축張燕筑이 다 곧 뒤따라올 텐데, 그 양반

---

8) 조정朝廷 : 남명南明의 황제 홍광제弘光帝를 두고 한 말이다.

들이 진상을 알 겁니다요.

외가 심공헌으로 분장하고 찢어진 옷에 북과 박판을 끌어안은 채, 정이 장연축으로 분장하고 맨머리에 사모紗帽와 수염9)을 들고 뛰어서 등장한다.

심·장: 　임춘臨春·결기結綺가 다 우습구나!10)
　　　　임춘臨春·결기結綺가 다 우습구나!
　　　　금호擒虎의 말이 울부짖으며 밀려드는데도
　　　　악단이나 내세워 대적하려 들다니11)!

　　　　(말과 대면한다) 오랜만입니다, 양 나리!
양문총: 　(묻는다) 어째서 그렇게 허둥대시요?
심공헌: 　여태 모르셨습니까? 북녘 군사들이 장강을 넘어 밀려드는 통에 황제가 야반도주를 했다구요!
양문총: 　그대들은 어디로 갈 작정이요?
장연축: 　각자 귀가해서 동정을 살피다가 서둘러 도망가야지요.
정타낭: 　우리는 하나도 겁이 안 나요. 구원에 돌아가서 손님 맞을 채비나 하렵니다.
양문총: 　이런 판국에도 손님이나 맞을 생각을 하는가!
정타낭: 　나리께서 모르셔서 그렇지, 군대가 있는 병영이 돈 벌기에는 제격이라구요.

---

9) 사모와 수염 : 중국 고전극에서 배우가 극중 인물로 분장할 때 착용하는 분장용 소도구.
10) 임춘臨春·결기結綺 : 둘 다 진나라 후주[陳後主]가 가무를 즐기기 위해 지었다는 궁전의 이름.
11) 금호擒虎 : 수隋나라 때 진陳나라를 정벌했던 장수 한금호韓擒虎를 말한다. 이 구절들은 홍광제가 오로지 가무와 주색에만 빠져 전란에 대한 대비를 전혀 하지 않은 것을 빗대어 한 말이다.

이 생황 노래는 다른 곳에 팔아야지.
이 생황 노래는 다른 곳에 팔아야지.
수隋나라 궁궐 버드나무는 시들어 버리고
오吳나라 궁궐 꽃도 다 져 버렸으니…….

외 · 정 · 소단 · 축이 다함께 퇴장한다.

양문총 : 저들이 성상께옵서 궁궐을 나서는 광경을 직접 목격했다니
         이젠 틀렸나 보다! 어서 미향루로 가서 짐을 챙겨 고향에나
         내려가야겠구나! (출발한다)

         〈전강前腔〉
         보아라 도망치는 이들이 온 거리에 가득하고
         보아라 도망치는 이들이 온 거리에 가득하고
         군왕과 재상까지 이산되었으니
         총망 간에 강남 밖으로 나가기도 어렵겠구나!

         (도착하자) 여기가 이행수네 집 대문이구만. (말에서 내려 다급하
         게 문을 두드리면서) 문 여시오, 문!

소생이 남영藍瑛으로 분장하고 황급히 등장한다.

남영 :   또 누가 문을 두드리시나? (문을 열고 대면한다) 양 나리께서 어
         쩐 일로 되돌아 오셨소이까?
양문총 : 북녘 상황이 긴박해서 군왕과 신하가 다 달아나 버렸으니,
         이놈의 소송순무도 해먹기는 글렀소이다!

288 도화선桃花扇 2

거문고며 서책·옷가지며 이불 챙기고
거문고며 서책·옷가지며 이불 챙기고
베 버선에 푸른 신발로 갈아 신고서
한 닢 조각배에 몸을 실어야겠소이다.

남영 :   그랬군요. 방금 향군이도 돌아오더니 조정께옵서 몰래 도망
          쳤다고 하더니만……. (부른다) 향군아, 어서 오너라!
이향군 : (등장하여 대면한다) 양 나리, 평안하셨습니까?
양문총 : 오랫동안 못 보았는데 오늘 이렇게 총총히 만나자마자 또 멀
          리 헤어지게 생겼구나!
이향군 : 어디로 가시게요?
양문총 : 내 고향 귀양으로 돌아가련다.
이향군 : (눈물을 훔치면서) 후서방님은 감옥에서 나오지도 않으셨는데,
          나리마저 고향으로 돌아가겠다고 하시니 (…) 소녀만 홀로
          버려두시면 누가 보살펴 주겠어요!
양문총 : 이런 큰 난리통에는 부자지간이라도 서로를 보살펴주기가
          어려울 게야.

          상황이 긴박한데
          상황이 긴박한데
          각자가 알아서 스스로를 챙겨야지
          어느 누가 같이 움직일 수 있겠느냐?

정이 소곤생으로 분장하고 황급히 등장한다.

소곤생 : 장군이 목숨조차도 아끼지 않으셨건만
          황제는 벌써 정처 없는 신세 되셨구나.

나 소곤생, 호광(湖廣12))에서 남경으로 돌아왔더니 이런 엄청난 난리를 만날 줄이야! 일단 구원(舊院)으로 가서 후공자 소식이나 알아보고 나서 방법을 강구하도록 하자.

〈전강前腔〉
서둘러서 내가 돌아왔건만
서둘러서 내가 돌아왔건만
옛 사람은 어디에 있는고?
군대 깃발들만 눈에 가득하니 세상이 다 바뀌었구나!

여기로군. 바로 들어가야겠다.
(대면한다) 잘됐다! 양 나리께서 여기 계셨군요? 향군이도 나왔구나! 그런데 (…) 후 상공은 어째서 안 보이지?

양문총 : 후형은 아직 감옥에서 나오지 않았소이다.

이향군 : 사부님께서는 어디서 오는 길이십니까?

소곤생 : 후공자 구명을 위해 멀리 무창(武昌)까지 달려갔는데 어이없게도 영남후(寧南侯)께서 급사하셨지 뭐냐! 그날 밤 남경으로 돌아오는 길에 난리가 났다는 소식을 얼핏 듣고 서둘러 감옥을 찾아갔더니 자물쇠가 다 열려 있더구나.

　　　죄수들은 뿔뿔이 다 흩어져버려
　　　죄수들은 뿔뿔이 다 흩어져버려
　　　삼면의 그물이 다 열렸으니13)

---

12) 호광(湖廣) : 명대에 호북(湖北)과 호남(湖南) 두 지역을 아울러 일컫던 이름.

13) 삼면의 그물이 다 열렸으니 : 상나라 탕왕(商湯)의 고사를 차용한 것이다. 전설에 따르면 탕왕은 야외로 외출했다가 누가 네 방향으로 모두 새를 잡는 그물을 펼쳐 놓은 것을 발견하고 그 그물을 친 사람에게 세 방향의 그물은 열어 놓게 했다고 한다. 여기서는 감옥 문이 열려 일순간 혼란에 휩싸이는 모습을 두고 한 말이다.

누가 선비님을 해치겠느냐?

이향군 :   (통곡하면서) 사부님, 어서 빨리 찾아 주세요!

양문총 :   (가리키면서)

멀리 바라보니 연기며 먼지로 자욱한데
멀리 바라보니 연기며 먼지로 자욱한데
아내도 팽개치고 자식까지 버리는 판국이니
다시 만나보기는 영영 어렵겠구나!

(단을 향하여) 그래, 그래! 너를 보살펴 줄 사부님이 계시니 나
는 바로 남경을 떠나련다. (부른다) 남전숙은 짐을 꾸려서 나
와 같이 가도록 합시다!

남영 :   소생은 집이 항주이온데 어떻게 양형을 모시고 먼 길을 가겠
습니까?

양문총 :   그러시다면, 나는 여행복으로 갈아입고 이쯤에서 작별 인사
를 나누는 게 좋겠소이다. (옷을 갈아입고 작별 인사를 한다)

만 리 길을 흡사 넋이라도 돌아온 것 같고
삼 년 세월이 마치 꿈속이라도 거닌 듯하구나.

말을 타자, 잡이 짐을 지고 뒤따라 함께 퇴장한다.

이향군 :   (통곡하면서) 양 나리께서 가버리셨으니, 내 속마음 아실 분은
사부님뿐이시네요! 전번에는 먼 길을 마다하지 않으시고 서
방님을 찾아가는 수고를 하셨건만, 소녀가 입궁하고 서방님
은 하옥되는 바람에 둘 다 상봉할 수 없었는데, 소녀가 궁궐

을 벗어나고 서방님도 감옥을 나왔는데도 이번에도 못 만나고 말다니……. 아무래도 사부님께서 불쌍히 여기시고 소녀를 데리고 여기저기 찾아봐 주시기 바랍니다!

소곤생 : 후서방은 여기에 올 수가 없는 몸이니 보나마나 도성을 떠났을 텐데, 어디서 찾는단 말이냐?

이향군 : 꼭 찾아야 합니다!

〈전강前腔〉
설사 하늘가·바다 끝
설사 하늘가·바다 끝
신선이 산다는 십주十洲며 방외方外[14]라 하더라도
무쇠 신발 다 닳도록 삼천계三千界[15]를 온통 찾아 헤매다가

후서방님을 뵙고 나서야 발길을 멈추렵니다!

소곤생 : 북서쪽 일대가 죄다 북녘 군사들이니 그 양반도 장강을 건너가지는 못 했을 테고 (…) 만일 찾으려거든 남동쪽 산길뿐일게다.

이향군 : 그럼 당장 떠나요!

황량한 산과 들판 길을 바라보노라니
황량한 산과 들판 길을 바라보노라니
신선경이 천태산天台山 같구나.
삼생三生[16]의 옛 인연이 거기 계시겠지……

---

14) 십주十洲며 방외方外 : 전설에 따르면 '십주'는 조祖·영瀛·현玄·염炎 등 신선이 산다는 열 곳을 말하며, '방외'는 세상 밖을 나타내는 도가의 용어이다. 앞서의 '하늘가[天涯]'와 '땅 끝[海角]'은 먼 곳을 가리키는 말로 주로 사용된다.

15) 삼천계三千界 : 원래는 불경 속에 등장하는 화두話頭로, '삼천세계三千世界'로 불리기도 하는데, 여기서는 온 세상을 두루 가리키는 말로 사용되고 있다.

소곤생 :   너는 오직 후서방을 찾겠다는 일념뿐이고, 나 역시 난리를 피하긴 해야 하니⋯⋯. 데리고 가기는 간다마는⋯⋯. 어느 쪽으로 가야 될는지, 도통⋯⋯.

남영 :   (가리키면서) 도성 동쪽의 서하산棲霞山17)은 인적이 드물답니다. 대금의大錦衣 장요성張瑤星선생도 벼슬을 버리고 거기서 도를 닦는 중이라 저도 마침 찾아뵙고 사부님으로 모실 생각이었습니다. 길동무 삼아 동행하시면 혹시 부부가 다시 만나게 될지도 모르지요.

소곤생 :   참으로 좋은 생각입니다! 다들 보따리를 챙겨서 같이 도성을 나가도록 합시다! (각자 보따리를 지고 떠난다)

이향군 :   화류계 옛 터전을 떠나지만
           화류계 옛 터전을 떠나지만
           사랑의 뿌리며 애정의 싹은
           언제나 사그라지려나?

소곤생 :   저 앞쪽이 성문인데, 누가 검문이라도 할까 걱정이구만.

남영 :   아무도 없는 틈을 타서 어서 빠져 나갑시다!

이향군 :   발이 아파도 말조차 못 꺼내겠구나!

이향군 :   길 걷기 힘에 겨워 눈물이 온 빰을 적시는데
           바람에 흩날리는 쑥대·물에 떠가는 부평초 꼴로 성문을 나서네.
           도원경 동굴 속에는 정벌이고 전쟁일랑 없이
           꽃받침도 나란히 연꽃이 활짝 피겠지?18)

---

16) 삼생三生 : 과거의 전생前生, 현재의 현생現生, 미래의 후생後生을 말한다.
17) 서하산棲霞山 : 남경성 동쪽에 소재한 산 이름.

---

18) 꽃받침도 나란히~ : 부부가 헤어지지 않고 함께 사는 것을 암시하는 말이다. 중국의
    고전문학에서 하나의 꽃받침에서 두 개의 꽃봉오리가 나란히 핀다는 '쌍두련双頭蓮'은
    금슬이 좋은 부부를 나타내는 말로 많이 사용된다.

桃花扇

서른일곱 번째 대목

보물 쟁탈

劫寶

원제는 "겁보劫寶"로, 보물을 강탈한다는 뜻이다. 이 대목에서는 충성스러운 장군 황득공黃得功이 자신의 병영으로 찾아온 홍광제弘光帝를 보호하려다가 일신의 영화를 위해 변절의 길을 택한 유씨 형제와 측근 전웅田雄에게 배신당해 결국 황제를 빼앗기고 자신도 스스로 목을 베어 최후를 맞는 내용을 다루고 있다. 작자는 여기에서 황득공의 병영을 주 무대로 삼고 노래도 황득공의 독창을 전면에 배치함으로써, 세 장수와의 대비를 통해 황득공의 충성스러운 이미지와 장렬한 최후를 더욱 강렬하게 부각시키고 있다.

을유년(1645) 5월

등장인물

    말 : 황득공
    부정 : 전웅
    잡 : 파발꾼 / 군졸
    소생 : 홍광제
    축 : 한찬주 ⇒ 유택청
    정 : 유량좌

말이 황득공黃得功으로 분장하고 갑옷을 입은 채, 부정이 전웅田雄으로 분장하고 뒤따라 등장한다.

황득공 :　　〈서지금西地錦〉
　　　　　　거침없이 치닫는 장강을 지켜보노라니
　　　　　　영웅의 시름은 만 리만큼 길기만 하다.
　　　　　　언제쯤이나 중군中軍 막부에서 즐겁게 술 나누고
　　　　　　활과 화살을 후배들에게 넘겨줄꼬!

　　　　　　나 황득공, 판기坂磯 싸움에서 좌량옥左良玉을 놀라 절명하게
　　　　　　만들었다. 혼자 남은 그 아들 좌몽경左夢庚이 구강九江을 점거
　　　　　　하고 있어서 그 오합지졸들이 여태 척결되지 않았으니, 일단
　　　　　　무호蕪瑚에 주둔하면서 놈들의 북진에 대비해야겠다.

잡이 파발꾼으로 분장하고 등장한다.

파발꾼 : 급보입니다, 급보! 북녘의 청나라 대군이 밤새 회하_{淮河}를 건너 양주를 포위하는 바람에 온 남경이 공포에 떨고 백성들은 뿔뿔이 도망치고 있사옵니다!

황득공 : 봉양_{鳳陽}·회안_{淮安}[1) 두 진영은 지금 강북에 주둔하고 있으면서 왜 대적하지 않고 있단 말인가!

파발꾼 : 들리는 바에 따르면 두 분 유 장군까지 좌량옥의 군사를 막기 위해 상강_{上江}[2)으로 출병하는 바람에 봉양·회안 일대의 천 리나 되는 땅에는 군영이 텅 비고 말았다 하옵니다!

황득공 : (놀라면서) 이를 어쩔꼬! (부른다) 전웅이! 자네는 내 심복이니, 속히 군사를 이끌고 가서 남경을 지키도록 하게!

〈강황룡降黃龍〉

위엄 있는 사마_{司馬}[3)께서

밤새 병부를 발동하여

진영을 조정하고 방어선을 이동시키더니만

그 자가 동쪽 벽 헐어 서쪽 담을 메우고

옷자락 잡아당겨 팔뚝 드러내는 딱한 짓을 저지를 줄이야![4)

---

1) 봉양_{鳳陽}·회안_{淮安} : 안휘성 봉양과 강소성 회안은 당시 각각 유량좌_{劉良佐}와 유택청_{劉澤淸} 두 장수가 지키고 있었다. 여기에서 봉양과 회안은 지명을 나타내기도 하지만 그 자체로 그 지역을 지키던 두 장수를 가리키는 말로 사용되고 있다.

2) 상강_{上江} : 양자강 상류지역. 청대에는 양자강을 두 구간으로 나누고, 안휘성 구간을 '상강_{上江}', 강소성 구간을 '하강_{下江}'으로 불렀다.

3) 사마_{司馬} : 주_周나라 조정에는 '육관_{六官}'이라 하여 천관_{天官}의 우두머리로 궁중의 일을 맡아보던 총재_{冢宰}, 지관_{地官}의 우두머리로 내정과 교육을 맡아보던 사도_{司徒}, 춘관_{春官}의 우두머리로 제사와 예악을 맡아보던 종백_{宗伯}, 하관_{夏官}의 우두머리로 군사를 맡아보던 사마_{司馬}, 추관_{秋官}의 우두머리로 사법과 외교를 맡아보던 사구_{司寇}, 동관_{冬官}의 우두머리로 영조_{營造}와 공작_{工作}을 맡아보던 사공_{司空} 등의 벼슬이 있었다. 여기서는 만명 조정에서 병부상서를 맡고 있던 완대성을 가리키는 말로 사용되고 있다.

4) 그 자가~ : 매사를 거시적으로 판단하고 대처하지 못하고 근시안적으로 그때그때 임기응변으로 대응하는 것을 두고 한 말이다. 여기에서 '그 자'란 마사영의 사주로 병부상서가 되어 황하 수비 임무를 맡았던 완대성을 가리킨다.

철통같던 회안·양주 땅을 아예 포기한 것이 분명하다.

아홉 굽이 천혜의 험한 물길5)을

연잎 같은 조각배로 출렁거리며 지나는 형국이로구나!

연기와 흙먼지가 일어나

금릉 땅 왕의 기운조차 무색해졌으니

궁궐인들 어찌 지킬 수 있겠는가?

퇴장한다. 소생이 홍광제弘光帝로 분장하고 말을 탄 채, 축은 태감太監 한찬주韓贊周로 분장하고 그 뒤를 따라서 등장한다.

홍광제 :   〈전강前腔〉

안타깝기도 하구나!

숨죽인 어룡6)이

남몰래 강어귀에서 훌쩍이며

이 마을 저 고을에서 걸식하는 신세 될 줄이야!

과인이 남경을 빠져나온 후로 주야로 도망치는 사이에 내시·비빈들이 조금씩 흩어져 버리더니 지금은 겨우 태감 한찬주만 나를 따를 뿐이다.

이 뜨거운 날씨·이글거리는 태양 아래

---

5) 아홉 굽이 천혜의 험한 물길[九曲天險] : 황하黃河를 말한다. 전하는 말에 따르면, 황하는 강물이 아홉 굽이나 되고 길이도 9천 리나 된다고 한다. 이 두 구절은 남명 조정의 군신이 황하를 사수하지 못하고 결국 청군이 강을 건너 강남을 유린하게 만든 것을 두고 한 말이다.

6) 숨죽인 어룡[寂寞魚龍] : 당나라 시인 두보杜甫가 지은 「추흥秋興」 여덟 수 중에서 네 번째 시의 "어룡 적막하고 가을 강 싸늘하니, 고향 땅 살던 곳 그리움은 끝이 없어라[魚龍寂寞秋江冷, 故國平居有所思]" 부분을 차용한 것으로, 여기서는 홍광제가 자신의 처지를 두고 한 말이다.

말라빠진 말로 홀로 다니노라니

어디서 더위를 피해야 할지…….

어제 위국공魏國公 서굉기徐宏基를 찾아갔더니만 짐짓 모른 체
하면서 나를 쫓아내지 뭔가! 오늘은 무호까지 오기는 왔는
데……. (가리키면서) 저 앞 군영은 바로 황득공이 주둔한 곳일
텐데 (…) 과인을 받아줄지 모르겠구나.

다급하게

남의 집 낭하에 몸을 내맡기고

그저 거두어주고 먹여주기만 바랄 뿐이라네.

(말에서 내리더니) 여기가 황득공이 있는 막부의 원문轅門7)이구
나. (부른다) 찬주야, 어서 빨리 알리도록 해라!

한찬주 : (사람을 부른다) 문간에 누구 있느냐?

잡이 군졸로 분장하고 등장한다.

군졸 : 어디서 온 놈이냐!

한찬주 : 남경에서 왔느니라. (한쪽으로 데리고 가서 조용히 말한다) 성상 마
마께옵서 행차하셨으니 당신네 장군에게 속히 나와 영접하
라 전하시오

군졸 : 예끼! 성상 마마께서 뭐 하러 이런 곳까지 행차하신단 말이

---

7) 원문轅門 : 고대에는 황제가 영토를 둘러보거나 사냥을 나갔을 때에는 행궁 주위에
수레들을 늘어놓아 울타리로 삼았는데, 출입구 쪽에는 수레 두 대를 하늘을 바라보도
록 뒤집어 놓고 이것을 '원문轅門'이라고 불렀다. 나중에는 군대를 통솔하는 장군의 군
영 출입문을 가리키는 말로 사용되었다.

냐! 나를 겁주려고 하지 마라!

홍광제 :   그대가 황득공을 불러내면 사실 여부를 알 수 있을 것이니라.

강포江浦가에서

어가를 맞아들였던

왕년의 중랑장中郎將8)을 말이다.

(잡이 손가락을 깨문다9))

군졸 :   사람은 딴 사람 같은데 말투 한번 거창하구만? 맞는지 아닌지, 어디 일단 한 말씀 고하고 보자. (서둘러 들어가서 전한다)

말이 황급히 등장한다.

황득공 :   어디 그럴 리가 있나? 내가 직접 확인을 해야겠다. (대면한다)
홍광제 :   황 장군, 그 동안 잘 지냈소?
황득공 :   (알아보고 황급히 무릎을 꿇으면서) 만세, 만만세! 막부로 납시어 신의 절부터 받으소서!

축이 소생을 부축하고 막부로 들어간다. 말이 절을 올린다.

---

8) 중랑장中郎將 : 벼슬 이름. 진秦나라 때에 중랑中郎 벼슬을 둔 후로, 한대에 오관五官·좌左·우右의 세 중랑서中郎署로 나누고 각각 중랑장中郎將을 두어 황제의 시위侍衛를 통솔하게 하였다. 한대 이후로 병력을 통솔하는 장수를 가리키는 말로 사용되었으며, 당대에는 하급 무관직을 가리키는 말로 사용되었다. 송대에 이르러서는 명예직으로 사용되다가 나중에 폐지되었다. 여기서는 과거 강포 가에서 복왕(홍광제)의 어가를 영접했던 황득공을 두고 한 말이다.

9) 손가락을 깨문다[咬指] : 중국 고전극의 전문용어. 사람을 믿지 못하고 의심하는 마음을 표현할 때 하는 시늉이라고 한다.

황득공 :   〈곤편滾遍〉
         갑옷 차림으로 우리 황제께 절 올리고
         갑옷 차림으로 우리 황제께 절 올리고
         또다시 용안을 우러러 뵙사옵니다.
         어이 하여 남몰래 행차 하시어
         쓸쓸하게 말 타고 몽진蒙塵10)하는 처지 되셨나이까?
         물 잃은 영험한 용11)께옵서
         바람과 구름 속을 정처 없이 떠도시다니요?
         이 모두가 신들의 죄이옵니다!
         나라의 은혜를 저버린 자
         재상과
         장수들인가 하나이다!

홍광제 :   사태가 이리 되고 보니 후회해도 소용이 없구려. 그저 경이
         짐을 지켜주기만 바랄 따름이오 (말이 땅을 치고 통곡하면서 상소
         를 올린다)

황득공 :   성상께옵서 구중궁궐에 계시는 동안 신은 온 힘을 다해 분투
         해 왔나이다. 그런데 이제 궁전을 떠나 피신하시어 대권을 잃
         으셨으니, 신이 나아가도 싸울 수 없고 물러나도 지킬 수 없
         게 되어, 대업이 열에 아홉은 이미 사라지고 만 셈이옵니다!

홍광제 :   조급해 할 것 없소이다. 과인은 목숨만 부지할 수 있으면 그
         만이오. 이 황제 노릇도 이제는 하고 싶은 생각이 없고…….

황득공 :   아아! 천하는 조상들의 천하이거늘, 성상께옵서 어찌 마음대

---

10) 몽진蒙塵 : 원래는 먼지를 뒤집어쓴다는 말로, 일반적으로 난리를 만난 군왕이 안전
  한 곳으로 피신하는 것을 가리키는 말로 사용된다.
11) 물 잃은 영험한 용[失水神龍] : 전설에 따르면 신령스러운 용은 물이나 구름이 있어
  야 신통력을 발휘할 수 있다고 하는 바, 물을 잃은 용이란 그 같은 신통력을 상실한
  용 즉 권위를 잃은 황제를 의미한다.

로 포기하실 수 있겠나이까?

홍광제 : 포기하고 안 하고는 오로지 장군에게 달려 있소이다!

황득공 : 신, 죽을 때까지 충성을 다하겠나이다!

홍광제 : (눈물을 훔치면서) 장군이야말로 진정한 충신이었구려!

황득공 : (무릎을 꿇고 소청을 올린다) 성상께옵서 행차하시느라 피곤하실 터이온즉, 속히 뒷편 장막으로 납시어 쉬도록 하시옵소서! 국가대사는 내일 어명을 받잡도록 하겠나이다!

축이 소생을 안내하여 들어간다.

황득공 : 기가 차는구나, 기가 차! 명나라 삼백 년의 국운이 경각에 달리고, 황제의 판도 열다섯 성省이 이 자투리땅으로 줄어들다니! (…) 이토록 엄청난 일을 내가 어찌 감당할 수 있을꼬! (분부한다) 전군은 고삐와 재갈을 풀어 말을 쉬게 하고 갑옷을 끌러 사람을 쉬게 하되, 방울을 흔들고 딱따기를 두드리면서 경계를 늦추지 말라! (사람들이 대답한다)

(부른다) 전웅이, 나와 자네는 숙위관宿衛官[12]일세. 이 행궁行宮[13] 문 밖에 누워 함께 밤새 지키도록 하세.

말이 부정의 다리를 베고 쌍편雙鞭을 든 채 눕는다. 잡이 방울을 흔들고 딱따기를 두드리면서 야경을 돈다. 부정이 가만히 말한다.

전웅 : 원수님, 소장이 보기에 이 황제는 복을 누릴 그릇이 아닌 듯

---

[12] 숙위관宿衛官: 『주례周禮』, 『사기史記』 등에서 보듯이, '숙위宿衛'란 고대에 궁궐에서 군왕을 호위하는 제도로 이 같은 임무를 수행하는 친위대를 숙위관이라고 불렀다.

[13] 행궁行宮: 군왕이 도성을 떠나 나들이나 피난을 할 때 임시로 머물던 궁전. 일반적으로 도성에 마련된 임시 궁전을 '별궁別宮'이라고 부르고, 도성 밖에 마련된 임시 궁전을 '행궁'이라고 불렀다고 한다.

싫사옵니다. 게다가…… 북녘의 청나라 군사가 장강을 건너
자 다들 속속 투항하는 실정이온즉, 원수님께서도 바람을 보
면서 배를 움직이심이 옳사옵니다!

황득공 : 무슨 소리를 하는 겐가! 시쳇말에 "효도를 하려면 온 힘을
다하고 충성을 하려면 목숨을 다 바쳐야 한다[孝當竭力, 忠則
盡命]"[14]고 했네! 신하 된 자로서 어찌 두 마음을 품을 수 있
겠는가?

무대 뒤에서 북소리가 들린다.

황득공 : (놀라면서) 어째서 북소리가 들리는 게지?

다함께 일어나 앉는다. 잡이 등장하여 고한다.

파발꾼 : 아뢰오! 한 무리의 군사가 북동쪽에서 남하하더니 두 유 장
군 형제라고 하면서 원수님을 뵙고 군정을 의논하겠다 하옵
니다.

황득공 : (일어나더니) 잘됐다, 잘됐어! 세 진영이 다 모였으니 어가를
지킬 수 있겠구나! 어디 보자. (멀리 바라본다)

정이 유량좌劉良佐로, 축이 유택청劉澤淸으로 각각 분장한 채 말을 타고 무리를
이끌고 등장한다.

유씨 형제 : (소리친다) 형님, 어디 계시오?

황득공 : (기뻐하면서) 역시 그 두 사람이로군. (대답한다) 여기서 한참 동

---

14) 효도를 하려면~ : 『천자문千字文』에 나와 있는 말로, 부모에게 효도할 때에는 최선
을 다해야 하고 나라에 충성할 때에는 목숨을 바치라는 뜻이다.

안 그대들을 기다렸소이다.

정과 축이 말에서 내린다.

유량좌 : 형님이 보물을 얻으시더니 우리 형제를 속이실 요량이십니
　　　　까?
황득공 : 보물이라니?
유택청 : 홍광 말이오!
황득공 : (손사래를 치면서) 큰소리 내지 마시오! 성상께옵서는 쉬고 계
　　　　시니……
유택청 : (가만히 묻는다) 오늘 여태 보물도 안 바치고 대체 언제까지 기
　　　　다리실 참이오?
황득공 : 무슨 보물?
유택청 : 홍광을 북녘 조정으로 보내면 왕 같은 대단한 작위를 내린다
　　　　니, 보물을 바치는 셈이 아니고 무엇이겠소이까?
황득공 : (호통을 친다) 예끼! 두 사람이 그런 짓을 하면 이 황틈자黃闖子
　　　　가 용납할 것 같은가! (쌍편을 들고 친다)

정과 축이 맞붙어 싸운다.

황득공 : (고함을 지른다) 이 고얀 역적들 같으니!

　　　　　〈전강前腔〉
　　　　　풍문 듣기가 무섭게 투항할 마음부터 품다니
　　　　　풍문 듣기가 무섭게 투항할 마음부터 품다니
　　　　　그야말로 파사波斯[15]의 장사치 같구나!
　　　　　조정의 녹을 먹고 천자를 모시던 자들이

진기한 물건16)인양 두 손으로 갖다 바칠 생각이나 하면서
모반을 일으키고 군왕을 끌고 가
공로를 다투고 상이나 받으려 드는 겐가?
별안간 본분을 망각하고
완전히 표변해 버렸으니
정말로 역적들이로구나!

유량좌 :   말이 지나치시구려! 친한 의형제 사이에 왜 그렇게 핏대를
          올리고 난리슈?
황득공 :   퉤이, 네 이 놈! 군왕과 부모조차 알아보지 못하는 네놈들이
          무슨 의형제란 말이냐! (또 싸운다)
전웅 :   (뒤에서 손가락질을 하면서) 정말 미련퉁이 양반일세! 이 지경이
          됐는데도 아직도 상황 판단이 안 된단 말인가? (활시위를 당겨
          화살을 재더니) 이 전웅이가 대신 포위를 풀어 드리지.

    화살을 쏘아 말(황득공)의 다리를 맞히자 말이 땅바닥에 쓰러진다.
    정과 축이 큰소리로 웃는다. 부정이 안으로 들어가더니 서둘러 소생을 지고 나
온다.

홍광제 :   (소리친다) 찬주야, 냉큼 따르거라!

    무대 뒤에서는 아무 대답도 없다.

_____

15) 파사波斯 : 현재의 이란에 해당하는 페르시아를 가리키는 음역어. 수당隋唐 이래로 때
    로는 보물을 알아보는 외국 상인을 가리키는 말로 사용되기도 한다. 여기에서는 상황
    을 기민하게 판단하고 살 길을 찾는 간신배를 두고 한 말이다.
16) 진기한 물건[奇貨] : 열네 번째 대목 '복왕 성토福妺'의 '진기한 물건'과 마찬가지로
    홍광제를 가리키는 말.

홍광제 : 이 놈이 나를 팽개치고 내뺄 줄이야! (손으로 부정의 얼굴을 때리면서) 네놈이 나를 업고 어디로 가려느냐!

전웅 : 북경으로 갑시다!

소생이 사납게 부정의 어깨를 깨문다.

전웅 : (아픔을 참으면서) 아이고, 나를 물어 죽일 참이슈? (소생을 땅바닥에 내동댕이 치더니 정과 축을 향해 두 손을 모으면서) 황제 한 놈 대령이요!

유씨 형제 : 고맙네, 고마워! (동시에 소생의 소맷자락을 잡아끌면서 서둘러 떠난다)

말이 소생의 다리를 끌어안고 소리친다.

황득공 : 전웅이, 전웅이! 어서 마마를 지켜 드리게!

부정이 붙잡는 척 하다가 손을 놓아버린다. 정과 축이 결국 소생을 끌고 퇴장한다.

황득공 : (일어나려고 발버둥을 치면서) 내 몸도 가누지 못하다니 이게 어찌 된 영문이지?

전웅 : 원수님은 화살을 맞았다우.

황득공 : 어느 놈이 나를 쏘았단 말이냐!

전웅 : 우리가 역적을 맞추려다가 원수님을 다치게 했구려?

황득공 : 네놈이 눈이라도 멀었단 말이냐! 어디 물어 보자, 어째서 성상을 업고 나왔더냐?

전웅 : 나야 성상을 모시고 달아나려고 그랬지. 뜻밖에도 저 자들한테 뺏기고 말았지만서도……

황득공 :　어서 같이 쫓아가도록 하자!

전웅 :　(웃으면서) 원수님은 이제 분부 따위는 안 해도 된다우. 이 몸
　　　께서 호송관을 맡아서 보따리를 다 챙기고 나면 알아서 도성
　　　까지 호송해 드리리다. (보따리와 우산을 지고 서둘러 뒤쫓아 퇴장한
　　　다)

황득공 :　(성을 내면서) 예끼, 이 양심도 없는 역적아! 내가 네놈 하나조
　　　차 죽이지 못하다니!
　　　(통곡하면서) 하늘이시여, 하늘이시여! 명나라 천하가 이 황득
　　　공의 손에서 끝장이 날 줄 누가 알았겠습니까!

　　　〈미성尾聲〉
　　　평생토록 용맹스러워 아무도 당해내는 자가 없었건만
　　　북녘으로 끌려가는 황포黃袍[17]조차 붙들지 못했으니
　　　강동江東의 부로들이 배꼽 빠져라 비웃게 생겼구나!

아서라, 아서! 이 한 목숨 죽는 길 말고는 나라에 보답할 길
이 없는 것을……
　　　(칼을 뽑더니 큰소리로 외친다) 군사들이여, 모두 와서 목 없는 장
　　　군을 보라! (단칼에 스스로 목을 베고 죽는다)[18]

---

17) 황포黃袍: 황제가 착용하는 곤룡포袞龍袍. 여기서는 황제 즉 홍광제를 가리키는 말로
　　　사용되고 있다.
18) 단칼에 스스로 목을~: 원래 명청 전기에서는 대목마다 말미에 '퇴장시[下場詩]'가
　　　배치되는 것이 보통이지만, 이 대목에서는 예외적으로 퇴장시가 생략되어 있다. 공상
　　　임은 이 대목에 붙인 미평尾評에서 이에 대해 "(이 대목을 정리해야 할) 장군이 이미
　　　죽어버렸는데 누가 오열하는 노래를 부른단 말인가[將軍已死, 誰發咽嗚之歌]?"라고
　　　반문하고 있다.

서른여덟 번째 대목

순국 충신

沉江

원제는 "침강沈江"으로, 강물에 몸을 던진다는 뜻이다. 이 대목에서는 양주성揚州城 사수에 실패하고 간신히 피신한 사가법史可法이 양자강揚子江 강변에서 우연히 만난 늙은 찬례贊禮를 통해 조정과 남경의 비관적인 상황을 전해 듣고 절망하여 강물에 몸을 던지고, 그 직후 그 곳을 지나던 후방역侯方域 일행이 찬례와 함께 사가법의 유품을 수습하고 장례를 치름으로써 그 충혼을 기리는 내용을 다루고 있다. 작자는 사가법의 투신을 경계로 전반부와 후반부로 나뉘는 이 대목에서 남경 외곽 양자강 강변을 무대로 하면서, 전반부에서는 사가법의 비장한 독창을 후반부에서는 두 명 이상의 장엄한 합창을 운용함으로써 사가법이라는 충신의 이미지를 강렬하게 부각시키고 있다.

을유년(1645) 5월

등장인물

    외 : 사가법
    부말 : 늙은 찬례
    축 : 유경정
    생 : 후방역
    말 : 진정혜
    소생 : 오응기

외가 사가법史可法으로 분장하고 전립氈笠을 쓰고 황급히 등장한다.

사가법 :   〈금전도錦纏道〉
            봉화 연기 바라보니
            살기가 무겁게 드리워져
            양주揚州 땅이 들끓는구나.
            산목숨을 모두 쓸어가 버렸으니
            이 도륙이 모두 내 외곬 충성심을 바꾸지 않았기 때문이로다.
            병졸과 장수들은
            기진맥진한 채로
            온기도 채 가시지 않은 시체 더미로 변하고 말았구나!

            나 사가법, 군사 삼천을 이끌고 양주성을 사수하려 했건만,
            힘과 군량이 다 바닥나도록 원병조차 오지 않을 줄이야
            ……. 북녘 청나라 대군이 오늘밤 양주성 북쪽을 무너뜨렸다

니, 나도 이제는 그저 자진하고 싶은 마음뿐입니다. 문득 명나라 삼백 년 사직이 오직 이 한 몸에게 달려 있는 현실을 떠올리고 보니, 어찌 무모한 죽음을 택해 고립된 군왕을 저버릴 수가 있겠습니까? 그래서 줄을 타고 성 남쪽으로 내려와 의진儀眞1)으로 직행하다가 다행히 연락선을 만나 장강을 건너 왔습니다. (가리키면서) 저기 (…) 어른어른 보이는 성이 바로 남경성이겠구나. 딱하게도 이 늙은 다리에 힘이 다 빠져 걸음조차 걸을 수가 없으니 어찌 해야 좋을꼬!

(놀라면서) 앗? 어디서 흰 노새가 나타난 걸까? 이 놈을 타고 강을 따라 피신해야겠구나. (노새를 타더니 버들가지를 꺾어 채찍으로 삼는다)

흰 노새에 올라타고

텅 빈 강 들판 길을 지나는데

통곡 소리가 온 들판을 뒤흔드누나.

해는 가까워도 장안長安 땅은 멀기만 하니2)

채찍질 더해가며

구름 속에서 궁궐로 향하노라.

부말이 늙은 찬례贊禮로 분장하고 등에 보따리를 진 채 뛰어서 등장한다.

늙은 찬례 : 늘그막에 난리를 피해 다니다 보니

---

1) 의진儀眞 : 지금의 강소성 의징현儀徵縣. 장강 북안을 끼고 양주와 남경 사이에 위치해 있다.
2) 해는 가까워도~[日近長安遠] : 진나라 명제[晉明帝]는 어릴 때 그의 부황이 "해와 장안은 어느 쪽이 더 가까우냐?"고 묻자 "해가 가깝습니다. 고개를 들면 해는 볼 수가 있지만 장안은 보이지 않으니까요" 하고 대답했다고 한다. 장안長安은 원래 지금의 섬서성陝西省 서안西安을 가리키지만 여기서는 만명 왕조의 도성인 남경을 말한다.

해 지자 집 생각이 더욱 간절하구나.

외가 부말과 부딪혀 그를 넘어뜨린다.

늙은 찬례 : 에고고! 하마터면 강으로 굴러 떨어질 뻔 했네그랴! (외를 보더니) 이 장군 양반이 눈도 없나! (외가 노새에서 내려 부축해 일으킨다)

사가법 : 정말 죄송하외다! 그나저나 여쭈어나 봅시다, 귀하께서는 어디서 오시는 길이오이까?

늙은 찬례 : 남경서 오는 길이올시다.

사가법 : 남경 상황이 어떻소?

늙은 찬례 : 아직도 모르셨소? 황제 마마께옵서 도망하신 지가 이삼일이나 됐다구요. 지금 북녘의 청나라 군사들이 장강을 건너는 통에 온 도성이 난리가 나서 성문까지 다 걸어 잠겄답니다!

사가법 : (놀라면서) 아이쿠, 그렇다면 가도 헛수고가 아닌가! (큰소리로 통곡하면서) 천지신명과 이조 열종二祖列宗3)께옵서 어찌 하여 반 토막 강산조차 지켜주지 못하신단 말인가!

늙은 찬례 : (놀라면서) 그의 통곡소리를 듣다 보니 사각부 어른 같구나. (묻는다) 당신은 사 나리?

사가법 : 바로 소관이올시다. 어떻게 알아보셨소이까?

늙은 찬례 : 소인은 태상시太常寺의 늙은 찬례로, 예전에 태평문太平門 밖에서 대감을 모신 적이 있사옵니다요!

사가법 : (알아보고) 그렇구려! 그때 선황을 위해 통곡을 하던 분이 바로 노형이었구려!

늙은 찬례 : 황공합니다. (…) 대감께서는 어째서 이런 낭패를 다 당하셨

---

3) 이조 열종二祖列宗 : 태조太祖 주원장朱元璋과 성조成祖 주체朱棣 이래로 마지막 홍제인 사종思宗 주유검朱由檢까지 명나라를 통치했던 역대 황제들을 가리킨다.

습니까?

사가법 : 오늘밤 양주성이 함락되는 바람에 성 위에서 줄을 타고 내려
왔소이다.

늙은 찬례 : 어디로 가시려구요?

사가법 : 애초에는 남경으로 가서 어가를 모시려 했는데, 성상께옵서
피신하실 줄은 생각도 못했구려! (발을 구르면서 통곡한다)

〈보천락普天樂〉
돛 끊어진 배와 같은 나를 팽개치셨구려!
집 없는 개 신세가 된 나를 버리셨구려!
하늘이시여 땅이시여 수백·수천 번을 외쳐 보건만
돌아가려 해도 길조차 없고
나아가려 해도 전진하기조차 어렵구려!
(높이 올라가 먼 곳을 바라보면서)
하늘마저 두드릴 것 같은 저 흰 눈 같은 도도한 파도로도
상수 원혼4)의 한을 말끔히 씻어낼 수는 없으리라.

(가리키면서) 그렇지, 그래! 저기가 바로 내 몸을 장사 지낼 땅
이로다!

황토 땅보다 나은 곳이
한 길짜리 강 물고기의 넓은 뱃속이로다!5)

---

4) 상수 원혼[湘魂] : 춘추시대 초楚나라의 신하 굴원屈原은 상수湘水에 몸을 던져 자살
했기 때문에 중국 고전문학에서는 그를 '상류湘纍'라고 부르기도 한다. 여기에서 '류纍'
는 무고하게 억울한 죽음을 당한 사람을 말한다.

5) 황토 땅보다 나은 곳이~ : 강물에 몸을 던져 물고기에게 먹히는 것이 청나라가 차지
한 황토 땅에 묻히는 편보다 낫다는 뜻이다.

(몸을 살펴보더니) 나 사가법은 나라를 망하게 만든 죄인인데 어찌 의관을 차려 입고 죽겠는가? (모자를 벗고 도포와 장화를 벗는다)

　　　두루마기며 장화·모자를 다 벗어던지리라.

늙은 찬례 : 대감께서 자결이라도 하실 모양이구나.
　　　　　(붙잡으면서) 대감, 다시 생각해 보십시오! 경솔한 생각을 하시면 안 됩니다!
사가법 : 　이 보시오, 망망한 이 세상 어디에 이 사가법이 몸 둘 곳인들 있겠소이까?

　　　　　기진맥진한 영웅
　　　　　이제 와서 강산에 주인 바뀌는 꼴을 보고야 말았으니
　　　　　아무런 미련도 없소이다!

　　　장강으로 몸을 던지고 물살에 휩쓸려 퇴장한다. 부말이 넋을 놓고 한참을 바라보다가, 장화와 모자·두루마기를 끌어안고 통곡을 하면서 절규한다.

늙은 찬례 : 사 대감! 사 대감! (…) 참으로 고결한 충신이시도다! 소인배들만 만나지 않으셨더라면, 어느 누가 대감 같은 분이 강에 투신해 돌아가시리라 믿겠는가! (목 놓아 통곡을 한다)

　　　축이 유경정柳敬亭으로 분장하여 생을 데리고 서둘러 등장한다.

유경정 : 　목숨 구해 옥리와 작별하고
　　　　　난리 피해 천하를 주유하네.

말이 진정혜陳定慧로, 소생이 오응기吳應箕로 각각 분장하여 손을 맞잡고 서둘러 등장한다.

진·오:　　날마다 당쟁을 일삼더니
　　　　금년에는 누구 집에 의탁할꼬?

후방역:　(부른다) 진형, 오형! 날이 저물어 가니 좀 더 서둘러 갑시다!
진·오:　갑니다!
유경정:　우리가 감옥을 빠져나온 후로 어느새 며칠이 지났는데, 동분서주 해도 도무지 몸 의탁할 곳이 없군요! 앞쪽은 용담龍潭[6] 강기슭이니, 다들 상의해서 각자 다른 길로 피신하도록 합시다!
진정혜:　예, 예! (부말과 대면하더니) 노형께서는 어째서 여기서 통곡을 하고 계시오?
늙은 찬례:저도 길 가던 나그네이올시다마는, 방금 마주친 사각부史閣部 대감께서 강에 투신해 돌아가셨지 뭡니까! 슬픈 마음 가눌 길이 없어서 그 분을 위해 통곡을 좀 하던 참입니다.
후방역:　사각부께서 어쩌다가 그렇게 되셨길래요?
늙은 찬례:오늘밤 양주성이 함락되자 여기까지 피신하셨다가 황제께서 이미 피신하셨다는 말을 듣고 발을 동동 구르시더니 몸을 던지시지 뭡니까!
후방역:　그런 일이 어디 있소!
늙은 찬례:(가리키면서) 이게 벗어 놓으신 옷가지며 장화·모자랍니다!
유경정:　(보더니) 이것 보게, 옷 속이 온통 주사로 찍은 도장 투성이로군요.
후방역:　어디 확인 좀 해 봅시다!

---

6) 용담龍潭: 남경성 동쪽에 소재한 연못.

(읽는다) "어명을 받들어 강북 등지의 병마를 총독하는 내각대
학사 겸 병부상서의 관인[欽命總督江北等處兵馬內閣大學士兼兵
部尙書印]"이라 ……. (놀라 통곡하면서) 정말 사선생이셨군요!

진정혜 :　의관을 올려놓고 다들 곡하면서 절을 올립시다!

부말이 의관을 올려놓는다. 사람들이 절하고 곡을 한다. 합창한다.

일동 :　　　〈고륜대古輪臺〉
　　　　　　강변을 걷노라니
　　　　　　가슴 가득한 이 울분을 누구에게 하소연할꼬?
　　　　　　바람 맞는 얼굴에 늙은이의 눈물을 쏟으면서
　　　　　　자그마한 그 외로운 성에서
　　　　　　눈이 빠져라 원군만 기다리셨을 테지?
　　　　　　노쇠한 병사들 다 끌어 모아 혈전을 벌이시다가
　　　　　　겹겹의 포위망 뛰어넘으시면서
　　　　　　애절하게 사랑한 고국이건만
　　　　　　노래는 끝나버리고 텅 빈 잔치 자리만 남을 줄 누가 알았으랴!
　　　　　　장강 방어선
　　　　　　머리는 오吳 꼬리는 초楚까지 삼천 리 땅이
　　　　　　모조리 남의 왕가에 돌아가고 말다니…….
　　　　　　비・구름 수시로 급변하고
　　　　　　차가운 물결까지 동쪽으로 몰아치더니
　　　　　　만사가 부질없이 연기가 되어버리고 말았구나!
　　　　　　"충신의 얼이시여, 모습을 드러내소서!" 하며
　　　　　　넋 부르는 고함 소리는 바다 따라 먼 하늘까지 전해지리라.[7]

7) 충신의 얼이시여~ : 이 두 구절은 사가법은 죽었어도 그의 정신이 미친 영향은 심대
하다는 것을 말하고 있다. 여기에서 "큰 소리로 넋 부르는[大招]"은 초나라 시인 굴원

(생이 의관을 두드리면서 목 놓아 통곡한다)

유경정 : 각부께서는 절개를 다하셨으니 당대의 충신이 되신 겁니다.
　　　　상공께서도 너무 슬퍼하지 마시고, 이제 다들 작별합시다!

후방역 : (가리키면서) 보십시오, 보이느니 연기와 먼지뿐인데 소생더러
　　　　어디로 돌아가란 말씀이십니까!

진정혜 : 우리 두 사람이 길을 돌아 여기까지 온 것도 후형을 장강 너
　　　　머로 전송하기 위해서였습니다. 하지만 …… 이제는 북상할
　　　　수 없게 되었으니 차라리 저와 같이 남쪽으로 피하시지요

후방역 : 이 어지러운 난세에 어찌 마냥 서로 의지만 할 수 있겠습니
　　　　까? 역시 각자 편하신 대로 할 수밖에요!

오응기 : 후형 생각은 어떠신지요?

후방역 : 유옹과 의논하여 깊은 산 속의 오래된 절이라도 찾아가 며칠
　　　　동안 몸을 피했다가 돌아갈 방도를 강구해 볼 작정입니다.

늙은 찬례 : 이 늙은이는 지금 서하산棲霞山으로 갈 생각입니다. 그 쪽 지
　　　　역은 외진 곳이라서, 충분히 병란을 피할 수 있으니 같이 가
　　　　시지요?

후방역 : 그것 참 좋은 생각이십니다.

진·오 : 후형께 몸을 의탁할 곳이 생기셨으니, 우리도 이쯤에서 작별
　　　　하도록 합시다! (절을 나누고 작별한다)

　　　슬픈 날은 오늘이로되
　　　상봉 날은 언제일런고?

말과 소생이 눈물을 훔치면서 퇴장한다.

_____

　이 지은 『초사楚辭』의 「대초大招」편을 빗대어 한 표현이다.

후방역 :   (부말에게 묻는다) 귀하께서 서하산에는 무슨 일이 있으신지요?

늙은 찬례 : 상공께 솔직히 말씀드리면, 저는 태상시의 늙은 주례올시다. 태평문 밖에서 통곡하며 선황께 제사를 올리던 날, 저 둔무 백관들이 위선적인 작태를 보이는 것을 보고 이 늙은이가 하도 화가 나서 그때 마을 부로들에게서 돈과 양식을 시주 받고 칠월 열닷새가 오면 선황을 위해 수륙도량水陸道場을 마련해 드리기로 약속했었지요. 그런데 뜻밖에도 남경이 대란에 빠져 좋은 일을 실행하기 어렵게 되어버렸습니다. 그래서 돈과 양식을 들고 서하산으로 가서 고승들께 간청하여 이 소원을 이루려던 참이올시다.

유경정 :   훌륭한 일입니다, 훌륭한 일이예요!

후방역 :   그럼 저희도 데리고 가 주시지요.

늙은 찬례 : 이 옷가지며 장화·모자부터 챙기구요.

유경정 :   이 옷가지와 장화·모자는 어디로 보내시게요?

늙은 찬례 : 제 생각이긴 하지만 양주의 매화령梅花嶺[8]은 사 대감께서 장병들 점호를 취하시던 곳이니, 청나라 대군이 물러간 뒤에 제가 가서 초혼招魂[9]을 하고 장례를 치러 드린다면 사각부 대감께도 천추에 남을 훌륭한 안식천이 생기는 셈이 아니겠습니까!

후방역 :   그 같은 의거는 더더욱 보기 드문 일일 겁니다!

---

8) 매화령梅花嶺 : 양주 광저문廣儲門 밖에 소재한 고개로 사가법의 의관총衣冠塚이 있다. 의관총이란 훼손이나 소재 불명 등의 이유로 인하여 망자의 시신을 매장할 수 없을 때 그가 생전에 착용하던 의복이나 모자 따위를 대신 매장하여 조성한 무덤을 말한다.

9) 초혼招魂 : 사람이 죽었을 때 큰 소리로 망자의 혼을 부르는 것을 말한다. 참고로 우리나라에서는 망자가 생시에 입던 저고리를 왼손에 들고 오른손은 허리에 대고는 지붕에 올라서거나 마당에 서서, 북쪽을 향해 "아무 동네 아무개 복復!"이라고 세 번 부른다.

부말이 두루마기·장화 등을 지고, 생과 축은 그 뒤를 따라 간다.

세 사람 :   〈여문餘文〉
            산의 구름이 바뀌고
            강기슭도 옮겨가
            삽시간에 충신의 얼이 보이지 않게 되면
            한식寒食10)이 찾아온들 그 누가 묘지를 알아볼 수 있을까!

늙은 찬례 : 천년토록 남조南朝 땅에 미담 되어 전해지겠지.
유경정 :   슬퍼하며 피눈물을 온 산천에 뿌리노라.
후방역 :   하늘을 우러르며 넋 부르는 노래를 읽고 나니
늙은 찬례 : 양자강어귀에선 저녁연기만 어지럽구나!

---

10) 한식寒食 : 명절의 하나. 동지로부터 105일째 되는 날로 청명절淸明節 바로 이틀 전을
   말한다. 춘추시대 제齊나라 사람들은 한식을 '냉절冷節'이라고 부르기도 하였다. 한식의
   유래는 개자추介子推 전설에서 찾아볼 수 있다. 춘추시대에 진晉나라의 공자 중이重耳가
   진나라 문공文公이 되어 망명 시절의 충신들에게 논공행상을 하였다. 이때 과거 문공이
   굶주렸을 때 자기 넓적다리 살을 베어서 바쳤던 개자추는 자신이 포상자 명단에 들지
   못한 것을 수치스럽게 여겨 산 속으로 들어가 숨어버렸다. 뒤늦게 문공이 자신의 잘못
   을 뉘우치고 그를 불렀으나 아무리 불러도 나오지 않아서 불을 질러 그가 산에서 나오
   기를 기다렸다. 그러나 개자추는 끝내 나오지 않고 홀어머니를 끌어안고 버드나무 밑
   에서 불에 타 죽었다. 이때부터 중국에서는 그를 애도하는 뜻에서 이날은 불을 쓰지
   않고 찬 음식을 먹는 풍속이 생겼다고 한다.

서른아홉 번째 대목

입산 구도 棲眞

원제는 "서진棲眞"으로, 진리 속에 깃든다는 뜻이다. 이 대목에서는 국난에 휩쓸려 서하산棲霞山으로 피신한 이향군李香君 일행이 유숙할 곳을 찾다가 우연히 보진암葆眞庵 주지로 있던 변옥경卞玉京과 상봉하여 허드렛일을 도우며 머무르게 되고, 역시 남경을 벗어나 그 앞을 지나던 후방역侯方域 일행도 하룻밤 유숙을 간청했다가 거절당한 채 산길을 헤매다가 출가하여 채진관采眞觀 도사로 있던 정계지丁繼之와 상봉하고 몸을 의탁하는 내용을 다루고 있다. 여기에서 "진眞"이란 진리를 뜻하는 말인 동시에 이향군과 후방역이 각각 몸을 의탁하는 보진암과 채진관 두 사원의 이름자이기도 하다. 작자는 여기에서 찬례와 유경정을 제외한 모든 극중 인물에게 고루 노래를 안배하는 한편, 서로를 찾아 헤매던 두 연인이 담장 하나를 사이에 두고 길이 엇갈리는 상황을 설정함으로써 보는 사람들로 하여금 내내 가슴을 졸이게 만든다.

남종화 풍 산수화 도서관 소장 서울대학교 금강도군선도 편화

등장인물

        정 : 소곤생

        단 : 이향군

        노단 : 변옥경

        부말 : 늙은 찬례

        축 : 유경정

        생 : 후방역

        부정 : 정계지

        무대 뒤 : 동자

정이 소곤생蘇崑生으로 분장하고 단과 함께 등장한다.

이향군 :   〈취부귀醉扶歸〉

           한 가닥 말 못할 한이 마음속에 박혀 있어서

           아무리 산 높고 물 멀어도 서로 만나게 될 테니

           사랑의 뿌리를 단단히 움켜쥐고 죽어도 놓지 않으면

           님과도 신선의 꿈을 꿀 수가 있으리라.[1]

           푸른 소나무 감싸고 있는 이 만 겹 흰 구름을 보니

           사실은 우리 천태동天台洞이었구나!

---

1) 신선의 꿈[遊仙夢] : 원래는 신선이 신선경을 거니는 것을 가리키는 말이지만, 여기
   에서는 '무산의 꿈[巫山夢]'과 마찬가지로 남녀 간의 아름다운 사랑에 대한 동경을 나
   타내는 말로 사용되고 있다.

(부른다) 사부님, 우리가 남전숙藍田叔선생님 덕택에 서하산棲霞 山까지 왔네요 무심결에 문을 두드려가며 유숙할 집을 찾다 가 공교롭게도 변옥경卞玉京 이모님과 마주쳤지 뭐예요 이 보진암保眞庵의 주지主持2)로 계셔서 우리가 잠시 머물도록 허 락해 주셨으니, 이 역시 하늘이 맺어주신 기이한 인연인 셈 이지요 다만(…) 서방님을 만나지 못해 소녀가 의지할 분이 없사오니 부디 사부님께서 정성껏 찾아주시기 바랍니다!

소곤생 : 조급하게 굴 것 없느니라. 보려무나, 온 천지가 연기와 먼지 로 가득한데 어디서 찾는단 말이냐? 주지께서 나오시면 오래 머물 수 있는 방도를 의논해 보도록 하자꾸나.

노단이 변옥경으로 분장하고 도사 차림으로 등장한다.

변옥경 : 　　　〈조라포皂羅袍〉
　　　어드메가 생황 연주하는 요천瑤天인고?
　　　구름 속에서 아련한 학 울음소리며
　　　허리춤의 뎅그렁 패옥 소리 들려오누나.3)
　　　꽃과 달 같은 연분이 반평생 동안 허사가 되었는데
　　　자칫하면 또다시 도화살의 씨를 뿌리겠구나.4)

(대면한다) 암자가 누추해서 두 분께서 고생하시겠습니다.

---

2) 주지主持 : 원래는 '주재하다'라는 뜻의 동사지만 불가나 도가에서는 사원을 주재하 는 승려나 도사를 가리키기도 한다.

3) 어드메가~ : 요천瑤天은 천상의 신선경을 가리킨다. 여기에서 "허리춤의 뎅그렁 패 옥 소리" 부분은 신선이 공중을 나는 모습을 묘사한 것이다.

4) 꽃과 달 같은 연분이~ : '꽃과 달 같은 연분[花月姻緣]'이란 청춘 남녀의 속세의 인 연을 말한다. 여기에서 "자칫하면 또다시 도화살의 씨를 뿌리겠구나"라는 말은 자칫 하다가는 남녀 간의 애정사를 야기할 지도 모르겠다는 뜻이다.

이향군 :　거두어 주셔서 감사합니다. 너무도 감격스럽군요!

소곤생 :　지금 한 말씀 드릴 것이 있습니다. 강북이 전란으로 혼란스러워 지금 당장은 떠날 수가 없군요. 이 늙은이가 연주하고 노래하는 재주도 산 속에서는 아무 쓸모가 없을 텐데, 연일 폐를 끼치게 될 것 같아서 마음이 편치가 않습니다.

변옥경 :　무슨 말씀을요!

왕년의 지인께서 다시 찾아오시어
봉산蓬山5)으로 가는 길이 열렸는데
과거의 인연은 끊어지지 않고
무협巫峽의 한만 더더욱 깊어졌으니
침상을 붙여 놓고 양왕襄王의 꿈6) 이야기나 나누어 보십시다.

소곤생 :　이 소곤생에게는 여기서 살 계획이 서 있답니다.
　　　　　(신발과 삿갓으로 갈아입고 도끼·맬대·밧줄을 가지고 오더니) 날씨가 개인 틈을 타서 고개 어귀며 시냇가로 가서 소나무 땔감이나 좀 해다가 조석으로 공양 짓는 데에 쓸 수 있게 해 드리면 앉아서 놀고먹는 것보다야 낫지 않겠습니까?

변옥경 :　그렇게까지 하실 필요야…….

소곤생 :　다 같이 지낼 처지에 빈둥거려서야 어디 쓰겠습니까? (맬대를 맨다)

---

5) 봉산蓬山 : 신선들이 산다는 봉래산蓬萊山을 말한다. 여기에서 언급된 '봉산'은 당나라 시인 이상은李商隱이 지은 시 「무제無題」의 "유도령은 진작 봉산이 멀다고 안타까워했는데, 거기다 만 겹이나 더 멀어지고 말았구나[劉郎已恨蓬山遠, 更隔蓬山一萬重]" 부분의 시의詩意를 차용한 것이다.

6) 양왕襄王의 꿈 : 초나라 양왕[楚襄王]이 고당高唐에서 꿈을 꾼 고사를 가리킨다. 자세한 내용은 다섯 번째 대목 '미인 대면訪翠'의 '무산巫山' 각주를 참조할 것.

발 아래로는 산 구름도 서늘하고

어깨 너머에선 들풀이 향기롭기도 하다.

퇴장한다. 노단이 대문을 닫는다.

이향군 :　소녀도 그냥 앉아 있기에 무료하네요. 낡은 옷이라도 좀 찾아다 갖다 주시지요.. 바느질이라도 해 드리면서 이 긴 여름철을 소일하게요

변옥경 :　마침 신세 질 일이 한 가지 있군요. 이번 중원절(中元節7))에 마을의 선남선녀들이 백운암으로 와서 주황후(周皇后8)) 마마를 위해 보번(寶幡9))을 걸기로 했답니다. 그 좋은 솜씨로 마마께 보번이라도 지어 드린다면 대단한 공덕이 아니겠어요?

이향군 :　그런 좋은 일이라면 기꺼이 힘을 보태고 싶습니다!

(노단이 보번 감을 꺼낸다)

소녀, 향을 쐬고 손을 씻은 후에 정성껏 바느질을 하겠습니다. (손을 씻고 나서 보번을 바느질 한다)

〈호저저好姐姐〉

돌이켜 보면 소녀는 전생의 업보가 무거워

---

7) 중원절中元節 : 중국의 전통 명절의 하나. 중원中元은 도가에서 쓰는 말이다. 도고에서는 천상天上의 선관仙官이 일 년에 세 번 인간의 선악을 살핀다고 하는데 그때를 '원元'이라 한다. 1월 15일을 상원上元, 10월 15일을 하원下元이라고 하며 7월 15일의 중원과 함께 삼원三元이라 하여 초제醮祭를 지내는 세시풍속이 있었다. 중원절은 때로는 망혼일亡魂日이라고도 부르는데, 이날 돌아가신 부모님의 혼을 위로하기 위해서 새로 나온 술·음식·과일 등의 음식물을 먼저 바쳤기 때문이다. 불가에서는 불제자 목련ㅣ蓮이 그 어머니의 영혼을 구하기 위해 7월 15일에 오미백과五味百果를 공양했다는 고사에 따라 우란분회盂蘭盆會를 열어 공양을 하는 풍속이 있다.

8) 주황후周皇后 : 숭정제의 황후 주씨周氏. 이자성의 농민 봉기군이 북경을 함락시키자 스스로 목을 매어 죽었다고 전한다.

9) 보번寶幡 : 불교 사찰에서 불사佛事가 있을 때 내 거는 일종의 불교의식용 만장輓章.

열 손가락이 아쟁 줄·퉁소 구멍에만 매여 있는 바람에
'바느질에는 게을렀으니¹⁰⁾
언제 규방 일인들 제대로 깨우친 적 있었어야지요!

변옥경 : 향군님은 머리도 슬기롭고 손도 날렵하니 바느질 솜씨도 남
다를 거예요

이향군 : 소녀가 어디 바느질인들 할 줄 알겠어요? 그저 정성이나 들
일 뿐이지요

신선가의 보번을 받쳐 든 채
참회하며 손가락이 다 부르트도록
남다른 솜씨 담긴 원앙새를 수놓으렵니다.

함께 수를 놓는다. 부말이 늙은 찬례贊禮로, 축이 유경정柳敬亭으로 각각 분장
하고 짐을 진 채 생을 데리고 등장한다.

후방역 : 〈조라포皂羅袍〉
난무하는 방패와 창을 벗어났더니
걷는 도중에 쏴쏴
시냇물과 솔바람 소리만 내내 들리는구나.
구름이 휘감고 있는 두세 봉우리 서하산에는
강이 깊어 오월에도 찬 바람이 불어오누나.

늙은 찬례 : 여기가 서하산입니다. 여러분은 사원을 찾아가서 일찍 쉬도
록 하십시오

---

10) 열 손가락이 ~ : 이향군이 기생 출신이어서 악기 다루는 손재주는 비상하지만 바느
질은 어설프다는 뜻으로 한 말이다.

후방역 :   (보더니) 여기는 보진암이군요. 대문을 두드리고 한번 물어볼
         까?

             돌담장 하며 솔 겨우살이가 얽힌 싸리문 앞에서
             불로장생 명약 만드시는 도사님을 서둘러 찾고
             사슴 거니는 울타리며 학 노니는 길목에서
             도 닦는 동자를 다급하게 불러보지만
             신선가인들 뜬 구름 같은 인생11)의 슬픔을 어이 알겠나?

   부말이 문을 두드린다. 노단이 일어나서 묻는다.

변옥경 :   뉘신지요?
늙은 찬례 : 저는 남경에서 왔는데, 귀 암자에서 잠깐 쉬어갔으면 합니다
         만……
변옥경 :   이곳은 여도사가 주지로 있는 곳이어서 길손을 모신 적이 없
         습니다만…….

             〈호저저好姐姐〉
             보세요 돌담장은 사방으로 우뚝 하고
             대낮에도 겹겹의 문 굳게 닫혀 틈조차 없는데다
             진리 찾아 수행하는 고깔 쓴 여도사들이
             속세 손님에게 방해 받을까 꺼리는 것을요

유경정 :   우리는 떠돌이 중이나 도사도 아닌데, 잠시 머문다 한들 무
         슨 상관이겠습니까?

---

11) 뜬구름 같은 인생[浮生] : 불가에서는 속세의 인생사가 뜬구름처럼 허무하다고 여겨
   서 '부생浮生'이라고 부르며 경계했다고 한다.

변옥경 :   참된 진리 담긴 경전을 외우며
          경건히 조사祖師12) 어른의 청정한 계율을 받드는 모습은
          규방의 처녀와도 매 한 가지이기에 드리는 말씀입니다.

이향군 :   옳은 말씀이세요 화류계에 있던 시절과 비교할 수는 없지요
변옥경 :   이는 우리 수행자들의 본분이니, 저 사람들은 아랑곳하지 말
          고 주방에 가서 공양이나 들도록 합시다.

   함께 퇴장한다. 부말이 다시 문을 두드린다.

후방역 :   저 분들이 계율을 경건하게 지키겠다니 더 이상 귀찮게 해
          드리지 맙시다.
늙은 찬례 : 앞쪽에 암자와 도관이 또 많이 있으니 제가 가서 찾아보리
          다. (간다)

   부정이 정계지로 분장하고 도사 차림을 한 채 약 바구니를 들고 등장한다.

정계지 :   〈조라포皂羅袍〉
          깊은 산·오래된 동굴에서 약초를 캐느라
          짚신과 대 지팡이 닿는 대로
          온 풀숲을 다 돌아다니면서
          애잔하게 지는 해가 영롱하게 나무를 비추는 사이에
          수풀 속 죽순이며 고사리를 정결한 공양으로 삼는다네.

늙은 찬례 : (기뻐하면서) 저쪽에서 웬 도사가 오는군요 다가가서 물어보

---

12) 조사祖師 : 불가에서 종파의 창시자를 이르는 말. 또, '청정한 계율[淸規]'은 불가나
    도가에서 정한 생활 규약을 높여서 부르는 표현이다.

겠습니다.

(두 손을 모으면서) 도사님, 저희는 산에 와서 선행을 쌓으려는 사람들이옵니다. 도관에서 잠시 쉬어갔으면 싶은데, 편의를 좀 봐 주시지요.

정계지 : (뜯어보더니) 이쪽 분은 하남河南의 후공자를 꼭 닮으셨군요?

유경정 : 후공자가 아니면 누구겠습니까!

정계지 : (또 뜯어보더니) 노형은 유경정이 아니시오?

유경정 : 그렇습니다만?

후방역 : (그제서야 알아보고) 아이쿠, 정선생! 어째서 출가를 하셨습니까!

정계지 : 후 상공, 모르셨소이까?

　　　　　나는야 늘그막의 선재善才13)이러니

　　　　　옛 궁궐에는 들어가기도 구차스럽고

　　　　　게으른 구년龜年14)이라서

　　　　　훌륭한 악공 따라잡기조차 버겁기에

　　　　　집 떠나 신선가의 비전을 외우게 된 것이외다.

후방역 : 그래서 출가하셨군요!

유경정 : 어느 산에서 주지를 맡고 계시는지요?

정계지 : 앞쪽으로 멀지 않은 곳에 있는 채진관采眞觀이 바로 제가 수행하고 있는 곳이랍니다. 누추해도 괜찮으시다면 잠시 머무시는 게 어떠시겠습니까?

후방역 : 좋고 말고요!

늙은 찬례 : 두 분이 지인을 만나셨으니 이제 의탁할 곳이 생기신 셈이군

---

13) 선재善才 : 당나라 원화元和 연간에 조보曹保의 아들 선재善才는 비파에 능통했기 때문에 후세 사람들이 비파 악사를 '선재'라고 불렀다고 한다.

14) 구년龜年 : 당나라 현종[唐玄宗] 때 명성을 떨쳤던 악공 이구년李龜年을 가리킨다.

요. 저는 백운암白雲庵으로 가서 제사 지낼 일이나 의논해야 겠습니다.

후방역 : 여기까지 안내해 주셔서 감사합니다!

늙은 찬례 : 저도 마찬가지올시다. (작별한다)

인간 세상에서의 업보의 바다는 다 지워버리고
천상 세계에선 신선의 제단에 예배를 올리리라.

퇴장한다. 부정이 생과 축을 데리고 떠난다.

정계지 : 하얀 샘을 뛰어 지나고
자줏빛 누각을 오르니
눈 쌓인 동굴에는 바람 불고
구름 덮인 초당에는 비가 내리네.[15]

후방역 : (놀라면서) 앞쪽에서 시냇물이 남산을 가로막고 있으니 어떻게 건너가지요?

정계지 : 상관없습니다. 기슭에 고깃배가 있으니 잠시 배에 올라가 담소나 나누다가 어부가 오면 태워 달라고 부탁해 봅시다. 반리도 안 되는 거리에 채진관이 있으니까요 (함께 배에 올라탄다)

유경정 : 이 유가는 소싯적에 태주泰州 북쪽 물굽이에 살면서 고기잡이를 생업으로 삼았었지요. 이런 고깃배는 익숙하게 다뤄 봤으니 제가 저어 보겠습니다.

후방역 : 잘됐네요, 잘됐어! (축이 배를 젓는다)

---

15) 하얀 샘을 뛰어 지나고~ : 여기에 언급된 하얀 샘[白泉], 자줏빛 누각[紫閣], 눈 쌓인 동굴[雪洞], 구름 덮인 초당[雲堂] 등은 모두 깊은 산 속의 사원에서 자연 경관이나 건물에 관용적으로 붙이던 이름들이다.

(부정에게 묻는다) 향군이에게 머리를 올려줄 때 신세를 진 후로 한번 이별에 어느덧 삼년 세월이 지나 버렸군요!

정계지 : 그렇습니다. 그런데 …… 향군이는 입궁한 후로 무슨 소식이라도 있던가요?

후방역 : 무슨 소식이 있었겠습니까?

(부채를 꺼내 가리키면서) 그나마 이 복사꽃 부채가 정혼의 정표여서 소생이 늘 몸에 지니고 있을 뿐이랍니다.

〈호저저好姐姐〉

그녀의 복사꽃 부채를 집어 드노라니

푸른 누각16)에서의 옛 꿈이 또다시 떠오르는군요…….

하늘이 다하고 땅마저 다 닳아 없어질지언정

이 사랑은 다함이 없으리라 믿었는데

갑작스레 헤어진 후로

아득한 만 겹의 산이 봉황새 부부를 갈라놓는 바람에

아름다운 천생연분이 반 달밖에 함께하지 못했지요!

유경정 : 전번에 황제가 몰래 달아나고 비빈이 뿔뿔이 흩어질 때, 향군이도 아마 궁에서 나왔을 겝니다. 일단 남경이 진정되기만 하면 다시 찾아가 보도록 합시다.

후방역 : 그저 군사들이 사람들을 몰아내어 다시 만나기 어려울까 싶어 걱정입니다! (눈물을 훔친다)

정계지 : (가리키면서) 저 일대의 대나무 울타리가 바로 제 채진관입니다. 배를 대고 기슭으로 내립시다.

---

16) 푸른 누각[靑樓] : '청루靑樓'는 일반적으로 기방을 가리키지만, 여기서는 후방역이 이향군과 사랑을 나누던 미향루媚香樓를 가리킨다.

축이 배를 끌어서 대고 사람들이 다함께 뭍에 내린다.

정계지 :　(부른다) 동자야, 멀리서 손님들께서 오셨으니 어서 짐을 옮기
　　　　　도록 해라. (무대 뒤에서 대답을 한다)
동자 :　　이리로 드시지요! (들어가기를 권한다)

후방역 :　　대문 안의 붉은 누대17)는 퍽이나 남다르더니
정계지 :　　고즈넉한 소나무 아래에 나이 든 영감 하나가 살고 있었지.
유경정 :　　한 굽이 시냇물을 조각배로 천 번을 돌고 돌아
후방역 :　　꿈결 같은 주전자 닮은 봉산18)으로 뛰어드노라!

---

17) 붉은 누대[丹臺] : 도가에서 장생불로長生不老의 명약을 만들던 연단대煉丹臺를 말한다.
18) 주전자 닮은 봉산[蓬壺] : 중국 전설에 따르면 바다에 세 개의 산이 있는데 그 중 하
　　나가 봉래산蓬萊山으로, 그 형상이 주전자와 닮았다 하여 사람들이 '봉호蓬壺'라고 불
　　렀다고 한다.

桃花扇

대오 각성

入道

원제는 "입도入道"로, 진리의 경계로 들어선다(득도한다)는 뜻이다. 이 대목에서는 금의위錦衣衛 벼슬을 버리고 도교의 법사가 된 장미張薇가 제단을 쌓고 채익소蔡益所 · 남영藍瑛, 그리고 찬례 · 주민들과 함께 숭정제崇禎帝와 순국 영령들의 넋을 기리는 위령제를 올리는 한편, 마사영馬士英과 완대성阮大鋮 등의 비참한 최후를 전하던 중 그 자리에서 극적으로 해후해 다시 사랑에 빠지려는 후방역侯方域과 이향군李香君을 호되게 꾸짖음으로써 진리를 깨달은 두 사람이 마침내 속세의 인연을 끊고 출가하도록 이끄는 내용을 다루고 있다. 작자는 여기에서 위령제를 주재하는 장미에게 대부분의 노래를 안배하고 남곡南曲과 북곡北曲을 번갈아 사용하는 "남북연투南北聯套"의 기법을 구사함으로써 영령 천도와 인과응보 사상을 천명하는 도교 의식의 엄숙하면서도 장중한 분위기를 효과적으로 연출해내고 있다. 남녀 주인공이 각각 출가하여 종교에 귀의하는 이 대목의 결말은 남녀 주인공이 해피엔드happy-end를 맞이하는 대부분의 중국 고전극과는 선명한 대조를 보인다.

등장인물

　　　　외 : 장요성(장미)
　　　　축 : 채익소
　　　　소생 : 남영
　　　　부말 : 늙은 찬례
　　　　잡 : 마을 주민 / 도사 / 사가법의 넋 / 좌량옥의 넋 / 황득공의 넋 /
　　　　벽력뇌신 / 산신 / 야차
　　　　정 : 마사영의 넋
　　　　부정 : 완대성의 넋 ⇒ 정계지
　　　　노단 : 변옥경
　　　　단 : 이향군
　　　　생 : 후방역

　　외가 장미로 분장하고 표주박 모양의 승모와 기운 승복 차림으로 불
자拂子[1]를 든 채 등장한다.

장미 :　　　〈남점강순南點絳唇〉
　　　　　　세태는 어지럽기만 한데
　　　　　　반평생을 홍진 속에서 발그레하던 얼굴이 다 늙어버렸네.
　　　　　　옷자락 털고 떠나기[2] 진작 하지 못해

---

1) 불자拂子 : 말이나 얼룩소의 꼬리털을 묶고 거기에 자루를 단 것으로, 선불교禪佛敎의
　승려가 번뇌와 장애를 물리치는 표지로 사용되었다.
2) 옷자락 털고 떠나기[拂衣] : 옷에서 속세의 먼지를 털어내고 떠난다는 뜻으로, 여기

떠들썩한 꼭두각시놀음3)을 모두 다 보고나서는
'막다른 길에 다다랐다'며 통곡하다가도4)
또 집이 떠나갈 듯이 크게 웃어 젖히노라.
모든 것이 다 끝났나니
옥호玉壺・경도瓊島5)에는
슬퍼하는 이가 만년토록 없을레라!

빈도貧道6) 장요성은 관모를 걸어두고7) 산 속에 은신한 후로 이 백운암白雲庵에서 지내고 있는데, 신선의 이치를 닦을 인연은 있으되 속세에서 부대낄 인연은 없구나. 그나마 기쁘게도 서상 채익소蔡益所가 나를 따라 출가하면서 책을 다섯 수레나 실어오고, 은자 남전숙藍田叔도 귀의하여 벽 사방에 봉산蓬山과 영주瀛州8)를 그려 주더구나. 이 황량한 산에서 책도 읽을 수 있고 누운 채로 신선경까지 감상할 수 있으니, 이 길로 승천하여 신선이 된다 해도 멍텅구리 신선은 되지 않겠구나! 다만 선황 숭정 황제의 깊으신 은혜를 갚지 못한 것은 아무래도 평생의 한이로구나! (…) 오늘은 바로 을유년乙酉年 칠

에서는 장미가 벼슬을 버리고 산으로 은거한 것을 두고 한 말이다.
3) 꼭두각시놀음[傀儡] : '괴뢰傀儡'는 꼭두각시 인형극을 말하지만, 여기서는 정치무대에서 벌어지는 온갖 분쟁이나 암투들을 가리키는 말로 사용되고 있다.
4) '막다른 길에 다다랐다'며 통곡하다가도[慟哭窮途] : 진晉나라 문인 완적阮籍의 고사를 차용한 것이다. 완적은 수레가 다닐 수 없는 막다른 길에 이르기만 하면 통곡을 하면서 돌아오곤 했다고 한다. 자세한 내용은 열네 번째 대목 '복왕 성토阻奸'의 '완선비의 한탄' 각주를 참조할 것.
5) 옥호玉壺・경도瓊島 : '옥 주전자[玉壺]'와 '옥 섬[瓊島]'은 둘 다 신선들이 산다는 전설 속의 별천지를 가리킨다.
6) 빈도貧道 : 도교의 도사가 자신을 스스로 낮추어 부르는 호칭.
7) 관모를 걸어두고[掛冠] : 한나라 때의 관리 봉맹逢萌은 당시 혼란스럽던 정국에 실망하여 관모를 벗어 동성문東城門에 걸어두고 가솔을 데리고 바다로 갔다고 한다. 그 후로 사람들은 스스로 벼슬을 버리는 것을 비유할 때 봉맹의 고사를 차용하는 경우가 많았다.
8) 봉산蓬山과 영주瀛州 : 신선들이 산다는 전설상의 별천지.

월 열닷새이니, 신도들을 두루 모으고 제단을 크게 세워 선황을 위해 추모제를 올려야겠다. 마침 남경의 나이 든 찬례한 사람이 마을 어른 몇 사람과 약속하고 참례하려 왔으니, 제자를 불러서 서둘러 상을 차려야겠구나.

(부른다) 제자들아, 어디에 있느냐?

축이 채익소蔡益所로 분장하고 소생이 남전숙藍田叔으로 분장하여 도사 복장을 하고 등장한다.

채·남 :   홍진 세상에서 속세의 손님과 작별하고
          구름 속에서 신선계의 관리를 뵈옵노라!

          (대면한다) 제자 채익소·남전숙, 절을 올리나이다! (절을 한다)
장미 :   그대들은 신도들을 인솔해서 황록과의黃錄科儀9)에 맞추어 제단을 차리도록 하라. 나는 목욕재계 하고 옷을 갈아입은 후 경건하게 제사를 올려야겠다. 그야말로

          청정한 제사로 선황의 영전에 절을 올리지만
          진정한 진리란 사람 마음속에 깃들어 있는 법!

퇴장한다. 축과 소생이 제단을 세 개 세우고 향불·꽃·다과를 제물로 올린 후 깃발을 세우고 축문을 건다.

장미 :   〈북취화음北醉花陰〉
          신선의 제단 높이 쌓을 때 바다에서 해가 솟아오르니

---

9) 황록과의黃錄科儀 : '황록黃錄'이란 영험한 주문을 써 놓은 황금패를, '과의科儀'란 불교나 도교에서 거행하는 각종 종교의식을 말한다.

온 누리의 뭇 신령님네 모두 강림하옵시고
수많은 별님들이 와서 참례하시는도다!
보번 그림자들 펄럭거리는 가운데
칠월 달 중원절中元節에 의식을 거행하노라.

채익소 :   제단과 제물을 이제 다 가지런하게 차렸구나.

남영 :   (가리키면서) 저것 좀 보게, 산자락에 사는 어르신들이 술을 받
쳐 들고 향을 인 채 앞 다투어 달려오는구만.

　　부말이 늙은 찬례로 분장하여 마을의 남녀 주민을 이끌고 향을 이고 술을 받쳐
든 채 지전紙錢 · 정과錠錁10) · 수놓은 보번을 지고 등장한다.

늙은 찬례 :   〈남화미서南畵眉序〉
시골 술을 받쳐 들고
자강紫降 · 황단黃檀11)도 수놓은 손수건으로 쌌노라.
(가리키면서)
하늘가의 옥 궁전12)이 저 멀리 보이는 것을 보니
옥황상제의 전당이 멀지가 않았구나.
묻노니 누가 황실의 자손이시기에
이 시골 마을 어르신들을 버리셨을꼬?
(눈물을 훔치면서)

---

10) 정과錠錁 : 천지신명에게 제사를 지낼 때 금괴나 은괴 모양으로 만들어 태우는 지전
으로, 금박지나 은박지를 사용해서 만든다.
11) 자강紫降 · 황단黃檀 : 향료의 일종. 황단은 백단白檀 · 자단紫檀과 함께 단향檀香 들으로
불리며, 자강은 태우면 신이 강림한다는 자단의 일종인 강향降香을 말하는 것으로 보
인다.
12) 하늘가의 옥 궁전[虛無玉殿] : '옥 궁전[玉殿]'은 신선들이 산다는 옥으로 만들어진
전설상의 궁전을 말한다.

첩첩 산중 깊은 곳에서 중원절을 맞이하여
지전을 받쳐 들고 와서 조문을 올리노라.

(대면한다) 도사님네, 참례 온 벗들이 모두 다 모였으니 법사님
께서 나와서 제단을 둘러보시도록 모셔 주시지요.
(축과 소생이 무대 안을 향해 고한다)

채·남:　준비를 이미 마쳤사오니, 법사님께서는 옷을 갈아입고 제단
　　　　을 둘러보신 후 성수를 뿌리고 소제를 하는 의식을 거행해
　　　　주소서!

　　무대 뒤에서 북을 세 번 친다. 잡이 네 명의 도사로 분장하고 신선의 음악을
연주하고, 축과 소생은 법의로 갈아입고 향로를 받쳐 든 채, 외는 도교의 금관과
법의 차림으로 정결한 잔을 받쳐 들고 솔가지를 든 채 제단을 돌면서 성수를 뿌리
고 소제하는 의식을 행한다. 합창한다.

일동:　　　〈북희천앵北喜遷鶯〉
　　　　　　정결한 손을 모으고 솔가지로 뿌리니
　　　　　　맑고 시원한 이슬이 천 방울·만 방울이 되어 떨어지네.
　　　　　　세 번 방향 틀고 아홉 번 선회하며 제단 곁 맴돌면서
　　　　　　흩날리던 먼지며 뜨겁던 고뇌를 모두 다 적시노라.
　　　　　　향불을 피우니
　　　　　　연기는 뭉게구름처럼 떠가는데
　　　　　　층층으로 세워진 옥좌는 백 척이나 되는구나.
　　　　　　운판雲板[13]을 울리며
　　　　　　황제의 궁전을

운판

---

13) 운판雲板 : 중국의 전통악기. 철판을 구름 모양으로 만들어 매달아 놓고 의식을 올릴
　　때 두드려서 음악을 연주한다.

오두막으로 대신하노라.

외가 퇴장한다. 축과 소생이 무대 뒤를 향하여 말한다.

채·남 :　성수 뿌리고 소제하는 의식이 이제 끝났사오니, 법사님께서
　　　　는 옷을 갈아입고 제단에 절을 올리시며 선황 마마를 뵙는
　　　　대례를 행하소서!

　　축과 소생이 위패를 안치하고 정중앙의 제단에는 "고 명 사종열황제 신위[故明
思宗烈皇帝之位]"라고 적힌 위패를 안치하고, 왼쪽 제단에는 "고 명 갑신순난문
신 신위[故明甲申殉難文臣之位]"라고 적힌 위패를 안치하고, 오른쪽 제단에는
"고 명 갑신순난무신 신위[故明甲申殉難武臣之位]"라고 씌어진 위패를 안치한다.
　　무대 뒤에서 경쾌하고 잔잔한 음악을 연주한다.
　　외가 구량조관九梁朝冠[14]과 학보조복鶴補朝服[15]에 황금 허리띠와 조혜朝鞋[16]
를 착용하고 상아 홀을 든 채 등장한다. 무릎을 꿇고 축문을 읽는다.

장미 :　엎드려 뵈옵노라니 별들이 광채를 더하시어
　　　　곧 봉래蓬萊가 나타나는 모습 목도할 듯하며
　　　　바람과 우레가 명령을 내리시니
　　　　멀리로 하늘의 문이 열리는 모습을 바라보는 듯하옵니다.

---

14) 구량조관九梁朝冠 : '량梁'이란 조관朝冠에 가로로 달린 막대를 가리키는데, 이 량의
　　개수에 따라서 벼슬의 고하가 결정된다. 아홉 개의 량이 달린 구량조관은 고관대작만
　　착용할 수 있었다고 한다. 참고로 여기서 조朝자가 들어간 복장은 모두 조회 등과 같
　　이 조정에서 거행되는 공식 행사에서 문무백관이 착용하는 복장을 가리킨다.
15) 학보조복鶴補朝服 : '보補'는 '흉배胸背'라고도 하며, 관복의 앞가슴과 등 부위에 금실
　　로 수를 놓아 그린 동물 그림으로, 품계의 고하에 따라 그려지는 동물이 달라진다. 명
　　나라의 법제에 따르면 문관의 보에는 학이 그려지고 무관의 보에는 범이나 기린 등의
　　동물이 그려진다.
16) 조혜朝鞋 : 관리가 조정에서 거행되는 공식행사에서 신는 신발.

삼가 간청하옵나니

고 명 사종 열황제의 구천九天에 계신 법가法駕와 아울러

갑신년甲申年에 순국하신 문신으로

동각대학사東閣大學士 범경문范景文

호부상서戶部尙書 예원로倪元璐

형부시랑刑部侍郎 맹조상孟兆祥

협리경영 병부시랑協理京營兵部侍郎 왕가언王家彦

좌도어사左都御史 이방화李邦華

우부도어사右副都御史 시방요試邦耀

대리시경大理寺卿 능의거淩義渠

태상시 소경太常寺少卿 오인징吳麟徵

태복시승太僕寺卿 신가윤申佳胤

첨사부 서자詹事府庶子 주봉상周鳳祥

유덕諭德 마세기馬世奇

중윤中允 유리순劉理順

한림원 검토翰林院檢討 왕위汪偉

병과 도급사중兵科都給事中 오감래吳甘來

순시경영 어사巡視京營御史 왕장王章

하남도 어사河南道御史 진량모陳良謨

제학어사提學御史 진순덕陳純德

병부 낭중兵部郎中 성덕成德

이부 원외랑吏部員外郎 허직許直

병부 주사兵部主事 김현金鉉……

무신으로는 신락후新樂侯 유문병劉文炳

양성백襄城伯 이국정李國禎

부마도위駙馬都尉 공영고鞏永固

협리경영 내감協理京營內監 왕승은王承恩
이상의 영령들을 모시고자 하옵니다

엎드려 바라옵건대 화려한 의장으로 영가를 수행하고
흰 깃발로 법가를 모시오니
선황과 충신들께옵서는 넘치는 위엄으로
파랑새 사자로 하여금 행차를 알리게 하옵시고
문·무신께옵서 성대하게
흰 구름 타고 강림하시어
모두들 신비로운 음악을 들으시며
다함께 영험한 술을 흠향하시옵소서!

무대 뒤에서 음악을 연주하면, 외는 세 번 술을 올리고, 네 번 절을 한다.
부말과 마을사람들이 따라서 절을 한다.

장미 :   〈남화미서南畫眉序〉
             여러 신선들이시여!
             푸른 하늘서 강림하신 열황제께 머리 조아리며 청하옵나니
             매산媒山의 옛 나무에서 벗어나시고
             궁궐의 허리끈17)도 풀어 던지시옵소서!
             그리고 이 산초술과 솔향을 흠향하시고
             저 유적流賊과 틈도闖盜들18)일랑 탓하지 마옵소서!
             예로부터 그 누가 왕업을 천년토록 지킨 적이 있었더이까?

---

17) 궁궐의 허리끈[宮絛] : 원래는 허리에 매는 끈을 말하지만, 여기서는 숭정제가 매산
    에서 목을 매어 자결하는 데에 사용한 밧줄을 두고 한 말이다.
18) 유적流賊과 틈도闖盜들 : '유적'이란 명나라 조정에 반기를 든 농민 봉기군을, '틈도'는
    북경을 함락시킨 틈왕闖王 이자성李自成의 군대를 가리킨다.

영령께옵서는 영원히 이 산 속 묘당19)에 머물러 주시옵소서!

외가 퇴장한다. 축과 소생이 좌우에서 술을 바치고 절을 한다.
부말과 마을 사람들도 따라서 절을 한다.

채·남 :   〈북출대자北出隊子〉
          경건하게 축원 드리나이다.
          갑신년에 순국하신 여러 충신들이시여!
          스스로 곡기 끊고 자기 목 베신 원한은 씻기 어려울지라도
          우물에 투신하고 목메시던 절개는 꺾이지 않으실 터이오니
          이 날만은 군왕과 신료들께옵서 다함께 취하고 배 불리옵소서!

          술을 뿌리고 재물을 태운 후에 신명들께서 하늘로 돌아가시
          도록 배웅해 드립시다!

     사람들이 각종 지전들을 태우고 술을 뿌리며 애도한다.

늙은 찬례 : 오늘에야말로 실컷 울어 보는구나!
일동 :   축원을 다 올렸으니 다들 잿밥이나 먹으러 갑시다! (잠시 퇴장
          한다)

     축과 소생이 무대 뒤를 향해 말한다.

채·남 :   마마를 뵈옵는 대례를 마쳤사오니 법사께서는 옷을 갈아입
          고 제단에 오르시어 공양 베푸는 공덕을 내리소서!

────────────

19) 산 속 묘당[山廟] : 산 속에 지어진 사당. 여기서는 장미가 도를 닦고 또 이 장면에서
   추모제를 거행하고 있는 서하산의 백운암白雲庵을 가리킨다.

(염구焰口20)를 베풀고 높은 제단을 엮는다)

무대 안에서 경쾌하고 잔잔한 음악을 연주한다.

외가 화양건華陽巾21)에 학창의鶴氅衣로 갈아입고 불자拂子를 쥐고 등장하더니, 제단에 절을 올린 후 단상으로 오른다. 축과 소생이 시립한다.

장미 : (책상을 두드리더니) 삼가 생각해 보건대 드넓은 전장에서
올려다보니 허공의 누각이 보이고
아득한 고해苦海에서
고개 돌리니 피안의 영주瀛州에 올랐구나.
생각해 보면 그대들 무수한 순국 영령과
적개심 불태우던 명장들
누구는 도성 근교에서 싸우시고
누구는 중주中州에서 싸우시고
누구는 호남湖南에서 싸우시고
누구는 섬우陝右에서 싸우시어
강물에 돌아가시기도 하고
불길에 돌아가시기도 하고
칼날에 돌아가시기도 하고
화살에 돌아가시기도 하고
넘어지고 짓밟혀 돌아가시기도 하고
역병과 굶주림·추위에 돌아가시기도 하셨나이다.
모두들 덤불 속을 뒹구는 해골과

---

20) 염구焰口 : 원래는 불교 전설에 등장하는 아귀餓鬼의 이름이지만 나중에는 승려가 도술을 써서 아귀에게 공양을 베푸는 것을 "염구를 베푼다[設焰口]"고 부르게 되었다.

21) 화양건華陽巾 : 양梁나라의 도사 도굉경陶宏景은 자신을 '화양은거華陽隱居'라고 불렀다. 후세 사람들은 그로부터 도사가 착용하는 두건을 '화양의 두건[華陽巾]'이라고 부르기 시작했다고 한다. 학창의鶴氅衣는 도사가 착용하는 도포를 말한다.

바람 속 연기처럼 흩날리는 혼불이
멀리 법좌法座로 뛰어드시고
멀리 보산寶山으로 내달리사22)
한 방울 단 물까지 빨아마시옵고
만 겁토록 그 진액을 머금으시고
한 움큼의 옥구슬을 삼키시어
천년토록 그 배를 불리시기 바라나이다!

쌀을 뿌리고 술을 뿌리고 지전을 태우자 귀신들이 채어간다.

장미 : 　　〈남적류자南滴溜子〉
　　　　전장에는
　　　　전장에는
　　　　시체들이 무성한 풀 사이로 즐비한데
　　　　검붉은 피는 비릿하고
　　　　검붉은 피는 비릿하고
　　　　허연 해골은 점차 메말라 가누나.
　　　　불쌍하구나 회오리바람・울부짖는 비속에서
　　　　고향 땅 바라보아도 산소에 절하고 소제해 줄 이는 아무도 없으
　　　　니⋯⋯.
　　　　허기진 얼이며 굶주린 넋들이시여
　　　　이번에 강림하시어 배를 채우소서!

채・남 : 　공양이 다 끝났사오니 법사께서는 신령스러운 빛을 고루 뿌

---

22) 멀리 법좌로~ : 원래 법좌法座는 제단을, 보산寶山은 불승이나 도사가 사는 산이나
　　절을 말하는데, 여기에서는 각각 숭정제와 순국자들의 넋을 기리는 제사를 지내는 제
　　단과 그 추모제를 거행하는 장미가 머무는 산을 두고 한 말이다.

리시고 삼계三界23)를 두루 비추시어 선황과 충신들의 위업位
業24)으로 미혹에 빠진 뭇 백성들을 이끌어 주옵소서!

장미 : 갑신년에 순국하신 선황과 충신들께서는 이미 천계天界로 승
천하셨느니라.

채·남 : 그러하오면 금년에 북녘으로 향했던 금상과 신하들은 어떻
게 되었는지요? 가르침을 내려 주옵소서.

장미 : 양쪽 복도에 늘어선 신도들은 마음을 모으고25) 경건하게 서
있도록 하라. 내가 향을 태우고 가부좌를 튼 채 눈을 감고 조
용히 살펴보도록 하겠느니라.

축과 소생이 향을 쥐고 고개를 숙인 채 시립한다.
외가 한참 동안 눈을 감고 있다. 깨어나더니 사람들에게 말한다.

장미 : 북녘으로 향했던 저 홍광 황제, 그리고 유량좌·유택청·전
웅 등은 모두 이승에서의 수명이 다하지 않아 모습을 나타내
지 않는구나.

축과 소생이 앞으로 나아가 묻는다.

---

23) 삼계三界 : 불교에서는 미혹한 중생이 윤회輪廻하는 세계를 크게 탐욕이 많아 정신이
   흐리고 거칠며, 순전히 물질에 속박되어 가장 어리석게 살아가는 중생이 사는 '욕계欲
   界'와, 욕심은 떠났지만 아직 마음에 맞지 않는 것에 대하여 거부감을 일으키는 미세한
   진심瞋心만 남은 중생이 사는 비교적 맑은 세계인 '색계色界', 그리고 탐욕과 진심이 모
   두 사라져서 물질의 영향을 받지는 않지만, 아직 '나[我]'를 버리지 못하여 정신적인 장
   애가 남아 있는 '무색계無色界'의 세 세계로 이루어져 있다고 주장한다. 불교에서는 이
   중 무색계가 가장 깨끗한 세계로, 중생이 여기서 미세한 자아의식으로 인한 어리석음만
   떨쳐버리면 불토佛土에 이르게 된다고 말한다.
24) 위업位業 : 망자가 삼계에서 머무는 위치位와 받는 업보業를 아울러 이르는 말이다.
25) 마음을 모으고[齋心] : 도교에서 종교의식을 거행할 때에는 마음을 한 곳으로 모아
   잡념이 생기지 않도록 해야 한다고 말하는데, 이처럼 마음을 모아 잡념이 없게 하는
   것을 '재심齋心'이라고 한다.

채·남 :   그 밖에도 사각부 · 좌영남 · 황정남 이 세 순국 충신들께서
        는 어떠한 응보를 받으셨는지요?
장미 :   어디 보세나. (눈을 감는다)

잡이 흰 수염을 하고 복두幞頭26)에 붉은 두루마기 차림으로
누런 깁 복면을 한 채 보번과 경쾌하고 잔잔한 음악에 이끌려
등장한다.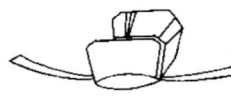

사가법 :   나는 바로 독사督師이자 내각대학사內閣大學士 겸 병부상서兵部
        尙書 사가법이시다. 지금 옥황상제의 명령을 받자와 태청궁太
        淸宮 자허진인紫虛眞人에 책봉되었으니 말을 달려 임지로 떠나
        야겠다. (말을 타고 퇴장한다)

잡이 황금 투구를 쓰고 붉은 깁 복면을 한 채 깃발과 군악에 이끌려 등장한다.

좌량옥 :   나는 바로 영남후寧南侯 좌량옥이시다. 지금 옥황상제의 명령
        을 받자와 비천사자飛天使者에 책봉되었으니 말을 달려 임지
        로 떠나야겠다. (말을 타고 퇴장한다)

잡이 은 투구를 쓰고 검은 깁 복면을 한 채 깃발과 군악에 이끌려 등장한다.

황득공 :   나는 바로 정남후靖南侯 황득공이시다. 지금 옥황상제의 명령
        을 받자와 유천사자遊天使者에 책봉되었으니 말을 달려 임지
        로 떠나야겠다. (말을 타고 퇴장한다)

---

26) 복두幞頭 : 고대에 중국의 고급 관리들이 쓰던 관모의 일종. 모자는 각이 지고 모자
    뒷부분에 가로로 막대처럼 긴 날개가 달려 있다. 그 형태는 중국의 고전극인 경극京劇
    에 등장하는 포청천包靑天이 쓰는 모자와 동일하다.

장미 : (눈을 뜨더니) 갸륵하도다 갸륵해! 방금 현몽하신 모습을 뵈오
니 각부閣部 사도린史道麟선생은 태청궁 자허진인으로 책봉되
시고, 영남후 좌곤산左崑山과 정남후 황호산黃虎山은 각각 비
천과 유천 두 사자로 책봉되시어 저마다 말을 달려 부임하시
더구나. 참으로 영광스럽기도 하다!

〈북괄지풍北刮地風〉
그 분들 구름 속에서 천마 타신 당당한 모습을 뵙고서야
당대의 영웅호걸이셨음을 알겠노라!
뎅그렁 천상의 음악이 연주되고
깃 장식 일산과 깃발들까지 늘어서 있구나.
장군의 칼
승상의 두루마기에
패찰에는 저마다 천상의 직함을 다셨으니
참으로 영광스럽기도 하시도다!
참으로 자유롭기도 하시도다!
오로지 하느님만은 그 분들의 공로를 알고 계셨구나!

축과 소생이 손을 모은다.

채 · 남 : 나무 천존南無天尊,[27] 나무 천존! 과연 착한 이에게는 착한 보
답이 내려졌으니,[28] 하늘의 법도가 더욱 빛나는군요! (앞으로

27) 나무 천존南無天尊 : 나무南無는 인도의 산스크리트어를 한자로 옮긴 불교 용어로, '추
앙한다', '귀의한다'라는 의미를 지닌다. 천존天尊은 부처를 말하지만, 여기에서는 도교
의 주신主神인 옥황상제를 가리키는 말로 사용되고 있다.
28) 착한 이에게는 착한 보답~ : 중국의 속담. 보통은 "착한 이에게는 착한 보답이 내려
지고 나쁜 자에게는 나쁜 응보가 내려진다[善有善報, 惡有惡報]"라고 말하며, 인과응
보因果應報 사상을 함축적으로 표현하고 있다.

나와서 묻는다) 그 밖에 간신 마사영·완대성 이 두 사람은 어떠한 응보를 받았는지요?

장미 : 　어디 보세나. (눈을 감는다)

정이 산발을 하고 옷을 걸친 채 뛰어서 등장한다.

마사영 : 　나 마사영은 평생토록 못된 짓만 하다가 결국 이 태주台州 산 속에서 끝장을 보고 마는구나!29)

잡이 벽력뇌신霹靂雷神으로 분장하고 정의 뒤를 바짝 쫓아가면서 무대에서 요장을 돈다.

마사영 : 　(머리를 감싸쥐고 무릎을 꿇으며) 목숨만 살려 주시오, 목숨만!

잡이 정을 내려쳐 죽이고 옷을 벗겨 간다.
부정이 의관을 갖추고 등장한다.

완대성 : 　됐다, 됐어! 나 완대성, 이 선하령仙霞嶺만 넘으면30) 으뜸 가는 공을 세우게 되겠구나!
　　　　(높은 곳으로 올라간다)

잡이 산신과 야차夜叉31)로 분장한 후 부정을 베고 퇴장하니 부정이 발을 헛디

---

29) 이 태주 산 속에~ : 일설에 따르면 마사영은 당시 태주 산 속에 있는 사찰로 도망쳐서 승려 행세를 하다가 청나라 군사들에게 발각되어 죽음을 당했다고 한다.
30) 이 선하령만~ : 일설에 따르면 완대성은 청나라 군사들에게 투항한 후 그들을 따라 종군하다가 선하령에서 실족해 죽었다고 한다.
31) 야차夜叉 : 산스크리트어 '약사(yaksa)'의 음역音譯. 고대 힌두 신화에 등장하는 목신·산신·토지신 등 풍요와 결부된 지모신地母神이 불교적으로 수용된 신격을 말한다. 그

더 죽는다.

장미 : (눈을 뜨더니) 안됐구나, 안됐어! 방금 현몽한 모습을 보았더니
마사영은 태주의 한 산 속에서 벼락을 맞아 죽고, 완대성은
선하령에서 발을 헛디뎌 죽고 말았구나! 둘 다 살이 터지고
머리가 깨졌으니 참으로 안됐도다!

〈남적적금南滴滴金〉
밝디 밝은 업보의 거울32)을 살짝 비추어 보았더니
넓디 넓은 하늘의 그물33)을 헤어나지도 못했더라!
머리를 감싸 쥐고 네가 아무리 수많은 산으로 피해 다녀도
날랜 천둥 수레가 번번히 찾아내어
결국 쇠스랑까지 맞고 마는구나.34)
근래에 얼마나 많은 사람 골을 먹었느냐 묻는다면
저 두 골통만으로는
굶주려 있는 개조차 먹이기 부족하다고 대답하리라!

축과 소생이 손을 모은다.

채·남 : 나무 천존, 나무 천존! 과연 나쁜 자에게는 나쁜 응보가 내려
졌으니, 하늘의 법도가 더욱 빛나는군요! (앞으로 나와서 묻는다)

모습은 인도 산치대탑의 난간이나 많은 불탑의 문 등에 장식된 형태로 남아 있는데,
불교에서는 이를 불법 수호의 수문장으로 간주하고 있다.
32) 업보의 거울[業鏡] : 불교 용어. 전설에 따르면 저승에서 망자가 그 거울 앞에 서면
생시에 행한 악업이 그대로 비쳐진다고 한다.
33) 하늘의 그물[天網] : 『노자老子』(73장)의 "하늘의 그물은 넓고도 넓어서 성겨도 놓치지
않는다[天網恢恢, 疏而不失]"라는 말을 차용한 것으로, 하늘의 심판을 의미한다.
34) 날랜 천둥 수레가~ : 여기에서 '천둥 수레[雷車]'는 천둥을, '쇠스랑[鋼叉]'은 벼락
을 말한다.

이 양쪽 복도의 신도들은 제대로 듣지 못했사오니, 아무래도 법사님께서 큰 소리로 한 말씀 해 주시는 것이 좋겠사옵니다! (외가 불자를 들고 큰 소리로 노래한다)

부말과 마을 사람들이 향불을 쥐고 등장하여 서서 경청한다.

장미: 〈북사문자北四門子〉
어리석은 백성들이 컴컴한 방서 양심에 거리낄 일 조금만 지어도
결국에 가서 언제 용서하신 적이 있으셨더냐?
사소한 공덕이라 할지라도 상서로운 보답을 내리시며
거대한 순환35)을 눈 부릅뜨고 살피시느니……
이전에 한번
이후에 한번
올바른 이와 사악한 도당들
남조에서 북조로 이어지더라마는
행복에도 다 원인이 있기 마련이거늘
재앙인들 어찌 피할 수가 있겠는가?
그저 늦게 오느냐 빨리 오느냐만 다툴 뿐인 것을36)……

---

35) 거대한 순환[大巡環]: 불교에서 말하는 윤회輪廻를 두고 한 말. 불교의 가르침에 따르면, 인간은 현세에서 저지른 업에 따라 죽은 뒤에 다시 여섯 세계 중의 한 곳에서 내세를 누리며, 다시 그 내세에 사는 동안 저지른 업에 따라 내래세來來世에 태어나는 윤회를 계속하게 되는데 이를 '육도윤회六道輪廻'라고 한다. 여기에서 '육도'란 육체적 고통이 극심한 지옥도地獄道, 육체적 고통은 덜하나 굶주림의 고통이 극심한 아귀도餓鬼道, 온갖 짐승·벌레로 살아가는 축생도畜生道, 남의 잘못을 들추고 따지는 사람이 사는 노여움으로 가득 찬 아수라도阿修羅道, 인간이 사는 인도人道, 끝으로 행복이 두루 갖추어진 하늘의 세계인 천도天道를 말한다. 불교에서는 오랜 수도를 통해 부처가 되어야만 이 같은 윤회에서 벗어날 수 있다고 주장한다.
36) 늦게 오느냐 빨리 오느냐[來遲到早]: 중국의 속담. 원래는 "선과 악은 나중에는 결국 응보가 있기 마련으로, 다만 그 응보가 빨리 오느냐 늦게 오느냐만 다툴 뿐[善惡到

부말과 사람들이 머리를 조아린 후 퇴장한다.

노단이 변옥경으로 분장하여 단을 데리고 등장한다.

변옥경 :   하늘나라에서든 인간 세상에서든

        선행을 짓는 것이 가장 즐거운 법.

        여도사들과 같이 주황후周皇后 마마 제단 앞에 보번을 걸었으니 이제 강당에 가서 법사님을 뵈어야겠다.

이향군 :   소녀도 편안하게 구경을 좀 해도 될까요?

변옥경 :   (가리키며) 보시오, 양쪽 복도에 늘어선 도사와 속인들이 헤아릴 수조차 없을 정도이니, 구경 좀 한들 무슨 문제겠어요? (제단에 절을 하면서) 제자 변옥경, 삼가 절을 올리옵니다! (일어나서 단과 함께 한쪽으로 가서 선다)

부정이 정계지로 분장하고 등장한다.

정계지 :   사람 몸은 얻기 어려우며

        큰 진리는 듣기 어렵다네.

        (제단에 절을 하면서) 제자 정계지, 삼가 절을 올리나이다!

        (일어나서 부른다) 후 상공, 여기가 강당이니 이리 와서 적선積善을 좀 하시지요.

생이 서둘러 등장한다.

頭終有報, 只爭來早與來遲]"이라고 표현한다.

후방역 :　갑니다!

　　　　　홍진 세상 많고도 많은 쓸쓸한 맛 오래도록 싫어하다가
　　　　　이제야 세상 밖에 신선의 인연이 있다는 걸 깨달았도다.

　　　　　(함께 한쪽으로 가서 선다)

장미 :　(외가 책상을 두드리더니) 양쪽 복도에 늘어선 너희 선남선녀들
　　　　은 속된 마음을 모두 다 떨쳐버려야만 득도할 기회를 얻을
　　　　수 있나니, 만약 조금이라도 속된 감정을 품는다면 수천 번
　　　　윤회하는 불행을 면하기가 어려울 것이니라!

　　　　(생이 부채로 얼굴을 가린 채 단을 보다가 놀란다)

후방역 :　저기 서 있는 건 우리 향군이로구나! 어떻게 이곳에 와 있는
　　　　거지?　(서둘러 앞으로 나아가 손을 잡아끈다)

　　　단이 놀라서 바라본다.

이향군 :　당신은 후서방님? 소녀 (…) 그리워서 죽는 줄만 알았습니다!

　　　　　〈남포로최南鮑老催〉
　　　　　생각해 보면 그날 별안간 버리신 후로
　　　　　까마득한 은하수에 어느 누가 다리를 이어줄까 싶고
　　　　　높은 담장이 하늘보다 더 높게만 여겨지더이다.
　　　　　서신은 부치기도 어려운데
　　　　　꿈은 공연히 번잡스럽기만 하고
　　　　　사랑은 끝이 없는데
　　　　　길을 나서면 갈수록 멀어만지더이다!

(생이 부채를 가리킨다)

후방역 : 이 부채의 꽃을 볼 때마다, 그대에게 어떻게 보답을 해야 할
지 모르겠더구려.

　　　　부채 가득 뿌려진 선혈이 붉은 복사꽃 피운 모습을 보노라면
　　　　그야말로 불법을 강의하자 공중에서 꽃비라도 쏟아지는 격이
　　　　오.37)

생과 단이 함께 부채를 들고 본다. 부정은 생을 잡아끌고 노단은 단을 잡아끈다.

정 · 변 : 법사님께서 단상에 계시니 사랑 타령에 급급해서는 안 되느니!

생과 단이 아랑곳도 하지 않는다. 외가 성을 내면서 책상을 내려친다.

장미 : 예끼! 무슨 놈의 남녀가 감히 이곳까지 와서 희롱을 한단 말
인가! (급히 제단을 내려와 생과 단의 손에 있던 부채를 찢어 땅바닥에
팽개친다)
이곳은 청정한 도량이거늘, 어찌 간특한 사내와 부정한 계집
이 희롱을 하며 분위기를 흐리는 것을 용납할 수 있겠는가!
채익소 : (생을 알아보고) 아이고, 이쪽은 하남의 후 상공으로, 법사님께
서도 원래 아시던 분이지요.
장미 : 이 여인은 누구인가?
남영 : 소인이 아는 여인이옵니다. 구원의 이향군으로, 원래 후형이
소실로 맞아들였지요.
장미 : 지금까지 다들 어디에 있었던고?

---

37) 불법을 강의하자~ : 전설에 따르면 중국의 광장廣長 장로가 불경을 강의할 때는 감동
적이거나 인상적인 대목에 이르면 하늘에서 꽃이 떨어져 내렸다고 한다.

정계지 :   후 상공은 소인의 채진관에 머물고 있나이다.

변옥경 :   이향군은 소녀의 보진암에 머물고 있사옵니다.

(생이 외에게 읍례를 올린다)

후방역 :   이분은 장요성張瑤星선생이시군요! 전번에는 폐를 많이 끼쳤습니다.

장미 :   그대는 후형이구려. 다행스럽게도 감옥에서 풀려났구려. 실은 내가 그대 때문에 출가했다는 것을 그대는 아시오?

후방역 :   소생이 어찌 알겠습니까?

채익소 :   빈도 채익소 역시 상공 때문에 출가했답니다. 그런 사유들을 제가 차근차근 말씀해 드리지요.

남영 :   빈도는 남전숙이올시다. 일부러 향군을 데려와 귀하를 찾던 참이었는데 이제서야 상봉하게 되는군요!

후방역 :   정ㆍ변 두 사부님께서 거두어 주신 은혜와, 채ㆍ전 두 도사님께서 이끌어 주신 정리는 소생과 향군이가 대대로 보답하겠습니다.

이향군 :   그리고 그때 사부님께서도 소녀를 따라 이곳으로 오셨사옵니다.

후방역 :   유경정께서도 저를 따라 오셨답니다.

이향군 :   유옹ㆍ소옹 두 분은 환난도 마다하지 않으시고 내내 서로 의지해 왔으니 더더욱 감격스럽지 뭐예요.

후방역 :   우리 부부가 고향으로 돌아가면 모두 다 보답해 드리도록 하겠습니다!

장미 :   그대들은 재잘재잘 그게 죄다 웬 말이요? 천지가 다 뒤집히는 이런 판국에도 끝까지 욕정에만 연연하다니, 어찌 가소롭지 않은가!

후방역 :   그 말씀은 옳지 않습니다! 자고로 남녀가 가정을 이루는 것은 인륜대사요, 이별과 만남, 슬픔과 기쁨은 인지상정이거늘,

선생께서 어찌 간섭을 하신단 말씀입니까?

장미 : (성을 내면서) 예끼, 이 어리석은 버러지들 같으니! 보아라! 지
금 나라가 다 어디 있고, 집안이 다 어디 있으며, 군왕이 다
어디 있고, 아비가 다 어디 있단 말이냐! 끝끝내 그 하찮은
남녀의 욕정을 잘라내지 못한단 말인가!

〈북수선자北水仙子〉
개탄스럽구나 너희 남녀가 교태 부리며
저 상전벽해의 큰 변고[38)에도 아랑곳하지 않는 꼴이!
야릇한 말과 음탕한 말이 너무나도 시시콜콜하구나.
비단결 같은 앞날을
옷자락 끌고 손 맞잡으며 신령님께 고하는구나마는
인연의 명부가 진작 벌써 지워진 것을 어찌 알겠는가!39)
푸드덕 나는 원앙새도 꿈 깨자 잘도 흩어지고
산산조각 나는 단원[團圓의 거울은 애초부터 미덥지 못한 것
을……
겸연쩍게도 이 자리에서 무안 당해 남들 비웃음 사기 전에
그대들 속히 밝은 큰 길로 피신하기를 권하노라.

생이 읍례를 올린다.

후방역 : 몇 마디 말씀에 소생 (…) 식은땀이 홍건해지고 별안간 꿈에

---

38) 상전벽해의 큰 변고[桑海變] : 뽕밭이 푸른 바다가 될 정도로 큰 변화. 여기서는 명
나라 왕조의 멸망을 두고 한 말이다.
39) 비단결 같은 앞날을~ : 두 사람이 이제야 천지신명 앞에서 사랑의 맹세를 하고 재결
합하려 하지만 이미 속세에서의 인연이 다했다는 것을 의미한다. "비단결 같은 앞날[錦
片前程]"은 일반적으로 전도유망한 젊은이의 밝은 미래를 나타내는 말로 주로 사용되
지만, 여기서는 후방역과 이향군 두 사람의 혼인을 말한다.

서 깨어난 것 같습니다!

장미 :　이제 깨우쳤느냐?

후방역 :　소생 이제야 깨우쳤나이다!

장미 :　이제 깨우쳤다면 이 자리에서 정계지에게 절을 올리고 사부
　　　　님으로 모시게.

　　　　(생이 부정에게 절을 한다)

이향군 :　소녀도 이제야 깨우쳤사옵니다!

장미 :　이제 깨우쳤다니 이 자리에서 변옥경에게 절을 올리고 사부
　　　　님으로 모시게.

　　　　(단이 노단에게 절을 한다)

　　　　(외가 부정과 노단에게 분부한다) 저들에 도포를 갈아입히도록 하
　　　　게.

생과 단이 옷을 갈아입는다.

정·변 :　법사님께서는 자리에 오르십시오 소생들이 인사를 시키겠
　　　　사옵니다. (외가 자리에 앉는다)

부정은 생을 이끌고 노단은 단을 이끌어 외에게 절을 시킨다.

후·이 :　〈남쌍성자南雙聲子〉
　　　　욕정의 싹을 베어내고
　　　　욕정의 싹을 베어내고
　　　　옥 잎사귀와 황금 가지가 시드는 것을 보아라.
　　　　사랑하는 님을 잘라내고
　　　　사랑하는 님을 잘라내고
　　　　봉황의 자식·용의 후손이 울부짖는 것을 들으라.[40]

물거품이 떠내려가듯
물거품이 떠내려가듯
부싯돌에서 불꽃이 튀듯
부싯돌에서 불꽃이 튀듯[41]
덧없는 삶이 반 토막만 남고서야
이제야 사부님의 가르침을 받았구나!

(외가 가리킨다)

장미 : 사내에게는 사내의 자리가 있어 위로 이離[42] 방향과 호응하
니, 속히 남산南山의 남쪽으로 가서 참된 진리를 닦고 익히도
록 하라.

후방역 : 예. (…)

큰 진리가 옳다는 걸 이제서야 깨닫고
깊은 욕정에 집착했던 일을 후회하노라.

부정이 생을 데리고 왼쪽으로 퇴장한다. 외가 가리킨다.

장미 : 계집은 계집의 자리가 있어 아래로 감坎[43] 방향과 부합되니,
속히 북산北山의 북쪽으로 가서 참된 진리를 닦고 익히도록
하라.

이향군 : 예. (…)

---

40) 옥 잎사귀와 황금 가지~ : 여기에서 '옥 잎사귀와 황금 가지[玉葉金枝]'와 '봉황의
자식·용의 후손[鳳子龍孫]'은 원래 황족이나 권문세족의 후예를 가리키는 말이지만,
여기에서는 명나라 왕조의 종실을 뜻한다.
41) 물거품이 떠내려가듯~ : 여기에서 '물거품'과 '부싯돌 불꽃'은 물거품이나 불꽃처럼
찰나적인 인생을 상징하는 말로 사용되고 있다.
42) 이離 : 팔괘八卦의 하나로, 방위상으로는 남쪽에 속한다.
43) 감坎 : 팔괘의 하나로, 방위상으로는 북쪽에 속한다.

돌이켜 보니 모두가 헛것에 지나지 않나니
맞은편에 있는 사람은 그 누구란 말이더냐?

노단이 단을 데리고 오른쪽으로 퇴장한다. 외가 자리에서 내려와 큰 소리로 세 번 웃는다.

장미 :   〈북미성北尾聲〉
          보라 저들 둘이 이별하면서
          떠나는 순간에도 눈길조차 흘리지 않는 것을……
          내가 복사꽃 부채 갈가리 찢어발긴 덕분이러니
          어리석은 버러지가 고운 실 뱉어 스스로를 수만 번 묶는 실수는
          다시없게 하리라!

          허연 해골과 퍼런 재에서는 쑥이 자라는데
          복사꽃 부채 너머로 남조를 떠나보내노라.[44]
          홍망의 꿈을 다시 꾸지 않고서야
          남녀의 깊은 욕정을 어찌 없앨 수 있었겠는가![45]

---

44) 복사꽃 부채 너머로~ : 남조南朝를 떠나보낸다는 말은 멸망한 남명南明 조정과의 인
   연을 끊고 영원히 이별하는 것을 의미한다.
45) 홍망의 꿈을 다시 꾸지 않고서야~ : 나라의 멸망이라는 큰 변고를 직접 보고 겪은
   이상 사사로운 남녀의 사랑은 포기하고 출가하여 구도의 길을 갈 수밖에 없다는 말이
   다. 작자 공상임孔尙任은 이 대목의 미평尾評에서 "보는 이들은 생(후방역)과 단(이향군)
   이 초례청에서 맞절을 올리고 기쁘게 춤추게 해 주는 것을 대단원이라고 여기겠지만,
   굳이 그렇게까지 할 필요야 있을까[觀者必使生旦同堂拜舞, 及爲団圓, 何其小家子樣
   也]?"라고 적고 있다. 전통적으로 많은 연극·희곡들이 "해피엔드"로 축제 분위기 속
   에 마무리하는 것을 흥행 성공의 비결로 인식했던 당시의 극작·공연 풍토에서 작자
   의 이러한 마무리 기법은 상당히 이채롭고 놀라운 것이었을 것이다.

에필로그

망국 여담 餘韻

원제는 "여운餘韻"으로, 말 그대로 가시지 않고 남아 감도는 운치를 뜻한다. 이 대목에서는 청淸나라 왕조가 세워진 후 속세를 떠나 나무꾼과 어부로 살아가던 소곤생蘇崑生과 유경정柳敬亭이 왕년의 늙은 찬례贊禮와 술잔을 기울이면서 멸망한 명明나라의 산천과 자신들이 거닐던 진회秦淮 구원舊院을 찾았다가 느낀 감회를 토로하던 중, 왕년의 세도가에서 이제는 일개 아전으로 몰락한 서청군徐靑君이 은자들을 찾아 나섰다는 소리에 더 깊은 산 속으로 사라져 버리는 내용을 다루고 있다. 작자는 여기에서 무가巫歌 · 맹녀탄사盲女彈詞 · 익양강弋陽腔 등 독특한 민요풍의 노래들을 안배하여 망국 후 폐허가 되어 버리다시피 한 옛 도읍지(남경)와 명소들을 회상 · 애도하는 데에 역점을 두고 있다. 특히 〈애강남哀江南〉(총 7곡)은 명대 말기의 고사鼓詞 예인 가부서賈鳧西의 원작을 차용한 것으로, 명나라 왕조의 망국을 애도하면서 이 극의 대미를 장식하고 있다.

무자년(1648) 9월

등장인물

정 : 나무꾼(소곤생)

축 : 어부(유경정)

부말 : 늙은 찬례

부정 : 아전(서청군)

무대 뒤

정이 나무꾼으로 분장하여 등짐을 지고 등장한다.

나무꾼 :　　〈서강월西江月〉

굽어보니 아찔한 절벽은 만 길이나 되고

고개 드니 붉게 물든 나뭇가지는 천 개나 되네.

구름 깊은 곳에는 사나운 범이 수시로 나타나지만

그래도 인간 세상의 화살은 피할 수 있단다.

건업建業의 성에서는 밤 귀신들이 울부짖고

유양維揚의 우물에는 가을에 죽은 시체가 쌓였는데[1]

실 같은 명줄을 가까스로 남긴 나무꾼남네

뱃속엔 남조南朝의 야사가 가득 담겨 있구나!

　　소생 소곤생蘇崑生, 을유년乙酉年[2])에 향군이와 같이 산으로 들

---

1) 건업의 성에서는~ : '건업建業'은 삼국시대 오吳나라 때 남경을 부르던 이름이며, '유양維揚'은 양주를 말한다. 남명 말기에 청나라 군사가 남하할 때 양주의 시민들은 사가법의 지휘하에 최후의 방어선을 구축하고 결사 항전을 벌였다가 잔인하게 학살당하였다.

어온 후로 삼년을 살았지만, 고향에는 한 번도 돌아가지 않고 우두牛頭3)·서하棲霞 두 산을 오가며 나무를 하면서 지내고 있습니다. 유경정柳敬亭도 저와 뜻을 함께해 쪽배를 하나 장만한 후 마찬가지로 이곳에서 고기잡이를 생업으로 삼고 있지요. 다행히 산도 깊고 나무들도 오래된 데다가 강은 넓고 인적도 드문 편이랍니다. 게다가 매일 서로 만나면 도끼로 뱃머리를 두드리며 호탕하게 실컷 노래까지 부르니 참으로 즐겁기 짝이 없답니다! 오늘은 나무 하는 일은 벌써 다 끝내고 그 양반이 와서 무릎 모으고 느긋하게 이야기나 나누기만 기다리고 있습니다만 웬일로 여태 오질 않는군요? (등짐을 내리더니 꾸벅꾸벅 존다)

축이 어부로 분장하고 배를 저어 등장한다.

어부 :   해마다 낚시 드리우다 보니 터럭머리는 은실 같아졌지만
          부춘富春4)보다도 빼어난 이 강산을 너무도 사랑하노라.
          노래하고 춤추는 무리와 전쟁의 와중에서
          이 어부는 산전·수전을 다 겪어왔단다.

나 유경정은 후조종이 도를 닦도록 전송한 후로 바로 이 용담龍潭 강변에서 삼년 동안 고기잡이를 하면서 흥망에 관한 옛 일들을 풍월 속의 한가한 이야깃거리로 삼는 참이랍니다. 지금 가을비가 막 개이고, 강물이 비단처럼 빛나는 때를 만

<hr>

2) 을유년乙酉年 : 서기로는 1645년에 해당한다. 이 해에 청나라 군사가 대거 남하하여 남경을 함락시킴으로써 남명 왕조가 멸망하였다.
3) 우두牛頭 : 남경성 남쪽에 자리 잡은 산의 이름.
4) 부춘富春 : 지명. 절강성 부춘강富春江 서쪽에 자리 잡고 있는데, 한대에 엄광嚴光이 이곳에 은거하며 농사를 지은 이후로, 은자들이 은거하는 장소의 대명사가 되었다.

났으니, 소곤생을 찾아가 술을 마시며 마음속 이야기나 나누면 딱 좋겠습니다.

(가리키더니) 저것 좀 보소? 저 친구 벌써 술에 취해서 땅바닥에 쓰러져 있구만 그래! 뭍으로 나가서 좀 깨워야겠구만. (뭍에 내린다)

(부른다) 소곤생 씨!

소곤생 : (깨어나더니) 형님, 이제 오셨구만요!

유경정 : (손을 모으며) 아우님, 혼자서만 마시기요?

소곤생 : 나무도 팔지 못했는데 무슨 술이 있겠어요?

유경정 : 나도 물고기를 못 팔았는데 (…) 둘 다 주머니가 비었으니 어쩐다?

소곤생 : 됐습니다, 됐어요! 형님은 물을 내시고 나는 나무를 내서 같이 차라도 끓여 마시면서 이야기나 나눕시다.

부말이 늙은 찬례로 분장하여 현악기와 주전자를 들고 등장한다.

늙은 찬례 :   강산이여 강산이여

때로는 바빴다가 때로는 한가했다.

누가 이기고 누가 지는지 따지는 사이

두 살쩍머리는 모두 반백이 돼 버렸구나.

(대면한다) 누군가 했더니 유경정・소곤생 두 분이셨구려!

유・소 : (손을 모으며) 노 상공께서 여기는 어쩐 일로 오셨습니까?

늙은 찬례 : 이 늙은것이 연자기燕子磯 가에 살다가, 오늘이 바로 무자년戊子年 구월 열아흐레로 복덕성군福德聖君5)의 탄신일이라서, 산

---

5) 복덕성군福德聖君 : 원래는 작은 땅을 관장하는 신을 '사社' 또는 '사신社神'으로 불렀으며, 주대周代 이후로 스물네 개 세대를 하나의 사로 정하고 사마다 사단社壇을 하나

속 벗들과 같이 복덕신의 사당에 가서 제사를 드린 후에 이
곳을 지나던 길이올시다.

소곤생 :　웬일로 현악기를 끼고 술 주전자까지 들고 계십니까?

늙은 찬례 : 하이구, 민망스럽소이다! 이 늙은것이 천지신명께 바치는 노
래[6]를 몇 마디 짓고 제목을 〈하느님께 여쭙는다[問蒼天]〉고
붙였습니다. 오늘 연주를 해서 신명들께 즐거움을 드리고 모
임이 파할 때 이 복주[福酒7]]를 좀 얻었지요. 마침 두 분을 만
났으니 같이 몇 잔 마시도록 합시다!

유경정 :　폐를 끼쳐서 어쩌나!

늙은 찬례 : 이런 걸 두고 "복을 받으면 함께 나눈다[有福同享]"고 하지
않습디까?

유·소 :　좋습니다, 좋아요! (함께 앉아서 마신다)

소곤생 :　신명께 바치는 노래를 좀 들려주지 않으시구요?

늙은 찬례 : 그러지요! 그렇지 않아도 이 늙은것의 걱정거리를 두 분께
털어놓으려던 참입니다.

　　현악기를 연주하며 무가[巫歌]를 부른다. 정과 축이 손뼉을 치면서 추임새를 넣
는다.

늙은 찬례 :　　〈문창천[問蒼天]〉
　　　　　　　새로운 시대가 열려서

씩 세워 해당 지역의 토지신에게 제사를 지내게 하였다. 민간에서는 토지신[土地神]·토
지공[土地公]·토지재신[土地財神]·복덕신[福德神]·복덕야[福德爺]·복덕정신[福德正神]·재신[財
神] 등으로 일컬어지며, 재물을 관장하는 신으로 숭배되기도 한다.

6) 천지신명께 바치는 노래[神絃歌] : 한대 악부[樂府]의 일종인 〈신현곡[神絃曲]〉에서 유래
한 것으로, 천지의 신명들을 즐겁게 해 주기 위해 부르는 노래라고 한다. 이 노래는 기
본적으로 신령에게 바치는 무가[巫歌]의 성격을 띠지만, 찬례(또는 작자 자신)는 노래 속
화자의 목소리를 빌려 왕조 교체 후의 세태와 민심을 풍자하고 있다.

7) 복주[福酒] : 옛날 제사를 지낸 후에 음복[飮福]을 위해 마시던 술.

순치제順治帝의 치세에

때는 무자년戊子年이라

구월 가을철

열이레

훌륭한 모임·좋은 시절을 맞이했단다.

신령스러운 북을 두드리고

영험스러운 깃발 휘두르며

시골 이웃들이 사신社神8)께 제사를 올리네.

늙어버린 이 명나라 적 옛 신하도

허연 머리 깎고서

숲 속 사당으로 오셨구나.9)

산초로 대들보 삼고

계수나무로 서까래 삼았는데10)

당唐나라 때 짓고 진晉나라 때 세운 것이라.11)

푸른 색깔 속에 금칠이 어우러지고

붉은 색깔 속에 분칠이 곁들여지니

---

8) 사신社神 : 앞의 '복덕성군' 각주를 참조할 것.
9) 늙어버린 이 명나라 적 옛 신하도~ : 한족은 전통적으로 "몸의 털과 살은 부모님에
게서 받은 것[身體髮膚, 受之父母]"이라 하여 평생 머리를 깎지 않았고, 심지어 머리
를 깎는 것을 불효로 여겼다. 그러나 청나라가 중원을 정복한 후 다수인 한족을 복속
시키기 위해 '치발령薙髮令'을 내리고 한족도 만주족의 전통에 따라 변발辮髮을 하도록
강요하였다. 여기에서 "허연 머리 깎고서" 구절은 명나라 신하이던 자신(늙은 찬례)이
얼마 남지 않은 목숨을 보전하기 위해 구차하게 머리를 깎은 일을 개탄하듯이 한 말
이다. 뒤이어 나오는 숲 속 사당(총사叢祠)는 글자 그대로 숲 속에 세워진 사당을 가리
키지만, 때로는 여러 신을 모시는 사당을 가리키는 말로 사용되기도 한다.
10) 산초로 대들보 삼고~ : 산초와 계수나무에서 나는 꽃은 향이 강해서 보통 향료로
많이 사용되는데, 여기서는 이를 빌어 사당에 그윽한 향기가 배여 있는 것을 두고 한
말이다.
11) 당唐나라 때 짓고~ : 사당이 세워진 시간이 오래된 것을 두고 한 말로, 시간적으로
보면 진晉나라가 당나라보다 훨씬 일찍 세워졌으므로 진나라에 대한 언급이 먼저 나
와야 되겠지만, 여기서는 운율을 맞추기 위해 자리를 바꾼 것으로 보인다.

그림 그려진 벽이 정교하고도 신기하다.

모습도 빛나고

기개도 드높게

복덕신께서 자리 잡고 계시는구나.

산 속의 보배며

바다 속 보물을

모두 관장하시며 빠뜨리는 실수조차 없으시어

조상님들을 초월하시고

나라님과 스승님까지 능가하시니

수천이나 되는 사람들이 몰려들어 제사를 올리네.

진한 난향을 피우고

맑은 미주 바친다며

앞 다투어 문과 계단으로 달려드누나.

삿갓 너머로

웬 사람이

수염을 쳐들며 길게 한숨짓는다.

"가난한 이는 더욱 가난해지고

부유한 자는 더욱 부유해지는데

조물주께서 무엇을 하시는고!

나와 그대가

생일을 맞춰 보니

달도 같고 날도 같건만

주머니엔 돈이 없고

부뚜막엔 불씨까지 꺼졌으니

걸뱅이와도 같구나.

예순 살에

화갑花甲이 돌아오니

뽕나무·느릅나무 너머로 저무는 해 꼴이 되었건만

난리통 겪는 사람 신세는

태평시대의 개만도 못한지

운수 터지는 날조차 없구나.

옥 술잔 들고

떡 벌어지는 잔치 자리에 앉았건만

그대는 먹는데 나는 구경만 하고 앉았으니

누가 똑똑하고

누가 우둔하단 말인가?

신분의 귀천마저 제 자리를 잃었는가!

소신이 머리 조아리고

하늘님께 호소하옵나니

막힌 귀를 여시옵고 먼 눈을 떠 주소서!

사명司命에게 명하시어

팔자 적힌 장부를 뒤져 보게 하소서.

어쩌다가 이토록 큰 실수 저질렀는지 말입니다!12)"

황금 대궐은 멀기만 하고

자줏빛 궁궐은 높기만 하니13)

하늘님 뵙자면 꿈속에서나 가능하겠구나!

오시는 신은 맞이하고

가시는 신은 배웅하며

가마며 말이 바람처럼 빠르구나.

노래와 춤 다 끝나고

---

12) 사명司命에게 명하시어~ : 이상의 부분은 늙은 찬례가 자신의 기구한 신세를 같은
달 같은 날에 태어난 복덕성군과 비교하면서 질문을 하는 형식을 취하고 있다. 여기에
서 '사명司命'은 옥황상제 휘하에서 인간의 수명을 관장하는 신을 말한다.

13) 황금 대궐은 멀기만 하고~ : 여기에서 '황금 대궐[金闕]'이나 '자줏빛 궁궐[紫宸]'은
옥황상제가 산다는 궁전을 가리킨다.

닭고기·돼지고기 다 거두어

금새 제사가 끝나고 나자

메마른 회나무에 기대고

저무는 해를 마주한 채

홀로 생각에 잠기노라.

혼탁한 자가 부귀를 누리고

맑은 자는 명성을 누리는 것도

어쩌면 둘이 서로 다른 것이겠지만,

속으로는 재주가 많은데도

겉으로는 재물이 적은 것도

분명 법도를 달리하는 경우이겠지.

뜨겁기가 불과도 같으신

복덕군福德君께옵서는

보통사람들의 부모이시며

차갑기가 얼음과 같으신

문창제文昌帝께옵서는[14]

선비님네 으뜸가는 스승이시라네.

신령께도 단점이 있으며

성인께도 흠결이 있나니

어느 누가 소원을 만족시켜 줄 수 있겠나?

땅은 채우기가 어렵고

하늘은 메우기 어려우니

---

14) 문창제文昌帝 : 중국 도교의 문학의 신이자 관리들의 수호신으로 숭배되는 문창제군文昌帝君을 말한다. 전설에 따르면, 문창제는 옥황상제의 명령으로 공적에 따라 상벌을 내릴 수 있도록 문학가들의 일지를 기록하는 일을 관장한다. 문창제군은 초상화에서 대개 관복 차림에 손에 홀笏을 쥐고 앉아 있는 모습으로 묘사된다. 양 옆에는 천롱天聾과 지아地啞라는 두 시종이 시립하기 마련인데, 이들의 이름은 문학의 비밀을 묻는 그 누구의 말에도 귀를 기울이거나 화제로 삼지 않는다는 것을 뜻한다.

세상 조화가 다 이와 같은 법.

가슴 속 시름일랑

죄다 떨쳐 버리고

즐겁게 미소나 지어 보자꾸나.

강물은 절로 흘러내려가고

구름도 절로 용솟음치는데

내 또 무엇을 의심하겠나!

(노래를 마치고 현악기를 내려놓으면서) 정말 부끄럽기 짝이 없습니다 그려.

소곤생 : 참으로 훌륭하십니다! 〈이소離騷〉나 〈구가九歌〉[15]와도 견줄 수 있을 정도인 걸요?

유경정 : 정말 실례했습니다! 노 상공께서는 재신財神의 화신이 아니신가 싶을 정도입니다.

늙은 찬례 : (술을 권하면서) 술이나 비우시지요.

소곤생 : (혀를 차면서) 이 강술은 정말 마시기가 힘들군요.

유경정 : 저한테 안주거리가 좀 있긴 한데……

소곤생 : 어떤 음식인데요?

유경정 : 어디 좀 맞추어 보소.

소곤생 : 형님이 지닐 물건이래 봤자 고작 물고기나 자라·새우·게 따위가 다 아닙니까?

유경정 : (고개를 가로저으면서) 틀렸소이다, 틀렸어!

소곤생 : 또 무슨 별미가 있길래요?

유경정 : (입을 가리키면서) 제 혀랍니다.

늙은 찬례 : 선생 혀야 선생이나 안주로 삼을까 무슨 수로 다른 손님들한

---

15) 〈이소離騷〉나 〈구가九歌〉: 둘 다 전국시대 초나라의 시인 굴원屈原이 지은 초사楚辭의 제목이다.

테 권하겠소이까?

유경정 : (웃으면서) 모르시는 말씀이십니다. 옛 사람들 중에는 『한서漢書』를 안주로 삼은 이도 있었답디다.[16] 이 혀가 『한서』 이야기를 할 줄 아니까 안주거리가 아니고 무엇이겠습니까?

소곤생 : (술을 가져다 따르면서) 저는 형님께 술을 따라 드릴 테니 형님은 『한서』 이야기나 들려주십시오.

늙은 찬례 : 좋습니다, 좋아요! 한데 …… 안주는 많은데 술이 모자라겠는 걸요?

유경정 : 『한서』가 너무 길다면 제가 새로 엮은 탄사彈詞[17]가 있지요. 〈말릉의 가을[秣陵秋]〉이라고 하는데 (…) 안주 삼아 불러 보도록 하지요.

늙은 찬례 : 우리 남경에서 최근에 있었던 일입니까?

유경정 : 바로 그렇습니다!

소곤생 : 그런 거라면 우리가 다 직접 보고 들은 것들일 테니까 들려주시는 이야기가 틀리기라도 하면 벌을 줄 겁니다?

---

16) 옛 사람들 중에는~ : 북송北宋의 시인 소순흠蘇舜欽이 『한서漢書』를 읽으면서 연거푸 술잔을 비우자, 그의 장인 두연杜衍이 "그런 안주라면 한 말을 마셔도 모자라겠다" 하면서 웃었다고 한다. 자세한 내용은 네 번째 대목 '공연 염탐偵戲'의 "『한서』를 안주 삼아" 각주를 참조할 것.

17) 탄사彈詞 : 명대에 유행하던 공연예술. 중후기에 해당되는 가정嘉靖·만력萬曆 무렵에 이미 남북 각지에서 공연되었으나, 대략 청대 건륭乾隆 연간에 이르면 그 유행 지역이 강소江蘇·절강浙江 등 강남江南 일대로 축소되었으며 북방에서는 사화詞話로 불렸다. 탄사는 산문체의 설백說白과 칠언체 운문에 삼언체가 곁들여진 창사唱詞의 두 가지 체제로 구성되는데, 한 사람이 삼현三弦·비파琵琶·월금月琴 등의 악기를 연주하면서 노래를 부르는 형식으로 공연하는 것이 보통이다. 명대의 대표적인 탄사로는 양진어梁辰魚의 〈강동 이십사사 탄사江東二十一史彈詞〉, 양신楊愼의 〈역대사략 십단금사화歷代史略十段錦詞話〉 등이 있다. 탄사는 공연 지역에 따라 조금씩 명칭과 체제를 달리 하여 북방에서는 일반적으로 사화詞話나 고서鼓書로, 광동廣東에서는 목어서木魚書, 복건福建에서는 평화評話 등으로 불리고 있다. 옛날에는 탄사 같은 공연예술이 맹인이나 여성에 의해 상연되는 경우가 많아서 때로는 맹사盲詞, 여탄사女彈詞, 맹녀탄사盲女彈詞로 불리기도 하였다.

유경정 :   안 틀린다고 장담을 하리다. (현악기를 연주하면서)

  여섯 왕조의 흥망사를
  몇 소절 청아한 연주로 풀어내어 천년 세월을 한탄하노라
  반평생 동안 세간을 떠돌았던 이 몸이
  한 마디 크게 노래하자 온갖 산들이 다 놀라누나.

맹녀탄사盲女彈詞의 장단에 맞추어 노래한다.

〈말릉추秣陵秋〉
풍류스럽던 진陳나라·수隋나라가 남긴 한은 끝도 없어
우물에도 연지 묻어 있고 흙에조차 향기가 배어 있는데[18]
나풀거리는 버들개지는 길손의 터럭머리에 달라붙고
애절하기 그지없는 꾀꼬리 혀는 사람 애를 끊는구나!
중흥을 이룬 조정이 번영을 이어갈 줄 알았건만
살아남은 역적의 무리가 기염을 토하며[19]……
그저 대궐 세워 후주後主 따라잡기만 부추길 뿐
무기 든 군대가 겨우 남은 남당南唐에 밀려들 줄은 상상도 못했
지.[20]

---

18) 우물에도 연지 묻어 있고~ : 진나라 후주[陳後主]의 망국의 고사를 차용한 것이다. 일설에 따르면, 진나라의 경양궁景陽宮에는 우물이 하나 있었는데, 수나라 군사들이 진나라를 멸망시킬 때 진나라 후주와 두 왕비가 그 우물 속에 숨었다가 붙잡혔기 때문에 그때부터 그 우물을 '연지 묻은 우물[臙脂井]'이라고 부르게 되었다고 한다.
19) 중흥을 이룬 조정이~ : 여기에서 '중흥 이룬 조정[中興朝市]'은 남명 조정을 가리키며, '살아남은 역적의 무리[遺孽兒孫]'는 과거 위충현 일당으로 몰려 숙청됐다가 재기한 마사영과 완대성의 도당을 가리킨다.
20) 그저 대궐 세워~ : 여기에서 '후주後主'는 앞서 언급한 진나라 후주를 가리키며, "겨우 남은 남당[殘唐]"은 오대五代 시기에 금릉金陵에 세워졌던 남당南唐 왕조를 말하는데, 선주先主 이승李昇, 중주中主 이경李璟, 후주後主 이욱李煜 등 3대 39년 동안 존속하였다. 이 두 구절은 마사영과 완대성이 황제를 부추겨서 진나라 후주처럼 대형 토목공

아리따운 눈썹의 월越나라 미녀나 골라 입궁시키고

제비를 노래하는 오吳 땅 연극이 무대를 누비는 통에21)

역사力士는 이름 뒤져 적보笛步를 헤매고22)

구년龜年은 음률 따라 초방椒房서 연주했지.23)

서곤西崑의 노래엔 새로운 온정균·이상은이 나타나고24)

오항烏巷25)의 복장엔 왕년의 사씨·왕씨가 부활한 듯 했지.

뜰마다 무수리들은 비취빛 황금거울을 비추어 보고

날마다 침상에선 초楚나라 꿈속 황홀경을 헤매며26)

장수들이 변방에서 제 아무리 이리 연기를 지펴도27)

사로 화려한 대궐을 조성하여 사치와 향락에만 빠져서 북녘 청나라 군사의 남하에 대
비하지 못한 것을 두고 한 말이다.

21) 아리따운 눈썹의 월나라 미녀~ : 원래 '월나라 미녀'는 춘추시대 월나라의 미녀인 서
시西施를 가리키며, '제비를 노래한 오 땅 연극[燕子吳歈]'이란 완대성이 지은 희곡 〈연
자전燕子箋〉을 가리키지만, 여기서는 마사영과 완대성이 구원舊院에서 이름난 가기歌妓
와 한량들을 차출하여 〈연자전〉을 가르쳐 황제에게 아부하면서 향락에 탐닉한 일을 두
고 한 말이다.

22) 역사는 이름 뒤져~ : '역사'는 원래 당나라 현종[唐玄宗]의 최측근 내시였던 고력사
高力士를 말하며, '적보笛步'는 남경의 지명으로, 배우와 공연을 관장하던 교방敎坊이
있던 곳이다. 여기서는 남명 조정의 신하들이 황제에게 아부하기 위하여 구원舊院을
누비며 미인을 찾아다닌 일을 두고 한 말이다.

23) 구년은 음률 따라~ : '구년'은 원래 당나라 현종 때의 궁중 악사였던 이구년李龜年을
말하지만, 여기에서는 궁중에서 노래를 가르치거나 음악을 연주하던 악공·한량을 가
리키는 말로 사용되고 있다.

24) 서곤의 노래엔~ : '서곤의 노래[西崑詞賦]'란 원래 송대의 문인이던 양억楊億·유균
劉筠·전유연錢惟演 등이 만당晚唐 시인 이상은李商隱의 시풍을 모방하여 지었던 '서곤
체西崑體' 시를 말한다. 그들은 자신들이 주고받은 이 시들을 책으로 엮어 『서곤수창집
西崑酬唱集』이라고 명명했다고 한다. 여기서는 남명 조정에서 퇴폐적이고 화려한 풍조
가 만연했던 일을 가리키는 말로 사용되고 있다.

25) 오항烏巷 : 남경에 소재한 오의항烏衣巷. 동진東晉의 명문가로 일컬어졌던 왕王·사謝
양대 문벌이 이 골목에 밀집해서 살았다고 전해진다. 자세한 내용은 첫 번째 대목 '설
서 감상聽書'의 '오의항' 각주를 참조할 것.

26) 뜰마다 무수리들~ : 이 두 구절은 후궁의 미인들은 그들대로 황제의 총애를 얻기
위해 날마다 몸단장에 몰두하고 황제는 황제대로 날마다 국정은 안중에도 없이 여색
에만 빠져 있던 것을 두고 하는 말이다.

27) 장수들이 변방에서~ : '이리 연기[狼煙]'는 이리 똥을 태워 피우는 봉화를 가리키는

두물머리 섬가에선 주작朱雀 놀이배가 태평도 했지.28)

말 가리켜도 진秦나라 재상이 속인다며 비판인들 한 적 있나!29)

숲 속에 피해 들어간 것도 다 완阮서방의 광기가 겁나서인 것
을30)……

〈춘등미春燈謎〉에선 처음부터 잘못을 자인하고 들어가더니만

복사와 동림당 다시 잡아들여 피할 곳조차 없게 만들었으니31)

남 손 빌려다가 원수를 죽인 것은 장락로長樂老32) 꼴이요

데, 이것으로 전란이 발생한 사실을 알렸다. 이리 연기에 대한 보다 자세한 내용은 서른네 번째 대목 '판기 기습戰礒'의 '이리의 연기' 각주를 참조할 것.

28) 두물머리 섬 가에선~ : '두물머리 섬[二水洲]'이란 남경에 있는 백로주白鷺洲를 말한다. 여기서는 남명 조정의 군신이 모두 변방의 급보에는 아랑곳하지 않고 오로지 뱃놀이를 즐기면서 향락에 빠져 있었던 것을 두고 한 말이다.

29) 말 가리켜도~ : 진시황제秦始皇帝가 죽자 측근 환관 조고趙高는 거짓 조서詔書를 꾸미며 어린 호해胡亥를 2세 황제로 옹립한 후 경쟁자이던 이사李斯 등 수많은 조정 중신을 죽이고 스스로 승상이 되어 조정의 실권을 장악하였다. 조고는 중신들 가운데 자신에게 반항하는 사람을 가려내기 위해 호해에게 사슴을 바치면서 천하의 명마라고 말하였다. 호해가 그 말을 농담으로 받아들이자 조고가 중신들에게 의견을 묻더니 사실대로 사슴이라고 말한 사람은 누명을 씌워 제거해 버렸다. 그런 일이 있은 후로 조정에서는 조고의 뜻에 거역하거나 반대하는 사람이 아무도 없어서 결국 진나라의 멸망을 가속화시켰다고 한다. 여기서는 재상으로 있으면서 국정을 농단하고 간신배와 어울려 정적 숙청에만 혈안이 되었던 마사영을 두고 한 말이다.

30) 숲 속에 피해 들어간 것도~ : 위진魏晉시대의 문학가 완적(210~263)은 자가 사종嗣宗으로 하남 개봉開封 사람이며, 일찍이 보병교위步兵校尉 벼슬을 지내서 보통 '완보병阮步兵'으로 불린다. 괴짜 시인으로 '죽림칠현竹林七賢' 중에서 가장 유명한 그는 부패한 정치로부터 자신을 보호하기 위해 미치광이 행세를 하면서 시문으로 지배층을 비판하다가, 나중에는 조정의 압박을 받지 않는 시골로 내려가 은거하면서 시를 짓고 술에 빠져 지냈다. 여기서는 완대성이 마사영에게 아부하면서 사사로운 원수를 갚는 데에 집착하자 세상 사람들이 그들을 외면한 것을 두고 한 말이다.

31) 〈춘등미〉에선~ : 완대성은 자신이 지은 전기傳奇 희곡 〈춘등미春燈謎〉의 "열 가지 잘못을 인정한다[十錯認]"를 통해 자신이 과거에 위충현魏忠賢에게 아첨하면서 저지른 과오들에 대해 참회했지만, 나중에 마사영과 함께 복왕을 옹립하고 재기한 뒤에는 또다시 동림당과 복사의 선비들을 박해하였다. 여기서는 완대성이 자신의 태도를 수시로 번복하고 식언을 일삼으며 정적을 박해한 것을 두고 한 말이다.

32) 장락로長樂老 : 『신오대사新五代史』 「풍도전馮道傳」에 따르면, 풍도馮道(881~954)는 하북 영주瀛州 출신의 대유학자로, 중국에서 최초로 유가 경전을 조판·인쇄하는 일에 참여하였다. 그의 이 같은 노력의 결과로 유가 경전을 쉽게 구할 수 있게 되었으며 가격

어깨 움츠리며 세도가에게 아부한 건 반한당半閒堂33) 짝이었지.

연로하신 각부閣部께서는 매령梅嶺서 통곡을 다 하시고34)

기세등등하던 장군은 무창武昌서 소요를 일으켰으며35)

아홉 굽이 강물에선 대낮에 청군의 도강을 자초하고36)

역시 저렴해졌다. 그러나 정치 무대에서의 평판은 그다지 좋지 못하였다. 오대五代 시기에 일생 동안 후당後唐·후진後晉·한漢·주周 등 네 왕조에서 재상을 지내면서 여섯 황제를 받들었던 그는 평소에 자신이 네 왕조에서 벼슬을 하고 거란契丹으로부터 하사받은 훈작을 대단한 영광으로 여기고 스스로를 '언제나 즐거움을 누리는 노인[長樂老]'으로 불렀다고 한다. 충절을 군자의 가장 기본적인 덕목으로 여겼던 후대의 유학자들은 몇 개의 왕조에서 여러 명의 황제를 섬긴 그의 이 같은 행동을 좋게 보지 않았다. 대문에 나중에는 그의 이 별명이 지조 없이 아부를 통해 부귀를 누리면서 오래도록 자신의 영달을 누리는 사람의 대명사로 간주되기까지 하였다. 여기서는 재상 자리에 있으면서 오로지 정적 제거에만 몰두했던 마사영을 두고 한 말이다.

33) 반한당半閒堂 : 남송의 재상 가사도賈似道(1213~1275)가 항주杭州 서호西湖 근처 갈령葛嶺에 세운 별장의 이름. 나중에는 이를 빌어 직접적으로 가사도 또는 간신을 가리키는 말로 사용되었다. 가사도는 자가 사헌師憲으로, 태주台州 천태天台 사람이다. 그의 누이 가귀비賈貴妃가 황제 이종理宗의 총애를 받으면서 양회제치대사兩淮制置大使와 참지정사參知政事 및 지추밀원사知樞密院事 등의 요직을 두루 거쳤다. 몽골군이 대거 남송을 공략하여 개경開慶 원년(1259)에 악주鄂州가 위급해지자 우승상右丞相을 배수 받고 황제의 명령에 따라 원군을 이끌고 악주로 갔다가, 적장인 쿠빌라이에게 사사로이 밀사를 파견하여 장강 이북을 할양하고 해마다 은과 비단 각 이십만 필을 바치는 조건으로 강화를 제안하였다. 당시 몽골의 총수였던 몽케가 죽자 쿠빌라이는 칸의 자리를 놓고 경쟁을 벌이기 위해 서둘러 화의를 맺고 북쪽으로 귀환하였다. 이에 가사도는 진상을 감추고 전쟁에서 대승을 거두었다고 허위 보고를 올려 우승상 겸 추밀사樞密事로 특진하여 이로부터 십칠여 년 동안 국정을 농단하면서 나라의 안위에는 아랑곳 하지 않고 사치와 향락에만 탐닉하였다. 나중에 쿠빌라이가 정식 칸으로 추대되어 다시 양번襄樊 등지를 공격해도 이를 비밀에 부치고 발설자는 가차 없이 탄압하였다. 악주가 함락되고 정세가 위급해지자 여론에 밀려 덕우德祐 원년(1275)에 정병 십오만을 이끌고 출전했다가 대패하고 양주로 도주하였다. 이에 조정 신하들이 황제에게 가사도를 주살할 것을 요청하여 고주 단련부사高州團練副使로 좌천되어 순주循州에 안치되었다가 8월에 감압사신監押使臣 정호신鄭虎臣에게 죽임을 당하였다. 여기서는 오로지 아부를 통해 개인적인 영달에만 집착하는 완대성을 두고 한 말이다.

34) 연로하신 각부께서는~ : 사가법이 매화령에서 남은 군사들을 모아 놓고 결사 항전을 맹세한 일을 두고 한 말이다. 자세한 사정은 서른다섯 번째 대목 '항전 맹세誓師'를 참조할 것.

35) 기세등등하던 장군은~ : 좌량옥이 마사영·완대성 등의 간신들을 토벌하기 위해 격문을 돌리고 군사를 동쪽으로 이동시켰던 일을 두고 한 말이다. 자세한 사정은 서른한 번째 대목 '격문 작성草檄'을 참조할 것.

천 리 거리 강기슭에선 야밤에 방어선을 옮기는 통에[37)

경화관瓊花觀은 유린되어 아름답던 난간조차 망가져 버리고[38)

옥수玉樹의 노래가 끝나자 화려하던 궁전도 차가워져 버렸네.[39)

망망대해에서 집 잃은 용은 적막에 휩싸이고

풍진 세상에서 짝 잃은 봉새는 방황했었지

푸른 옷에 벽옥 물었던 분은 언제나 돌아오시려나?[40)

푸른 피 백사장에 흩뿌린 이는 이 땅서 죽었거늘[41)⋯⋯.

남궁南宮 안 온천은 여전히 잡초로 무성하기만 한데

동릉東陵의 어가 행차하던 길목에선 또 해가 저무누나.[42)

회淮·양陽·사泗에서 전부 자물쇠가 열리는 바람에[43)

---

36) 아홉 굽이 강물에선~ : 국정의 혼란과 간신들의 전횡으로 황하 전 유역이 무방비
상태가 되어 북방의 청군이 마음대로 남하할 수 있게 된 것을 두고 한 말이다.

37) 천 리 거리 강기슭에선~ : 장강 방어를 위해 배치된 황득공과 유씨 형제의 병력을
마사영·완대성 일당이 임의로 이동시켜 좌량옥의 군사를 막게 한 일을 두고 한 말이다.

38) 경화관은 유린되어~ : '경화관瓊花觀'은 양주에 있던 도교 사원을 가리킨다. 여기서
는 양주가 청군의 공격으로 도시가 철저하게 파괴되고 시민들이 학살당하는 비운을
맞은 것을 두고 한 말이다.

39) 옥수의 노래가 끝나자~ : 여기에서 '옥수의 노래[玉樹歌]'는 진나라 후주[陳後主]가
지었다는 〈옥수후정화玉樹後庭花〉를 말한다. 옥수의 노래가 끝났다는 것은 방탕한 남
명 왕조가 멸망한 것을 두고 한 말이다. 〈옥수후정화〉에 대해서는 여덟 번째 대목 '단
오 야경鬧榭'의 '옥수의 음악' 각주를 참조할 것.

40) 푸른 옷에 벽옥 물었던~ : 흉노匈奴 출신의 유총劉聰은 진나라 회제[晉懷帝]를 포로
로 끌고 가서 종복이 입는 푸른 옷을 입히고 술을 따르게 하는 수모를 주었다고 한다.
또, 옛날에는 임금이 적군에게 투항할 때 스스로 두 손을 뒤로 결박하고 입에 벽옥을
문 채 적진으로 향했다고 한다. 여기에서는 둘 다 청군의 포로 신세로 전락한 홍광제
를 두고 한 말이다.

41) 푸른 피 백사장에 흩뿌린~ : 보통 '붉은 마음[丹心]'과 대비되어 사용되는 '푸른 피
[碧血]'는 원래 『장자莊子』 「외물外物」에 나오는 말이다. 춘추시대에 장홍萇弘은 제후
들 간의 내란으로 촉蜀 땅으로 추방됐다가 나중에 배를 갈라 죽었는데, 현지 사람들이
그의 곧은 정신에 감동을 받아 그의 피를 곽에 보관했더니 삼 년 만에 벽옥으로 변했
다고 한다. 나중에는 정의를 위해 흘리는 피를 가리키는 말로 사용되었다. 여기서는
황득공이 자신을 의지하고자 달려온 홍광제를 지켜 주지 못하고 포로가 되게 만든 것
을 자책한 일을 두고 한 말이다.

42) 남궁 안 온천은~ : '남궁南宮'은 남경에 소재한 명나라의 옛 황궁을, '동릉東陵'은 남
경 동쪽에 자리 잡은 명나라 태조[明太祖] 주원장朱元璋의 능(효릉孝陵)을 가리킨다.

좌左・사史・황黃조차 국면을 바로잡기 어려웠지.44)

건제建帝께선 몰락하시고45) 열제烈帝께선 참사를 맞으셨으며46)

영종英宗께선 곤경에 빠지시고47) 무종武宗께선 무도하시더니48)

43) 회淮・양揚・사泗 전부~ : '회・양・사'는 각각 장강 이북에 위치한 회안淮安・양주揚州・사양泗陽을 가리킨다. 장강 방어선이 붕괴되면서 이 세 도시가 차례로 청군에게 함락당한 일을 두고 한 말이다.

44) 좌左・사史・황黃조차~ : '좌・사・황'은 각각 좌량옥左良玉・사가법史可法・황득공黃得功을 가리키는데, 여기서는 모두 남명 조정의 충신으로 언급되고 있다.

45) 건제께선 몰락하시고 : 건제建帝는 명나라의 제2대 황제인 건문제建文帝(1377~1402)를 말한다. 이름이 주윤문朱允炆, 시호는 혜제惠帝이며, 건문은 그의 연호이다. 태조 주원장의 뒤를 이어 1398년에 즉위한 후 방효유方孝儒 등의 보필로 원元의 잔존세력을 격퇴하고 국정을 쇄신하는 한편, 측근 중신들의 주장에 따라 주원장이 자신의 아들들에게 분봉했던 각지의 번국藩國을 철폐하고 중앙집권을 강화하여 왕조의 기틀을 다지고자 노력하였다. 그러나 북경에 분봉되어 몽골족의 남하를 막으면서 정치적 야심을 키우고 있던 숙부 연왕燕王 주체朱棣가 반란을 일으켜 1402년에 남경을 함락시키고 영락제永樂帝(성조成祖)로 즉위하였다. 권력투쟁에서 패배한 건문제는 그 와중에 죽은 것으로 전해졌지만, 전설에 따르면 가까스로 살아남아 남경을 탈출하여 운유화상雲遊和尙이라는 이름으로 세상을 떠돌면서 사십 년을 더 살았다고 한다.

46) 열제께선~ : 열제烈帝는 명나라의 마지막 황제 숭정제崇禎帝를 가리킨다. 자세한 내용은 두 번째 대목 '노래 수업傳歌'의 '숭정' 각주를 참조할 것.

47) 영종께선~ : 정통제正統帝가 몽골 오이라트 부部에서 포로 생활을 한 일을 두고 한 말이다. 명나라의 제6대 황제였던 정통제 주기진朱祁鎭(1368~1644)은 1435년에 제의에 올랐으나 친모인 태후가 섭정을 하는 동안 측근 환관인 왕진王振을 신임하면서 환관이 국정에 큰 영향력을 행사하게 되었다. 1449년 황제의 측근 환관 왕진王振은 장군들의 충고를 듣지 않고 오이라트 정벌을 추진했다가 오이라트의 지도자 에센의 지략에 속아 군대가 포위되고 황제까지 포로가 되고 말았다. 오이라트는 일 년 후 명나라 조정이 새 황제를 추대하자 이용가치가 없어진 정통제를 풀어주었다. 중국으로 귀환한 후에는 한동안 은둔생활을 하다가 1457년에 새 황제가 병이 들자 다시 제위에 올라 연호를 천순天順으로 정하고 칠년 동안 통치를 하여 사후에 영종英宗으로 추존되었다.

48) 무종께선~ : 명나라 황제 정덕제正德帝 주후조朱厚照(1491~1521)는 1505년에 제위에 오른 후로 오로지 쾌락을 추구하는 데에만 몰두했으며 조정의 실권은 유근劉瑾 등의 측근 환관들에 의해 쥐어져 있었다. 때문에 그의 재위 기간 동안 부패가 만연하여 매관매직이 성행하고 가렴주구가 횡행하였다. 때문에 백성들 가운데 상당수가 도적이 되어 도처에서 민란이 빈발하였다. 1510년 이 같은 위기상황을 인식한 정덕제는 결국 패정과 부패의 원흉 유근劉瑾을 처형하였다. 그러나 그 후로도 국정에 무관심하여 조정에서는 여전히 환관들이 막강한 권력을 장악하고 있어서 그의 재위 기간 동안 수백 명의 관리들이 황제의 기행을 비방한 죄로 고문을 받거나 유배・처형되기도 하였다. 정덕제는 젊은 나이에 유람선을 타고 향락을 즐기다가 배가 뒤집히는 바람에 물에 빠

거기다 한 분 남으셨던 복왕福王 마마께옵서조차

떠날 적에 돌아보며 하염없이 눈물짓는 신세 되실 줄이야!49)

소곤생: 　훌륭합니다, 훌륭해! 과연 조금도 틀림이 없군요

늙은 찬례: 몇 마디 탄사일 뿐인데도 오매촌吳梅村50)의 장편 시에 비견

　　　　　할 만합니다 그려!

소곤생: 　형님께서는 학문에 큰 발전이 있으셨으니 술을 한 잔 드려야

　　　　　겠습니다 그려.

　　　　　(술을 따른다)

유경정: 　도리어 날더러 강술이나 마시라고?

져 죽었으며, 제위는 그의 사촌인 가정제嘉靖帝에게 계승되었다. 사후에 무종武宗으로
추존되었다.

49) 한 분 남으신 복왕[福王一]: 응회신應會臣의 『청인설靑燐屑』에 따르면 숭정제 즉위 원
　년에 오봉루五鳳樓 앞에서 노란 보자기 하나를 얻었는데 그 안에 "천계제는 칠년 숭정
　제는 십칠 년 그리고 복왕은 일 년[天啓七, 崇禎十七, 還有福王一]"라는 글귀가 적힌
　작은 그림책 한 권이 들어 있었다고 한다. 혹자는 이 기록에 의거하여 "복왕일福王一"을
　복왕(홍광제)의 재위기간이 일 년이었다는 의미로 해석하기도 하지만, 여기서는 명나라
　의 황통을 잇는 후계자가 복왕 한 사람만 살아남았다는 뜻으로 해석하였다.

50) 오매촌吳梅村: 명말 청초의 시인 오위업吳偉業(1609~1670)을 가리킨다. 자가 준공駿公,
　호가 매촌梅村으로, 강소성江蘇省 태창太倉 사람이다. 어린 시절 당대의 문장가 장부張溥
　를 스승으로 삼고 복사復社의 일원이 된 그는 숭정 4년(1631)에 약관의 나이로 진사가
　되어 한림원 편수翰林院編修를 제수 받고, 남경 국자감 사업南京國子監司業, 복왕福王의
　조정에서는 소첨사小詹事 등, 여러 벼슬을 두루 거쳤으나, 명나라가 멸망하자 벼슬을
　그만두고 은둔생활을 하였다. 그 후로 청나라 순치順治 10년(1653)에 북경으로 가서 국
　자감 좨주國子監祭酒가 되었다가 일 년 후에 모친의 병을 핑계로 사직하고 낙향하였다.
　멋과 운치가 있었던 그의 시는 초기에는 화려했지만 후기에는 처량하면서도 격렬한 색
　채가 농후해진다. 「원원곡圓圓曲」, 「영화궁사永和宮詞」, 「임회노기행臨淮老妓行」 등의 시
　들은 모두 당시의 일을 서술하고 망국의 아픔을 노래한 것이며, 이 밖에도 민생의 고통
　을 반영한 시도 몇 편 보인다. 당시唐詩를 숭상하여 청대 초기 시파 가운데 하나인 종
　당파宗唐派를 주도했으며, 칠언율시七言律詩와 칠언가행七言歌行이 특히 유명하였다. 사
　詞 역시 호방하면서도 비장미가 있고, 소령小令의 완약함은 극치에 이르러 세상에서 널
　리 애송되고 있다. 또, 〈말릉춘秣陵春〉(전기) 및 〈통천대通天臺〉, 〈임춘각臨春閣〉(잡극) 등
　의 역사극 희곡 창작을 통하여 격동기 속에서 변해 버린 세태를 반영하는 한편, 멸망한
　명나라 조정에 대한 그리움을 담기도 하였다. 저작으로 『매촌집梅村集』, 『매촌가장고梅
　村家藏稿』 등이 있다.

소곤생 : 이 아우한테도 안주거리가 좀 있답니다.

유경정 : 아우님 안주래 봤자 보나마나 산나물이나 푸성귀뿐일 걸?

소곤생 : 아닙니다, 아니야! 어제 남경에 나무를 팔러 갔다가 작정하고 갖고 온 겁니다.

유경정 : 그럼 갖고 와서 같이 즐기세.

소곤생 : (손가락으로 입을 가리키면서) 저도 (⋯) 허거든요?

늙은 찬례 : 어째서 이번에도 혀란 말씀이오이까?

소곤생 : 두 분께 솔직히 말씀드리자면, 저는 삼년 동안 남경 출입을 하지 않다가 갑자기 웬 흥이 났던지 성내로 들어가 나무를 팔게 되었지요. 도중에 효릉孝陵을 지나다가 그 화려하던 성채와 전각들을 둘러보았더니 아 글쎄 몽땅 목축장으로 변해버렸지 뭡니까!

유경정 : 하이구! (⋯) 그래, 황궁은 어떻습디까?

소곤생 : 황성은 담장이 쓰러지고 궁궐도 무너져서 땅바닥에는 온통 잡초만 무성하더라구요.

늙은 찬례 : (눈물을 훔치면서) 그 지경으로 변해버릴 줄이야⋯⋯.

소곤생 : 그 길로 바로 진회秦淮까지 가서 반나절을 서 있는데도 사람 그림자 하나 안 보입디다!

유경정 : 장교長橋며 구원舊院은 우리가 즐겨 노닐던 곳인데, 한번 가보지 그랬소?

소곤생 : 안 가 봤을 리가 있습니까? (⋯) 장교에는 이미 널판조차 하나도 없고 구원에는 기와 파편 더미만 남아 있던 걸요.

유경정 : (가슴을 치면서) 휴우, 애통해 죽겠구나!

소곤생 : 그때 서둘러 돌아오다가 도중에 하도 마음이 아파서 북곡北曲을 한 벌 짓고 〈강남을 애도한다[哀江南]〉[51]라고 제목을 붙

---

51) 강남을 애도한다[哀江南] : 총 일곱 곡으로 이루어진 이 〈애강남哀江南〉은 작자 공상임의 지인이자 동향 출신인 고사鼓詞 예인 가부서賈鳧西(1590?~1676?)의 원작인 〈역대사

였는데, 제가 한번 불러 드리겠습니다.

(박판을 두드리며 익양강ᅣ陽腔52)으로 노래를 부른다)

소곤생 :   이 나무꾼이 말씀입니다,

〈애강남哀江南〉〈북신수령北新水令〉

산 속 소나무·들판 풀을 꽃과 함께 지고서

문득 고개를 들고 보니 말릉秣陵에 다시 와 있습디다.

패잔병들이 남긴 폐허가 된 보루 하며

야윈 말이 누웠던 텅 빈 참호……

마을과 성곽은 을씨년스럽게 변한 채로

성채만 해 저무는 길을 마주보고 있더군요

〈주마청駐馬聽〉53)

들불이 수시로 타오르는 바람에

략 고사歷代史略鼓詞〉를 거의 그대로 차용한 것이다. 가부서의 원작 〈애강남〉은 각 곡마
다 부제가 붙어 있는데, 〈북신수령北新水令〉은 "서언[總起]", 〈주마청駐馬聽〉은 "금릉을
애도하며[吊金陵]", 〈침취동풍沉醉東風〉은 "옛 황궁을 애도하며[吊故宮]", 〈절계령折桂
令〉은 "진회를 애도하며[吊秦淮]", 〈고미주沽美酒〉는 "자욱를 애도하며[吊長橋]", 〈태평
령太平令〉은 "구원을 애도하며[吊舊院]", 〈이정연대헐지살離亭宴帶歇指煞〉은 "금릉의 모
든 것을 애도하며[總吊全陵]" 하는 식이다. 이 〈애강남〉 투곡套曲은 망국의 비애와 우
국의 열정을 잘 표현하고 있어서 중국의 현행 중고교 어문 교과서에도 수록되어 있다.

52) 익양강ᅣ陽腔 : 중국 지방극의 일종으로, 고강高腔으로 불리기도 한다. 송원대宋元代에
강서성江西省 익양ᅣ陽으로 전파된 남희南戱가 현지의 방언·민간음악과 결합되면서
생겨난 것으로, 배우가 노래를 부르면 무대 뒤에서 타악기로 반주를 하면서 여러 사람
이 일제히 화창和唱하는 식으로 공연을 진행한다. 익양강은 명대 중기 이후로 북경北
京, 남경南京, 안휘安徽, 절강浙江, 호남湖南, 복건福建, 광동廣東, 광서廣西, 귀주貴州, 운남
雲南 등 전국 각지로 전파되는 과정에서 현지의 방언·민요와 결합하면서 악평강樂平
腔·휘주강徽州腔·청양강靑陽腔·경강京腔 등의 새로운 지방극을 만들어내기도 하였
다. 현재 익양강 계열의 전통극으로는 천극川劇, 상극湘劇, 신하희辰河戱, 무극婺劇, 공극
贛劇 등이 전해지고 있는데, 모두가 북으로 장단을 맞추면서 한 사람이 선창을 하면
여러 사람이 화창하는 방식을 그대로 운용하고 있다.

53) 주마청駐馬聽 : 이 곡은 명나라 태조[明太祖] 주원장의 능침인 효릉孝陵을 노래한 것
이다.

황릉 지키던 긴 가래나무는 반이나 타 버리고
산양 떼 뛰놀건만
능지기 참봉은 언제 달아나 버렸는지…….
비둘기 깃·박쥐 똥이 방에 온통 널려 있고
마른 가지·진 잎새가 계단을 뒤덮고 있건만
누가 제사를 지내고 소제를 하는지 모르겠는데
목동이 용비모龍碑帽까지 깨 버렸더군요54)…….

〈심취동풍沈醉東風〉55)
백옥으로 장식됐던 여덟 개의 기둥은 쓰러져 나뒹굴고
붉은 흙 칠했던 높은 담장도 반이나 허물어져 버렸고요.
깨져버린 유리 기왓장들은 많기도 한데
비취가 박혔던 창틀도 썩어서 수가 줄어들어 있습디다.
붉은 계단서 춤추는 건 늘 와서 참례하는 제비·참새들뿐인데
궁궐 대문이랍시고 들어갔더니만 도중에 내내 쑥대 투성이요
거지 몇이 굶어죽은 시체와 같이 지내고 있더군요

〈절계령折桂令〉56)
진회秦淮의 옛 건물들이 궁금하시지요?
찢어진 문풍지는 바람을 맞고 있고
부서진 문턱은 물결을 마주하고 있어
보노라니 얼이 다 나가버리더이다!

---

54) 목동이 용비모까지~ : 용비모龍碑帽는 이수螭首로도 불리는데, 비석의 상부를 보호하는 가리개 부분으로 보통은 용의 형체를 조각해서 장식하는 경우가 많다. 여기서는 명나라 황제의 위업을 기리는 비석이 하찮은 목동에 의해 희롱당하는 장면을 통해 삼백년 동안 이어져 온 명나라의 명운이 다했음을 암시하고 있다.
55) 침취동풍沈醉東風 : 이 곡은 명나라의 옛 황궁을 노래한 것이다.
56) 절계령折桂令 : 이 곡은 다음 두 곡과 함께 진회의 구원舊院 일대를 노래한 것이다.

지난날 곱게 단장했던 그 미인들은
어디서 생황이며 퉁소를 불고 있을까요?
등선燈船은 치워져서 단오절端午節조차 을씨년스럽기만 하고
주기酒旗57)도 거두어 중구절重九節58)마저 무료하기만 합니다.
흰 새는 가볍게 날아다니고
파란 물은 도도하게 흐르는데
가녀린 국화에는 나비들이 날아들건만
막 물든 단풍은 아무도 감상하는 이가 없습니다.

〈고미주沽美酒〉
푸른 시냇물 가로지르던 반리교半里橋를 기억하십니까?
옛적의 붉은 널판이 하나도 남아나지 않았더군요!
가을 물 흘러가는 기나긴 낮에도 지나는 이조차 드물고
썰렁한 낙조 속에
허리 구부린 버드나무 한 그루만 남아 있더이다.

〈태평령太平令〉
저 구원舊院 대문에 당도해서도
가볍게 문 두드릴 필요가 어디 있나요?
멍멍 짖던 강아지도 겁낼 필요 없게 됐으니……

---

57) 주기酒旗 : 주막에서 영업 중임을 나타내기 위해 내거는 깃발.
58) 중구절重九節 : 음력 9월 9일 중양절重陽節을 말한다. "구九가 겹쳤다"는 의미에서 중
   구절이라고 부르기도 하고, 중국에서는 9가 양수陽數에 해당되기 때문에 "양수가 겹쳤
   다"는 의미에서 중양절이라고도 불렀다. 해마다 이 날이 되면 사람들은 국화를 감상하
   기도 하고 높은 곳으로 올라가서 수유茱萸를 머리에 꽂기도 했다고 한다. 『열양세시기
   洌陽歲時記』에 따르면, 음력 9월 "단풍과 국화의 계절에 남녀가 놀고 즐기는 것은 봄철
   에 꽃과 버들을 즐기는 것과 비슷하다. 그런데 사대부로서 옛 것을 즐기는 사람은 중
   양절에 높은 곳에 올라가 시를 짓는 경우가 많았다[楓菊時, 士女遊賞, 略似花柳; 而
   士大夫好古者, 多以重陽日, 登高賦詩]".

말라버린 우물·허물어진 둥지뿐이요

이끼 낀 벽돌이며 잡초 우거진 섬돌들뿐입디다!

손수 심었던 꽃가지며 버들가지들은

멋대로 땔감으로 꺾어가 버렸더군요

이 검은 재는 뉘집 부뚜막에서 나왔는지…….

〈이정연대헐지살離亭宴帶歇指煞〉59)

내 일찍이 금릉 땅 궁전서 꾀꼬리가 지저귀며 새벽 알리는 것도
보았고

진회의 물가 정자에서 꽃이 일찌감치 피어나던 광경도 보았건만

이토록 쉽게 얼음처럼 사라져 버릴 줄이야…….

그곳서 붉은 누각이 세워지는 모습도 보았었고

그곳서 귀빈을 모시고 잔치 펼치던 광경도 보았더니

그곳서 누각이 무너져 버린 모습까지 보게 될 줄이야!

이 푸른 이끼 낀 파란 기와 더미에서

내 일찍이 풍류 넘치는 꿈을 꾸었었는데

오십 년 흥망의 역사를 절절이 지켜봐 왔건만

저 오의항에도 이제는 왕씨가 살지 않으며

막수호莫愁湖60)에선 원귀가 밤마다 통곡하고

봉황대鳳凰臺에는 올빼미들만 깃들어 있더군요

남겨진 산은 꿈속이 훨씬 더 생시 같고

옛 정경은 떨치려 해도 떨쳐버릴 수 없는데

이 동네 지도가 새로 바뀌었다는 현실을 도무지 믿을 수가 없어61)

---

59) 이정연대헐지살離亭宴帶歇指煞 : 이 곡은 남명 왕조의 멸망을 노래한 것이다.
60) 막수호莫愁湖 : 남경에 소재한 호수로, 그곳에 막수莫愁라는 여인이 살았기 때문에 그
  렇게 불리게 되었다. 자세한 내용은 첫 번째 대목 '설서 감상聽神'의 '막수호' 각주를
  참조할 것.
61) 이 동네 지도가~ : 지도에 그려진 판도가 바뀌고 주인이 바뀐 것을 말하며, 여기서

강남을 애도하는 곡조를 한 가락 엮어내어
늙어 죽을 때까지 슬프게 소리 놓아 노래 부르오리다!

늙은 찬례 : (눈물을 훔치면서) 훌륭하기는 합니다마는 (…) 눈물이 좀 나는
　　　　　군요.
유경정 : 　이 술도 차마 입에 대지 못하겠구려. (…) 다들 이야기나 하도
　　　　　록 합시다!

부정이 지금(청나라의 옷차림을 한 아전)으로 분장하고 몰래 등장한다.

아전 : 　　아침에는 천자의 어가를 모시는 지체였던 몸이
　　　　　저녁에는 현청의 대문을 지키는 신세 되었구나.
　　　　　아전도 따지고 보면 씨가 따로 없나니
　　　　　제후인들 어찌 뿌리가 따로 있겠는가?

　　　　　이몸은 위국공魏國公의 적실 공자인 서청군徐青君62)이올시다.
　　　　　태어나서 고귀한 지체로 온갖 호강 다 누렸건만, 뜻밖에도
　　　　　나라와 가문이 망하여 구차하게 이 한 목숨만 살아남았습니
　　　　　다 그려! 할 수 없이 상원현上元縣63)에서 아전 일을 하면서
　　　　　근근이 지내고 있지요. 지금 이곳 원님의 제비와 표64)를 받

는 명나라가 멸망하고 청나라가 중원의 새 주인이 된 것을 두고 한 말이다.
62) 서청군徐青君 : 주원장의 의형제로 명나라의 개국공신이었던 서달徐達의 후손으로, 서
　　달 이래로 위국공魏國公의 칭호를 세습하였다. 이에 대해서는 첫 번째 대목 '설서 감상
　　聽稗'의 '위부의 서공자' 각주를 참조할 것.
63) 상원현上元縣 : 명대의 유도留都였던 남경은 청대에 이르러 그 지위가 격하되어 강녕
　　현江寧縣과 상원현上元縣으로 분할된 후 강소성江蘇省 관할 하에 놓여졌다.
64) 제비와 표[籤票] : '첨표籤票'란 청대에 관청의 수령이 죄인을 체포하기 위해 아전이
　　나 포졸들에게 내렸던 녹두첨綠頭籤과 홍권표紅圈票를 말한다. 여기서 '녹두첨'이란 끝
　　이 녹색으로 채색된 제비를, '홍권표'란 붉은색 동그라미가 그려진 표를 의미한다.

자 왔더니, 산 속에 은거하는 은자들을 찾아 잡아들이라 하시니, 고향 땅에나 좀 다녀오는 수밖에요.

(멀리 바라보더니) 저쪽 강기슭에 노인 몇이 한가하게 앉아 있구만. 다가가서 불을 빌리는 척 하면서 좀 물어봐야겠다. 그야말로

개국의 일등공신이 개꼬리 신세로 전락하고 보니
왕조가 바뀌자 은자들도 거북이처럼 목을 움츠리네.

(곁으로 다가가 대면하더니) 형씨들, 불 좀 빌립시다.

유경정 : 앉으시지요! (부정이 앉는다)

늙은 찬례 : (묻는다) 차림새를 보아하니, 관아의 아전이신 것 같구려?

서청군 : 그렇소이다!

소곤생 : 담배 피울 불이 필요한 게요? 소생에게 아주 좋은 담배가 있는데 꺼내 드리리다. (부싯돌을 두드려 담배에 불을 붙여서 부정에게 건낸다.)

서청군 : (담배를 피우면서) 참 맛난 담배올시다, 참 맛나네!
(담배에 취해 쓰러진다) (정이 부축한다)
잡지 마시오 좀 쉬고 나면 나아지겠지요 (눈을 감고 눕는다) (축이 부말에게 묻는다)

유경정 : 삼년 전에 노 상공께서 사각부의 의관을 받들고 매화령 아래에 장례 지내려고 하신 걸로 알고 있는데, 그 후에 어떻게 됐습니까?

늙은 찬례 : 나중에 많은 충의로운 지사분들과 약속하여 다 같이 매화령에 모여 초혼제를 지내고 묻어드렸답니다. 그런 대로 천추어 남을 큰일을 치른 셈이지만 비석은 세우지 않았습니다.

소곤생 : 정말 잘하셨습니다! 다만 …… 황 장군은 스스로 목을 베어

군왕께 보답했지만 시신이 길가에 버려져 아무도 묻어드리지 못한 것이 못내 안타까울 따름입니다 그려!

늙은 찬례 : 지금은 해결이 됐소이다. 역시 이 늙은것이 마을 어르신 몇 분과 같이 유골을 수습해 장례를 치르고 커다랗게 묘역을 꾸며 드렸는데 제법 그럴듯하답니다.

유경정 : 선생께서 쌓으신 공덕들이 참으로 작지가 않습니다 그려!

소곤생 : 두 분은 모르시겠지만, 좌영남께서 전선에서 화병으로 돌아가셨을 때 피붙이며 벗들이 뿔뿔이 흩어지는 바람에 이 소가 그 분 장례를 치러 드렸답니다.

늙은 찬례 : 대단하십니다, 대단해! 듣자 하니 자제분이신 좌몽경이 벼슬을 물려받고 어제 영구를 모셔 갔다는군요.

유경정 : (눈물을 훔치면서) 좌영남께서는 이 유가의 지기이신데 (…) 제가 예전에 그 분 영정을 하나 그려달라고 남전숙에게 부탁하고, 또 전목재錢牧齋께는 좌공을 기리는 글을 몇 구절 부탁드렸었지요.[65] 지금은 절기만 되면 펼쳐놓고 제사를 드리고 절을 올리면서 조금이나마 제 정성을 다해 보답하려고 애쓰고 있습니다.

(부정이 깨어나더니 조용히 말한다)

서청군 : 저 사람들 말하는 걸 들어보니, 산 속에 은거하는 은자들 같구만?

(몸을 일으키더니 묻는다) 세 분은 산 속에 은거하는 은자들이십니까?

---

65) 전목재錢牧齋 : 전겸익錢謙益(1582~1664)은 명말 청초의 사학자이자 문학가로, 자가 수지受之, 호가 목재牧齋이며 강소성 상숙常熟 사람이다. 그가 지은 『유학집有學集』에는 실제로 「유경정 옹을 위해 영남후 좌공의 초상화에 다는 시[爲柳敬亭題左寧南畵像]」가 수록되어 있다. 자세한 내용은 스물네 번째 대목 '간신 질타罵筵'의 '전겸익' 각주를 참조할 것.

세 사람이 일어나 두 손을 모은다.

세 사람 :　천만에요, 천만에 (…) 한데, 그건 왜 물으시오?

서청군 :　세 분은 여태 모르셨군요? 지금 예부에서 상소를 올려 산 속
　　　　에 은거하는 은자들을 찾고 있습니다. 무안撫按 대감께서 방
　　　　을 내걸고 포정사布政司66)에서도 통문을 날린 지가 벌써 달
　　　　포나 됐지만 한 사람도 신청하는 자가 없답니다. 우리 부현府
　　　　縣에서도 부산을 떨면서 우리더러 각지를 돌면서 잡아들이
　　　　라고 하던 참이지요 (…) 세 분은 분명히 맞는 것 같은데, 얼
　　　　른 같이 복명하러 갑시다!

늙은 찬례 : 형씨, 틀렸소이다! 산 속의 처사라면 문인이나 명사들일 테
　　　　니 산에서 나오려 할 리가 없소이다. 이 늙은것은 사실은 얼
　　　　치기 글이나 하는 늙은 찬례일 뿐인데 어찌 갈 수가 있겠소
　　　　이까?

유 · 소 :　우리 둘도 이야기나 들려주고 노래나 부르는 친구 사이이긴
　　　　하오마는, 지금은 어부와 나무꾼이 되었으니 더더욱 글렀소
　　　　이다!

서청군 :　여러분은 모르시오이다. 그 문인이나 명사라고 하는 작자들
　　　　은 하나같이 세상 물정에 통달한 자들이라서, 삼년 전부터
　　　　벌써 몽땅 산을 나왔답니다. 지금은 여러분 같은 고고한 분
　　　　들을 찾아 잡아가려던 참입니다.

---

66) 포정사布政司 : 명나라 홍무洪武 9년(1376)에 처음으로 설치된 포정사사布政使司는 한
성省의 최고 행정장관으로, 각 사에는 좌 · 우포정사左右布政司가 한 명씩 배속되었다.
명대 초기에는 전국의 부府 · 주州 · 현縣이 두 개의 수도(북경과 남경)와 13개 포정사사
의 관할하에 다스려졌다. 그러나 그 후로 황제의 직접통치를 강화하기 위하여 총독總
督 · 순무巡撫 등의 관리를 새로 두면서 포정사의 권력은 점차 약화되었다. 청대에는
총독과 순무가 각 성의 재무와 인사를 전담하게 되어 법률을 전담하는 안찰사按察司와
더불어 '양사兩司'로 불렸다.

늙은 찬례 : 퉤이! 은자를 모시는 일은 조정의 중대사이니, 응당 목민관
　　　　　들이 예의를 갖추어 모셔야 하거늘 어째서 다짜고짜 끌고 가
　　　　　기만 하려고 한단 말인가! 당신네 아전들이 상부의 뜻을 제
　　　　　대로 받들지 못한 게 분명하오이다!
서청군 :　내가 상관할 바가 아니지요. 우리 현縣의 제비와 표가 여기
　　　　　있으니 살펴보시구려!
　　　　　(제비와 표를 가져다 보이고 잡아가려 한다)
소곤생 :　정말 그런 일이 있긴 있군요
유경정 :　우리 도망가는 게 어떻겠습니까?
늙은 찬례 : 그럴 듯하오이다!

　　　　　재앙 피하는 일이 지금 어찌 이리도 늦었는가?
　　　　　왕년에 산에 은거할 때 더 깊이 숨지 못한 것이 유감이로구나!

뿔뿔이 흩어져 도주하는 식으로 퇴장한다. 부정이 따라잡지 못한다.

서청군 :　저 양반들 좀 보게? 벼랑을 타고 시냇물을 건너 뿔뿔이 흩어
　　　　　져서 흔적조차 없네그랴!

무대 뒤 :　〈청강인淸江引〉
　　　　　큰 못이며 깊은 산을 곳곳마다 찾아 헤매며
　　　　　나라님께서 요구하실 때를 대비할까 했더니
　　　　　녹색 칠 한 제비67)를 뽑고
　　　　　붉은 동그라미 그린 표68) 펼치기가 무섭게

---

67) 녹색 칠 한 제비[綠頭籤] : 청대에 관청에서 죄인을 체포하기 위해 아전이나 포졸들
　　에게 내렸던 제비로, 그 끝을 녹색으로 칠했기 때문에 '녹두첨綠頭籤'으로 불렸다.
68) 붉은 동그라미 그린 표[紅圈票] : 청대에 관청에서 죄인을 체포하기 위해 사용하던

흰 옷 입은 은자들이 놀라 달아나 버리는구나!

(서서 듣는다) 멀리서 시를 읊는 소리가 들리는군? (…) 물가는 아니고 숲속이 분명해! (…) 발길 가는 대로 찾아가보자꾸나!

서둘러 퇴장한다. 무대 뒤에서 시를 읊는다.

무대 뒤 :　　어부와 나무꾼이 번화했던 옛날을 이야기하는데
　　　　　　얼마 안 되는 짧은 꿈이건만 기억과 조금도 차이가 없구나.
　　　　　　예전엔 붉은 편지 물고 가는 제비[69]를 원망했는데
　　　　　　이제는 공교롭게도 맨 부채 물들인 복사꽃을 동정하게 되었구나!

　　　　　　생황 음악 소리 넘치던 서쪽 저택에선 어느 손님이 머무시나?
　　　　　　안개비에 싸인 남조南朝는 왕조가 몇 번이나 바뀌었던가?
　　　　　　헤어질 적 가슴 에이는 말씀을 전하느라
　　　　　　해마다 한식寒食이면 하늘가에서 목 놓아 통곡하노라!

문건으로, 체포할 죄인의 이름에 붉은색 동그라미를 그려서 표시했기 때문에 '홍권표 紅圈票'로 불렀다.

69) 붉은 편지 물고 가는 제비[紅箋銜燕子] : 완대성이 지은 전기傳奇 〈연자전燕子箋〉에 나오는 이야기로, 하루는 제비 한 마리가 붉은 편지를 물고 와서 재자才子와 가인佳人의 연분을 맺어주었다고 한다.

桃花扇

도화선 원문

加二十一齣

孤吟

康熙甲子八月

【天下樂】(副末氈巾道袍，扮老贊禮上) 雨洗秋街不動塵，青山紅樹滿城新； 誰家剩有閒金粉，撒與歌樓照鏡人？

老客無家戀，名園杯自勸，朝朝賀太平，看演《桃花扇》。(內問) 老相公又往太平園，看演《桃花扇》麼？ (答) 正是。(內問) 昨日看完上本，演的何如？ (答) 演的快意，演的傷心，無端笑哈哈，不覺淚紛紛。司馬遷作史筆，東方朔上場人。只怕世事含糊八九件，人情遮蓋兩三分。(行唱介)

【甘州歌】流光箭緊，正柳林蟬噪，荷沼香噴。輕衫涼笠，行到水邊人困； 西窗乍驚連夜雨，北里重消一枕魂。梧桐院，砧杵村，青苔蟲語不堪聞。閒携杖，漫出門，宮槐滿路葉紛紛。

【前腔】雞皮瘦損，看飽經霜雪，絲鬢如銀。傷秋扶病，偏帶旅愁客悶； 歡場那知還剩我，老境翻嫌多此身。兒孫累，名利奔，一般流水付行雲。諸侯怒，丞相嗔，無邊衰草對斜曛。

(換頭)【前腔】望春不見春，想漢宮圖畫，風飄灰燼。棋枰客散，黑白勝負難分； 南朝古寺正謝墳，江上殘山花柳陣。人不見，煙已昏，擊筑彈鋏與誰論。黃塵變，紅日滾，一篇詩話易沉淪。

(換頭)【前腔】難尋吳宮舊舞茵，問開元遺事，白頭人盡。云亭詞客，閣筆幾度酸辛； 聲傳皓齒曲未終，淚滴紅盤蠟已寸。袍笏樣 墨粉痕，一番妝點一番新。文章假，功業譚，逢場合酒沾唇。

【餘文】老不羞，偏風韻，偷將拄杖撥紅裙。那管他扇底桃花解笑人。

當年眞是戲，今日戲如眞；

兩度旁觀者，天留冷眼人。

那馬士英又早登場，列位清看。(拱下)

第二十一齣

媚座

甲申十月

【菊花新】(淨冠帶扮馬士英, 外扮長班從人喝道上) 調和鼎鼐費心機, 別戶分門恩濟威; 鑽火燃寒灰, 這爕理陰陽非細。

下官馬士英, 官居首輔, 權握中樞。天子無爲, 從他閉目拱手; 相公養體, 盡咱吐氣揚眉。那朱紫半朝, 只不過呼朋引黨; 這經綸滿腹, 也無非報怨施恩。人都說養馬成群, 滾塵不定; 他怎知立君由我, 殺人何妨。(笑介) 這幾日太平無事, 又且早放紅梅, 設席萬玉園中, 會些親戚故舊, 但看他趨奉之多, 越顯俺尊榮之至。人生行樂耳, 須富貴此時。(叫介) 長班, 今日下的是那幾位請帖? (外) 都是老爺同鄉。有兵部主事楊文驄, 僉都御史越其杰, 新推漕撫田仰, 光祿寺卿阮大鋮, 這幾位老爺。(淨疑介) 那阮大鋮不是同鄉呀。(外) 他常對人說是老爺至親。(淨笑介) 相與不同, 也算的個至親了。(吩咐介) 今日不是外客, 就在這梅花書屋設席罷。(外) 是! (淨) 天已過午, 快去請客。(外) 不用去請, 俱在門房候着哩。只傳他一聲, 便齊齊進來了。(傳介) 老爺有請! (末、副淨忙上) 閽人片語千鈞重, 相府重門萬里深。(進見足恭介) (淨) 我道是誰。(向末介) 楊妹丈是咱內親, 爲何也不竟進? (末) 如今親不敵貴了。(淨) 說那裡話。(向副淨介) 圓老一向來熟了的, 爲何也等人傳? (副淨) 府體尊嚴, 豈敢冒昧。(淨) 這就見外了。(讓淨告坐, 打恭介)

【好事近】(淨) 吾輩得施爲, 正好談心花底; 蘭友瓜戚, 門外不須倒屣。休疑, 總是一班桃李, 相逢處把臂傾杯, 何必拘冠裳套禮。俺肯堂堂相府，賓從疏稀。

(茶到讓淨先取，打恭介) (淨) 今日大氣微寒，正宜小飲。(副淨、末打恭介) 正是。(淨) 才下朝來，日已過午；晝短夜長，差了三個時辰了。(副淨、末打恭介) 是是！ 皆老師相調爕之功也。(吃茶完，讓淨先放茶杯，打恭介) (淨問外介) 怎麼越、田二位還不見到？(外) 越老爺痔漏發了，早有辭帖；田老爺明日起身，打發家眷上船，夜間才來辭行。(淨) 罷了，吩咐排席。(吹打，排三席，安座介) (副淨、末謙恭告坐介) (入座飲介)

【泣顏回】(淨) 朝罷袖香微，換了輕裘朱履；陽春十月，梅花早破紅蕊。南朝雅客，半閒堂且說風流嘴；拚長宵讀畫評詩，歎吾黨知心有幾。

(副淨問介) 相府連日宴客，都是那幾位年翁？(淨) 總是吾黨，但不如兩公風雅耳。(末問介) 是誰？(淨喚介) 長班拏客單來看。(外) 客單在此。(副淨按看介) 張孫振、袁宏勳、黃鼎、張捷、楊維垣。(末) 果然都是大有經濟的。(淨) 個個是學生提拔，如今皆成大僚了。(副淨打恭介) 晚生等已廢之員，還蒙起用；老師相爲國吐握，真不啻周公矣。(淨) 豈敢。(拱介) 二位不比他人，明日囑託吏部，還要破格超陞。(末打恭介) (副淨跪介) 多謝提拔。(淨拉起介)

【前腔】(副淨、末) 提携，鍛羽忽高飛，劍出豐城獄底。隨朝待漏，猶如狗續貂尾。華筵一飲，出公門，滿面春風起；這恩榮錫袞封圭，不比那登龍御李。

(起介) (淨) 撤了大席，安排小酌，我們促膝談心。(設一席，更衣圍坐介) (淨) 也不再把盞了。(副淨、末) 豈敢重勞。(雜扮二价獻賞封介) (淨搖手介) 不必不必！ 花間雅集，又無梨園，怎麼行這官席之禮。(副淨) 舍下小班，日日得閒，爲何不喚來承應。(淨) 圓老見慣的，另請別客，借來領教罷。

【太平令】妙部新奇，見慣司空自品題。(副淨) 是是！ 名園山水清音美, 又何用絲竹隨。

(末笑介) 從來名花傾國, 缺一不可。今日紅梅之下, 梨園可省, 倒少不了一聲 "曉風殘月" 哩。

【前腔】半放紅梅, 只少韋娘一曲催。(淨大笑介) 妹丈多情, 竟要做個蘇州刺史了。蘇州刺史魂消矣, 想一個麗人陪。

(淨) 這也容易。(吩咐介) 叫長班傳幾名歌妓, 快來伺候。(外) 稟老爺, 要舊院的, 要珠市的? (淨向末介) 請教楊姑老爺。(末) 小弟物色已多, 總無佳者; 只有舊院李香君, 新學《牡丹亭》, 倒還唱得出。(淨吩咐介) 長班快去喚來! (外應下) (副淨問末介) 前日田百源用三百金, 要娶做妾的, 想是他丁? (末) 正是。(淨問末介) 為何不娶去? (末) 可笑這個獃丫頭, 要與侯朝宗守節, 斷斷不從。俺往說數次, 竟不下樓, 令我掃興而回。(淨怒介) 有這樣大膽奴才。

【風入松】不知開府爪牙威, 殺人如同虱蟻。笑他命薄煙花鬼, 好一似蛾撲燈蕊。(副淨) 這都是侯朝宗教壞的, 前番辱的晚生也不淺。(淨大怒介) 了不得, 了不得! 一位新任漕撫, 拏銀三百, 買不去一個妓女。豈有此理! 難道是珍珠一斛, 偏不能換蛾眉。

(副淨) 田漕臺是老師相的鄉親, 被他羞辱, 所關不小。(淨) 正是, 等他來時, 自有處法。(外上) 稟老爺, 小人走到舊院, 尋着香君, 他推托有病, 不肯下樓。(淨尋思介) 也罷! 叫長班家人, 拿着衣服財禮, 竟去娶他。

【前腔】不須月老幾番催, 一霎紅絲聯喜, 花花綵轎門前擠, 不少欠分毫茶禮。莫管他鴇子肯不肯, 竟將香君拉上轎子, 今夜還送到田漕撫船上。驚的他迷離似癡, 只當煙波上遇湘妃。

(外等急應下) (副淨喜介) 妙妙! 這才燥脾。(末) 天色太晚, 我們告辭罷。(淨) 正好快談, 為何就去? (副淨) 動勞久陪, 晚生不安。(俱起打恭介) (淨) 還該遠送一步。(副淨、末) 不敢。(連打三恭) (淨先入內介) (副淨) 難得令舅老師相在鄉親面上, 動此義舉; 龍老也該去幫一幫。(末) 如何去幫？(副淨) 舊院是你熟遊之處，竟去拉下樓來，打發起身便了。(末)　也不可太難爲他。(副淨怒介)　這還便益了他。想起前番，就處死這奴才，難洩我恨。

【尾聲】當年舊恨重提起，便折花損柳心無悔。那侯朝宗空梳攏了一番。看今日琵琶抱向阿誰。

(副淨) 封侯夫壻幾時歸，(末) 獨守妝樓掩翠幃，

(副淨) 不解巫山風力猛，(末) 三更卽換雨雲衣。

第二十二齣
守樓

甲申十月

（外、小生拿內閣燈籠、衣、銀跟轎上）天上從無差月老，人間竟有錯花星。（外）我們奉老爺之命，硬娶香君，只得快走。（小生）舊院李家母子兩個，知他誰是香君。（末急上呼介）轉來同我去罷。（外見介）楊姑老爺肯去，定娶不錯了。（同行介）月照青溪水，霜沾長板橋。來此已是，快快叫門。（叫門介）（雜扮保兒上）才關後戶，又開前庭；迎官接客，卑職驛丞。（問介）那個叫門？（外）快開門來。（雜開門驚介）呵呀！燈籠火把，轎馬人夫，楊老爺來誇官了。（末）唗！快喚貞娘出來。（雜大叫介）媽媽出來，楊老爺到門了。（小旦急上問介）老爺從那裏赴席回來麼？（末）適在馬舅爺相府，特來報喜。（小旦）有什麼喜？（末）有個大老官來娶你令愛哩。（指介）

【漁家傲】你看這綵轎青衣門外催，你看這三百花銀，一套繡衣。（小旦驚介）是那家來娶，怎不早說？（末）你看燈籠大字成雙對，是中堂閣內。（小旦）就是內閣老爺自己娶麼？（末）非也。漕撫田公，同鄉至戚，贈個佳人捧玉杯。

（小旦）田家親事，久已回斷，如何又來歪纏？（小生拿銀交介）你就是香君麼，請受財禮。（小旦）待我進去商量。（外）相府要人，還等你商量；快快收了銀子，出來上轎罷。（末）他怎敢不去，你們在外伺候，待我拿銀進去，催他梳洗。（末接銀，雜接衣，同小旦作進介）（小生、外）我們且尋個老表子燥脾去。（俱暫下）（小旦、末、雜作上樓介）（末喚介）香君睡下不曾？（旦上）有甚緊事，一片吵鬧。（小旦）你還不知麼？（旦見末介）想是楊老爺要來聽歌。（小旦）還說甚麼歌不歌哩。

【剔銀燈】忙忙的來交聘禮，兇兇的强奪歌妓；　對着面一時難迴避，執着名別人誰替。（旦驚介）唬殺奴也！又是那個天殺的？（小旦）還是田仰，又借着相府的勢力，硬來娶你。堪悲，青樓薄命，一霎時楊花亂吹。

（小旦向末介）楊老爺從來疼俺母子，爲何下這毒手？（末）不干我事，那馬瑤草知你拒絕田仰，動了大怒，差一班惡僕登門强娶。下官怕你受氣，特爲護你而來。（小旦）這等多謝了，還求老爺始終救解。（末）依我說三百財禮，也不算吃虧；香君嫁個漕撫，也不算失所；你有多大本事，能敵他兩家勢力？（小旦思介）楊老爺說的有理，看這局面，拗不去了。孩兒趁早收拾下樓罷！（旦怒介）媽媽說那裡話來！當日楊老爺作媒，媽媽主婚，把奴嫁與侯郎，滿堂賓客，誰沒看見。現收着定盟之物。（急向內取出扇介）這首定情詩，楊老爺都看過，難道忘了不成？

【攤破錦地花】案齊眉，他是我終身倚，盟誓怎移。宮紗扇現有詩題，萬種恩情，一夜夫妻。（末）那侯郎避禍逃走，不知去向；設若三年不歸，你也只顧等他麼？（旦）便等他三年；便等他十年；便等他一百年；只不嫁田仰。（末）呵呀！好性氣，又像摘翠脫衣罵阮圓海的那番光景了。（旦）可又來，阮、田同是魏黨，阮家妝奩尚且不受，倒去跟着田仰麼？（內喊介）夜已深了，快些上轎，還要趕到船上去哩。（小旦勸介）傻丫頭！嫁到田府，少不了你的吃穿哩。（旦）呸！我立志守節，豈在溫飽。忍寒飢，決不下這翠樓梯。

（小旦）事到今日，也顧不得他了。（叫介）楊老爺放下財禮，大家幫他梳頭穿衣。（小旦替梳頭，末替穿衣介）（旦持扇前後亂打介）（末）好利害，一柄詩扇，倒像一把防身的利劍。（小旦）草草妝完，抱他下樓罷。（末抱介）（旦哭介）奴家就死不下此樓。（倒地撞頭暈臥介）（小旦驚介）呵呀！我兒甦醒，竟把花容，碰了個稀爛。（末指扇介）你看血噴滿地，連這詩扇都濺壞了。(拾扇付雜介) (小旦喚介) 保兒，扶起香君，且到臥房安歇罷。(雜扶旦下) (內喊介) 夜已三更了，誆去銀子，不打發上轎；我們要上樓拿人哩。(末向樓下介) 管家略等一等；他母子難捨，其實可憐的。(小旦急介) 孩兒碰壞，外邊聲聲要人，這怎麼處？(末) 那宰相勢力，你是知道的，這番羞了他去，你母子不要性命了。(小旦怕介) 求楊老爺救俺則個。(末) 沒奈何，且尋個權宜之法罷！(小旦) 有何權宜之法？(末)娼家從良，原是好事，況且嫁與田府，不少吃穿，香君既沒造化，你倒替他享受去罷。(小旦急介) 這斷不能。一時一霎，叫我如何捨得。(末怒介) 明日早來拿人，看你捨得捨不得。(小旦呆介) 也罷！叫香君守着樓，我去走一遭兒。(想介) 不好，不好，只怕有人認得。(末) 我說你是香君，誰能辨別。(小旦) 既是這等，少不得又妝新人了。(忙打扮完介) (向內叫介)香君我兒，好好將息，我替你去了。(又囑介) 三百兩銀子，替我收好，不要花費了。(末扶小旦下樓介)

【麻婆子】(小旦) 下樓下樓三更夜，紅燈滿路輝；出戶出戶寒風起，看花未必歸。(小生、外打燈抬轎上) 好，好，新人出來了，快請上轎。(小旦別末介) 別過楊老爺罷。(末) 前途保重，後會有期。(小旦) 老爺今晚且宿院中，照管孩兒。(末) 自然。(小旦上轎介) 蕭郎從此路人窺，侯門再出豈容易。(行介) 捨了笙歌隊，今夜伴阿誰。

(俱下) (末笑介) 貞麗從良，香君守節，雪了阮兄之恨，全了馬舅之威！將李代桃，一舉四得，倒也是個妙計。(歎介) 只是母子分別，未免傷心。

匆匆夜去替蛾眉，一曲歌同易水悲；
燕子樓中人臥病，燈昏被冷有誰知。

寄扇

甲申十一月

【醉桃源】(旦包帕病容上) 寒風料峭透冰綃，香爐懶去燒。血痕一縷在眉梢，臙脂紅讓嬌。孤影怯，弱魂飄，春絲命一條。滿樓霜月夜迢迢，天明恨不消。

(坐介) 奴家香君，一時無奈，用了苦肉之計，得遂全身之節。只是孤身隻影，臥病空樓，冷帳寒衾，無人作伴，好生悽涼。

【北新水令】凍雲殘雪阻長橋，閉紅樓冶遊人少。欄杆低雁字，簾幙掛冰條； 炭冷香消，人瘦晚風峭。

奴家雖在青樓，那些花月歡場，從今罷却了。

【駐馬聽】繡戶蕭蕭，鸚鵡呼茶聲自巧； 香閨悄悄，雪狸偎枕睡偏牢。榴裙裂破舞風腰，鸞鞾蹙碎淩波鞘； 愁多病轉饒，這妝樓再不許風情鬧。

想起侯郎匆匆避禍，不知流落何所； 怎知奴家獨住空樓，替他守節也。(起唱介)

【沉醉東風】記得一霎時嬌歌興掃，半夜裏濃雨情抛； 從桃葉渡頭尋， 向燕子磯邊找， 亂雲山風高雁杳。那知道梅開有信，人去越遙； 憑欄凝眺，把盈盈秋水，酸風凍了。

可恨惡僕盈門，硬來娶俺； 俺怎肯負了侯郎。

【雁兒落】欺負俺賤煙花薄命飄颻，倚着那丞相府忒驕傲。得保住這無瑕白玉身，免不得揉碎如花貌。

最可憐媽媽替奴當災， 飄然竟去。(指介)你看牀榻依然， 歸來何日。

【得勝令】恰便似桃片逐雪濤，柳絮兒隨風飄；袖掩春風面，黃昏出漢朝。蕭條，滿被塵無人掃；寂寥，花開了獨自瞧。

說到這裏，不覺一陣酸心。(掩淚坐介)

【喬牌兒】這肝腸似攪，淚點兒滴多少。也沒個姊妹閒相邀，聽那掛簾櫳的鈎自敲。

獨坐無聊，不免取出侯郎詩扇，展看一回。(取扇介) 噯呀！都被血點兒污壞了，這怎麼處。

【甜水令】你看疎疎密密，濃濃淡淡，鮮血亂蘸。不是杜鵑拋；是臉上桃花做紅雨兒飛落，一點點濺上冰綃。

侯郎侯郎！這都是為你來。

【折桂令】叫奴家揉開雲鬢，折損宮腰；睡昏昏似妃葬坡平，血淋淋似妾墮樓高。怕旁人呼號，捨著俺軟丟答的魂靈沒人招。銀鏡裏朱霞殘照，鴛枕上紅淚春潮。恨在心苗，愁在眉梢，洗了臙脂，洳了鮫綃。

一時困倦起來，且在妝臺盹睡片時。(壓扇睡介) (末扮楊文驄便服上)認得紅樓水面斜，一行衰柳帶殘鴉。(淨扮蘇崑生上) 銀箏象板佳人院，風雪今同處士家。(末回頭見介) 呀！蘇昆老也來了。(淨) 貞麗從良，香君獨住，放心不下，故此常來走走。(末) 下官自那日打發貞麗起身，守了香君一夜，這幾日衙門有事，不能脫身；方才城東拜客，便道一瞧。(入介) (淨) 香君不肯下樓，我們上去一談罷。(末) 甚好。(登樓介) (末指介) 你看香君抑鬱病損，困睡妝臺，且不必喚他。(淨看介) 這柄扇兒展在面前，怎麼有許多紅點兒？(末) 此乃侯兄定情之物，一向珍藏不肯示人，想因面血濺污，晾在此間。(抽扇看介) 幾點血痕，紅艷非常，不免添些枝葉，替他點綴起來。(想介) 沒有綠色怎好？(淨) 待我採摘盆草，扭取鮮汁，權當顏色罷。(末) 妙極！(淨取草汁上) (末畫介) 葉分芳草綠，花借美人紅。(畫完介) (淨看喜介) 妙

妙！竟是幾筆折枝桃花。(末大笑指介) 眞乃桃花扇也。(旦驚醒見介)
楊老爺、蘇師父都來了，奴家得罪。(讓坐介) (末) 幾日不曾來看，額
角傷痕漸已平復了。(笑介) 下官有畫扇一柄，奉贈妝臺。(付旦扇介)
(旦接看介) 這是奴的舊扇，血跡腌臢，看他怎的。(入袖介) (淨) 扇頭
妙染，怎不賞鑒。(旦) 幾時畫的？(末) 得罪得罪！方才點壞了。(旦
看扇歎介) 咳！桃花薄命，扇底飄零。多謝楊老爺替奴寫照了。

【錦上花】一朵朵傷情，春風懶笑；一片片消魂，流水愁漂。摘的
下嬌色，天然蘸好；便妙手徐熙，怎能畫到。櫻唇上調朱，蓮腮上臨
稿，寫意兒幾筆紅桃。補襯些翠枝青葉，分外夭夭，薄命人寫了一幅
桃花照。

(末) 你有這柄桃花扇，少不得個顧曲周郎；難道青春守寡，竟做個
入月嫦娥不成。(旦) 說那裏話，那關盼盼也是煙花，何嘗不在燕子樓
中，關門到老。(淨) 明日侯郎重到，你也不下樓麼？(旦) 那時錦片前
程，盡俺受用，何處不許遊耍，豈但下樓。(末) 香君這段苦節，今世少
有。(向淨介) 崑老看師弟之情，尋著侯郎，將他送去，也省俺一番懸
掛。(淨) 是是！一向留心訪問，知他隨任史公，住淮半載。自淮來京，
自京到揚，今又同着高兵防河去了。晚生不日還鄉，順便找尋。(向旦
介) 須得香君一書才好。(旦向末介) 奴家言出無文，求楊老爺代寫
罷。(末) 你的心事，叫俺如何寫得出。(旦尋思介) 罷罷！奴的千愁萬
苦，俱在扇頭，就把這扇兒寄去罷。(淨喜介) 這封家書，倒也新樣。
(旦) 待奴封他起來。(封扇介)

【碧玉篇】揮灑銀毫，舊句他知道；點染紅么，新畫你收著。便面
小，血心腸一萬條；手帕兒包，頭繩兒繞，抵過錦字書多少。

(淨接扇介) 待我收好了，替你寄去。(旦) 師父幾時起身？(淨) 不日
束裝了。(旦) 只望早行一步。(淨) 曉得。(末) 我們下樓罷。(向旦介)
香君保重。你這段苦節，說與侯郎，自然來娶你的。(淨) 我也不再來
別了。正是：新書遠寄桃花扇。(末) 舊院常關燕子樓。(下) (旦掩淚

介)媽媽不歸, 師父又去, 妝樓獨閉, 益發淒凉了。

【鴛鴦煞】鶯喉歇了南北套, 冰弦住了陳隋調； 唇底罷吹簫, 笙兒
丟, 笙兒壞, 板兒掠。只願扇兒寄去的速, 師父束裝得早； 三月三劉
郎到了, 携手兒下妝樓, 桃花粥吃個飽。

　　書到梁園雪未消, 靑谿一道阻春潮,
　　桃根桃葉無人問, 丁字簾前是斷橋。

第二十四齣

罵筵

乙酉正月

【縷縷金】 (副淨扮阮大鋮吉服上) 風流代，又遭逢，六朝金粉樣，我偏通。管領煙花，銜名供奉。簇新新帽烏襯袍紅，皂皮靴綠縫，皂皮靴綠縫。

(笑介) 我阮大鋮，虧了貴陽相公破格提挈，又取在內庭供奉；今日到任回來，好不榮耀。且喜今上性喜文墨，把王鐸補了內閣大學士，錢謙益補了禮部尚書。區區不才，同在文學侍從之班；天顏日近，知無不言。前日進了四種傳奇，聖心大悅；立刻傳旨，命禮部採選宮人，要將《燕子箋》被之聲歌，爲中興一代之樂。我想這本傳奇，精深奧妙，倘被俗手教壞，豈不損我文名。因而乘機啓奏：“生口不如熟口，清客強似教手。” 聖上從諫如流，就命廣搜舊院，大羅秦淮，拿了清客妓女數十餘人，交與禮部揀選。前日驗他色藝，都只平常；還有幾個有名的，都是楊龍友舊交，求情免選，下官只得勾去。昨見貴陽相公說道：“教演新戲是聖上心事，難道不選好的，倒選壞的不成。” 只得又去傳他，尚未到來。今乃乙酉新年人日佳節，下官約同龍友，移樽賞心亭；邀俺貴陽師相，飲酒看雪。早已吩咐把新選的妓女，帶到席前驗看。正是：花柳笙歌隋事業，談諧裙屐晋風流。(下)

【黃鶯兒】 (老旦扮卜玉京道妝背包急上) 家住蕊珠宮，恨無端業海風，把人輕向煙花送。喉尖唱腫，裙腰舞鬆，一生魂在巫山洞。俺卜玉京，今日爲何這般打扮，只因朝廷搜拿歌妓，逼俺斷了塵心。昨夜別過姊妹，換上道妝，飄然出院，但不知那裡好去投師。望城東雲山滿眼, 仙界路無窮。

(飄颻下) (副淨、外、淨扮丁繼之、沈公憲、張燕筑三清客上)

【皂羅袍】 (副淨) 正把秦淮簫弄, 看名花好月, 亂上簾櫳。鳳紙簽名喚樂工, 南朝天子春心動。我丁繼之年過六旬, 歌板久拋; 前日托過楊老爺, 免我前往, 怎的今日又傳起來了。(外、淨) 俺兩個也都是免過的, 不知又傳, 有何話說。(副淨拱介) 兩位老弟, 大家商量, 我們一班清客, 感動皇爺, 召去教歌, 也不是容易的。(外、淨) 正是。(副淨) 二位青年上進, 該去走走, 我老漢多病年衰, 也不望甚麼際遇了。今日我要躲過, 求二位遮蓋一二。(外) 這有何妨, 太公釣魚, 願者上鉤。(淨) 是是! 難道你犯了王法, 定要拿去審問不成。(副淨) 既然如此, 我老漢就回去了。(回行介) 急忙回首, 青青遠峰; 逍遙尋路, 森森亂松。(頓足介) 若不離了塵埃, 怎能免得牽絆。(袖出道巾、黃條換介) (轉頭呼介) 二位看俺打扮罷, 道人醒了揚州夢。

(搖擺下) (外) 唓! 他竟出家去了, 好狠心也。(淨) 我們且坐廊下曬暖, 待他姊妹到來, 同去禮部過堂。(坐地介) (小旦扮寇白門, 丑扮鄭安娘, 雜扮差役跟上) (小旦) 桃片隨風不結子。(丑) 柳綿浮水又成萍。(望介) 你看老沈老張不約俺一聲兒, 先到廊下向暖, 我們走去, 打他個耳刮子。(相見, 諢介) (外問雜介) 又傳我們到那裏去? (雜) 傳你們到禮部過堂, 送入內庭教戲。(外) 前日免過俺們了。(雜) 內閣大老爺不依, 定要借重你們幾個老清客哩。(淨) 是那幾個? (雜) 待我瞧瞧票子。(取票看介) 丁繼之、沈公憲、張燕筑。(問介) 那姓丁的如何不見? (外) 他出家去了。(雜) 既出了家, 沒處尋他, 待我回官罷! (向淨、外介) 你們到了的, 竟往禮部過堂去。(淨) 等他姊妹們到齊着。(雜) 今日老爺們秦淮賞雪, 吩咐帶着女客, 席上驗看哩。(外、淨) 既是這等, 我們先去了。正是: 傳歌留樂府, 撤笛傍宮牆。(下) (雜看票問小旦介) 你是寇白門麼? (小旦) 是。(雜問丑介) 你是卞五京麼? (丑) 不是, 我是老安。(雜) 是鄭安娘了。(問介) 那卞玉京呢?

(丑) 他出家去了。(雜) 咦！ 怎麼出家的都配成對兒。(問介) 後邊還有一個腳小走不上來的, 想是李貞麗了？ (小旦) 不是, 李貞麗從良去了！ (雜) 我方才拉他下樓, 他說是李貞麗, 怎的又不是？ (丑) 想是他女兒頂名替來的。(雜) 母子總是一般, 只少不了數兒就好了。(望介) 他早趕上來也。

【忒忒令】 (旦) 下紅樓殘臘雪濃, 過紫陌早春泥凍; 不慣行走, 腳兒十分痛。傳鳳詔, 選蛾眉, 把絲鞭, 騎驕馬; 催花使亂擁。

奴家香君, 被捉下樓, 叫去學歌, 是俺煙花本等, 只有這點志氣, 就死不磨。(雜喊介) 快些走動！ (旦到介) (小旦) 你也下樓了, 屈尊, 屈尊。(丑) 我們造化, 就得服侍皇帝了。(旦) 情願奉讓罷。(同行介) (雜) 前面是賞心亭了, 內閣馬老爺, 光祿阮老爺, 兵部楊老爺, 少刻即到。你們各人整理伺候。(雜同小旦、丑下) (旦私語介) 難得他們湊來一處, 正好吐俺胸中之氣。

【前腔】 趙文華陪着嚴嵩, 抹粉臉席前趨奉; 醜腔惡態, 演出眞鳴鳳。俺做個女禰衡, 撾漁陽, 聲聲罵; 看他懂不懂。

(淨扮馬士英, 副淨扮阮大鋮, 末扮楊文驄, 外、小生扮從人喝道上) (旦避下) (副淨) 瓊瑤樓閣朱微抹。(末) 金碧峰巒粉細勾。(淨) 好一派雪景也。(副淨) 這座賞心亭, 原是看雪之所。(淨) 怎麼原是看雪之所？ (副淨) 宋眞宗曾出周昉雪圖, 賜與丁謂。說道:"卿到金陵, 可選一絕景處張之。" 因建此亭。(淨看壁介) 這壁上單條, 想是周昉雪圖了。(末) 非也。這是畫友藍瑛新來見贈的。(淨) 妙妙！ 你看雪壓鐘山, 正對圖畫, 賞心勝地, 無過此亭矣。(末吩咐介) 就把爐、檻、遊具, 擺設起來。(外、小生設席坐介) (副淨向淨介) 荒亭草具, 恃愛高攀, 着實得罪了。(淨) 說那裡話。可笑一班小人, 奉承權貴, 費千金盛設, 十分醜態, 一無所取, 徒傳笑柄。(副淨) 晚生今日埽雪烹茶, 清談攀教, 顯得老師相高懷雅量, 晚生輩也免了幾筆粉抹。(淨) 呵呀！ 那戲場粉筆, 最是利害, 一抹上臉, 再洗不掉; 雖有孝子慈孫, 都不肯認做祖父的。(末) 雖然利害，卻也公道，原以儆戒無忌憚之小人，非爲我輩而設。(淨) 據學生看來，都吃了奉承的虧。(末) 爲何？(淨) 你看前輩分宜相公嚴嵩，何嘗不是一個文人，現今《鳴風記》裡抹了花臉，着實醜看，豈非趙文華輩奉承壞了。(副淨打恭介) 是是！老師相是不喜奉承的，晚生惟有心悅誠服而已。(末) 請酒！(同舉杯介) (副淨問外介) 選的妓女，可曾叫到了麼？(外稟介) 叫到了。(雜領衆妓叩頭介) (淨細看介) (吩咐介) 今日雅集，用不着他們，叫他禮部過堂去罷。(副淨) 特令到此伺候酒席的。(淨) 留下那個年小的罷。(衆下) (淨問介) 他喚什麼名字？(雜稟介) 李貞麗。(淨笑介) 麗而未必貞也。(笑向副淨介) 我們扮過陶學士了，再扮一折黨太尉何如？(副淨) 妙妙！(喚介) 貞麗過來斟酒唱曲。(旦搖頭介) (淨) 爲何搖頭？(旦) 不會。(淨) 呵呀！樣樣不會，怎稱名妓。(旦) 原非名妓。(掩淚介) (淨) 你有甚心事，容你説來。

【江兒水】(旦) 妾的心中事，亂似蓬，幾番要向君王控。拆散夫妻驚魂迸，割開母子鮮血湧，比那流賊還猛。做啞裝聾，罵着不知惶恐。

(淨) 原來有這些心事。(副淨) 這個女子却也苦了。(末) 今日老爺們在此行樂，不必只是訴寃了。(旦) 楊老爺知道的，奴家寃苦，也值當不的一訴。

【五供養】堂堂列公，半邊南朝，望你崢嶸。出身希貴寵，創業選聲容，後庭花又添幾種。把俺胡撮弄，對寒風雪海冰山，苦陪觴詠。

(淨怒介) 哧！這妮子胡言亂道，該打嘴了。(副淨) 聞得李貞麗，原是張天如、夏彝仲輩品題之妓，自然是放肆的。該打該打！(末) 看他年紀甚小，未必是那個李貞麗。(旦恨介) 便是他待怎的！

【玉交枝】東林伯仲，俺青樓皆知敬重。乾兒義子從新用，絕不了魏家種。(副淨) 好大膽，罵的是那個，快快採去丟在雪中。(外採旦推倒介) (旦) 冰肌雪腸原自同，鐵心石腹何愁凍。(副淨) 這奴才，當着內閣大老爺, 這般放肆, 叫我們都開罪了。可恨可恨! (下席踢旦介) (末) 起拉介) (淨) 罷罷! 這樣奴才, 何難處死, 只怕妨了俺宰相之度。(末) 是是! 丞相之尊, 娼女之賤, 天地懸絶, 何足介意。(副淨) 也罷! 啓過老師相, 送入內庭, 揀着極苦的腳色, 叫他去當。(淨) 這也該的。(末) 着人拉去罷! (雜拉旦介) (旦) 奴家已拼一死。**吐不盡鵑血滿胸, 吐不盡鵑血滿胸。**

(拉旦下) (淨) 好好一個雅集, 被這奴才攪亂壞了。可笑, 可笑! (副淨、末連三揖介) 得罪, 得罪! 望乞海涵, 另日竭誠罷。(淨) 興盡宜回春雪棹。(副淨) 客羞應斬美人頭。(淨、副淨從人喝道下) (末弔場介) 可笑香君才下樓來, 偏撞兩個冤對, 這場是非免不了的; 若無下官遮蓋, 香君性命也有些不安哩。罷罷! 選入內庭, 倒也省了幾日懸卦; 只是媚香樓無人看守, 如何是好? (想介) 有了, 畫友藍瑛託俺尋寓, 就接他暫住樓上; 待香君出來, 再作商量。

賞心亭上雪初融, 煮鶴燒琴宴鉅公;

惱殺秦淮歌舞伴, 不同西子入吳宮。

第二十五齣

選優

乙酉正月

　　(場上正中懸一匾，書"薰風殿"，兩旁懸聯，書"萬事無如杯在手，百年幾見月當頭"。款書"東閣大學士臣正鐸奉勅書")(外扮沈公憲，淨扮張燕筑，小旦扮寇白門，丑扮鄭妥娘同上)(外)　天子多情愛沈郎。(淨)　當年也是畫眉張。(小旦)　可憐一樹白門柳。(丑)　讓我風流鄭妥娘。(外)　我們被選入宮，伺候兩日，怎麼還不見動靜。(淨仰看介)此處是薰風殿，乃奏樂之所；聞得聖駕將到，選定脚色，就叫串戲哩。(外)　如何名煎風殿？(淨)　你不曉得，琴曲裏有一句："南風之薰兮"，取這個意思。(丑)　呸！你們男風興頭，要我們女客何用。(小旦)我們女客得了寵眷，做個大嬪妃，還強如他男風哩。(丑)　正是，他男風得了寵眷，到底是個小兄弟。(淨)　好徒弟，罵及師父來了。(外)　咱們掌了班時，不要饒他。(淨)　誰肯饒他。明日教動戲，叫老安試試我的鼓槌子罷。(丑嗤笑，指介)　你老張的鼓槌子，我曾試過，沒相干的。(衆笑介)(副淨冠帶扮阮大鋮上)

　　【遶地遊】漢宮如畫，春曉珠簾掛，待粉蝶黃鶯打。歌舞西施，文章司馬，廝混了紅袖烏紗。

　　(見介)你們俱已在此，怎的不見李貞麗？(小旦)　他從雪中一跌，至今忍痛，還臥在廊下哩。(副淨)　聖駕將到，選定脚色，就要串戲；怎麼由得他的性兒。(衆)　是，是，俺們拉他過來。(同下)(副淨自語介)李貞麗這個奴才，如此可惡，今日淨、丑脚色，一定借重他了。(雜扮二內監執龍扇前引，小生扮弘光帝，又扮二監提壺捧盒，隨上)(小生)

滿城煙樹間梁陳，高下樓臺望不眞；原是洛陽花裏客，偏來管領秣陵春。(坐介) 寡人登極御宇，將近一年，幸虧四鎭阻當，流賊不能南下；雖有叛臣倡議欲立潞藩，昨已捕拿下獄。目今外侮不來，內患不生，正在採選淑女，冊立正宮，這也都算小事；只是朕獨享帝王之尊，無有聲色之奉，端居高拱，好不悶也。(副淨跪介) 光祿寺卿臣阮大鋮恭請萬安。(小生) 平身。(副淨起介)

【掉角兒】(小生) 看陽春殘雪早花，蹙愁眉慵遊倦耍。(副淨) 聖上安享太平，正宜及時行樂；慵遊倦耍，卻是爲何？(小生) 朕有一椿心事，料你也應曉得。(副淨) 想怕流賊南犯？(小生) 非也。阻隔着黃河雪浪，那怕他天漢浮槎。(副淨) 想愁兵弱糧少？(小生) 也不是。俺有那鎭淮陰諸猛將，轉江陵大糧艘，有甚爭差。(副淨) 旣不爲內外兵馬，想是正宮未立，配德無人？(小生) 也不爲此。那禮部錢謙益，采選淑女，不日冊立。有三妃九嬪，敎國宜家。(副淨) 又不爲此，臣曉得了。(私奏介) 想因叛臣周鑣、雷縯祚，倡造邪謀，欲迎立潞王耳。(小生) 益發說錯了。那奸人倡言惑衆，久已搜拿。

(副淨低頭沉吟介) 卻是爲何？(小生) 卿供奉內庭，乃朕心腹之臣，怎不曉得朕的心事。(副淨跪介) 聖慮高深，臣衷愚昧，其實不能窺測。伏望明白宣示，以便分憂。(小生) 朕諭你知道罷，朕貴爲天子，何求不遂。只因你所獻《燕子箋》，乃中興一代之樂，點綴太平，第一要事；今日正月初九，脚色尚未選定，萬一誤了燈節，豈不可惱。(指介) 你看閣學王鐸書的對聯道：“萬事無如杯在手，百年幾見月當頭”。一年能有幾個元宵，故此日夜躊躇，飲膳俱減耳。(副淨) 原來爲此，巴里之曲，有厪聖懷，皆微臣之罪也。(叩頭介) 臣敢不鞠躬盡瘁，以報主知。(起唱介)

【前腔】忝卿僚塡詞辨搰，備供奉詼諧風雅。恨不能腮描粉墨，也情願懷抱琵琶。但博得歌筵前垂一顧，舞裀邊受寸賞，御酒龍茶，三生僥幸，萬世榮華。這便是爲臣經濟，報主功閥。

(前問介) 但不知內庭女樂, 少何腳色? (小生) 別樣腳色, 都還將就得過, 只有生、旦、小丑不愜朕意。(副淨) 這也容易, 禮部送到清客、歌妓, 現在外廂, 聽候揀選。(小生) 傳他進來。(副淨) 領旨。(急入領外、淨、旦、小旦、丑上) (俱跪介) (小生問外、淨介) 你二人是串戲清客麼? (外、淨) 不敢, 小民串戲爲生。(小生) 旣會串戲, 新出傳奇也曾串過麼? (外、淨) 新出的《牡丹亭》、《燕子箋》、《西樓記》, 都曾串過。(小生) 旣會《燕子箋》, 就做了內庭敎習罷。(外、淨叩頭介) (小生問) 那三個歌妓, 也會《燕子箋》麼? (小旦、丑) 也曾學過。(小生喜介) 益發妙了。(問旦介) 這個年小的, 怎不答應? (旦) 沒學。(副淨跪介) 臣啓聖上, 那兩個學過的, 例應派做生、旦。這一個沒學的, 例應派做丑腳。(小生) 旣有定例, 依卿所奏。(小旦、丑、旦叩頭介) (小生) 俱着起來, 伺候串戲。(俱起介) (丑背喜介) 還是我老妾做了天下第一個正旦。(小生向副淨介) 卿把《燕子箋》摘出一曲, 叫他串來, 當面指點。(外、淨小旦、丑隨意演《燕子箋》一曲, 副淨作態指點介) (小生喜介) 有趣, 有趣! 都是熟口, 不愁扮演了。(喚介) 長侍斟酒, 慶賀三杯。(雜進酒, 小生飲介) (小生起介) 我們君臣同樂, 打一回十番何如? (副淨) 領旨。(小生) 寡人善於打鼓, 你們各認樂器。(衆打雨夾雪一套, 完介) (小生大笑介) 十分憂愁消去九分了。(喚介) 長侍斟酒, 再慶三杯。(雜進酒, 小生飲介)

【前腔】舊吳宮重開館娃, 新揚州初敎瘦馬。淮陽鼓崑山絃索, 無錫口姑蘇嬌娃。一件件閙春風, 吹暖響, 鬪晴煙, 飄冷袖, 宮女如麻。紅樓翠殿, 景美天佳。都奉俺無愁天子, 語笑喧譁。

(看旦介) 那個年小歌妓, 美麗非常, 派做丑腳, 太屈他了。(問介) 你這個年小歌妓, 旣沒學《燕子箋》, 可曾學些別的麼? (旦) 學過《牡丹亭》。(小生) 這也好了, 你便唱來。(旦羞不唱介) (小生) 看他粉面發紅, 像是腼腆; 賞他一柄桃花宮扇, 遮掩春色。(雜擲紅扇與旦介) (旦持扇唱介)

[懶畫眉] 爲甚的玉眞重溯武陵源，也只爲水點花飛在眼前。是他天公不費買花錢，則咱人心上有啼紅怨。咳！辜負了春三二月天。

(小生喜介) 妙絕，妙絕！長侍斟酒，再慶三杯。(雜進酒，小生飲介)(指旦介) 看此歌妓，聲容俱佳，豈可長材短用；還派做正旦罷。(指丑介) 那個黑色的，倒該做丑脚。(副淨) 領旨。(丑撅嘴介) 我老安又不安了。(小生向副淨介) 你把生、丑二脚，領去入班；就叫清客二名，用心教習，你也不時指點。(副淨跪應介) 是，此乃微臣之專責，豈敢辭勞。(急領外、淨、小旦、丑下) (小生向旦介) 你就在這薰風殿中，把《燕子箋》脚本，三日念會，好去入班。(旦) 念會不難，只是沒有脚本。(小生喚介) 長侍，你把王鐸抄的楷字脚本，賞與此旦。(雜取脚本付旦，跪接介)(小生) 千年只有歌場樂，萬事何須酒國愁。(雜引下)(旦掩淚介) 罷了，罷了！已入深宮，那有出頭之日。

【前腔】鎖重門垂楊暮鴉，映疎簾蒼松碧瓦。涼颼颼風吹羅袖，亂紛紛梅落宮鬢。想起那拆鴛鴦，離魂慘，隔雲山，相思苦，會期難拏。倩人寄扇，擦損桃花。到今日情絲割斷，芳草天涯。

(歎介) 沒奈何，且去念會脚本；或者天恩見憐，放奴出宮，再會侯郎一面，亦未可知。

【尾聲】從此後入骨髓愁根難拔，眞個是廣寒宮姮娥守寡。只這兩日呵！瘦損宮腰剩一把。

　　　曲終人散日西斜，殿角淒涼自一家，
　　　縱有春風無路入，長門關住碧桃花。

第二十六齣

賺將

乙酉正月

【破陣子】(生上) 水驛山城煙靄，花村酒肆塵埋。百里白雲親舍近，不得斑衣效老萊，從軍心事乖。

小生侯方域奉史公之命，監軍防河。爭奈主將高傑，性氣乖張，將總兵許定國當面責罵；只恐挑起爭端，難於收救，不免到中軍帳內，勸諫一番。(入介) (副淨扮高傑上) 一聲叱退黃河浪，兩手推開紫塞煙。(相見坐介) 先生入帳，有何見教。(生) 小生千里相隨，只為防河大事。今到睢州呵！

【四邊靜】威名震，人人驚魄，家盡移宅。雞犬不留群，軍民少寧刻。營中一嚇，帳中一責；敵國在蕭牆，禍事恐難測。

(副淨) 那許定國擁兵十萬，誇勝爭強，昨日教場點卯，一個個老弱不堪。欺君糜餉，本當軍法從事，責罵幾聲，也算從輕發放了。(生) 元帥差矣。

【福馬郎】此時山河一半改，倚着忠良帥，速奏凱。收拾人心，招納英才，莫將釁端開。成功業，只在將和諧。

(副淨) 雖如此說，那許定國託病不來，倒請俺入城飲酒，總是十分懼怕了。俺看睢州城外，四面皆水，只有單橋小路，也是可守之邦。明日叫他讓出營房，留俺歇馬。他若依時便罷，若不依時，俺便奪他印牌，另委別將，卻也容易。(生搖手介) 這事萬萬行不得，昨日教場一罵，爭端已起。自古道："強龍不壓地頭蛇"，他在唇齒肘臂之間，早晚生心，如何防備。(副淨指生介) 書生之見，益發可笑。俺高傑威名蓋世，便是黃、劉三鎮，也拜下風；這許定國不過走狗小將，有何本領，俺倒防備起他來。(生打恭介) 是，是，是！元帥既有高見，小生何用多言。就此辭歸，竟在鄉園中，打聽元帥喜信罷。(副淨拱介) 但憑尊意。(生冷笑拂袖下) (副淨起喚介) 叫左右。(淨、丑扮二將上) 元帥呼喚，有何軍令？(副淨) 你二將各領數騎，隨我入城飲酒頑耍。這大營人馬，不許擅動。(淨、丑) 得令。(即下) (領四卒上) (副淨) 就此前行。(騎馬遶場介)

【划鍬兒】南朝劃就黃河界，東流把住白雲隘；飛鳥不能來，強弓何用買。(合) 望荒城柳栽，上危橋板壞；按轡徐行，軍容瀟灑。

　(暫下) (外扮家將捧印牌上) 殺人不用將軍印，奏凱全憑娘子軍。咱乃睢州許總兵的家將，俺總爺被高傑一罵，嚇得水瀉不止。虧了夫人侯氏，有膽有謀，昨夜畫定計策；差俺捧着牌印，前來送交，就請他進城筵宴。約定飲酒中間，放砲為號，如此如此，這般這般。倒也是條妙計，只不知天意若何，好怕人也。(望介) 遠望高傑前來，不免在橋頭跪接。(副淨等唱前合上) (外跪接介) (副淨問介) 你是何處差官？(外) 小的是總兵許定國家將，叩接元帥大老爺。(副淨) 那許總兵為何不接？(外) 許總兵臥病難起，特差小的送到牌印，就請元帥爺進城筵宴，點查兵馬。(副淨) 席設何處？(外) 設在察院公署。(副淨) 左右收了牌印。(淨、丑收介) (副淨笑介) 妙，妙，牌印果然送到，明日安營歇馬，任俺區處了。(吩咐外介) 你便引馬前行。(外前引，唱前合，行介) (外跪稟介) 已到察院，請元帥爺入席。(副淨下馬入坐介) (吩咐介) 軍卒外面伺候。(向淨、丑介) 你二將不同別個，便坐下席，陪俺歡樂。(淨、丑安放牌印，叩頭介) 告坐了。(就地列坐介) (外斟副淨酒介) (末、小生扮二將斟淨、丑酒介) (又副淨、淨、丑身旁各立一雜擺菜介) (外) 請酒。(副淨怒介) 這樣薄酒，拿來灌俺。(摔杯介) (外急換酒介) (外) 請菜。(副淨怒介) 這樣冷菜，如何下箸。(摔箸介) (外急換菜介) (副淨) 今日正月初十，預賞元宵，怎的花燈優人，全不預備。(外跪稟介) 稟元帥爺, 這睢州偏僻之所, 沒處買燈叫戲。且把衙門燈籠懸掛起來, 軍中鼓角吹打一通罷, (掛燈吹打介) (副淨向淨、丑介) 我們多飲幾杯。

【普天樂】鎮河南, 威風大, 柳營列, 星旗擺。燈筵上, 燈筵上, 將印兵牌。(淨、丑起奉副淨酒介) 行軍令, 酒似官差。(副淨與淨、玉猜拳介) 任譁拳叫彩, 三家拇陣排。(外、末小生) 這八卦圖中新勢, 只怕鬼谷難猜。

(淨、丑) 小的酒都有了, 今日還要伺候元帥爺點查兵馬哩。(副淨) 天色已晚, 明日點查罷, 大家再飲幾杯。(又斟酒飲介) (內放紙砲介) (雜急拿副淨手, 外拔刀欲殺, 副淨掙脫跳梁上介) (一雜急拿淨手, 末殺死淨介) (一雜急拿丑手, 小生殺死丑介) (聞砲聲拿殺要一齊介) (外喊介) 高傑走脫了, 快尋, 快尋。(雜點火把各處尋介) (外仰視介) 頂破椽瓦, 想是爬房走了。(雜又尋介) (外指介) 那樓脊獸頭邊, 閃閃綽綽, 似有人影。快快放箭！(末、小生放箭介) (副淨跳下介) (雜拿住副淨手介) (外認介) 果然是老高哩。(副淨呵介) 好反賊, 俺是皇帝差丟防河大帥, 你敢害我？(外) 俺只認的許總爺, 不認的甚麼黃的黑的, 快伸頭來。(副淨跳介) 罷了, 罷了！俺高傑有勇無謀, 竟被許定國賺了。(頓足介) 咳！悔不聽侯生之言, 致有今日。(伸脖介) 取我頭去。(外指介) 老高果然是條好漢。(割副淨頭, 手提介) (喚介) 兩個兄弟快捧牌印, 大家回報總爺去。(末小生捧牌印介) (末) 且莫慌張, 三將雖死, 還有小卒在外哩。(外) 久已殺得乾淨了。(小生) 還有一件, 域外大營, 明日知道, 必來報仇。快去回了總爺, 求侯夫人妙計。(外) 侯夫人妙計, 早已領來了。今夜悄悄出城, 帶着高傑首級獻與北朝, 就引着北朝人馬, 連夜踏冰渡河, 殺退高兵。算我們下江南第一功了。

宛馬嘶風緩轡來, 黃河冰上北門開,

南朝正賞春燈夜, 讓我當筵殺將才。

第二十七齣

逢舟

乙酉二月

【水底魚】 (淨扮蘇崑生背包裹騎驢急上) 戎馬紛紛，煙塵一望昏； 魂驚心震，長亭連遠村。(丑扮執鞭人趕呼介) 客官慢走，你看黃河堤上) 逃兵亂跑，不要被他奪了驢去。(淨不聽，急走介) (雜扮亂兵三人迎上，棄甲掠盾，抱頭如鼠奔； 無暇笑哂，大家皆敗軍，大家皆敗軍。

(遇淨，推下河，奪驢跑下) (丑趕下) (淨立水中，頭頂包裹高叫介) 救人呀，救人呀！ (外扮舟子撐船，小旦扮李貞麗貧妝上)

【前腔】流水渾渾，風濤拍禹門； 堤邊浪穩，泊舟楊柳根。(欲泊船介) (小旦喚介) 駕長，你看前面淺灘中，有人喊叫； 我們撐過船去，救他一命，積個陰隲如何？(外) 黃河水溜，不是當耍的。(小旦) 人行好事，大王爺爺自然加護的。(外) 是，是，待我撐過去。(撐介) 風急水緊，捨生來救人； 哀聲迫窘，殘生一半魂，殘生一半魂。

(近淨呼介) 快快上來，合該你不死，遇着好人。(伸篙下，淨攀篙上船介) (作顫介) 好冷，好冷！(外取乾衣與淨介) (小旦背立介) (淨換衣介) 多謝駕長，是俺重生父母。(叩介) (外) 不干老漢事，虧了這位娘子叫我救你的。(淨作揖起，驚認介) 你是李貞娘，爲何在這船裏？(小旦驚認介) 原來是蘇師父。你從何處來？(淨) 一言難盡。(小旦) 請坐了講。(坐介) (外泊船介) 且到岸上買壺酒吃去。(下)

【瑣窗寒】(淨) 一從你嫁朱門，鎖歌樓，疊舞裙； 寒風冷雪，哭殺香君。(小旦掩淚介) 香君獨住，怎生過活。(淨) 他托俺前來尋訪侯郎。征人戰馬，侯郎無信，茫茫驛路殷勤問。(小旦問介) 因何落水？
(淨) 正在堤上行走，被亂兵奪驢，把俺推下水的。蒙救出濁流，故人
今夕重近。

　(小旦) 原來如此，合該師父不死，也是奴家有緣，又得一面。(淨問
介) 貞娘，你既入田府，怎得到此？(小旦) 且取火來，替你烘乾衣裳，
細細告你。(小旦取火盆上介) (副淨扮舟子撐船，生坐船急上) 才離虎
豹千林霧，又逐鯨鯢萬里波。(呼介) 駕長，這是呂梁地面了，扯起篷
來，早趕一程；明日要起早哩。(副淨) 相公不要性急，這樣風浪，如
何行的。前面是泊船之所，且靠幫住一宿罷。(生) 憑你。(泊船介)(生)
驚魂稍定，不免略打個盹兒。(臥介) (淨烘衣，小旦旁坐談介) 奴家命
苦，如今又不在那田家了。想起那晚。

　【前腔】匆忙扮作新人，奪藏嬌，金屋春；一身寵愛，盡壓釵裙。
(淨) 這好的狠了。(小旦) 誰知田仰嫡妻，十分悍妒。獅威勝虎，蛇毒
如刃。把奴揪出洞房，打個半死。(淨) 呀，呀！了不得，那田仰怎不
解救。(小旦) 田郎有氣吞聲忍，竟將奴賞與一個老兵。(淨) 既然轉嫁，
怎麼在這船上。(小旦) 此是漕標報船，老兵上岸下文書去了。奴自坐
船頭，舊人來說新恨。

　(生一邊細聽介) (聽完起坐介) 隔壁船中，兩個人絮絮叨叨，談了半
夜，那漢子的聲音，好似蘇崑生，婦人的聲音，也有些相熟；待我猛
叫一聲，看他如何？(叫介) 蘇崑生！(淨忙應介) 那個喚我？(生喜
介) 竟是蘇崑生。(出見介) (淨) 原來是侯相公，正要去尋，不想這裏撞
着。謝天謝地，遇的恰好。(喚介) 請過船來，認認這個舊人。(生過船
介) 還有那個？(見旦驚認介) 呀！貞娘如何到此，奇事奇事，香君在
那裏？(小旦) 官人不知，自你避禍夜走，香君替你守節，不肯下樓。
(生掩淚介) (小旦) 後來馬士英差些惡僕，拿銀三百，硬娶香君，送與田
仰。(生驚介) 我的香君，怎的他適了？(小旦) 嫁是不曾嫁；香君懼
怕，碰死在地。(生大哭介) 我的香君，怎的碰死了？(小旦) 死是不曾

死，碰的鮮血滿面；那門外還聲聲要人，一時無奈，妾身竟替他嫁了田仰。(生喜介) 好，好！你竟嫁與田仰了，今日坐船要往那裏去？(小旦) 就住在船上。(生) 爲何？(旦羞介)(淨) 他爲田仰妒婦所逐，如今轉嫁這船上一位將爺了。(生微笑介) 有這些風波，可憐，可憐！(問淨介) 你怎得到此？(淨) 香君在院，日日盼你，託俺寄書來的。(生急問介) 書在那裏？

【奈子花】(淨取包介) 這封書不是箋紋，摺宮紗夾在斑筠。題詩定情，催妝分韻。(生接扇介) 這是小生贈他的詩扇。(淨指扇介) 看桃花半邊紅暈，情懇！千萬種語言難盡。

(生看扇問介) 那一面是誰畫的桃花？(淨) 香君碰壞花容，濺血滿扇，楊龍友添上梗葉，成了幾筆折枝桃花。(生細看喜介) 果然是些血點兒，龍友點綴，却也有趣。這柄桃花扇，倒是小生之寶了。(問介) 你爲何今日帶來？(淨) 在下出門之時，香君說道，千愁萬苦俱在扇頭，就把扇兒當封書罷！故此寄來的。(生又看，哭介) 香君香君！叫小生怎生報你也！(問淨介) 你怎的尋着貞娘來？(淨指唱介)

【前腔】俺呵，走長堤驢背辛勤，遇逃兵推下寒津。(生) 呵呀！受此驚險。(問介) 怎的不曾濕了扇兒？(淨作勢介) 橫流沒肩，高擎書信，將蘭亭保全眞本。(生拱介) 爲這把桃花扇，把性命都輕了，眞可感也。(問介) 後來怎樣呢？(淨) 虧了貞娘，不怕風浪，移船救我。思忖，從井救別人誰肯。

(生) 好好！若非遇着貞娘，這黃河水溜，誰肯救人。(小旦) 妾本無心，救他上船，才認的是蘇師父。(生) 這都是天緣湊巧處。(淨) 還不曾問侯相公，因何南來？(生) 俺自去秋隨着高傑防河，不料匹夫無謀，不受諫言；被許定國賺入睢州，飲酒中間，遣人刺死。小生不能存住，買舟黃河，順流東下。你看大路之上，紛紛亂跑，皆是敗兵，叫俺有何面目，再見史公也。(淨) 既然如此，且到南京，看看香君，再作商量。(生) 也罷，別過貞娘，趁早開船。(小旦) 想起在舊院之時，我們家同住；今日船中，只少一個香君，不知今生還能相見否。

【金蓮子】一家人離散了，重聚在水雲。言有盡，離緒百分； 掌中嬌養女，何日說艱辛。

(生) 只怕有人踪跡，崑老快快換衣，就此別過罷。(淨換衣介) (生、淨掩淚過船介) (淨) 歸計登程猶未準。(生) 故人見面轉添愁。(副淨撐船下) (小旦) 妾心厭倦煙花，伴着老兵度日，却也快活。不意故人重逢，又惹一天舊恨；你聽濤聲震耳，今夜那能成寐也。

悠悠萍水一番親，舊恨新愁幾句論；

漫道浮生無定着，黃河亦有住家人。

第二十八齣
題畫

乙酉三月

（小生扮山人藍瑛上）美人香冷繡床閒，一院桃開獨閉關；無限濃春煙雨裏，南朝留得畫中山。自家武林藍瑛，表字田叔，自幼馳聲畫苑。與貴筑楊龍友筆硯至交，聞他新轉兵科，買舟來望，下榻這媚香樓上。此樓乃名妓香君梳妝之所，美人一去，庭院寂寥，正好點染雲煙，應酬畫債。不免將文房畫具，整理起來。（作洗硯、滌筆、調色、揩盞介）沒有淨水怎處？（想介）有了，那花梢曉露，最是清潔，用他調丹濡粉，鮮秀非常。待我下樓，向後園收取。（手持色盞暫下）

【破齊陣】（生新衣上）地北天南蓬轉，巫雲楚雨絲牽。巷滾楊花，牆翻燕子，認得紅樓舊院。觸起閒情柔如草，攪動新愁亂似煙，傷春人正眠。

小生在黃河舟中，遇着蘇崑生，一路同行，心忙步急，不覺來到南京。昨晚旅店一宿，天明早起，留下崑生看守行李；俺獨自來尋香君，且喜已到院門之外。

【刷子序犯】只見黃鶯亂囀，人踪悄悄，芳草芊芊。粉壞樓牆，苔痕綠上花磚。應有嬌羞人面，映着他桃樹紅妍；重來渾似阮劉仙，借東風引入洞中天。

（作推門介）原來雙門虛掩，不免側身潛入，看有何人在內。（入介）

【朱奴兒犯】呀，驚飛了滿樹雀喧，踏破了一墀蒼蘚。這泥落空堂簾半捲，受用煞雙棲紫燕。閒庭院，沒個人傳，躡踪兒回廊一遍，直步到小樓前。

（上指介）這是媚香樓了。你看寂寂寥寥，湘簾畫捲，想是香君春眠未起。俺且不要喚他，慢慢的上了妝樓，悄立帳邊；等他自己醒來，轉睛一看，認得出是小生，不知如何驚喜哩！（作上樓介）

【普天樂】手拽起翠生生羅襟軟，　袖撥開綠楊線。一層層欄壞梯偏，　一椿椿塵封網罥。艷濃濃樓外春不淺，　帳裏人兒腼腆。（看几介）從幾時收拾起銀撥冰絃；　擺列着描春容脂箱粉盞，待做個女山人畫又乞錢。

（驚介）怎的歌樓舞榭，改成個書院畫軒，這也奇了。（想介）想是香君替我守節，不肯做那青樓舊態，故此留心丹青，聊以消遣春愁耳。（指介）這是香君臥室，待我輕輕推開。（推介）呀！怎麼封鎖嚴密，倒像久不開的；這又奇了，難道也沒個人看守。（作背手徬徨介）

【鴈過聲】蕭然，美人去遠，重門鎖，雲山萬千，知情只有閒鶯燕。儘着狂，儘着顛，問着他一雙雙不會傳言。熬煎，才待轉，嫩花枝靠着疏籬顫。（下聽介）簾櫳響，似有個人略喘。

（瞧介）待我看是誰來。（小生持盞上樓，驚見介）你是何人，上我寓樓？（生）這是俺香君妝樓，你爲何寓此？（小生）我乃畫士藍瑛。兵科楊龍友先生送俺來寓的。（生）原來是藍田老，一向久仰。（小生問介）台兄尊號？（生）小生河南侯朝宗，亦是龍友舊交。（小生驚介）呵呀！文名震耳，才得會面。請坐請坐！（坐介）（生）我且問你，俺那香君那裏去了？（小生）聽說被選入宮了。（生驚介）怎……怎的被選入宮了！幾時去的？（小生）這倒不知。（生起，掩淚介）

【傾盃序】尋徧，立東風漸午天，那一去人難見。（瞧介）看紙破窗櫺，紗裂簾幔。裹殘羅帕，戴過花鈿，舊笙簫無一件。紅鴛衾盡捲，翠菱花放扁，鎖寒煙，好花枝不照麗人眠。

想起小生定情之日，桃花盛開，映着簇新新一座妝樓；不料美人一去，零落至此。今日小生重來，又值桃花盛開，對景觸情，怎能忍住一雙眼淚。（掩淚坐介）

【玉芙蓉】春風上巳天，桃瓣輕如翦，正飛綿作雪，落紅成霰。不免取開畫扇，對着桃花賞玩一番。(取扇看介) 濺血點作桃花扇，比着枝頭分外鮮。這都是為着小生來。攜上妝樓展，對遺跡宛然，為桃花結下了死生冤。

(小生) 請教這扇上桃花，何人所畫？ (生) 就是貴東楊龍友的點染。(小生) 為何對之揮淚？ (生) 此扇乃小生與香君訂盟之物。

【山桃紅】那香君呵！ 手捧着紅絲硯，花燭下索詩篇。(指介) 一行行寫下鴛鴦券。不到一月，小生避禍遠去，香君閉門守志，不肯見客，惹惱了幾個權貴。放一群吠神仙朱門犬。那時硬搶香君下樓，香君着急，把花容呵，似鵑血亂灑啼紅怨。這柄詩扇恰在手中，竟為濺血點壞。(小生) 可惜可惜！ (生) 後來楊龍友添上梗葉，竟成了幾筆折枝桃花。(拍扇介) 這桃花扇在，那人阻春煙。

(小生看介) 畫的有趣，竟看不出血跡來。(問介) 這扇怎生又到先生手中？ (生) 香君思念小生，托他師父到處尋俺，把這桃花扇，當了一封錦字書。小生接得此扇，跋涉來訪，不想香君又入宮去了。(掩淚介) (末扮楊龍友冠帶，從人喝道上) 臺上久無秦弄玉，船中新到米襄陽。(雜人報介) 兵科楊老爺來看藍相公，門外下轎了。(小生慌迎見介) (末上樓見生，揖介) 侯兄幾時來的？ (生) 適才到此，尚未奉拜。(末) 聞得一向在史公幕中，又隨高兵防河。昨見塘報，高傑於正月初十日，已為許定國所殺，那時世兄在那裡來？ (生) 小弟正在鄉園，忽遇此變，扶着家父逃避山中，一月有餘。恐為許兵踪跡，故又買舟南來。路遇蘇崑生，持扇相訪，只得連夜赴約。竟不知香君已去。(問介) 請問是幾時去的？ (末) 正月人日被選入宮的。(生) 到幾時才出來？ (末) 遙遙無期。(生) 小生只得在此等他了。(末) 此處無可留戀，倒是別尋佳麗罷。(生) 小生怎忍負約，但得他一信，去也放心。

【尾犯序】望咫尺青天，那有個瑤池女使，偷遞情箋。明放着花樓酒榭，丟做個雨井煙垣。堪憐！ 舊桃花劉郎又撚，料得新吳宮西施不願。橫揣俺天涯夫壻，永巷日如年。

（末）世兄不必愁煩，且看田叔作畫罷。（小生畫介）（生、末坐看介）這是一幅桃源圖？（小生）正是。（末問介）替那家畫的？（小生）大錦衣張瑤星先生，新修起松風閣，要裱做照屏的。（生贊介）妙妙！位置點染，別開生面，全非金陵舊派。（小生作畫完介）見笑，見笑！就求題詠幾句，爲拙畫生色如何？（生）不怕寫壞，小生就獻醜也。（題介）原是看花洞裡人，重來那得便迷津，漁郎誑指空山路，留取桃源自避秦。歸德侯方域題。（末讀介）佳句。寄意深遠，似有微怪小弟之意。（生）豈敢！（指畫介）

【鮑老催】這流水溪堪羨，落紅英千千片。抹雲煙，綠樹濃，青峰遠。仍是春風舊境不曾變，沒個人兒將咱繫戀。是一座空桃源，趁着未斜陽將棹轉。

（起介）（末）世兄不要埋怨，而今馬、阮當道，專以報讐雪恨爲事；俺雖至親好友，不敢諫言。恰好人日設席，喚香君供唱；那香君性氣，你是知道的，手指二公一場好罵。（生）呵呀！這番遭他毒手了。（末）虧了小弟在旁，十分勸解，僅僅推入雪中，吃了一驚。幸而選入內庭，暫保性命。（向生介）世兄既與香君有舊，亦不可在此久留。（生）是，是！承教了。（同下樓行介）

【尾聲】熱心腸早把冰雪嚥，活冤業現擺着麒麟楦。（收扇介）俺且抱着扇上桃花閒過遣。

（竟下介）（末）我們別過藍兄，一同出去罷。（生）正是忘了作別。（作別介）請了！（小生先閉門下）（生、末同行介）

（生）重到紅樓意惘然，（末）閒評詩畫晚春天，

（生）美人公子飄零盡，（末）一樹桃花似往年。

第二十九齣

逮社

乙酉三月

【鳳凰閣】 (丑扮書客蔡益所上) 堂名二酉，萬卷牙籤求售。何物充棟汗車牛，混了書香銅臭。賈儒商秀，怕遇着秦皇大搜。

在下金陵三山街書客蔡益所的便是。天下書籍之富，無過俺金陵；這金陵書鋪之多，無過俺三山街；這三山街書客之大，無過俺蔡益所。(指介) 你看十三經、廿一史、九流三敎、諸子百家、腐爛時文、新奇小說，上下充箱盈架，高低列肆連樓。不但興南販北，積古堆今，而且嚴批妙選，精刻善印。俺蔡益所旣射了貿易詩書之利，又收了流傳文字之功；憑他進士舉人，見俺作揖拱手，好不體面。(笑介) 今乃乙酉鄉試之年，大布恩綸，開科取士。准了禮部尚書錢謙益的條陳，要亟正文體，以光新治。俺小店乃坊間首領，只得聘請幾家名手，另選新篇。今日正在裏邊刪改批評，待俺早些貼起封面來。(貼介) 風氣隨名手，文章中試官。(下)(生、淨背行囊上)

【水紅花】 (生) 當年煙月滿秦樓，夢悠悠，簫聲非舊。人隔銀漢幾重秋，信難投，相思誰救。(喚介) 崑老，我們千里跋涉，爲赴香君之約。不料他被選入宮，音信杳然，昨晚掃興回來；又怕有人踪跡，故此早早移寓。但不知那處僻靜，可以多住幾時，打聽音信。等他詩題紅葉，白了少年頭。佳期難道此生休也囉？(淨) 我看人情已變，朝政日非；且當道諸公，日日羅織正人，報復夙怨。不如暫避其鋒，把香君消息，從容打聽罷。(生) 說的也是，但這附近州郡，別無相知；只有好友陳定生住在宜興，吳次尾住在貴池。不免訪尋故人，倒也是快

事。(行介)

【前腔】故人多狎水邊鷗，傲王侯，紅塵拂袖。長安棋局不勝愁，買孤舟，南尋煙岫。(淨) 來到三山街書鋪廊了，人煙稠密，趁行幾步才好。(疾走介) 妬他豺狼當道，冠帶幾獼猴。三山榛莽水狂流也囉。

(生指介) 這是蔡益所書店，定生、次尾常來寓此，何不問他一信。(佇看介) 那廊柱上貼着新選封面，待我看來。(讀介) "復社文開"。(又看介) 這左邊一行小字，是 "壬午、癸未房墨合刊" ；右邊是 "陳定生、吳次尾兩先生新選"。(喜介) 他兩人難道現寓此間不成？(淨) 待我問來。(叫介) 掌櫃的那裏？(丑上) 請了，想要買甚麼書籍麼？(生) 非也。要借問一信。(丑) 問誰？(生) 陳定生、吳次尾兩位相公來了不曾？(丑) 現在裏邊，待我請他出來。(丑下) (末、小生同上見介) 呀！原來是侯社兄。(見淨介) 蘇崑老也來了。(各揖介) (末問介) 從那來的？(生) 從敝鄉來的。(小生問介) 幾時進京？(生) 昨日才到。

【玉芙蓉烽】煙滿郡州，南北從軍走；歎朝秦暮楚，三載依劉。歸來誰念王孫瘦，重訪秦淮簾下鈎。徘徊久，問桃花昔遊，這江鄉，今年不似舊溫柔。

(問末、小生介) 兩兄在此，又操選政了？(末、小生) 見笑。

【前腔】金陵舊選樓，聯榻同良友；對丹黃筆硯，事業千秋。六朝衰弊今須救，文體重開韓柳歐。傳不朽，把東林盡收，才知俺中原復社附清流。

(內喚介) 請相公們裏邊用茶。(末、小生) 來了。(讓生、淨入介) (雜扮長班持拜帖上) 我家官府阮大鋮，新陞兵部侍郎；特賜蟒玉，欽命防江。今日到三山街拜客，只得先來。(副淨扮阮大鋮蟒、玉，驕態，坐轎，雜持傘、扇引上)

【朱奴兒】(副淨) 排頭踏青衣前走，高軒穩扇蓋交抖。看是何人坐上頭，是當日胯下韓侯。(雜稟介) 請老爺停轎，與僉都越老爺投帖。(雜投帖介) (副淨停轎介) 吩咐左右，不必打道，儘着百姓來瞧。

(搧扇大說介) 我阮老爺今日欽賜蟒玉，大轎拜客。那班東林小人，目下奉旨搜拿，躲的影兒也沒了。(笑介) 才顯出誰榮誰羞，展開俺眉頭皺。

(看書鋪介) 那廊柱上帖的封面，有甚麼復社字樣；叫長班揭來我瞧。(雜揭封面，送副淨讀介) "復社文開。陳定生吳次尾新選。" (怒介) 嗄！復社乃東林後起，與周鑣、雷縯祚同黨；朝廷正在拿訪，還敢留他選書。這個書客也大膽之極了。快快住轎！(落轎介) (副淨下轎，坐書鋪吩咐介) 速傳坊官。(雜喊介) 坊官那裏？(淨粉坊官急上，跪介) 稟大老爺，傳卑職有何吩咐？

【前腔】(副淨) 這書肆不將法守，通惡少復社渠首。奉命今將逆黨搜，須得你蔓引株求。(淨) 不消大老爺費心，卑職是極會拿人的。(進入拿丑上) 犯人蔡益所拿到了。(丑跪稟介) 小人蔡益所并未犯法。(副淨) 你刻什麼《復社文開》，犯法不小。(丑) 這是鄉會房墨，每年科場要選一部的。(副淨喝介) 唗！目下訪拿逆黨，功令森嚴，你容留他們選書，還敢口強，快快招來。(丑) 不干小人事，相公們自己走來，現在裏面選書哩。(副淨) 既在裏面，用心看守，不許走脫一人。(丑應下)(副淨向淨私語介) 訪拿逆黨，是鎮撫司的專責，速遞報單，叫他校尉拿人。傳緹騎重興獄囚，笑楊左今番又休。

(淨) 是。(速下) (副淨上轎介) (生、末、小牛拉轎，喊介) 我們有何罪過，着人看守；你這位老先生，不畏天地鬼神了。(副淨微笑介) 學生并未得罪，爲何動起公憤來。(拱介) 請教諸兄尊姓台號？(小生) 俺是吳次尾。(末) 俺是陳定生。(生) 俺是侯朝宗。(副淨微怒介) 哦！原來就是你們三位！今日都來認認下官。

【剔銀燈】堂堂貌鬚長似帚，昂昂氣胸高如斗。(向小生介) 那丁祭之時，怎見的阮光祿難司籩和豆。(向末介) 那借戲之時，爲甚把燕子箋弄俺當場醜。(向生介) 堪羞！妝奩代湊，倒惹你裙釵亂丟。

(生) 你就是阮鬍子，今日報讐來了。(末、小生) 好，好，好！大家扯他到朝門外，講講他的素行去。(副淨佯笑介) 不要忙，有你講的哩。(指介) 你看那來的何人？(副淨坐轎下)(雜扮白靴四校尉上)(亂叫介) 那是蔡益所？(丑) 在下便是，問俺怎的？(雜) 俺們是駕上來的，快快領着拿人。(丑) 要拿那個？(雜) 拿陳、吳、侯三個秀才。(生) 不要拿。我們都在這邊哩，有話說來。(雜) 請到衙門裏說去罷！(竟丟鎖套三人下)(丑弔場介) 這是那裏的帳。(喚介) 蘇兄快來！(淨扮蘇崑生上) 怎麽樣的了？(丑) 了不得，了不得！選書的兩位相公拿去罷了，連侯相公也拿去了。(淨) 有這等事！

【前腔】(合) 兇兇的縲紲在手，忙忙的捉人飛走；小復社沒個東林救，新馬阮接着崔田後。堪憂！昏君亂相，爲別人公報私讐。

(淨) 我們跟去，打聽一個眞信，好設法救他。(丑) 正是。看他安放何處，俺好早晚送飯。

(丑) 朝市紛紛報怨讐，(淨) 乾坤付與杞人憂，

(丑) 倉皇誰救焚書禍，(淨) 只有寧南一左侯。

第三十齣

歸山

乙酉三月

【粉蝶兒】(外白鬚扮張薇冠帶上) 何處家山，回首上林春老，秣陵城煙雨蕭條。歎中興，新霸業，一聲長嘯。舊宮袍，襯着懶散衰貌。

下官張薇，表字瑤星，原任北京錦衣衛儀正之職。避亂南來，又遇新主中興，錄俺世勳，仍補舊缺。不料權奸當道，朝局日非，新於城南修起三間松風閣，不日要投閒歸老。只因有逆案兩人，乃禮部主事周鑣，按察副使雷縯祚，馬、阮挾讐，必欲置之死地。下官深知其冤，只是無法可救，中夜躊躇，故此去志未決。

【尾犯序】黨禍起新朝，正士寒心，連袂高蹈。俺有何求，爲他人操刀。急逃！蓋了座松風草閣，等着俺白雲嘯傲；只因這沈冤未解夢空勞。

(副淨扮家僮上，稟介) 稟老爺，鎮撫司馮可宗拿到逆黨三名，候老爺升廳發放。(雜扮校尉四人，持刑具羅列介) (外升廳介) (淨扮解役投文，押生、末小生帶鎖上) (跪介) (外看文問介) 據坊官報單，說爾等結社朋謀，替周鑣、雷縯祚行賄打點，因而該司捕解；快快從實招來，免受刑拷。

【前腔】(末、小生) 難招！筆硯本吾曹，復社青衿，評選文稿。無罪而殺，是坑儒根苗。(生) 休拷！俺來此携琴訪友，并不曾流連夜曉。無端的池魚堂燕一時燒。

(外) 據爾所供，一無實跡，難道本衙門誣良爲盜不成！(拍驚堂介)

叫左右預備刑具，叫他逐個招來。(末前跪介) 老大人不必動怒。犯生陳貞慧，直隸宜興人，不合在蔡益所書坊選書，并無別情。(小生前跪介) 犯生吳應箕，直隸貴池人，不合與陳貞慧同事，并無別情。(外向淨介) 既在蔡益所書坊，結社朋謀，行賄打點，彼必知情。爲何竟不拿到？ (投籤與淨介) 速拿蔡益所質審。(淨應下) (生前跪介) 犯生侯方域，河南歸德府人，遊學到京，與陳貞慧、吳應箕文字舊交。才來拜望，一同拿來了。并無別情。(外想介) 前日藍田叔所畫桃源圖，有歸德侯方域題句。(轉問介) 你是侯方域麼？ (生) 犯生便是。(外拱介) 失敬了！前日所題桃源圖，大有見解，領教，領教！(吩咐介) 這事與你無干，請一邊候。(生) 多謝超豁了。(一邊坐介) (淨持籤上) (稟介) 稟老爺，蔡益所店門關閉，逃走無踪了。(外) 朋謀打點，全無證據 如何審擬。(尋思介) (副淨持書送上介) 王、錢二位老爺有公書。(外看介) 原來是內閣王覺斯，大宗伯錢牧齋，兩位老先生公書。待俺看來！(開書背看，點頭介) 說的有理，竟不知陳、吳二犯，就是復社領袖。

【紅衲襖】一個是定生兄，藝苑豪； 一個是主騷壇，吳次老。爲甚的治長無罪拘皋陶，俺怎肯禍興黨錮推又敲。大錦衣，權自操； 黑獄中，白日照。莫敎名士清流賈禍含冤也，把中興文運凋。

(轉拱介) 陳、吳兩兄，方才得罪了。(問介) 王覺斯、錢牧齋二位老先生，一向交好麼？(末小生) 并無相與。(外) 爲何發書，極道兩兄文名，囑俺開釋？(末、小生) 想出二公主持公道之意。(外) 是，是。下官雖係武職，頗讀詩書，豈肯殺人媚人。(吩咐介) 這事冤屈，請一邊候； 待俺批回該司，速行釋放便了。(批介) (末、小生一邊坐介) (副淨持朝報送上介) 稟老爺，今日科抄有要緊旨意，請老爺過目。(外看報介) 『內閣大學士馬一本，爲速誅叛黨，以靖邪謀事。犯官周鑣、雷縯祚，私通潞藩，叛跡顯然； 乞早正法，曉示臣民等語。奉旨周鑣、雷縯祚，着監候處決。又兵部侍郎阮一本，爲捕滅社黨，廓清皇圖事。

照得東林老奸, 如蝗蔽日；復社小醜, 似螟出田。蝗爲現在之災, 捕之欲盡；螟爲將來之患, 滅之勿遲。臣編有《蝗螟錄》, 可按籍而收也等語。奉旨這東林社黨, 着嚴行捕獲, 審擬具奏；該衙門知道！』(外驚介) 不料馬、阮二人, 又有這番舉動, 從此正人君子無孑遺矣。

【前腔】俺正要省約法, 畫獄牢；那知他鑄刑書, 加炮烙。莫不是清流欲向濁流拋, 莫不是黨碑又刻元祐號。這法網, 人怎逃；這威令, 誰敢拗。眼見復社東林盡入囹圄也, 試新刑, 搜爾曹。

(向生等介) 下官憐爾無辜, 正思開釋。忽然奉此嚴旨, 不但周、雷二公定了死案；從此東林、復社, 那有漏網之人。(生等跪求介) 尚望大人超豁。(外) 俺若放了諸兄, 倘被別人拿獲, 再無生理, 且不要忙。(批介) 據送三犯, 朋謀打點, 俱無實跡。俟拿到蔡益所之日, 審明擬罪可也。(向生等介) 那鎮撫司馮可宗, 雖係功名之徒, 却也良心未喪, 待俺寫書與他。(寫介) 老夫待罪錦衣, 多歷年所, 門戶黨援, 何代無之。總之君子、小人, 互爲盛衰, 事久則變, 勢極必反：我輩職司風紀, 不可隨時偏倚, 代人操刀。天道好還, 公論不泯, 愼勿自貽後悔也。(拱介) 諸兄暫屈獄中, 自有昭雪之日。(淨、雜押生等俱下) (外退堂介) 俺張薇原是先帝舊臣, 國破家亡, 已絕功名之念, 爲何今日出來助紂爲虐。自古道：『知幾不俟終日』。看這光景, 尙容躊躇再計乎。(喚介) 家僮快牽馬來, 我要到松風閣養病去了。(副淨牽馬上) 坐馬在此。(外上馬, 副淨隨行介)

【解三酲】(外) 好趁着晴春晚照, 滿路上絮舞花飄。遙望見城南蒼翠山色好, 把紅塵客夢全消。且喜已到松風閣, 這是俺的世外桃源；不免下馬登樓, 趁早料理起來。(下馬登樓介) 清泉白石人稀到, 一陣松風響似濤。(喚介) 叫園丁撐開門窗, 拂淨欄檻, 俺好從容眺望。(雜扮園丁收拾介) 燕泥沾落絮, 蛛網罥飛花。稟老爺, 收拾乾淨了。(下) (外窺窗介) 你看松陰低戶, 沁的人心骨皆涼。此處好安吟榻。(又憑欄介) 你看春水盈池, 照的人鬚眉皆碧。此處好支茶竈。(忽笑介) 來的慌了，冠帶袍靴全未脫却；如此打扮，豈是桃源中人。可笑，可笑！(喚介) 家僮開了竹箱，把我買下的箬笠、芒鞋、蘿條、鶴氅，替俺換了。(換衣帶介) 堪投老，才修完三間草閣，便解宮袍。

　(淨扮校尉鎖丑牽上) 松間批駕帖，竹裏驗公文。方才拿住蔡益所，聞得張老爺來此養病，只得趕來銷籤。(叫介) 門上大叔那裏？(副淨出問介) 來稟何事，如此緊急？(淨) 稟老爺，拿到蔡益所了，特來銷籤。(繳籤介) (副淨上樓，稟介) 衙門校尉帶着蔡益所回話。(外驚介) 拿了蔡益所，他三人如何開交。(想介) 有了，叫校尉樓下伺候，聽俺吩咐。(副淨傳淨跪樓下介) (外吩咐介) 這件機密重案，不可絲毫洩漏；暫將蔡益所羈候園中，待我回衙，細細審問。(淨) 是。(將丑拴樹介) (淨欲下介) (外) 轉來，園中窄狹，把這匹官馬，牽回喂養；我的冠帶袍靴，你也順便帶去。我還要多住幾時，不許擅來囉唕。(淨應下) (外跌足介) 壞了，壞了！衙役走入花叢，犯人鎖在松樹，還成一個什麼桃源哩。不如下樓去罷！ (下樓見丑介) 果是蔡益所哩。(丑跪介) 犯人與老爺曾有一面之識。(外) 雖係舊交，你容留復社，犯罪不輕。(丑叩頭介) 是。(外) 你店中書籍，大半出於復社之手，件件是你的贓證。(丑叩頭介) 只求老爺超生。(外) 你肯捨了家財，才能保得性命。(丑) 犯人情願離家。(外喜介) 這等就有救矣。(喚介) 家童與他開了鎖頭。(副淨開丑介) (外) 你既肯離家，何不隨我住山。(丑) 老爺若肯携帶，小人就有命了。(外指介) 你看東北一帶，雲白山青，都是絕妙的所在。(喚介) 家童好生看門，我同蔡益所瞧瞧就來。(副淨應卜) (丑隨外行介) (外指介) 我們今夜定要宿在那蒼蒼翠翠之中。(丑) 老爺要去看山，須差人早安公館。那山寺荒涼，如何住宿？(外) 你怎曉得，捨了那頂破紗帽，何處岩穴着不的這個窮道人。(丑背介) 這是那裏說起？(外) 不要遲疑，一直走去便了。

　【前腔】眼望着白雲縹緲，顧不得石徑迢遙。漸漸的松林日落空山杳，但相逢幾個漁樵。翠微深處人家少，萬嶺千峰路一條。開懷抱，儘着俺山遊寺宿，不問何朝。

境隔仙凡幾樹桃，才知容易謝塵囂；

清晨檢點白雲署，行到深山日尚高。

第三十一齣
草檄

乙酉三月

（淨扮蘇崑生上）萬曆年間一小童，崇禎朝代半衰翁；曾逢天啓乾恩蔭，又見弘光嗣廠公。我蘇崑生，睜着五旬老眼，看了四代時人，故此做這幾句口號。你說那兩位嗣廠公，有天沒日，要把正人君子，捕滅盡絕。可憐俺侯公子，做了個法頭例首。我老蘇與他同鄉同客，只得遠來湖廣，求救於寧南左侯。誰想一住三日，無門可入；今日汇上大操，看他兵馬過處，鷄犬無聲，好不肅靜。等他回營，少不的尋個法兒，見他一面。（喚介）店家那裡？（副淨扮店主上）黃鶴樓頭仙客少，白雲市上酒家多。客官有何話說？（淨）請問元帥左爺爺，待好回營麼？（副淨）早哩，早哩！三十萬人馬，每日操到掌燈；況今日又留督撫袁老爺，巡按黃老爺，在教場飲酒，怎得便回。（淨）既是這等，替我打壺酒來，慢慢的吃着等他罷。（副淨取酒上）等他做甚。吃杯酒，早些安歇罷。（淨）俺幷不張看，你放心閉門便了。（副淨下）（淨望介）你看一輪明月，早出東山，正當春江花月夜；只是興會不佳耳。（坐斟酒飲介）對此杯中物，勉強唱隻曲兒，解悶則個。（自敲鼓板唱介）

〔念奴嬌序〕長空萬里，見嬋娟可愛，全無一點纖凝。十二闌干光滿處，凉浸珠箔銀屏。偏稱，身在瑤臺，笑斟玉斝，人生幾見此佳景。惟願取年年此夜，人月雙清。

（自斟飲介）這樣好曲子，除了阮圓海卻也沒人賞鑒。罷了罷了！寧可埋之浮塵，不可投諸匪類。（又飲介）這時候也待好回營了，待俺細細唱起來。他若聽得，不問便罷，倘來問俺，倒是個機會哩。（又敲

鼓板唱介)

〔前腔〕孤影，南枝乍冷，見烏鵲繚繞，驚飛棲止不定。(副淨上怨介) 客官安歇罷，萬一元帥聽得，連累小店，倒不是耍的。(淨唱介) 萬疊蒼山，何處是修竹吾廬三徑。(副淨拉淨睡介) (淨) 不妨事的。俺是元帥鄉親，巴不得叫他知道，才好請俺進府哩。(副淨) 既是這等，憑你，憑你！(下) (淨又唱介) 追省，丹桂誰攀，姮娥獨住，故人千里漫同情。惟願取年年此夜，人月雙清。(雜扮小卒數人，背弓、矢、盔、甲走過介) (淨聽介) 外邊馬蹄亂響，想是回營了，不免再唱一曲。(又敲鼓板唱介)

〔前腔〕光瑩，我欲吹斷玉簫，驂鸞歸去，不知何處冷瑤京。(雜扮小軍四人旗幟前導介) (淨聽介) 喝道之聲，漸漸近來，索性大唱一唱。環佩濕，似月下歸來飛瓊。(小生扮左良玉，外扮袁繼咸，末扮黃澍冠帶騎馬上) 朝中新政教歌舞，江上殘軍試鼓鼙。(外聽介) 咦！將軍，貴鎮也教起歌舞來了。(小生) 軍令嚴肅，民間誰敢。(末指介) 果然有人唱曲。(小生立聽介) (淨大唱介) 那更，香霧雲鬟，清輝玉臂，廣寒仙子也堪幷。惟願取年年此夜，人月雙清。

(小生怒介) 目下戒嚴之時，不遵軍法，半夜唱曲。快快鎖拿！(雜打下門，拿出淨，跪馬前介) (小生問介) 方才唱曲，就是你麼？(淨) 是。(小生) 軍令嚴肅，你敢如此大膽。(淨) 無可奈何，冒死唱曲，只求老爺饒恕。(外) 聽他所說，像是醉話。(末) 唱的曲子，倒是絕調。(小生) 這人形迹可疑，帶入帥府，細細審問。(帶淨行介)

【窣地錦襠】 (合) 操江夜入武昌門，雞犬寂寥似野村。三更忽遇擊筑人，無故悲歌必有因。

(作到府介) (小生讓外、末介) 就請下榻荒署，共議軍情。(外、末) 怎好攪擾。(同入坐介) (外) 方才唱曲之人，倒要早早發放。(小生) 正是。(吩咐介) 帶過那個唱曲的來。(雜帶淨跪介) (小生問介) 你把犯法情由，從實說來。(淨) 小人來自南京，特投元帥；因無門可入，故意犯法, 求見元帥之面的。(小生) 唗！該死奴才, 還不實說。(末) 不必動怒。叫他說, 要見元帥, 有何緣故。

【鎖南枝】(淨) 京中事, 似霧昏, 朝朝報讐搜黨人。現將公子侯郎, 拿向囹圄困。望舊交, 懷舊恩, 替新朝, 削新忿。

(小生) 那侯公子, 是俺世交, 既來求救, 必有手書。取出我瞧。(淨叩頭介) 那日阮大鋮親領校尉, 立拿送獄, 那裏寫得及書。(外) 憑你口說, 如何信得。(小生想介) 有了, 俺幕中有侯公子一個舊人, 煩他一認, 便知真假。(吩咐介) 請柳相公出來。(雜應介)(丑扮柳敬亭上) 肉朋酒友, 問俺老柳。待俺認來。(點燭認介) 呀！原來是蘇崑生, 我的盟弟。(各掩淚介)(小生) 果然認的麼？(丑) 他是河南蘇崑生, 天下第一個唱曲的名手, 誰不認的。(小生喜介) 竟不知唱曲之人, 倒是一個義士。(拉起介) 請坐, 請坐。(淨各揖坐介)(丑) 你且說侯公子為何下獄？

【前腔】(淨) 為他是東林黨, 復社群, 曾將魏崔門戶分。小阮思報前仇, 老馬沒分寸。三山街, 緹騎狠, 驟飛來, 似鷹隼。

把侯相公拿入獄內, 音信不通, 俺沒奈何, 冒死求救。幸虧將軍不殺, 又得遇着柳兄。(揖介) 只求長兄懇央元帥, 早發救書, 也不枉俺一番遠來。(小生氣介) 袁、黃二位盟弟, 你看朝事如此, 可不恨死人也。(外) 不特此也。聞得舊妃童氏, 跋涉尋來, 馬、阮不令收認；另藏私人, 豫備采選, 要圖椒房之親, 豈不可殺。(末) 還有一件, 崇禎太子, 七載儲君, 講官大臣, 確有證據, 今欲付之幽囚。人人共憤, 皆思寸磔馬、阮, 以謝先帝。(小生大怒介) 我輩戮力疆場, 只為報效朝廷；不料信用奸黨, 殺害正人, 日日賣官鬻爵, 演舞教歌, 一代中興之君, 行的總是亡國之政。只有一個史閣部, 頗有忠心, 被馬、阮內裏掣肘, 却也依樣葫蘆。剩俺單身隻手, 怎去恢復中原。(跌足介) 罷, 罷, 罷！俺沒奈何, 竟做要君之臣了。(揖外介) 臨侯替俺修起參本。(外) 怎麼樣寫？(小生) 你只痛數馬、阮之罪便了。(外) 領教！(丑送

紙筆外寫介)

【前腔】朝廷上，用逆臣，公然棄妃囚嗣君。報讐翻案紛紛，正士皆逃遁。尋冶容，教艷品，賣官爵，筆難盡。

(外寫完介)(小生)還要一道檄文，借重仲霖起稿罷。(揖介)(末)也是這樣做麼？(小生)你說俺要發兵進討，叫他死無噍類。(丑)該，該！(小生)你前日勸俺不可前進，今日爲何又來贊成。(丑)如今是弘光皇帝了，彼一時也，此一時也。(小生)是，是！俺左良玉乃先帝老將，先帝現有太子，是俺小主。那馬、阮擅立弘光之時，俺遠在邊方，原未奉詔的。(末)待俺做來。(丑送紙筆，末寫介)

【前腔】淸君側，走檄文，雄兵義旗遮路塵。一霎飛渡金陵，直抵鳳凰門。朝帝宮，謁孝寢，搜黃閣，試白刃。

(末寫完介)(小生)就列起名來。(外)這樣大事，還該請到新巡撫何騰蛟，求他列名。(小生)他爲人固執，不必相聞，竟寫上他罷了。(外、末列名介)(小生)今夜謄寫停當，明早飛遞投送：俺隨後也就發兵了。(外)只怕遞舖誤事。(小生)爲何？(外)京中匿名文書，紛紛雨集；馬、阮每早令人搜尋，隨得隨燒，并不過目。(小生)如此只得差人了。(末)也使不得。聞得馬、阮密令安慶將軍杜弘域，築起坂磯，久有防備我兵之意。此檄一到，豈肯干休；那差去之人，便死多活少了。(小生)這等怎處？(丑)倒是老漢去走走罷。(外、末驚介)這位柳先生，竟是荊軻之流，我輩當以白衣冠送之。(丑)這條老命甚麼希罕，只要辦的元帥事來。(小生大喜介)有這等忠義之人，俺左崑山要下拜了。(喚介)左右取一杯酒來。(雜取酒亡，小生跪奉丑酒介)請盡此杯。(丑跪飲乾介)(衆拜丑，丑答拜介)

【前腔】擎杯酒，拭淚痕，荊卿短歌聲自吞。夜半携手叮嚀，滿座各消魂。何日歸，無處問，夜月低，春風緊。

(各掩淚介)(丑向淨介)借重賢弟，暫陪元帥；俺就束裝東去了。(淨)只願救取公子，早早出獄，那時再與老哥相見罷。(俱作別介)(丑先下)(小生) 義士, 義士！(外、末) 壯哉, 壯哉！
　　　渺渺煙波夜氣昏, 一樽酒盡客消魂,
　　　從來壯士無還日, 眼看長江下海門。

第三十二齣

拜壇

乙酉三月

【吳小四】 (副末扮贊禮郎冠帶白鬚上) 眼看他，命運差，河北新房一半塌。承繼個兒郎貪戲耍，不報冤讐不掙家。窩裏財，奴亂抓。

在下是太常寺一個老贊禮，住在神樂觀旁，專管廟陵祭享之事。那知天翻地覆，立了這位新爺，把俺南京重新興旺起來。今歲乙酉，改曆建號之年，家家慶賀。我老漢三杯入肚，只唱這個隨心令兒。旁人勸我道：『各人自掃門前雪，莫管他家瓦上霜。』我回言道：『大風吹倒梧桐樹，也要旁人話短長。』(喚介) 孩子們，今日是三月十幾日？(內) 三月十九日了。(副末) 呵呀！三月十九日，乃崇禎皇帝忌辰。奉旨在太平門外設壇祭祀，派着我當執事的，怎麼就忘了，快走，快走！(走介) 岡岡巒巒，接接連連，竹竹松松，密密叢叢。不覺已到壇前，且喜百官未到，待俺趁早鋪設起來。(作排案，供香、花、燭、酒介)

【普天樂】 (淨扮馬士英，末扮楊文驄，素服從人上) 舊江山，新圖畫，暮春煙景人瀟灑。出城市，徧野桑麻；哭甚麼舊主升遐，告了個遊春假。(外扮史可法素服上) 這才去野哭江邊奠杯斝，揮不盡血淚盈把。年時此日，問蒼天，遭的甚麼花甲。

(相見各揖介) (淨) 今日乃思宗烈皇帝升遐之辰，禮當設壇祭拜。(末) 正是。(外問介) 文武百官到齊不曾？(副末) 俱已到齊了。(淨) 就此行禮。(副末贊禮，雜扮執事官捧帛、爵介) (贊) 執事官各司其事，陪祀官就位，代獻官就位。(各官俱照班排立介) (贊) 瘞毛血。迎神，參神，伏俯、興，伏俯、興，伏俯、興，伏俯、興。平身。(各行禮完，立介) (贊) 行奠帛禮, 陞壇 (淨秉笏至神位前介) (贊) 搢笏, 獻帛, 奠帛。(淨跪奠帛叩介) (贊) 平身, 出笏, 詣讀祝位, 跪。(淨跪介) (贊) 讀祝。(副末跪讀介) 維歲次乙酉年, 三月十九日, 皇從弟嗣皇帝由崧, 謹昭告於思宗烈皇帝曰：仰惟文德克承, 武功載纘, 御極十有七年, 皇綱不振, 大宇中傾, 皇帝殉社稷, 皇后太子俱死君父之難。弟愚不才, 忝顏偸生, 俯順臣民之請, 正位南都, 權爲宗廟神人主。慟一人之升遐, 懲百僚之怠傲, 努力廟謨, 惴惴憂懼, 枕戈飮泣, 誓復中原。今值賓天忌辰, 敬設壇墠, 遣官代祭。鑒茲追慕之誠, 歆此蘋蘩之獻。尙饗！(贊) 擧哀。(各官哭三聲介) (贊) 哀止, 伏俯、興, 復位。(淨轉下介) (贊) 行初獻禮, 陞壇。(淨至神位前介) (贊) 搢笏, 獻爵, 奠爵。(淨跪奠爵, 叩介) (贊) 平身, 出笏, 復位。(贊) (行亞獻終, 獻禮, 同。) (贊) 徹饌, 送神, 伏俯、興。(四拜同) (各官依贊拜完, 立介) (贊) 讀祝官捧祝, 進帛官捧帛, 各詣瘞位。(各官立介) (贊) 望瘞。(雜焚祝帛介) (贊) 禮畢。(外獨大哭介)

　　【朝天子】萬里黃風吹漠沙, 何處招魂魄。想翠華, 守枯煤山幾枝花, 對晚鴉, 江南一半殘霞。是當年舊家, 孤臣哭拜天涯, 似村翁歲臘, 似村翁歲臘。

　　(副末) 老爺們哭的不慟, 俺老贊禮忍不住要大哭一場了。(大哭一場下) (副淨粉阮大鍼素服大叫上) 我的先帝呀, 我的先帝呀！今日是你週年忌辰, 俺舊臣阮大鍼趕來哭臨了。(拭眼問介) 祭過不曾？(淨) 方才禮畢。(副淨至壇前, 急四拜, 哭白介) 先帝先帝！你國破身亡, 總吃虧了一夥東林小人。如今都散了。剩下我們幾個忠臣, 今日還想着來哭你, 你爲何至死不悟呀！(又哭介) (淨拉介) 圓老, 不必過哀, 起來作揖罷。(副淨拭眼, 各見介) (外背介) 可笑, 可笑！(作別介) 請了！煙塵三里路, 魍魅一班人。(下) (淨) 我們皆是進城的, 就幷馬同行罷。(作更衣上馬行介)

　　【普天樂】(合) 奠瓊漿, 哭壇下, 失聲相向誰眞假。千官散, 一路喧譁，好趁着景美天佳，閒講些興亡話。詠歸去，恰似春風浴沂罷，何須問江北戎馬。南朝舊例儘風流，只愁春色無價。

（雜喝道介）（淨）已到雞鵝巷，離小寓不遠，請過荒園同看牡丹何如？（末）小弟還要拜客，就此作別了。（末別下）（副淨）待晚生趨陪罷。（作到，下馬介）（淨）請進。（副淨）晚生隨行。（淨前副淨後，入園介）（副淨）果然好花。（淨吩咐介）速擺酒席，我們賞花。（雜擺席介）（淨、副淨更衣坐飲介）（淨大笑介）今日結了崇禎舊局，明日恭請聖上臨御正殿，我們『一朝天子一朝臣』了。（副淨）連日在江上，不知朝中有何新政。（淨）目下假太子王之明，正在這裏商量發放。圓老有何高見？（副淨）這事明白易處。（淨）怎麼易處？（副淨）老師相權壓中外者，只因推戴二字。（淨）是，是！（副淨）既因推戴二字，

【朝天子】若認儲君真不差，把俺迎來主，放那搭？（淨）是，是！就着監禁起來，不要惑亂人心。（問介）還有舊妃童氏，哭訴朝門，要求迎爲正后。這何以處之？（副淨）這益發使不得。自古道，君王愛館娃。繫臂紗，先須採選來家，替椒房作伐。（淨）是，是！俺已采選定了，這個童氏，自然不許進宮的。（又問介）那些東林復社，捕拿到京，如何審問？（副淨）這班人天生是我們冤對，豈可容情。切莫剪草留芽，但搜來盡殺，但搜來盡殺。

（淨大笑介）有理，有理！老成見到之言，句句合着鄙意。拿大杯來，歡飲三杯。（雜扮長班持本急上，稟介）寧南侯左良玉有本章一道，封投通政司；這是內閣揭帖，送來過目。（淨接介）他有什麼好本！（看本，怒介）呀，呀！了不得，就是參咱們的疏稿。這疏內數出咱七大罪，叫聖上立賜處分，好恨人也。（雜又持文書急上）還有公文一道，差人賫來的。（淨接看，驚介）又是討俺的一道檄文，文中罵的着實不堪；還要發兵前來，取咱的首級。這却怎處？（副淨驚起，亂抖介）怕人，怕人！別的有法，這却沒法了。（淨）難道長伸脖頸，等他來割不成？（副淨）待俺想來。（想介）沒有別法，除是調取黃、劉三鎮，早去

堵截。(淨) 倘若北兵渡河, 叫誰迎敵？(副淨向淨耳介) 北兵一到, 還要迎敵麼？(淨) 不迎敵, 更有何法？(副淨) 只有兩法。(淨) 請敎！(副淨作摳衣介) 跑。(又作跪地介) 降。(淨) 說的也是。大丈夫烈烈轟轟, 寧可叩北兵之馬, 不可試南賊之刀。吾主意已決, 卽發兵符, 調取三鎭便了。(想介) 且住, 調之無名, 三鎭未必肯去。這却怎處？(副淨) 只說左兵東來, 要立潞王監國, 三鎭自然着忙的。(淨) 是, 是！就煩圓老親去一遭。

【普天樂】 (合) 發兵符, 乘飛馬, 過江速勸黃劉駕。舟同濟, 舵又同拏, 才保得性命身家。非是俺魂驚怕, 怎當得百萬精兵從空下, 頃刻把城闕攻打。全憑鐵鎖斷長江, 拉開强弩招架。

(副淨) 辭過老師相, 晚生卽刻出城了。(淨) 且住, 還有一句密話。(附耳介) 內閣高弘圖、姜曰廣, 左袒逆黨, 俱已罷職了。那周鑣、雷縯祚, 留在監中, 恐爲內應, 趁早取決何如？(副淨) 極該, 極該。(淨拱介) 也不送了。(竟下) (副淨出) (雜稟介) 那個傳檄之人, 還拿在這裏, 聽候發落。(副淨) 沒有甚麼發落, 拿送刑部請旨處決便了。(上馬欲下介) (尋思介) 且不要孟浪。我看黃、劉三鎭, 也非左兵敵手, 萬一斬了來人, 日後難於挽回。(喚介) 班役, 你速到鎭撫司, 拜上馮老爺, 將此傳檄之人, 用心監候。(雜應下) (副淨) 幾乎誤了大事。(上馬速行介)

　　江南江北事如麻, 半倚劉家半阮家,
　　三面和棋休打算, 西南一子怕争差。

第三十三齣

會獄

乙酉三月

【梅花引】(生敝衣愁容上) 宮槐古樹閱滄田, 掛寒煙, 倚頹垣。末後春風, 才綠到幽院。兩個知心常步影, 說新恨, 向誰借酒錢。

小生侯方域, 被逮獄中, 已經半月。只因證據無人, 暫羈候審, 幸虧故人聯袂, 頗不寂寞。你看月色過牆, 照的槐影迷離, 不免虛庭一步。

【忒忒令】碧沉沉月明滿天, 悽慘慘哭聲一片, 牆角新鬼帶血來分辯。我與他死同讎, 生同冤, 黑獄裏, 半夜作白眼。

獨立多時, 忽然毛髮直豎, 好怕人也。待俺喚醒陳、吳兩兄, 大家閒話。(喚介) 定兄醒來。(又喚介) 次兄睡熟了麼? (末、小生揉眼出介)

【尹令】(末) 這時月高斗轉, 為何獨行空院, 閒將露痕踏遍。(小生) 愁懷且捐, 萬語千言望誰憐。

(見介) 侯兄怎的還不安歇? (生) 我想大家在這黑獄之中, 三春鶯花, 半點不見; 只有明月一輪, 還來相照, 豈可捨之而睡。(末) 是, 是, 同去步月一回。(行介)

【品令】(生) 冤聲滿獄, 鄉鐺夜徽纏。三人步月, 身輕若飛仙。閒消自遣, 莫說文章賤。從來豪傑, 都向此中磨鍊。似在棘圍鎖院, 分簾校賦篇。

(丑扮柳敬亭枷鎖上) 戎馬不知何處避, 賢豪半向此中來。我柳敬亭, 被拿入獄, 破題兒第一夜, 便覺難過。(歎介) 噯! 方才睡下, 又要出恭；這個裙帶兒沒人解, 好苦也。(作蹲地聽介) 那邊有人說話, 像是侯相公聲音, 待我看來。(起看, 驚介) 竟是侯相公。(喚介) 你是侯相公麼？(生驚認介) 原來是柳敬亭。(末、小生) 柳敬亭爲何也到此中？(丑認介) 陳相公、吳相公怎麼都在裏邊？(舉手介) 阿彌陀佛！這也算『佛殿奇逢』了。(生) 難得難得！大家坐地談談。(同坐介)

【荳葉黃】 (合) 便他鄉遇故, 不算奇緣。這牆隔着萬重深山, 撞見舊時親眷。渾忘身累, 笑看月圓。却也似武陵桃洞, 却也似武陵桃洞; 有避亂秦人, 同話漁船。

(生) 且問敬老, 你犯了何罪, 枷鎖連身, 如此苦楚。(丑) 老漢不曾犯罪。只因相公被逮入獄, 蘇崑生遠赴寧南, 懇求解救。那左帥果然大怒, 連夜修本參着馬、阮, 又發了檄文一道, 託俺傳來, 隨後要發兵進討。馬、阮害怕, 自然放出相公去的。

【玉交枝】寧南兵變, 料無人能將檄傳; 探湯蹈火咱情願, 也只爲文士遭譴。白頭志高窮更堅, 渾身枷鎖吾何怨; 助將軍除暴解寃, 助將軍除暴解寃。

(生) 竟不知敬亭吃虧, 乃小生所累。崑生遠去求救, 益發難得。可感, 可感！(末) 雖如此說, 只怕左兵一來, 我輩倒不能苟全性命。(小生) 正是, 寧南不學無術, 如何收救。(皆長吁介) (淨扮獄官執手牌, 雜扮校尉四人點燈提繩急上) (淨) 四壁寃魂滿, 三更獄吏尊。刑部要人, 明早處決, 快去綁來。(雜) 該綁那個？(淨) 牌上有名。(看介) 逆黨二名, 周鑣、雷縯祚。(雜執燈照生、末、小生、丑面介) 不是, 不是！(淨喝介) 你們無干的, 各自躲開。(淨領雜急下) (末悄問介) 綁那個？(小生) 聽說要綁周鑣、雷縯祚。(生) 嚇死俺也。(丑) 我們等着瞧瞧。(淨執牌前行, 雜背綁二人, 赤身披髮, 急拉下) (生看呆介) (末) 果然是周仲馭、雷介公他二位。(小生) 這是我們的榜樣了。

【江兒水】 (生) 演着明夷卦, 事盡翻, 正人慘害天傾陷。片紙飛來無人見, 三更縛去加刑典, 敎俺心驚膽顫。(合) 黑地昏天, 這樣收場難免。

　(生問丑介) 我且問你, 外邊還有甚麼新聞？(丑) 我來的倉卒, 不曾打聽, 只見校尉紛紛拿人。(末、小生問介) 還拿那個？(丑) 聽說要拿巡按黃澍, 督撫袁繼咸, 大錦衣張薇; 還有幾個公子秀才, 想不起了！(生) 你想一想？(丑想介) 人多着哩。只記得幾個相熟的, 有冒襄、方以智、劉城、沈壽民、沈士柱、楊廷樞。(末) 有這許多。(小生) 俺這裏邊, 將來成一個大文會了。(生) 倒也有趣。

　【川撥棹】囹圄裏, 竟是瀛洲翰苑。畫一幅文會圖懸, 畫一幅文會圖懸, 避紅塵一群謫仙。(合) 賞春月, 同聽鵑, 感秋風, 同詠蟬。

　(丑) 三位相公, 宿在那一號裏？(生) 都在『荒』字號裏。(末) 敬老羈在那裏？(丑) 就在這後面『藏』字號裏。(小生) 前後相近, 倒好早晚談談。(生) 我們還是軟監, 敬老竟似重囚了。(丑) 阿彌陀佛！ 免了上桚牀, 就算好的狠哩。(作勢介)

　【意不盡】高拱手礙不了禮數周全, 曲肱兒枕頭穩便。只愁今夜裏, 少一個長爪麻姑搔背眠。

　(丑) 相逢眞似島中仙, (末) 隔絶風濤路八千,

　(小生) 地僻偏宜人嘯傲, (生) 天空不礙月團圓。

第三十四齣

截磯

乙酉四月

（淨扮蘇崑生上）南北割成三足鼎，江湖挑動兩支兵。自家蘇崑生，爲救侯公子，激的左兵東來，約了巡按黃澍，巡撫何騰蛟，同日起馬。今日船泊九江，早已知會督撫袁繼咸，齊集湖口，共商入京之計。誰知馬、阮聞信，調了黃得功在坂磯截殺。你看狼煙四起，勢頭不善；少爺左夢庚前去迎敵，俺且隨營打探。正是：地覆天翻日，龍爭虎鬥時。（下）（場上設弩臺、架砲，鐵鎖闌江）

【三臺令】（末扮黃得功戎裝雙鞭，領軍卒上）北征南戰無休，鄰國蕭牆盡讐。架砲指江州，打舳艫捲甲倒走。

咱家黃得功，表字虎山，一腔忠憤，蓋世威名，要與俺弘光皇帝，收復這萬里山河。可恨兩劉無肘臂之功，一左爲腹心之患。今奉江防兵部尙書阮老爺兵牌，調俺駐札坂磯，堵截左寇，這也不是當耍的。（喚介）家將田雄何在？（副淨）有。（末）速傳大小三軍，聽俺號令。（軍卒排立吶喊介）

【山坡羊】（末）硬邦邦敢要君的渠首，亂紛紛不服王的群寇；軟弱弱沒氣色的至尊，鬧喧喧爭門戶的同朝友。只剩咱一營江上守，正防着戰馬北來驟，忽報樓船入浦口。貔豼，飛旌旗控上遊；戈矛，傳烽煙截下流。

（黃卒登臺介）（雜扮左兵白旗、白衣，吶喊駕船上）（黃卒截射介）（左兵敗回介）（黃卒趕下）（小生扮左良玉戎裝白盔素甲坐船上）

【前腔】替奸臣復私讐的桀紂，媚昏君上排場的花醜；　投北朝學叩馬的夷齊，吠唐堯聽使喚的三家狗。拚着俺萬年名遺臭，對先帝一片心堪剖，忙把儲君寃苦救。不羞，做英雄到盡頭；難收，烈轟轟東去舟。

　俺左良玉領兵東下，只爲剪除奸臣，救取太子。回耐兒子左夢庚，借此題目，便要攻打城池，妄思進取。俺已嚴責再三，只怕亂兵引誘，將來做出事來；且待渡過坂磯，慢慢勸他。(淨急上) 報元帥，不好了！黃得功截殺坂磯，前部先鋒俱已敗回了。(小生驚介) 有這等事。黃得功也是一條忠義好漢，怎的受馬、阮指撥，只知擁戴新主，竟不念先帝六尺之孤，豈不可恨！(喚介) 左右，快看巡按黃老爺、巡撫何老爺船泊那邊，請來計議。(雜應下) (末扮黃澍上) 將帥隨談塵，風雲指義旗。下官黃澍方才泊船，恰好元帥來請。(作上船介) (小生見介) 仲霖果然到來，巡撫何公如何不見？(末) 行到半途，又回去了。(小生) 爲何回去？(末) 他原是馬士英同鄉。(小生) 隨他罷了。這也怪他不得。(問介) 目下黃得功截住坂磯，三軍不能前進。如何是好？(末) 這倒可慮，且待袁公到船，再作商量。(外扮袁繼咸從人上) 孽子含寃天慘淡，孤臣擧義日光明。來此是左帥大船，左右通報。(雜稟介) 督撫袁老爺到船了！(小生) 快請！(外上船見介) 適從武昌回署，整頓兵馬，願從鞭弭。(末) 目下不能前進了。(外) 爲何？(小生) 黃得功領兵截殺，先鋒俱已敗回。(外) 事已至此，欲罷不能；快快遣人遊說便了。(小生) 敬亭已去，無人可遣。奈何？(淨) 晚生與他頗有一面，情願效力。(末) 崑生義氣，不亞敬亭，今日正好借重。(小生問介) 你如何說他？

【五更轉】(淨) 俺只說鷸蚌持，漁人候，傍觀將利收。英雄擧動，要看前和後。故主恩深，好爵自受。欺他子，害他妃，全忘舊。殺人只落血雙手，何必前來，同室爭鬪。

　(外) 說得有理。(小生) 還要把俺心事，說個明白。叫他曉得奸臣當殺，太子當救，完了兩椿大事，於朝廷一塵不驚，於百姓秋毫無犯。爲何不知大義，妄行截殺？(末) 正是，那黃得功一介武夫，還知報效；俺們倒肯犯上作亂不成？叫他細想。(淨) 是，是，俺就如此說去。(雜扮報卒急上) 報元帥，九江城內，一片火起。袁老爺本標人馬，自破城池了。(外驚介) 怎麼俺的本標人馬自破城池？ 這了不得！ (小生怒介) 豈有此理！不用猜疑，這是我兒左夢庚做出此事，陷我為反叛之臣。罷了，罷了！有何面目，再向江東。(拔劍欲自刎介) (末抱住介) (小生握外手，注目介) 臨侯，臨侯，我負你了！ (作嘔血倒椅上介) (淨喚介) 元帥蘇醒，元帥蘇醒！ (外) 竟叫不應，這怎麼處？ (末) 想是中惡，快取辰砂灌下。(淨取碗灌介) 牙關閉緊，灌不進了。(眾哭介)

【前腔】大將星，落如斗，旗桿摧舵樓。殺場百戰精神抖，凜凜堂堂，一身甲冑。平白的牖下亡，全身首。魂歸故宮煤山頭，同說艱辛，君啼臣吼。

(雜抬小生下) (外) 元帥已死，本鎮人馬霎時潰散；那左夢庚據住九江，叫俺進退無門。倘若黃兵搶來，如何逃躲？ (末) 我們原係被逮之官，今又失陷城池，拿到京中，再無解救。不如轉回武昌，同着巡撫何騰蛟，另做事業去罷。(外) 有理。(外、末急下) (淨呆介) 你看他們竟自散去，單剩我蘇崑生一人，守着元帥屍首，好不可憐。不免點起香燭，哭奠一番。(設案點香燭，哭拜介)

【哭相思】氣死英雄人盡走，　撇下了空船柩。俺是個招魂江邊友，沒處買一杯酒。

且待他兒子奔喪回船，收殮停當，俺才好辭之而去，如今只得耐性兒守着。正是：

英雄不得過江州，魂戀春波起暮愁，
滿眼青山無地葬，斜風細雨打船頭。

第三十五齣

誓師

乙酉四月

【賀聖朝】(外扮史可法, 白氈大帽, 便服上) 兩年吹角列營, 每日調馬催征。軍逃客散鬢星星, 恨壓廣陵城。

下官史可法, 日日經略中原, 究竟一籌莫展。那黃、劉三鎮, 皆聽馬、阮指使, 移鎮上江, 堵截左兵, 丟下黃河一帶, 千里空營。忽接塘報, 本月二十一日北兵已入淮境, 本標食糧之人, 不足三千, 那能抵當得住。這淮、揚一失, 眼見京師難保, 豈不完了明朝一座江山也。可惱, 可惱! 俺且私步城頭, 察看情形, 再作商量。(丑扮家丁, 提小燈隨行上城介)

【二犯江兒水】(外) 悄上城頭危徑, 更深人睡醒。棲鳥頻叫, 擊柝連聲, 女牆邊, 側耳聽。(聽介) (內作怨介) 北兵已到淮安, 沒個瞎鬼兒問他一聲; 只捨俺這幾個殘兵, 死守這座揚州城, 如何守得住。元帥好沒分曉也! (外點頭自語介) 你那裏曉得, 萬里倚長城, 揚州父子兵。(又聽介) (內作恨介) 罷了, 罷了! 元帥不疼我們, 早早投了北朝, 各人快活去, 爲何儘着等死。(外驚介) 呵呀! 竟想投降了, 這怎麼處! 他降字兒橫胸, 守字兒難成; 這揚州剩了一分景。(又聽介) (內作怒介) 我們降不降, 還是第二着, 自家殺搶殺搶, 跑他娘的。只顧守到幾時呀! (外) 咳! 竟不料情形如此。聽說猛驚, 熱心冰冷。疾忙歸, 夜點兵, 不待明。

(忙下) (內掌號放砲, 作傳操介) (雜扮小卒四人上) 今乃四月二十四日, 不是下操的日期; 爲何半夜三更, 梅花嶺放砲? 快去看來! (急走介)(末扮中軍,持令箭提燈上) 隔江雲陣列,連夜羽書飛。(呼介) 元帥有令:大小三軍,速赴梅花嶺,聽候點卯。(衆排列介)(外戎裝,旗引登壇介) 月升鷗尾城吹角,星散旄頭帳點兵。中軍何在? (末跪介) 有! (外) 目下北信緊急,淮城失守,這揚州乃江北要地,倘有疎虞,京師難保。快傳五營四哨,點齊人馬,各照汛地晝夜嚴防。敢有倡言惑衆者,軍法從事。(末) 得令! (傳令向內介) 元帥有令,三軍聽者。各照汛地晝夜嚴防,敢有倡言惑衆者,軍法從事。(內不應) (外) 怎麼寂然無聲? (吩咐中軍介) 再傳軍令,叫他高聲答應。(末又高聲傳介)(內不應)(外) 仍然不應,着擊鼓傳令。(末擊鼓又傳,又不應介)(外) 分明都有離叛之心了。(頓足介) 不料天意人心,到如此田地。(哭介)

【前腔】皇天列聖,高高呼不省。闌珊殘局,剩俺支撐,奈人心俱瓦崩。俺史可法好苦命也! (哭介) 協力少良朋,同心無弟兄。只靠你們三千子弟,誰料今日呵,都想逃生,漫不關情; 這江山倒像設着筵席請。(拍胸介) 史可法,史可法! 平生枉讀詩書,空談忠孝,到今日其實沒法了。(哭介) 哭聲祖宗,哭聲百姓。(大哭介) (末勸介) 元帥保重,軍國事大,徒哭無益也。(前扶介) 你看淚點淋漓,把戰袍都濕透了。(驚介) 咦! 怎麼一陣血腥,快掌燈來。(雜點燈照介) 呵呀! 渾身血點,是那裏來的? (外拭目介) 都是俺眼中流出來。哭的俺一腔血,作淚零。

(末叫介) 大小三軍,上前看來; 咱們元帥哭出血淚來了。(淨、副淨、丑扮衆將上,看介) 果然都是血淚。(俱跪介) (淨) 嘗言『養軍千日,用軍一時』。俺們不替朝廷出力,竟是一夥禽獸了。(副淨) 俺們貪生怕死,叫元帥如此難為,那皇天也不祐的。(丑) 百歲無常,誰能免的一死,只要死到一個是處。罷,罷,罷! 今日捨着狗命,要替元帥守住這座揚州城。(末) 好好! 誰敢再有二心,俺便拿送轅門,聽元帥千刀萬剮。(外大笑介) 果然如此,本帥便要拜謝了。(拜介) (衆扶住介) 不敢不敢! (外) 衆位請起,聽俺號令。(衆起介)(外吩咐介) 你們三千人馬, 一千迎敵, 一千內守, 一千外巡。(衆) 是！(外) 上陣不利, 守城。(衆) 是！(外) 守城不利, 巷戰。(衆) 是！(外) 巷戰不利, 短接。(衆) 是！(外) 短接不利, 自盡。(衆) 是！(外) 你們知道, 從來降將無伸膝之日, 逃兵無回頸之時。(指介) 那不良之念, 再莫橫胸；無恥之言, 再休掛口；才是俺史閣部結識的好漢哩。(衆) 是！(外) 既然應允, 本帥也不消再囑。(指介) 大家歡呼三聲, 各回汛地去罷。(衆吶喊三聲下) (外鼓掌三笑) 妙妙！守住這座揚州城, 便是北門鎖鑰了。

　　不怕煙塵四面生, 江頭尚有亞夫營；

　　模糊老眼深更淚, 賺出淮南十萬兵。

第三十六齣
逃難

乙酉五月

【香柳娘】 (小生扮弘光帝, 便服騎馬。雜扮二監、二宮女挑燈引上) 聽三更漏催, 聽三更漏催, 馬蹄輕快, 風吹蠟淚宮門外。咱家弘光皇帝, 只因左兵東犯, 移鎮堵截; 誰知河北人馬, 乘虛渡淮。目下圍住揚州, 史可法連夜告急, 人心皇皇, 都無守志。那馬士英、阮大鋮躲的有影無踪, 看來這中興寶位也坐不穩了。千計萬計, 走爲上計; 方才騎馬出宮, 卽發兵符一道, 賺開城門, 但能走出南京, 便有藏身之所了。趁天街寂靜, 趁天街寂靜, 飛下鳳凰臺, 難撇鴛鴦債。(喚介) 嬪妃們走動着, 不要失散了。似明駝出塞, 似明駝出塞, 琵琶在懷, 珍珠偸灑。

(急下) (淨扮馬士英騎馬急上)

【前腔】 報長江鎖開, 報長江鎖開, 石頭將壞, 高官賤賣沒人買。下官馬士英, 五更進朝, 才知聖上潛逃; 俺爲臣的, 也只得偸溜了。快微服早度, 快微服早度, 走出雞鵝街, 隄防讐人害。(倒指介) 那一隊嬌嬈, 十車細軟, 便是俺的薄薄宦囊; 不要叫讐家搶奪了去。(喚介) 快些走動。(老旦、小旦扮姬妾騎馬, 雜扮夫役推車數輛上) 來了, 來了。(淨) 好, 好! 要隨身緊帶, 要隨身緊帶, 殉棺貨財, 貼皮恩愛。

(繞場行介) (雜扮亂民數人持棒上, 喝介) 你是奸臣馬士英, 弄的民窮財盡; 今日駄着婦女, 裝着財帛, 要往那裡跑? 早早留下! (打淨倒地, 剝衣, 搶婦女財帛下) (副淨扮阮大鋮, 騎馬上)

【前腔】 戀防江美差, 戀防江美差, 殺來誰代, 兵符擲向空江瀬。

今日可用着俺的跑了；但不知貴陽相公，還是跑，還是降？(作遇淨絆馬足介) 呵呀！你是貴陽老師相，為何臥倒在地。(淨哼介) 跑不得了，家眷行囊，俱被亂民搶去，還把學生打倒在地。(副淨) 正是。晚生的家眷行囊，都在後面，不要也被搶去。受千人笑罵，受千人笑罵，積得些金帛，娶了些嬌艾。待俺回去迎來。(雜扮亂民持棒，擁婦女抬行囊上) 這是阮大鋮家的家私，方才搶來，大家分開罷！(副淨喝介) 好大膽的奴才，怎敢搶截我阮老爺的家私。(雜) 你就是阮大鋮麼？ 來的正好。(一棒打倒，剝衣介) 饒他狗命，且到雞鵝巷、褲子襠，燒他房子去。(俱下) (淨) 腰都打壞，爬不起來了。(副淨) 晚生的臂膊捶傷，也奉陪在此。(合) 歎十分狼狽，歎十分狼狽，村拳共捱，雞肋同壞。

(末扮楊文驄冠帶騎馬，從人挑行李上) 下官楊文驄，新任蘇松巡撫。今日五月初十出行吉日，束裝起馬，一應書畫古玩，暫寄媚香樓，託了藍田叔隨後帶來。俺這一肩行李，倒也爽快。(雜稟介) 請老爺趲行一步。(末) 為何？ (雜) 街上紛紛傳說，北信緊急，皇帝、宰相，今夜都走了。(末) 有這等事，快快出城！(急走介) (馬驚不前介) 這也奇了，為何馬驚不走。(喚介) 左右看來！(雜看介) 地下兩個死人。(副淨、淨呻吟介) 哎喲！ 哎喲！ 救人，救人！(末) 還不曾死，看是何人？ (雜細認介) 好像馬、阮二位老爺。(末喝介) 胡說，那有此事！(勒馬看，驚介) 呵呀！ 竟是他二位。(下馬拉介) 了不得，怎麼到這般田地。(淨) 被些亂民搶劫一空，僅留性命。(副淨) 我來救取，不料也遭此難。(末) 護送的家丁都在何處？(淨) 想也乘機拐騙，四散逃走了。(末喚介) 左右快來扶起，取出衣服，與二位老爺穿好。(雜與副淨、淨穿衣介) (末) 幸有閒馬一匹，二位疊騎，連忙出城罷。(雜扶淨、副淨上馬，摟腰行介) 請了，無衣共凍真師友，有馬同騎好弟兄。(下)(雜) 老爺不可與他同行，怕遇着讐人，累及我們。(末) 是，是。(望介) 你看一夥亂民，遠遠趕來，我們早些躲過。(作避路旁介) (小旦扮寇白門，丑扮鄭妥娘，披髮走上)

【前腔】正淸歌滿臺，正淸歌滿臺，水裙風帶，三更未歇輕盈態。
(見末介) 你是楊老爺，爲何在此？ (末認介) 原來是寇白門、鄭妥
娘。你姊妹二人怎的出來了？ (小旦) 正在歌臺舞殿，忽然酒罷燈昏，
內監宮妃紛紛亂跑； 我們不出來還等什麼哩。(末) 爲何不見李香
君？ (丑) 俺三個一同出來的； 他脚小走不動，偏了個轎子，抬他先走
了。(末問介) 果然朝廷出去了麼？ (小旦) 沈公憲、張燕筑都在後邊，
他們曉得眞信。(外扮沈公憲，破衣抱鼓板，淨扮張燕筑，科頭提紗帽
鬚髥跑上) 笑臨春結綺，笑臨春結綺，擒虎馬嘶來，排着管絃待。(見
末介) 久違楊老爺了。(末問介) 爲何這般慌張？ (外) 老爺還不知
麼？ 北兵殺過江來，皇帝夜間偸走了。(末) 你們要向那裡去？ (淨)
各人回家瞧瞧，趁早逃生。(丑) 俺們是不怕的； 回到院中，預備接
客。(末) 此等時候，還想接客。(丑) 老爺不曉得，兵馬營裏，才好拚錢
哩。這笙歌另賣，這笙歌另賣，隋宮柳衰，吳宮花敗。

(外、淨、小旦、丑俱下) (末) 他們親眼看見聖上出宮，這光景不妥
了。快到媚香樓收拾行李，趁早還鄉罷。(行介)

【前腔】看逃亡滿街，看逃亡滿街，失迷君宰，百忙難出江關外。
(作到介) 這是李家院門。(下馬急敲門介) 開門，開門！ (小生扮藍瑛
急上) 又是那個叫門？ (開門見介) 楊老爺爲何轉來？ (末) 北信緊急，
君臣逃散，那蘇松巡撫也做不成了。整琴書襆被，整琴書襆被，換布
襪靑鞋，一隻扁舟載。(小生) 原來如此。方才香君回家，也說朝廷偸
走。(喚介) 香君快來。(旦上見介) 楊老爺萬福！ (末) 多日不見，今朝
匆匆一敍，就要遠別了。(旦) 要向那裏去？ (末) 竟回敝鄉貴陽去
也。(旦掩淚介) 侯郎獄中未出，老爺又要還鄉； 撇奴孤身，誰人照
看。(末) 如此大亂，父子亦不相顧的。這情形緊迫，這情形緊迫，各人
自裁，誰能携帶。

(淨扮蘇崑生急上) 將軍不惜命， 皇帝已無家。我蘇崑生自湖廣回
京，誰知遇此大亂，且到院中打聽侯公子信息，再作商量。

【前腔】俺匆忙轉來，俺匆忙轉來，故人何在，旌旗滿眼乾坤改。來此已是，不免竟入。(見介) 好呀！楊老爺在此，香君也出來了。侯相公怎的不見？(末) 侯兄不曾出獄來。(旦) 師父從何處來的？(淨) 俺為救侯郎，遠赴武昌，不料寧南暴卒。俺連夜回京，忽聞亂信，急忙尋到獄門，只見封鎖俱開。眾囚徒四散，眾囚徒四散，三面網全開，誰將秀才害。(旦哭介) 師父快快替俺尋來。(末指介) 望煙塵一派，望煙塵一派，拋妻棄孩，團圓難再。

(末向旦介) 好好好！有你師父作伴，下官便要出京了。(喚介) 藍田老收拾行李，同俺一路去罷。(小生) 小弟家在杭州，怎能陪你遠去。(末) 既是這等，待俺換上行衣，就此作別便了。(換衣作別介) 萬里如魂返，三年似夢遊。(作騎馬，雜桃行李隨下) (旦哭介) 楊老爺竟自去了，只有師父知俺心事。前日累你千山萬水，尋到侯郎；不想奴家進宮，侯郎入獄，兩不見面。今日奴家離宮，侯郎出獄，又不見面；還求師父可憐，領着奴家各處找尋則個。(淨) 侯郎不到院中，自然出城去了。那裏找尋？(旦) 定要找尋的。

【前腔】(旦) 便天涯海崖，便天涯海崖，十洲方外，鐵鞋踏破三千界。只要尋着侯郎，俺才住腳也。(小生) 西北一帶俱是兵馬，料他不能渡江；若要找尋，除非東南山路。(旦) 就去何妨。望荒山野道，望荒山野道，仙境似天台，三生舊緣在。(淨) 你既一心要尋侯郎，我老漢也要避亂，索性領你前往，只不知路向那走？(小生指介) 那城東棲霞山中，人跡罕到；大錦衣張瑤星先生，棄職修仙，俺正要拜訪為師。何不作伴同行，或者姻緣湊巧，亦未可知。(淨) 妙，妙，大家收拾包裹，一齊出城便了。(各背包裹行介) (旦) 捨煙花舊寨，捨煙花舊寨，情根愛胎，何時消敗。

(淨) 前面是城門了，怕有人盤詰。(小生) 快快趁空走出去罷。(旦) 奴家腳痛，也說不得了。

(旦) 行路難時淚滿腮，(淨) 飄蓬斷梗出城來，

(小生) 桃源洞裏無征戰, (旦) 可有蓮華并蒂開。

第三十七齣

刼寶

乙酉五月

【西地錦】 (末扮黃得功戎裝, 副淨扮田雄隨上) 目斷長江奔放, 英雄萬里愁長; 何時歡飲中軍帳, 把弓矢付兒郎。

俺黃得功坂磯一戰, 嚇的左良玉膽喪身亡。剩他兒子左夢庚, 據住九江, 烏合未散, 俺且駐札蕪湖, 防其北犯。(雜扮報卒上) 報報報! 北兵連夜渡淮, 圍住揚州, 南京震恐, 萬姓奔逃了。(末) 那鳳、淮兩鎮, 現在江北, 怎不迎敵? (雜) 聞得兩位劉將軍, 也到上江堵截左兵, 鳳、淮一帶, 千里空營。(末驚介) 這怎麼處! (喚介) 田雄, 你是俺心腹之將; 快領人馬, 去保南京。

【降黃龍】 司馬威權, 夜發兵符, 調鎮移防。誰知他拆東補西, 露肘捉襟, 明棄淮揚金湯。九曲天險, 只用蓮舟蕩漾。起煙塵, 金陵氣暗, 怎救宮牆。

(下) (小生扮弘光帝騎馬, 丑扮太監韓贊周隨上)

【前腔】 (小生) 堪傷, 寂寞魚龍, 潛泣江頭, 乞食村莊。寡人逃出南京, 晝夜奔走, 宮監嬪妃, 漸漸失散, 只有太監韓贊周, 跟俺前來。這炎天赤日, 瘦馬獨行, 何處納涼。昨日尋着魏國公徐宏基, 他佯爲不識, 逐俺出府。今日又早來到蕪湖。(指介) 那前面軍營, 乃黃得功駐防之所, 不知他肯容留寡人否。奔忙, 寄人廊廡, 只望他容留收養。(作下馬介) 此是黃得功轅門。(喚介) 韓贊周, 快快傳他知道。(丑叫門介) 門上有人麼? (雜扮軍卒上) 是那裡來的? (丑) 南京來的。(拉一邊悄說介) 萬歲爺駕到了, 傳你將軍速出迎接。(雜) 啐! 萬歲爺怎能到的這裡？ 不要走來嚇俺罷。(小生) 你喚出黃得功來，便知眞假。江浦邊，迎鑾護駕，舊將中郎。

(雜咬指介) 人物不同，口氣又大，是不是，替他傳一聲。(忙入傳介) (末慌上) 那有這事，待俺認來。(見介) (小生) 黃將軍一向好麼？ (末認，忙跪介) 萬歲，萬萬歲！ 請入帳中，容臣朝見。(丑扶小生外帳丛) (末拜介)

【滾遍】戎衣拜吾皇，戎衣拜吾皇，又把天顏仰。爲甚私巡，蕭條鞍馬蒙塵狀； 失水神龍，風雲飄蕩。這都是臣等之罪。負國恩，一班相，一班將。

(小生) 事到今日，後悔無及，只望你保護朕躬。(末拍地哭奏介) 皇上深居宮中，臣好戮力效命。今日下殿而走，大權已失； 叫臣進不能戰，退無可守，十分事業，已去九分矣。(小生) 不必着急，寡人只要苟全性命，那皇帝一席，也不願再做了。(末) 呵呀！ 天下者祖宗之天下，聖上如何棄的。(小生) 棄與不棄，只在將軍了。(末) 微臣鞠躬盡瘁，死而後已。(小生掩淚介) 不料將軍倒是一個忠臣。(末跪奏介) 聖上鞍馬勞頓，早到後帳安歇。軍國大事， 明日請旨罷。(丑引小生入介) (末) 了不得，了不得！ 明朝三百年國運，爭此一時，十五省皇圖，歸此片土。這是天大的干係，叫俺如何擔承！ (吩咐介) 大小三軍，馬休解轡，人休解甲，搖鈴擊柝，在意小心着。(衆應介) (末喚介) 田雄，我與你是宿衛之官，就在這行宮門外，同臥支更罷。(末枕副淨股，執雙鞭臥介) (雜搖鈴擊柝，報更介) (副淨悄語介) 元帥，俺看這位皇帝不像享福之器，況北兵過江，人人投順，元帥也要看風行船才好。(末) 說那裡話，常言『孝當竭力，忠則盡命』，爲人臣子，豈可懷揣二心。(內傳鼓介) (末驚介) 爲何傳鼓？ (俱起坐介) (雜上報介) 報元帥，有一隊人馬，從東北下來； 說是兩鎮劉老爺，要會元帥商議軍情。(末起介) 好好好！ 三鎮會齊，可以保駕無虞了，待俺看來。(望介) (淨扮劉良佐，丑扮劉澤清，騎馬領衆上) (叫介) 黃大哥在那裡？ (末喜介) 果然是他二人。(應介) 愚兄在此拱候多時了。(淨、丑下馬介) (淨) 哥哥得了寶貝，竟瞞着兩個兄弟麼。(末) 什麼寶貝？(丑) 弘光呀！(末搖手介) 不要高聲，聖上安歇了。(淨悄問介) 今日還不獻寶，等到幾時哩？(末) 什麼寶？(丑) 把弘光送與北朝，賞咱們個大大王爵，豈不是獻寶麼？(末喝介) 哎！你們兩個要來幹這勾當，我黃闖子怎麼容得。(持雙鞭打介) (淨、丑招架介) (末喊介) 好反賊，好反賊！

【前腔】望風便生降，望風便生降，好似波斯樣。職貢朝天，思將奇貨擎雙掌；倒戈劫君，爭功邀賞。頓喪心，全反面，眞賊黨。

(淨) 不要破口，好好弟兄，爲何廝鬧。(末) 啐！你這狗才，連君父不識，我和你認什麼弟兄。(又戰介) (副淨在後指介) 好個笨牛，到這時候還不見機。(拉弓搭箭介) 俺田雄替你解圍罷。(放箭射末腿，末倒地介) (淨、丑大笑介) (副淨入內，急背出小生介) (小生叫介) 韓贊周快快跟來。(內不應介) (小生) 這奴才竟捨我而去。(手打副淨臉介) 你背俺到何處去？(副淨) 到北京去。(小生狠咬副淨肩介) (副淨忍痛介) 哎呀！咬殺我也。(丟小生於地，向淨、丑拱介) 皇帝一枚奉送。(淨、丑拱介) 領謝，領謝！(齊拉小生袖急走介) (末抱住小生腿叫介) 田雄，田雄！快來奪駕。(副淨佯拉，放手介) (淨、丑竟拉小生下) (末作爬不起介) 怎麼起不來的？(副淨) 元帥中箭了。(末) 那個射俺的？(副淨) 是我們放箭射賊，誤傷了元帥。(末) 瞎眼的狗才。我且問你，爲何背出聖駕來？(副淨) 俺要護駕逃走的，不料被他們搶去。(末) 你與我快快趕上。(副淨笑介) 不勞元帥吩咐。俺是一名長解子，收拾包裹；自然護送到京的。(背包裹雨傘急趕下) (末怒介) 呵呸！這夥沒良心的反賊，俺也不及殺你了。(哭介) 蒼天，蒼天！怎知明朝天下，送在俺黃得功之手。

【尾聲】平生驍勇無人當，拉不住黃袍北上，笑斷江東父老腸。

罷罷罷！除却一死，無可報國。(拔劍大叫介) 大小三軍，都來看斷頭將軍呀。(一劍刎死介)

第三十八齣

沈江

乙酉五月

【錦纏道】 (外扮史可法，氈笠急上) (回頭望介) 望烽煙，殺氣重，揚州沸喧； 生靈盡席捲，這屠戮皆因我愚忠不轉。兵和將，力竭氣喘，只落了一堆屍軟。俺史可法率三千子弟，死守揚州，那知力盡糧絕，外援不至。北兵今夜攻破北城，俺已滿拚自盡。忽然想起明朝三百年社稷，只靠俺一身撐持，豈可效無益之死，舍孤立之君。故此縋下南城，直奔儀眞，幸遇一隻報船，渡過江來。(指介) 那城闕隱隱，便是南京了；可恨老腿酸軟，不能走動，如何是好。(驚介) 呀！何處走來這匹白騾，待俺騎上，沿江跑去便了。(騎騾，折柳作鞭介) 跨上白騾轑，空江野路，哭聲動九原。日近長安遠，加鞭，雲裏指宮殿。

(副末扮老贊禮背包裹跑上) 殘年還避亂，落日更思家。(外撞倒副末介) (副末) 呵喲喲！幾乎滾下江去。(看外介) 你這位老將爺好沒眼色！(外下騾扶起介) 得罪，得罪！俺且問你，從那裡來的？(副末) 南京來的。(外) 南京光景如何？(副末) 你還不知麼，皇帝老子逃去兩三日了。目下北兵過江，滿城大亂，城門都關的。(外驚介) 呵呀，這等去也無益矣！(大哭介) 皇天后土，二祖列宗，怎的半壁江山也不能保住呀。(副末驚介) 聽他哭聲，倒像是史閣部。(問介) 你是史老爺麼？(外) 下官便是。你如何認得？(副末) 小人是太常寺一個老贊禮，曾在太平門外伺候過老爺的。(外認介) 是呀！ 那日慟哭先帝，便是老兄了。(副末) 不敢。請問老爺，爲何這般狼狽！(外) 今夜揚州失陷，才從城頭縋下來的。(副末) 要向那裡去？(外) 原要南京保駕，不

想聖上也走了。(頓足哭介)

【普天樂】撇下俺斷篷船，丟下俺無家犬；叫天呼地千百遍，歸無路，進又難前。(登高望介)那滾滾雪浪拍天，流不盡湘纍怨。(指介)有了，有了！那便是俺葬身之地。勝黃土，一丈江魚腹寬展。(看身介)俺史可法亡國罪臣，那容的冠裳而去。(摘帽，脫袍、靴介)摘脫下袍靴冠冕。(副末)我看老爺竟像要尋死的模樣。(拉住介)老爺三思，不可短見呀！(外)你看茫茫世界，留着俺史可法何處安放。累死英雄，到此日看江山換主，無可留戀。

(跳入江翻滾下介)(副末呆望良久，抱靴、帽、袍服哭叫介)史老爺呀，史老爺呀！好一個盡節忠臣，若不遇着小人，誰知你投江而死呀！(大哭介)(丑扮柳敬亭，携生忙上)傳生辭獄吏，避亂走天涯。(末扮陳貞慧，小生扮吳應箕，携手忙上)日日爭門戶，今年傍那家。(生呼介)定兄，次兄，日色將晚，快些走動。(末、小生)來了。(丑)我們出獄，不覺數日，東藏西躲，終無棲身之地。前面是龍潭江岸，大家商量，分路逃生罷！(末)是，是。(見副末介)你這位老兄，爲何在此慟哭？(副末)俺也是走路的，適才撞見史閣部老爺投江而死，由不的傷心哭他幾聲。(生)史閣部怎得到此？(副末)今夜揚州城陷，逃到此間，聞的皇帝已走，跺了跺脚，跳下江去了。(生)那有此事？(副末指介)這不是脫下的衣服、靴、帽麼！(丑看介)你看衣裳裏面，渾身硃印。(生)待俺認來。(讀介)『欽命總督江北等處兵馬內閣大學士兼兵部尚書印』。(生驚哭介)果然是史老先生。(末)設上衣冠，大家哭拜一番。(副末設衣冠介)(衆拜哭介)

【古輪臺】(合)走江邊，滿腔憤恨向誰言。老淚風吹面，孤城一片，望救目穿。使盡殘兵血戰，跳出重圍，故國苦戀，誰知歌罷剩空筵。長江一線，吳頭楚尾路三千。盡歸別姓，雨翻雲變。寒濤東捲，萬事付空煙。精魂顯，大招聲逐海天遠。

(生拍衣冠大哭介)(丑)閣部盡節，成了一代忠臣。相公不必過哀，

大家分手罷！(生指介) 你看一望煙塵，叫小生從那裡歸去？(末) 我
兩人遠道前來，只爲送兄過江；今旣不能北上，何不隨俺南行。(生)
這紛紛亂世，怎能終始相依。倒是各人自便罷！(小生) 侯兄主意若
何？(生) 我和敬亭商議，要尋一深山古寺，暫避數日，再圖歸計。(副
末) 我老漢正要向棲霞山去，那邊地方幽僻，儘可避兵，何不同往？
(生) 這等極妙了。(末、小生) 侯兄旣有棲身之所，我們就此作別罷！
(拜別介) 傷心當此日，會面是何年。(末、小生掩淚下) (生問副末介)
你到棲霞山中，有何公幹？(副末) 不瞞相公說，俺是太常寺一個老贊
禮，只因太平門外哭奠先帝之日，那些文武百官，虛應故事；我老漢
動了一番氣惱，當時約些村中父老，捐施錢糧，趁着這七月十五日，要
替崇禎皇帝建一個水陸道場。不料南京大亂，好事難行，因此携着錢
糧，要到棲霞山上，虔請高僧，了此心願。(丑) 好事，好事！(生) 就求
携帶同行便了！(副末) 待我收拾起這衣服、靴、帽着。(丑) 這衣
服、靴、帽，你要送到何處去？(副末) 我想揚州梅花嶺，是他老人家
點兵之所，待大兵退後，俺去招魂埋葬，便有史閣部千秋佳城了。(生)
如此義舉，更爲難得。(副末背袍、靴等，生、丑隨行介)

【餘文】山雲變，江岸遷，一霎時忠魂不見，寒食何人知墓田。

(副末) 千古南朝作話傳，(丑) 傷心血淚灑山川，

(生) 仰天讀罷招魂賦，(副末) 揚子江頭亂暝煙。

第三十九齣

棲眞

乙酉六月

【醉扶歸】(淨扮蘇崑生同旦上)(旦) 一絲幽恨嵌心縫, 山高水遠會相逢 ; 拿住情根死不鬆, 賺他也做遊仙夢。看這萬疊雲白罩青松, 原是俺天台洞。

(喚介) 師父, 我們幸虧藍田叔, 領到棲霞山來。無意之中, 敲門尋宿, 偏撞着卞玉京做了這葆眞庵主, 留俺暫住, 這也是天緣奇遇。只是侯郎不見, 妾身無歸, 還求師父上心尋覓。(淨) 不要性急。你看煙塵滿地, 何處尋覓 ; 且待庵主出來, 商量個常住之法。(老旦扮卞玉京道妝上)

【皂羅袍】何處瑤天笙弄, 聽雲鶴縹緲, 玉珮丁冬。花月姻緣半生空, 幾乎又把桃花種。(見介) 草庵淡薄, 屈尊二位了。(旦) 多謝收留, 感激不盡。(淨) 正有一言奉告, 江北兵荒馬亂, 急切不敢前行 ; 我老漢的吹歌, 山中又無用處, 連日攪擾, 甚覺不安。(老旦) 說那裡話。舊人重到, 蓬山路通 ; 前緣不斷, 巫峽恨濃, 連床且話襄王夢。

(淨) 我蘇崑生有個活計在此。(換鞋、笠, 取斧、擔、繩索介) 趁這天晴, 俺要到嶺頭澗底, 取些松柴, 供早晚炊飯之用。不強如坐吃山空麼 ? (老旦) 這倒不敢動勞。(淨) 大家度日, 怎好偷閒。(挑擔介) 腳下山雲冷, 肩頭野草香。(下)(老旦閉門介)(旦) 奴家閒坐無聊, 何不尋些舊衣殘裳, 付俺縫補, 以消長夏。(老旦) 正有一事借重。這中元節, 村中男女, 許到白雲庵與皇后周娘娘懸掛寶旛 ; 就求妙手, 替他成造, 也是十分功德哩。(旦) 這樣好事, 情願助力。(老旦取出旛料介)

(旦) 待奴薰香洗手, 虔誠縫制起來。(作洗手縫旛介)

【好姐姐】念奴前身業重, 綁十指筝絃簫孔 ; 慵線懶針, 幾曾解女紅。(老旦) 香姐心靈手巧, 一捻針線, 就是不同的。(旦) 奴家那曉針線, 憑着一點虔心罷了。仙旛捧, 懺悔儘敎指頭腫, 繡出鴛鴦別樣工。

(共繡介) (副末扮老贊禮, 丑扮柳敬亭, 背行李領生上)

【皂羅袍】(生) 避了干戈橫縱, 聽颼颼一路, 澗水松風。雲鎖橫霞兩三峰, 江深五月寒風送。(副末) 這是棲霞山了。你們尋所道院, 趁早安歇罷。(生看介) 這是一座葆眞庵, 何不敲門一問。石牆蘿戶, 忙尋鍊翁, 鹿柴鶴徑, 急呼道童, 仙家那曉浮生慟。

(副末敲門介) (老旦起問介) 那個敲門 ? (副末) 俺是南京來的, 要借貴庵暫安行李。(老旦) 這裡是女道住持, 從不留客的。

【好姐姐】你看石牆四聳, 晝掩了重門無縫 ; 修眞女冠, 怕遭俗客鬨。(丑) 我們不比遊方僧道, 暫住何妨。(老旦) 眞經諷, 謹把祖師清規奉, 處女閨閣一樣同。

(旦) 說的有理, 比不得在青樓之日了。(老旦) 這是俺修行本等. 不必睬他 ; 且去香廚用齋罷。(同下) (副末又敲門介) (生) 他旣謹守清規, 我們也不必苦纏了。(副末) 前面庵觀尚多, 待我再去訪問。(行介) (副淨扮丁繼之道裝, 提藥籃上)

【皂羅袍】探藥深山古洞, 任芒鞋竹杖, 踏遍芳叢。落照蒼涼樹玲瓏, 林中筍蕨充清供。(副末喜介) 那邊一位道人來了, 待我上前問他。(拱介) 老仙長, 我們上山來做好事的, 要借道院暫安行李, 敢求方便一二 ! (副淨認介) 這位相公, 好像河南侯公子。(丑) 不是侯公子是那個 ? (副淨又認介) 老兄你可是柳敬亭麼 ? (丑) 便是。(生認介) 呵呀 ! 丁繼老, 你為何出了家也。(副淨) 侯相公, 你不知麼。俺善才遲暮, 羞入舊宮 ; 龜年疏懶, 難隨妙工 ; 辭家竟把仙籙誦。

(生) 原來因此出家。(丑) 請問住持何山 ? (副淨) 前面不遠, 有一座

采眞觀, 便是俺修煉之所。不嫌荒僻, 就請暫住何如? (生) 甚好。(副
末) 二位遇着故人, 已有棲身之地。俺要上白雲庵, 商量醮事去了。
(生) 多謝携帶。(副末) 彼此。(別介) 人間消業海, 天上禮仙壇。(下)
(副淨携生、丑行介) 跨過白泉, 又登紫閣; 雪洞風來, 雲堂雨落。(生
驚介) 前面一道溪水, 隔斷南山, 如何過去? (副淨) 不妨。靠岸有隻
漁船, 俺且坐船閒話, 等個漁翁到來, 央他撑去; 不上半里, 便是采
眞觀了。(同上船坐介) (丑) 我老柳少時在泰州北灣, 專以捕魚爲業;
這漁船是弄慣了的, 待我撑去罷。(生) 妙, 妙。(丑撑船介) (生叫副淨
介) 自從梳櫳香君, 借重光陪, 不覺別來便是三載。(副淨) 正是。且
問香君入宮之後, 可有消息麼? (生) 那得消息來。(取扇指介) 這柄
桃花扇, 還是我們訂盟之物, 小生時刻在手。

【好姐姐】把他桃花扇擁, 又想起靑樓舊夢; 天老地荒, 此情無盡
窮。分飛猛, 杳杳萬山隔鸞鳳, 美滿良緣半月同。

(丑) 前日皇帝私走, 嬪妃逃散, 料想香君也出宮門; 且待南京平定,
再去尋訪罷。(生) 只怕兵馬趕散, 未必重逢了。(掩淚介) (副淨指介)
那一帶竹籬, 便是俺的采眞觀, 就請攏船上岸罷。(丑挽船, 同上岸介)
(副淨喚介) 道僮, 有遠客到門, 快搬行李。(內應介) (副淨) 請進。(讓
入介)

(生) 門裏丹臺更不同, (副淨) 寂寥松下養衰翁,

(丑) 一灣溪水舟千轉, (生) 跳入蓬壺似夢中。

第四十齣
入道

乙酉七月

【南點絳唇】(外扮張薇瓢冠衲衣, 持拂上) 世態紛紜, 半生塵裏朱顏老 ; 拂衣不早, 看罷傀儡鬧。慟哭窮途, 又發闐堂笑。都休了, 玉壺瓊島, 萬古愁人少。

貧道張瑤星, 掛冠歸山, 便住這白雲庵裡。修仙有分, 涉世無緣。且喜書客蔡益所隨俺出家, 又載來五車經史。那山人藍田叔也來皈依, 替我畫了四壁蓬瀛。這荒山之上, 既可讀書, 又可臥遊, 從此飛昇尸解, 亦不算懵懂神仙矣。只有崇禎先帝, 深恩未報, 還是平生一件缺事。今乃乙酉年七月十五日, 廣延道衆, 大建經壇, 要與先帝修齋追薦 ; 恰好南京一個老贊禮, 約些村中父老, 也來搭醮。不免喚出弟子, 趁早鋪設。(喚介) 徒弟何在？(丑扮蔡益所, 小生扮藍田叔道裝上) 塵中辭俗客, 雲裡會仙官。(見介) 弟子蔡益所、藍田叔, 稽首了。(拜介) (外) 爾等率領道衆, 照依黃籙科儀, 早鋪壇場 ; 待俺沐浴更衣, 虔心拜請。正是 : 清齋朝帝座, 直道在人心。(下) (丑、小生鋪設三壇, 供香花茶果, 立旛掛榜介)

【北醉花陰】高築仙壇海日曉, 諸天群靈俱到, 列星衆宿來朝。旛影飄飆, 七月中元建醮。

(丑) 經壇齋供, 俱已鋪設整齊了。(小生指介) 你看山下父老, 捧酒頂香, 紛紛來也。(副末扮老贊禮, 領村民男女, 頂香捧酒, 挑紙錢、錠錁、繡旛上)

【南畫眉序】攜村醪, 紫降黃檀繡帕包。(指介) 望虛無玉殿, 帝座

非遙; 問誰是皇子王孫, 撇下俺村翁鄉老。(掩淚介) 萬山深處中元
節, 擎着紙錢來弔。

(見介) 衆位道長, 我們社友俱已齊集了, 就請法師老爺出來巡壇
罷。(丑、小生向內介) 鋪設已畢, 請法師更衣巡壇, 行灑掃之義。(內
三鼓介) (雜扮四道士奏仙樂, 丑、小生換法衣捧香爐, 外金道冠、法
衣, 擎淨盞, 執松枝, 巡壇灑掃介)

【北喜遷鶯】 (合) 淨手灑松梢, 清凉露千滴萬點抛; 三轉九回壇
邊繞, 浮塵熱惱全澆。香燒, 雲蓋飄, 玉座層層百尺高。響雲璈, 建極
寶殿, 改作團瓢。

(外下) (丑、小生向內介) 灑掃已畢, 請法師更衣拜壇, 行朝請大
禮。(丑、小生設牌位 : 正壇設故明思宗烈皇帝之位; 左壇設故明甲
申殉難文臣之位; 右壇設故明甲申殉難武臣之位) (內奏細樂介) (外
九梁朝冠、鶴補朝服、金帶、朝鞋、牙笏上) (跪祝介) 伏以星斗增輝,
快覩蓬萊之現; 風雷布令, 遙瞻閶闔之開。恭請故明思宗烈皇帝九
天法駕, 及甲申殉難文臣, 東閣大學士范景文, 戶部尙書倪元璐, 刑部
侍郎孟兆祥, 協理京營兵部侍郎王家彦, 左都御史李邦華, 右副都御
史施邦耀, 大理寺卿凌義渠, 太常寺少卿吳麟徵, 太僕寺丞申佳胤, 詹
事府庶子周鳳翔, 諭德馬世奇, 中允劉理順, 翰林院檢討汪偉, 兵科都
給事中吳甘來, 巡視京營御史王章, 河南道御史陳良謨, 提學御史陳
純德, 兵部郎中成德, 吏部員外郎許直, 兵部主事金鉉; 武臣新樂侯
劉文炳, 襄城伯李國禎, 駙馬都尉鞏永固, 協理京營內監王承恩等。
伏願彩仗隨車, 素旗擁駕; 君臣穆穆, 指青鳥以來臨; 文武皇皇, 乘
白雲而至止。共聽靈籟, 同飲仙漿。(內奏樂, 外三獻酒, 四拜介) (副
末、村民隨拜介)

【南畫眉序】 (外) 列仙曹, 叩請烈皇下碧霄; 捨煤山古樹, 解却
宮縧。且享這椒酒松香, 莫恨那流賊闖盜。古來誰保千年業, 精靈永
留山廟。

(外下) (丑、小生左右獻酒，拜介) (副末、村民隨拜介)

【北出隊子】 (丑、小生) 虔誠祝禱，甲申殉節群僚。絕粒刎頸恨難消，墜井投繯志不撓，此日君臣同醉飽。

(丑、小生) 奠酒化財，送神歸天。(衆燒紙牌錢錁，奠酒舉哀介) (副末) 今日才哭了個盡情。(衆) 我們願心已了，大家吃齋去。(暫下) (丑、小生向內介) 朝請已畢，請法師更衣登壇，做施食功德。(設焰口，結高壇介) (內作細樂介) (外更華陽巾、鶴氅，執拂子上，拜壇畢，登壇介) (丑、小生侍立介) (外拍案介) 竊惟浩浩沙場，舉目見空中之樓閣；茫茫苦海，回頭登岸上之瀛州。念爾無數國殤，有名敵愾，或戰畿輔，或戰中州，或戰湖南，或戰陝右；死於水，死於火，死於刃，死於鏃，死於跌撲踏踐，死於癘疫饑寒。咸望滾榛莽之髑髏，飛風煙之燐火，遠投法座，遙赴寶山。吸一滴之甘泉，津含萬劫；吞盈掬之五粒，腹果千春。(撒米、澆漿、焚紙，鬼搶介)

【南滴溜子】沙場裏，沙場裏，屍橫蔓草；殷血腥，殷血腥，白骨漸槁。可憐風旋雨嘯，望故鄉無人拜掃；餓魄饞魂，來飽這遭。

(丑、小生) 施食已畢，請法師普放神光，洞照三界，將君臣位業，指示群迷。(外) 這甲申殉難君臣，久已超昇天界了。(丑、小生) 還有今年北去君臣，未知如何結果？懇求指示。(外) 你們兩廊道衆，齋心肅立；待我焚香打坐，閉目靜觀。(丑、小生執香，低頭侍立介) (外閉目良久介) (醒向衆介) 那北去弘光皇帝，及劉良佐、劉澤清、田雄等，陽數未終，皆無顯驗。(丑、小生前稟介) 還有史閣部、左寧南、黃靖南，這三位死難之臣，未知如何報應？ (外) 待我看來。(閉目介) (雜白鬚、幞頭、朱袍，黃紗蒙面，幢幡細樂引上) 吾乃督師內閣大學士兵部尚書史可法。今奉上帝之命，冊爲太淸宮紫虛眞人，走馬到任去也。(騎馬下) (雜金盔甲、紅紗蒙面，旗幟鼓吹引上) 俺乃寧南侯左良玉。今奉上帝之命，封爲飛天使者，走馬到任去也。(騎馬下) (雜銀盔甲、黑紗蒙面，旗幟鼓吹引上) 俺乃靖南侯黃得功。今奉上帝之命，封爲遊天使者，走馬到任去也。(騎馬下) (外開目介) 善哉，善哉！ 方才夢見閣部史道鄰先生，冊爲太清宮紫虛眞人； 寧南侯左崑山、靖南侯黃虎山，封爲飛天、遊天二使者。一個個走馬到任，好榮耀也。

【北刮地風】則見他雲中天馬驕，才認得一路英豪。咭叮噹奏着鈞天樂，又擺些羽葆干旄。將軍刀，丞相袍，掛符牌都是九天名號。好尊榮，好逍遙，只有皇天不昧功勞。

(丑、小生拱手介) 南五天尊，南無天尊！ 果然善有善報，天理昭彰。(前棹介) 還有奸臣馬士英、阮大鋮，這兩個如何報應？(外) 待俺看來。(閉目介) (淨散髮披衣跑上) 我馬士英做了一生歹事，那知結果這台州山中。(雜扮霹靂雷神，趕淨繞場介) (淨抱頭跪介) 饒命，饒命！ (雜劈死淨，剝衣去介) (副淨冠帶上) 好了，好了！ 我阮大鋮走過這仙霞嶺，便算第一功了。(登高介) (雜扮山神、夜叉，刺副淨下，跌死介) (外開目介) 苦哉，苦哉！ 方才夢見馬士英被雷擊死台州山中，阮大鋮跌死仙霞嶺上。一個個皮開腦裂，好苦惱也。

【南滴滴金】明明業鏡忽來照，天網恢恢飛不了。抱頭顚由你千山跑，快雷車偏會找，鋼叉叉又到。問年來吃人多少腦，這頂漿兩包，不夠犬饕。

(丑、小生拱手介) 南無天尊，南無天尊！ 果然惡有惡報，天理照彰。(前棹介) 這兩廊道衆，不曾聽得明白，還求法師高聲宣揚一番。(外舉拂高唱介) (副末、衆村民執香上，立聽介)

【北四門子】 (外) 衆愚民暗室虧心少，到頭來幾曾饒，微功德也有吉祥報，大巡環睜眼瞧。前一番，後一遭，正人邪黨，南朝接北朝。福有因，禍怎逃，只爭些來遲到早。

(副末、衆叩頭下) (老旦扮卜玉京，領旦上) 天上人間，爲善最樂。方才同些女道，在周皇后壇前掛了寶旛，再到講堂參見法師。(旦) 奴家也好閒遊麼？ (老旦指介) 你看兩廊道俗，不計其數，瞧瞧何妨。(老旦拜壇介) 弟子卜玉京稽首了！ (起同旦一邊立介) (副淨扮了繼之上）人身難得，大道難聞。(拜壇介) 弟子丁繼之稽首了。(起喚介) 侯相公，這是講堂，過來隨喜。(生急上) 來了！ 久厭塵中多苦趣，才知世外有仙緣。(同立一邊介)(外拍案介) 你們兩廊善衆，要把塵心拋盡，才求得向上機緣； 若帶一點俗情， 免不了輪廻千遍。(生遮扇看旦，驚介) 那邊站的是俺香君，如何來到此處？ (急上前拉介) (旦驚見介) 你是侯郎，想殺奴也。

【南鮑老催】想當日猛然捨拋， 銀河渺渺誰架橋， 牆高更比天際高。書難捎，夢空勞，情無了，出來路兒越迢遙。(生指扇介) 看這扇上桃花，叫小生如何報你。看鮮血滿扇開紅桃，正說法天花落。

(生、旦同取扇看介) (副淨拉生，老旦拉旦介) 法師在壇，不可只顧訴情了。(生、旦不理介) (外怒拍案介) 咦！ 何物兒女，敢到此處調情。(忙下壇，向生、旦手中裂扇擲地介) 我這邊清淨道場，那容得狡童遊女，戲謔混雜。(丑認介) 阿呀！ 這是河南侯朝宗相公，法師原認得的。(外) 這女子是那個？ (小生) 弟子認得他，是舊院李香君，原是侯兄聘妾。(外) 一向都在何處來？ (副淨) 侯相公住在弟子采眞觀中。(老旦) 李香君住在弟子葆眞庵中。(生向外揖介) 這是張瑤星先生，前日多承超豁。(外) 你是侯世兄，幸喜出獄了。俺原爲你出家，你可知道麼？ (生) 小生那裡曉得。(丑) 貧道蔡益所，也是爲你出家。這些緣由，待俺從容告你罷。(小生) 貧道是藍田叔，特領香君來此尋你，不想果然遇着。(生) 丁、卞二師收留之恩，蔡、田二師接引之情，俺與香君世世圖報。(旦) 還有那蘇崑生，也隨奴到此。(生) 柳敬亭也陪我前來。(旦) 這柳、蘇兩位，不避患難，終始相依，更爲可感。(生) 待咱夫妻還鄉，都要報答的。(外) 你們絮絮叨叨，說的俱是那裡話。當此地覆天翻，還戀情根慾種，豈不可笑！ (生) 此言差矣！ 從來男女室家，人之大倫，離合悲歡，情有所鐘，先生如何管得？ (外怒介) 呵呸！兩個癡蟲，你看國在那裡，家在那裡，君在那裡，父在那裡，偏是這點花月情根，割他不斷麼？

【北水仙子】堪歎你兒女嬌，不管那桑海變。艷語淫詞太絮叨，將錦片前程，牽衣握手神前告。怎知道姻緣簿久已勾銷；翅楞楞鴛鴦夢醒好開交，碎紛紛團圓寶鏡不堅牢。羞答答當場弄醜惹的旁人笑，明蕩蕩大路勸你早奔逃。

（生揖介）幾句話，說的小生冷汗淋漓，如夢忽醒。（外）你可曉得麼？（生）弟子曉得了。（外）既然曉得，就此拜丁繼之爲師罷。（生拜副淨介）（旦）弟子也曉得了。（外）既然也曉得，就此拜卞玉京爲師罷。（旦拜老旦介）（外吩咐副淨、老旦介）與他換了道扮。（生、旦換衣介）（副淨、老旦）請法師升座，待弟子引見。（外升座介）（副淨領生，老旦領旦，拜外介）

【南雙聲子】芟情苗，芟情苗，看玉葉金枝凋；割愛胞，割愛胞，聽鳳子龍孫號。水漚漂；水漚漂；石火敲，石火敲；剩浮生一半，才受師教。

（外指介）男有男境，上應離方；快向南山之南，修眞學道去。（生）是。大道才知是，濃情悔認眞。（副淨領生從左下）（外指介）女有女界，下合坎道；快向北山之北，修眞學道去。（旦）是。回頭皆幻景，對面是何人。（老旦領旦從右下）（外下座大笑三聲介）

【北尾聲】你看他兩分襟，不把臨去秋波掉。虧了俺桃花扇扯碎一條條，再不許癡蟲兒自吐柔絲縛萬遭。

　　　　白骨靑灰長艾蕭，桃花扇底送南朝；
　　　　不因重做興亡夢，兒女濃情何處消。

續四十齣
餘韻

戊子九月

[西江月] (淨粉樵子挑擔上) 放目蒼崖萬丈, 拂頭紅樹千枝; 雲深猛虎出無時, 也避人間弓矢。建業城啼夜鬼, 維揚井貯秋屍; 樵夫剩得命如絲, 滿肚南朝野史。

在下蘇崑生, 自從乙酉年, 同香君到山, 一住三載, 俺就不曾回家, 往來牛首、棲霞, 採樵度日。誰想柳敬亭與俺同志, 買隻小船, 也在此捕魚爲業。且喜山深樹老, 江闊人稀; 每日相逢, 便把斧頭敲着船頭, 浩浩落落, 儘俺歌唱, 好不快活。今日柴擔早歇, 專等他來促膝閒話, 怎的還不見到。(歇擔盹睡介) (丑扮漁翁搖船上) 年年垂釣鬢如銀, 愛此江山勝富春; 歌舞叢中征戰裡, 漁翁都是過來人。俺柳敬亭送侯朝宗修道之後, 就在這龍潭江畔, 捕魚三載, 把些興亡舊事, 付之風月閒談。今值秋雨新晴, 江光似練, 正好尋蘇崑生飲酒談心。(指介) 你看, 他早已醉倒在地, 待我上岸, 喚他醒來。(作上岸介) (呼介) 蘇崑生。(淨醒介) 大哥果然來了。(丑拱介) 賢弟偏杯呀! (淨) 柴不曾賣, 那得酒來。(丑) 愚兄也沒賣魚, 都是空囊, 怎麼處? (淨) 有了, 有了! 你輸水, 我輸柴, 大家煮茗清談罷。(副末扮老贊禮, 提絃携壺上) 江山江山, 一忙一閒, 誰贏誰輸, 兩鬢皆斑。(見介) 原來是柳、蘇兩位老哥。(淨、丑拱介) 老相公怎得到此? (副末) 老夫住在燕子磯邊, 今乃戊子年九月十七日, 是福德星君降生之辰; 我同些山中社友, 到福德神祠祭賽已畢, 路過此間。(淨) 爲何挾着絃子, 提着酒壺? (副末) 見笑見笑! 老夫編了幾句神絃歌, 名曰〈問蒼天〉。今日彈唱樂神, 社散之時，分得這瓶福酒。恰好遇着二位，就同飲三杯罷。(丑) 怎好取擾。(副末) 這叫做『有福同享』。(淨、丑) 好，好！(同坐飲介)(淨) 何不把神絃歌領略一回？(副末) 使得！老夫的心事，正要請教二位哩。(彈絃唱巫腔)(淨、丑拍手襯介)

[問蒼天] 新曆數，順治朝，歲在戊子；九月秋，十七日，嘉會良時。擊神鼓，揚靈旗，鄉鄰賽社；老逸民，剃白髮，也到叢祠。椒作棟，桂為楣，唐修晉建；碧和金，丹間粉，畫壁精奇。貌赫赫，氣揚揚，福德名位；山之珍，海之寶，總掌無遺。超祖禰，邁君師，千人上壽；焚鬱蘭，奠清醑，奪戶爭墀。草笠底，有一人，掀鬚長歎：貧者貧，富者富，造命奚為？我與爾，較生辰，同月同日；囊無錢，竈斷火，不啻乞兒。六十歲，花甲週，桑榆暮矣；亂離人，太平犬，未有亨期。稱玉斝，坐瓊筵，爾餐我看；誰為靈，誰為蠢，貴賤失宜。臣稽首，叫九閽，開聾啓瞆；宣命司，檢祿籍，何故差池。金闕遠，紫宸高，蒼天夢夢；迎神來，送神去，輿馬風馳。歌舞罷，雞豚收，須臾社散；倚枯槐，對斜日，獨自凝思。濁享富，清享名，或分兩例：內才多，外財少，應不同規。熱似火，福德君，庸人父母；冷如冰，文昌帝，秀士宗師。神有短，聖有虧，誰能足願；地難填，天難補，造化如斯。釋盡了，胸中愁，欣欣微笑；江自流，雲自捲，我又何疑。

(唱完放絃介) 出醜之極。(淨) 妙絕！逼真《離騷》《九歌》了。(丑) 失敬，失敬！不知老相公竟是財神一轉哩。(副末讓介) 請乾此酒。(淨咂舌介) 這寡酒好難吃也。(丑) 愚兄倒有些下酒之物。(淨) 是什麼東西？(丑) 請猜一猜。(淨) 你的東西，不過是些魚鱉蝦蟹。(丑搖頭介) 猜不着，猜不着。(淨) 還有什麼異味？(丑指口介) 是我的舌頭。(副末) 你的舌頭，你自下酒，如何讓客。(丑笑介) 你不曉得，古人以《漢書》下酒；這舌頭會說《漢書》，豈非下酒之物。(淨取酒斟介) 我替老哥斟酒，老哥就把《漢書》說來。(副末) 妙妙！只恐榮多酒少了。(丑) 既然《漢書》太長，有我新編的一首彈詞，叫做《秣陵秋》，唱來下酒罷。(副末) 就是俺南京的近事麼？(丑) 便是！(淨) 這都是俺們耳聞眼見的，你若說差了，我要罰的。(丑) 包管你不差。(丑彈絃介) 六代興亡，幾點清彈千古慨； 半生湖海，一聲高唱萬山驚。(照盲女彈詞唱介)

[秣陵秋] 陳隋煙月恨茫茫，井帶胭脂土帶香； 駘蕩柳綿沾客鬢，叮嚀鶯舌惱人腸。中興朝市繁華續，遺孽兒孫氣焰張； 只勸樓臺追後主，不愁弓矢下殘唐。蛾眉越女才承選，燕子吳歈早擅場，力士簽名搜笛步，龜年協律奉椒房。西崑詞賦新溫李，烏巷冠裳舊謝王； 院院宮妝金翠鏡，朝朝楚夢雨雲床。五侯閫外空狼燧，二水洲邊自雀舫； 指馬誰攻秦相詐，入林都畏阮生狂。春燈已錯從頭認，社黨重鉤無縫藏； 借手殺讎長樂老，脅肩媚貴半閒堂。龍鍾閣部啼梅嶺，跋扈將軍噪武昌； 九曲河流晴喚渡，千尋江岸夜移防。瓊花劫到雕欄損，玉樹歌終畫殿涼； 滄海迷家龍寂寞，風塵失伴鳳徬徨。青衣銜璧何年返，碧血濺沙此地亡； 南內湯池仍蔓草，東陵輦路又斜陽。全開鎖鑰淮揚泗，難整乾坤左史黃。建帝飄零烈帝慘，英宗困頓武宗荒； 那知還有福王一，臨去秋波淚數行。

(淨) 妙妙！ 果然一些不差。(副末) 雖是幾句彈詞，竟似吳梅村一首長歌。(淨) 老哥學問大進，該敬一杯。(斟酒介) (丑) 倒叫我吃寡酒了。(淨) 愚弟也有些須下酒之物。(丑) 你的東西，一定是山肴野蔌了。(淨) 不是，不是。昨日南京賣柴，特地帶來的。(丑) 取來共享罷。(淨指口介) 也是舌頭。(副末) 怎的也是舌頭？(淨) 不瞞二位說，我三年沒到南京，忽然高興，進城賣柴。路過孝陵，見那寶城享殿, 成了芻牧之場。(丑) 呵呀呀！ 那皇城如何？(淨) 那皇城牆倒宮塌, 滿地蒿萊了。(副末掩淚介) 不料光景至此。(淨) 俺又一直走到秦淮，立了半晌，竟沒一個人影兒。(丑) 那長橋舊院，是咱們熟遊之地，你也該去瞧瞧。(淨) 怎的沒瞧，長橋已無片板，舊院剩了一堆瓦礫。(丑搥胸介) 咳！ 慟死俺也。(淨) 那時疾忙回首，一路傷心； 編成一套北曲, 名爲《哀江南》。待我唱來！ (敲板唱弋陽腔介) 俺樵夫呵！

[哀江南] [北新水令] 山松野草帶花挑, 猛擡頭秣陵重到。殘軍留廢壘, 瘦馬卧空壕； 村郭蕭條, 城對着夕陽道。

[駐馬聽] 野火頻燒, 護墓長楸多半焦。山羊群跑, 守陵阿監幾時逃。鴿翎蝠糞滿堂抛, 枯枝敗葉當階罩； 誰祭掃, 牧兒打碎龍碑帽。

[沈醉東風] 橫白玉八根柱倒, 墮紅泥半堵牆高, 碎琉璃瓦片多, 爛翡翠窗欞少, 舞丹墀燕雀常朝, 直入宮門一路蒿, 住幾個乞兒餓殍。

[折桂令] 問秦淮舊日窗寮, 破紙迎風, 壞檻當潮, 目斷魂消。當年粉黛, 何處笙簫。罷燈船端陽不鬧, 收酒旗重九無聊。白鳥飄飄, 綠水滔滔, 嫩黃花有些蝶飛, 新紅葉無個人瞧。

[沽美酒] 你記得跨青谿半里橋, 舊紅板沒一條。秋水長天人過少, 冷清清的落照, 剩一樹柳彎腰。

[太平令] 行到那舊院門, 何用輕敲, 也不怕小犬哰哰。無非是枯井頹巢, 不過些磚苔砌草。手種的花條柳梢, 盡意兒採樵； 這黑灰是誰家廚竈？

[離亭宴帶歇指煞] 俺曾見金陵玉殿鶯啼曉, 秦淮水榭花開早, 誰知道容易冰消。眼看他起朱樓, 眼看他宴賓客, 眼看他樓塌了。這青苔碧瓦堆, 俺曾睡風流覺, 將五十年興亡看飽。那烏衣巷不姓王, 莫愁湖鬼夜哭, 鳳凰臺棲梟鳥。殘山夢最眞, 舊境丢難掉, 不信這輿圖換稿。謅一套哀江南, 放悲聲唱到老。

(副末掩淚介) 妙是絶妙, 惹出我多少眼淚。(丑) 這酒也不忍入唇了, 大家談談罷。(副淨時服, 扮皂隸暗上) 朝陪天子輦, 暮把縣官門； 皂隸原無種, 通侯豈有根？ 自家魏國公嫡親公子徐青君的便是, 生來富貴, 享盡繁華。不料國破家亡, 剩了區區一口。沒奈何在上元縣當了一名皂隸, 將就度日。今奉本官籤票, 訪拿山林隱逸, 只得下鄉走走。(望介) 那江岸之上, 有幾個老兒閒坐, 不免上前討火, 就便訪問。正是 : 開國元勳留狗尾, 換朝逸老縮龜頭。(前行見介) 老哥們有火借一個！(丑) 請坐。(副淨坐介) (副末問介) 看你打扮，像一位公差大哥。(副淨) 便是。(淨問介) 要火吃煙麼，小弟帶有高煙，取出奉敬罷。(敲火取煙奉副淨介) (副淨吃煙介) 好高煙，好高煙！(作暈醉臥倒介) (淨扶介) (副淨) 不要拉我，讓我歇一歇，就好了。(閉目臥介) (丑問副末介) 記得三年之前，老相公捧着史閣部衣冠，要葬在梅花嶺下，後來怎樣？(副末) 後來約了許多忠義之士，齊集梅花嶺，招魂埋葬，倒也算千秋盛事，但不曾立得碑碣。(淨) 好事，好事，只可惜黃將軍刎頸報主，拋屍路旁，竟無人埋葬。(副末) 如今好了，也是我老漢同些村中父老，檢骨殯殮，起了一座大大的墳塋，好不體面。(丑) 你這兩件功德，却也不小哩。(淨) 二位不知，那左寧南氣死戰船時，親朋盡散，却是我老蘇殯殮了他。(副末) 難得，難得。聞他兒子左夢庚襲了前程，昨日扶柩回去了。(丑掩淚介) 左寧南是我老柳知己。我曾託藍田叔畫他一幅影像，又求錢牧齋題贊了幾句；逢時遇節，展開祭拜，也盡俺一點報答之意。(副淨醒，作悄語介) 聽他說話，像幾個山林隱逸。(起身問介) 三位是山林隱逸麼？(眾起拱介) 不敢，不敢，為何問及山林隱逸？(副淨) 三位不知麼，現今禮部上本，搜尋山林隱逸。撫按大老爺張掛告示，布政司行文已經月餘，并不見一人報名。府縣着忙，差俺們各處訪拿，三位一定是了，快快跟我回話去。(副末) 老哥差矣，山林隱逸乃文人名士，不肯出山的。老夫原是假斯文的一個老贊禮，那裡去得。(丑、淨) 我兩個是說書唱曲的朋友，而今做了漁翁樵子，益發不中了。(副淨) 你們不曉得，那些文人名士，都是識時務的俊傑，　　從三年前俱已出山了。目下正要訪拿你輩哩。(副末) 啐，徵求隱逸，乃朝廷盛典，公祖父母俱當以禮相聘，怎麼要拿起來！定是你這衙役們奉行不善。(副淨) 不干我事，有本縣籤票在此，取出你看。(取看籤票欲拿介) (淨) 果有這事哩。(丑) 我們竟走開如何？(副末) 有理。避禍今何晚，入山昔未深。(各分走下) (副淨趕不上介) 你看他登崖涉澗，竟各逃走無踪。

【清江引】大澤深山隨處找，預備官家要。抽出綠頭籤，取開紅圈票，把幾個白衣山人嚇走了。

（立聽介）遠遠聞得吟詩之聲，不在水邊，定在林下，待我信步找去便了。(急下)(內吟詩曰)

漁樵同話舊繁華，短夢寥寥記不差；

曾恨紅箋啣燕子，偏憐素扇染桃花。

笙歌西第留何客？ 煙雨南朝換幾家？

傳得傷心臨去語，年年寒食哭天涯。